बतकही

बतकही

मैनेजर पाण्डेय

संकलन एवं सम्पादन

चन्द्रा सदायत

वाणी प्रकाशन

वाणी प्रकाशन
4695, 21-ए, दरियागंज, नयी दिल्ली 110 002
फ़ोन : +91 11 23273167 फ़ैक्स : +91 11 23275710
शाखाएँ
अशोक राजपथ, पटना 800 004, बिहार
कॉफ़ी हाउस कैम्पस, महात्मा गांधी मार्ग, इलाहाबाद 211 001, उत्तर प्रदेश
महात्मा गांधी अन्तरराष्ट्रीय हिन्दी विश्वविद्यालय, वर्धा 442 001, महाराष्ट्र
सुल्तानिया रोड, मोतिया पार्क, भोपाल 462 001, मध्य प्रदेश
www.vaniprakashan.in
marketing@vaniprakashan.in
sales@vaniprakashan.in

BATKAHI
by Manager Pandey

ISBN : 978-93-88434-95-9
Criticism

प्रथम संस्करण 2019

मूल्य : ₹ 475

जयंत प्रिन्टरी एलएलपी, मुंबई-02 में मुद्रित

वाणी प्रकाशन का लोगो मक़बूल फ़िदा हुसेन की कूची से

स्व. डॉ. रामविलास शर्मा

को

सादर समर्पित

आमुख

अंग्रेज़ी के इंटरव्यू शब्द के लिए हिन्दी में अनेक शब्द प्रचलित हैं। वे शब्द हैं साक्षात्कार, भेंटवार्ता, वार्तालाप, बातचीत और संवाद। हिन्दी में साहित्य की यह विधा आधुनिक काल में विकसित हुई जब अख़बारों और पत्रिकाओं में प्रकाशन का विकास हुआ। हिन्दी में साहित्य की यह विधा आज भी उतनी विकसित नहीं है जितनी अंग्रेज़ी में। अंग्रेज़ी में तो केवल इंटरव्यू प्रकाशित करने वाली पत्रिकाएँ हैं। यही नहीं कुछ बड़े विचारकों और लेखकों के इंटरव्यू की पुस्तकें भी प्रकाशित हुई हैं। अब हिन्दी में भी इस विधा की पुस्तकें प्रकाशित हुई हैं और हो रही हैं।

मैंने वार्तालाप की इस पुस्तक का नाम 'बतकही' रखा है। बतकही जन-जीवन में प्रचलित लोकभाषा का शब्द है। तुलसीदास ने रामचरितमानस में बतकही शब्द का प्रयोग इस तरह किया है :

करत बतकही अनुज सन, मन सिय रूप लोभान।
मुख सरोज मकरंद छवि, करई मधुप रस पान।।

(बालकाण्ड, दो.सं. 231)

बतकही शब्द दो व्यक्तियों के बीच किसी भी विषय और व्यक्ति के बारे में बातचीत के दौरान सहजता, स्वाभाविकता, सहृदयता और समानता की ओर संकेत करता है। बतकही सार्थक तब होती है जब सवाल करने वाला व्यक्ति पूरी तैयारी के साथ बातचीत में भाग लेता है।

बतकही की विधा की ज़रूरत यह है कि कोई भी लेखक या आलोचक दुनिया के हर सवाल और समस्या पर लिख नहीं पाता लेकिन हर सवाल और समस्या की चिन्ता ज़रूर करता है और उन पर अपनी राय ज़ाहिर करना चाहता है। यह इच्छा बतकही के रूप में प्रकट होती है। बतकही की किताब में अनेक सवाल और उनके जवाब होते हैं जो जवाब देने वाले की मानसिकता, सोच-विचार और साहस से पाठकों को परिचित कराते हैं। बतकही में समकालीन साहित्य में रचना और आलोचना से उपजे सवाल अधिक होते हैं, इसलिए उनका सही जवाब देने के लिए समकालीन साहित्य का बोध आवश्यक है।

बतकही की इस किताब में बातचीत का दायरा सन् 2012 से 2018 तक है। बातचीत में विषयों की अनेकता है और विविधता भी। पहली बातचीत में आचार्य रामचन्द्र शुक्ल के हिन्दी साहित्य के इतिहास के महत्त्व और उसकी अनन्यता पर विचार-विमर्श है। भारत में और हिन्दी में भी मार्क्सवाद से दलित विमर्श के सम्बन्ध पर बहुत विवाद है। इस प्रश्न पर मेरी राय दूसरी बातचीत में व्यक्त हुई है। पिछले कुछ वर्षों से हिन्दी के दलित साहित्य में बड़ी संख्या में स्त्री-लेखन सामने आया है और उसके माध्यम से दलित स्त्री की दशा और दुर्दशा भी सामने आयी है। तीसरे संवाद में दलित स्त्री की पराधीनता और स्वाधीनता के सवाल पर विचार है। कविता और आलोचना के सापेक्षिक सम्बन्ध पर चौथा संवाद है।

प्रगतिशील आन्दोलन के समय में यथार्थवाद का जितना महत्त्व था उतना अब नहीं है। कुछ लोग आज साहित्यिक रचनाशीलता को उत्तर यथार्थवादी मानते हैं। पाँचवीं बतकही में आज के साहित्य में यथार्थवादी रचना-दृष्टि की स्थिति पर चर्चा हुई है। इसी क्रम में छठी बतकही में समकालीन कथा-लेखन विचार का विषय है। सातवें संवाद में हिन्दी के कवि-कथाकार अज्ञेय से मराठी के विचारक-लेखक मर्ढेकर की तुलना की गयी है। समकालीन हिन्दी आलोचना समकालीनता से आक्रान्त है, उसमें परम्परा की उपेक्षा है। आठवें साक्षात्कार में इस प्रवृत्ति का विरोध है।

बतकही की इस किताब में महाकवि निराला, मुक्तिबोध, नागार्जुन और केदारनाथ अग्रवाल के महत्त्व पर अलग-अलग संवादों में विचार-विमर्श हुआ है।

ग़ज़ल हिन्दी कविता की एक अत्यन्त लोकप्रिय विधा है। उस पर विचार करना हिन्दी आलोचना का दायित्व है। इस किताब में हिन्दी ग़ज़ल पर एक बातचीत है।

दिनेश कुमार ने एक बातचीत में मेरी प्रतिबद्धता के बारे में सवाल किया है जिसका उत्तर इस पुस्तक में मौजूद है। जब मैं 2016 में पचहत्तर वर्ष का हुआ तो 'पल-प्रतिपल' ने एक विशेषांक निकाला। उस विशेषांक के लिए समाजशास्त्री मणीन्द्रनाथ ठाकुर, लेखक देवेन्द्र चौबे और फ़ारसी के विद्वान तथा कवि अख़लाक 'आहन' ने समाज, साहित्य और भाषा के सवालों पर मुझसे जो बातचीत की, वह भी इस पुस्तक में संकलित है। ओम निश्चल ने समकालीन भारतीय समाज में विचार की स्थिति पर एक प्रश्न पूछा है वह भी इस पुस्तक में है। हिन्दी कहानी की रचना और आलोचना सम्बन्धी सवालों पर अनुज के साथ चर्चा भी इस किताब में मौजूद है।

इस पुस्तक में स्पेनिश उपन्यासकार मार्केज़ के उपन्यास 'एकान्त के सौ वर्ष' पर एक वार्तालाप महेश दर्पण के साथ दूरदर्शन के 'पत्रिका' कार्यक्रम के लिए आयोजित हुआ था, वह भी यहाँ संकलित है।

मैंने आज तक के अपने जीवन में केवल एक ही साक्षात्कार लिया है रामविलास शर्मा से। यह लम्बा संवाद लखनऊ दूरदर्शन के लिए आयोजित हुआ था, जो कई बार प्रसारित हो चुका है। वह इस पुस्तक के अन्त में परिशिष्ट के रूप में मौजूद

है। इसका पाठ तैयार करने के लिए मैं डॉ. रामविलास शर्मा के सुपुत्र विजय मोहन शर्मा का आभारी हूँ।

इस पुस्तक में बतकही करने वाले वार्ताकारों और उसको प्रकाशित करने वाली पत्रिकाओं के सम्पादकों का आभार। सन् 2012 से 2018 के बीच विभिन्न पत्रिकाओं में प्रकाशित मेरे इन साक्षात्कारों का संकलन और सम्पादन डॉ. चन्द्रा सदायत ने किया है और इसका सुव्यवस्थित पाठ तैयार करने में डॉ. श्रीधरम ने भी मदद की है। इस बतकही की पुस्तक का शब्द संयोजन करने में ओम प्रकाश सैन की भूमिका के लिए उनको धन्यवाद।

—मैनेजर पाण्डेय

अनुक्रम

आचार्य शुक्ल के इतिहास का तोड़ अभी तक नहीं आया

(विख्यात आलोचक प्रो. मैनेजर पाण्डेय से डॉ. नृत्य गोपाल शर्मा द्वारा लिया गया साक्षात्कार)

इन दिनों इतिहास के पुनर्लेखन की ज़ोर-शोर से चर्चा की जा रही है। आपको लगता है कि साहित्य के इतिहास के पुनर्लेखन की आवश्यकता है?

देखिए, इतिहास के पुनर्लेखन की समस्या हमेशा बनी रहती है। हर पीढ़ी अपनी समझ और अपनी आकांक्षा के अनुसार इतिहास के पुनर्लेखन का काम करती है। इसलिए इतिहास लेखन का जो नया प्रयास कहीं दिखाई देता है तो उसके बारे में सन्देह करने के बदले उसको जाँचने, सोचने, परखने और उसका मूल्यांकन करने की कोशिश करनी चाहिए।

इस प्रसंग में जो सबसे महत्त्वपूर्ण बात है, वो यह है कि केवल इच्छा से इतिहास का पुनर्लेखन नहीं होता। वह केवल मान लेने या घोषणा करने से भी इतिहास का पुनर्लेखन नहीं होता। कोशिशें हिन्दी में अनेक बार हुई हैं और वो असफल हो गयीं क्योंकि इतिहास का पुनर्लेखन करने के लिए जो पहली ज़रूरत है, वह यह है कि, इतिहास की नयी दृष्टि सामने होनी चाहिए। क्यों कोई इतिहास का पुनर्लेखन करना चाहता है, यह उसके सामने साफ़ होना चाहिए। अगर यह नहीं होगा तो केवल तथ्यों का जोड़-घटाव, नामों को ख़ारिज-दाख़िल करने की प्रक्रिया, कुछ नया जोड़कर कुछ पुराना घटाकर जोड़ देने की प्रक्रिया ही चल रही है। इसलिए जो हिन्दी में नये इतिहास के नाम पर लिखे गये, उनमें से किसी इतिहास को वह सम्मान और वह प्रतिष्ठा नहीं मिली जो पुराने इतिहासों को मिली हुई है। कम-से-कम साहित्य के प्रसंग में दो का तो नाम लेना ही चाहूँगा, एक तो आचार्य शुक्ल का 'हिन्दी साहित्य का इतिहास' और दूसरा हजारी प्रसाद द्विवेदी की किताब 'हिन्दी साहित्य की भूमिका' का। इनका स्थान और महत्त्व बाद का इतिहास नहीं पा सका। उसका कारण यही है कि रामचन्द्र शुक्ल के सामने एक इतिहास दृष्टि थी। हजारी प्रसाद द्विवेदी के सामने भी एक दृष्टि थी। बल्कि हजारी प्रसाद द्विवेदी का इतिहास, इतिहास न होकर भूमिका है। उसमें आप 100-50 लेखकों, कवियों और उनकी रचनाओं का नाम खोजने चलें तो एक भी नहीं मिलेगा। लेकिन यह बात साफ़ है कि उनके सामने

इतिहास का एक दृष्टिकोण था। इस प्रसंग में ही तत्काल एक और बात कहकर आपके पहले सवाल का उत्तर पूरा करूँगा कि साहित्य के इतिहास के प्रति दृष्टिकोण बनाने का अर्थ यह है कि एक तो साहित्य के प्रति नया दृष्टिकोण, दूसरा इतिहास के प्रति नया दृष्टिकोण। बराबर समझिए कि जब साहित्य के इतिहास का पुनर्लेखन किया जायेगा तब कला का इतिहास, संस्कृति का इतिहास लिखा जायेगा तो वह जो इतिहास का मूल अनुशासन है समाज का इतिहास लेखन उससे भी कहीं-न-कहीं जुड़ा होगा। उसके साथ ही ध्यान में रखिए कि अभी एक समाज जिसका इतिहास (नया या पुराना) लिखना है वह एक समाज में पैदा होता है और साहित्य का इतिहास समाज में पैदा होता है और साहित्य का इतिहास समाज के इतिहास से जुड़ा होता है। इसीलिए जिस साहित्य का इतिहास लिखना हो उस साहित्य के इतिहास को पैदा करने वाले समाज के इतिहास से जोड़कर देखना होगा। तीसरे इस प्रसंग में ज़रूरत यह है कि साहित्य का इतिहास हमेशा उसी भाषा में लिखे गये साहित्य का इतिहास होता है। इसलिए साहित्य के इतिहास के प्रति दृष्टिकोण बनाते समय उस भाषा विशेष के इतिहास के सम्बन्ध में भी दृष्टिकोण बनाना होगा। तो एक साथ तीन इतिहास, साहित्य का इतिहास उसको पैदा करने वाले समाज का इतिहास और जीवित जाग्रत भाषा का इतिहास।

आपकी इस बात के सन्दर्भ में अब देखें तो हिन्दी साहित्य की भाषायी दृष्टि से क्या उपयोगिता है?

देखिए, यह सिद्धान्त अब लगभग अस्वीकार किया जा चुका है कि हिन्दी नाम की भाषा वैदिक संस्कृत, लौकिक संस्कृत की श्रेणी से पैदा हुई है, ऐसा नहीं है। उन सब भाषाओं का अलग अस्तित्व और महत्त्व है। ये सब समानान्तर साथ-साथ चलती रही हैं। इसलिए हिन्दी साहित्य का इतिहास लिखते समय यह तो आप कह सकते हैं कि वह सारी भाषाएँ, वैदिक से लेकर पालि, प्राकृत और अपभ्रंश तक हैं। भाषाओं के साहित्य का हिन्दी साहित्य से गहरा रिश्ता है। बार-बार उन भाषाओं के साहित्य से हिन्दी के साहित्यकार कुछ-न-कुछ लेते रहे हैं। ग्रहण करते रहे हैं। कुछ छोड़ते रहे हैं इसलिए सम्बन्ध की खोज तो की जा सकती है लेकिन वो उन भाषाओं के इतिहास को हिन्दी साहित्य के इतिहास का आधार नहीं बनाया जा सकता। यह इसलिए भी ज़रूरी है कि यदि कोई तमिल साहित्य का इतिहास लिखेगा तो क्या करेगा? हिन्दी आपको जो दिखाई दे रही है उत्तर भारत में संस्कृत से जुड़ी हुई है। तमिल वाले तो नहीं मानते। मान लीजिए किसी को मणिपुर के साहित्य का इतिहास लिखना होगा तो मणिपुर वाले तो जानते भी नहीं कि संस्कृत में क्या हुआ, क्या नहीं हुआ। हिन्दी भाषा की समस्या इतिहास के प्रसंग से दूसरी है। तीन-चार जटिलताएँ हैं। पहली जटिलता यह है कि जिसको हिन्दी साहित्य का इतिहास कहा

जाता है वह व्यापक रूप से लोकभाषाओं का साहित्य है। मैथिली, भोजपुरी, अवधी, ब्रजभाषा आदि ये जो भाषाएँ है उनका साहित्य है। आधुनिक काल में हिन्दी साहित्य का इतिहास खड़ी बोली हिन्दी से जुड़ा है। अब वो क्यों जुड़ा? और खड़ी बोली का विकास कैसे हुआ? यह अलग इतिहास का विषय है। खड़ी बोली जब से सामने आयी तब से एक और जटिलता सामने है जिस पर ध्यान देना चाहिए। उसका आज तक कोई समाधान नहीं हुआ। जो कुछ कहा जा रहा है वो घालमेल के अलावा कुछ नहीं है। वो यह है कि उर्दू के रूप में खड़ी बोली पहले विकसित हुई। जिसे आप हिन्दी खड़ी बोली कहते हैं वो बाद में विकसित हुई। मतलब आप उर्दू साहित्य का इतिहास देखें। यहाँ तक कि कविता का इतिहास और भी पुराना है। गद्य के साहित्य का इतिहास भी देखें तो आपको मालूम होगा कि हिन्दी खड़ी बोली में हिन्दी का गद्य विकसित होने के पहले उर्दू में खड़ी बोली के रूप में विकसित है। नाम उसका हिन्दवी भी कहा जाता है। मीर अपनी भाषा को हिन्दी ही कहते थे। इसलिए शुरू में यह हिन्दी नाम था। बाद के दिनों में राजनीतिक कारणों से बहुत सारे विवाद हुए उर्दू और हिन्दी को लेकर। 19वीं शताब्दी के मध्य से लेकर 20वीं सदी के बीच के दशक तक और भी सत्ता में अपनी जगह बनाने के लिए संघर्ष हुआ और उसके बाद से जो साम्प्रदायिक राज्य आगे बढ़ा और उसके बाद जो देश का विभाजन हुआ, तो वह हिन्दी और उर्दू का जो आत्मीय सम्बन्ध था वह धीरे-धीरे ख़त्म हो गया। इसलिए आधुनिक हिन्दी साहित्य का इतिहास खड़ी बोली हिन्दी के दोनों रूपों को और उनके रिश्तों को ध्यान में रखना ज़रूरी है। जो काम हिन्दी में हुआ ही नहीं। हिन्दी के विद्वान, बड़े-बड़े लोग और प्रगतिशील जनवादी सब कहते हैं कि उर्दू हिन्दी की एक शैली है। अब मान लीजिए कि आप हिन्दी वाले हैं तो कह रहे हैं कि उर्दू हिन्दी की एक शैली है, उर्दू वाले ठीक इससे उलटा कह सकते हैं कि हिन्दी उर्दू की ही शैली है। यह कहने से तो कोई नयी बात सामने आती नहीं है। स्थिति जहाँ की तहाँ बनी रहती है। उस जटिल समस्या पर विचार करना ज़रूरी है यह जानते और मानते हुए कि खड़ी बोली हिन्दी का जो रूप पिछले 100 वर्षों में विकसित हुआ है, मतलब भारतेन्दु से आज तक वह एक स्वतन्त्र भाषा का रूप है। अब उस तरह उर्दू से जुड़ा हुआ रूप नहीं है जो भारतेन्दु के युग तक था या उससे पहले था। उसी तरह से उर्दू व्याकरण की दृष्टि से हिन्दी के समान भाषा है और साहित्य के स्तर पर एकदम भिन्न है इसलिए इस भिन्नता और अलगाव को तथ्य के रूप में स्वीकार करने से बात बनेगी।

लोक साहित्य को साहित्य में हमेशा उपेक्षित रखा? इसकी चर्चा ही नहीं होती, क्यों?

नहीं, नहीं होती। मैथिली में लेखन हो रहा है। ब्रजभाषा में होता है, अवधी में होता है, राजस्थानी में हो रहा है। वो लोग यह आपत्ति और माँग करते हैं कि आप

राजस्थानी से मीराबाई को तो हिन्दी साहित्य में ले लेंगे और 400 वर्षों में जो कुछ लिखा गया उसको क्यों नहीं लेते? या तो मीराबाई को छोड़िए या सबको लीजिए। यही बात मैथिली, अवधी, ब्रजभाषा के लोग भी कह सकते हैं। एक जटिल समस्या हिन्दी साहित्य के इतिहास के लेखन की यह भी है कि हिन्दी क्षेत्र की लोक भाषाओं के साहित्य से हिन्दी साहित्य के सम्बन्ध पर भी विचार करना चाहिए। किस रूप में करें, कैसे करें? अन्यथा हिन्दी साहित्य का इतिहास एक हज़ार वर्षों का नहीं, कुल जमा पूँजी 100-125 वर्षों का रह जायेगा। इसलिए भारतेन्दु से आज तक की लोक भाषाओं से हिन्दी के सम्बन्ध पर विचार करना हिन्दी साहित्य के सम्यक् लेखन के लिए ज़रूरी है।

लोक साहित्य की तरह हिन्दी में बहुत सारे शोध कार्य होते हैं। तो इनको कभी हिन्दी साहित्य के इतिहास में स्थान नहीं मिलता, क्यों?

देखिए, शोध कार्य 90% तो किसी काम के नहीं, केवल 10% शोध ऐसे होते हैं और हुए हैं जो इतिहास को समझने में सहायक भी हैं। विभिन्न विश्वविद्यालयों में कुछ तो अच्छे लोग दोनों स्तरों पर हैं अध्यापक भी और शोधार्थी भी। उनके कामों को नोटिस किया जाना चाहिए। कई तरह की खोजें हुई हैं। मैं आपको दो उदाहरण देना चाहूँगा—पहला यह मुझे बड़ा विचित्र लगता है कि हिन्दी साहित्य के इतिहास में साहित्य की जब स्वतन्त्रता आन्दोलन से सम्बन्ध की चर्चा होती है तो हिन्दी के जो जाने-माने लेखक व कवि हैं, उन्हीं के साहित्य में स्वाधीनता की चेतना, आन्दोलन की प्रवृत्ति, उनकी अभिव्यक्ति आदि की खोज होती है। शुरू के दौर से और ख़ासतौर से 19वीं शताब्दी के अन्तिम दशकों से लेकर बीसवीं शताब्दी के 40-47 वर्षों तक साहित्य की अनेक विधाओं में कविता, कहानी, नाटक, उपन्यास में ऐसी रचनाएँ लिखी गयीं जिन पर अंग्रेज़ों ने पाबन्दी लगा दी। यह जो हिन्दी का प्रतिबन्धित साहित्य है उसकी किसी इतिहास ग्रन्थ में चर्चा नहीं होती। मान लीजिए स्वाधीनता आन्दोलन के लिए जो शहीद होने वाली रचनाएँ और साहित्यकार हैं वे उपेक्षित हो गये हैं। ऐसे कवि और लेखक जिनके यहाँ मुश्किल से स्वाधीनता की चेतना है। शोध करने वाले लोग मजबूरी में जबर्दस्ती उनके साहित्य में स्वाधीनता आन्दोलन खोजते हैं इसलिए हिन्दी साहित्य के इतिहास लेखन की यह एक बड़ी समस्या है। आधुनिक काल के हिन्दी साहित्य के इतिहास, ख़ासकर स्वाधीनता आन्दोलन के दौर के हिन्दी साहित्य लेखन की। प्रतिबन्धित साहित्य पर विचार की ज़रूरत है। अगर आप देखेंगे तो पायेंगे कि हर तरह की रचनाएँ प्रतिबन्धित हुई हैं। मैंने आपसे कहा ही है कि मेरे एक छात्र ने इसी दिशा में काम किया था। उसने ऐसे साहित्य को दो खण्डों में प्रतिबन्धित साहित्य नाम से सम्पादित किया जो राजकमल प्रकाशन से प्रकाशित है उसमें कविताएँ, कहानियाँ भी हैं। जितना उसने किया है, उससे बाहर

भी बहुत है। कुछ दिन पहले सत्येन्द्र तनेजा ने हिन्दी के 7-8 प्रतिबन्धित नाटकों की खोज की और उन्हें 'सितम की इन्तहा क्या है?' नाम से छपवाया। इसलिए मैं ज़ोर देकर कहना चाहता हूँ कि स्वाधीनता आन्दोलन से हिन्दी साहित्य के सम्बन्ध की प्रक्रिया तब तक अधूरी रहेगी जब तक प्रतिबन्धित साहित्य पर ठीक से विचार नहीं होगा। दूसरी एक बात और जोड़ना चाहूँगा कि हिन्दी के बहुत सारे लेखकों ने ऐसा साहित्य लिखा है जो साहित्य की श्रेणी में नहीं आता। महावीर प्रसाद द्विवेदी ने 'सम्पत्ति शास्त्र' लिखा। वह अर्थशास्त्र की किताब है। राधामोहन गोकुल जी ने 'देश का धन' नाम की किताब लिखी। देवनारायण द्विवेदी नाम के सज्जन थे उन्होंने राजनीतिक व आर्थिक नुक़सान, जो देश का हुआ, उस पर 'देश की बात' नाम से एक किताब लिखी। जो हिन्दी में 'ज्ञान का साहित्य' नाम से लिखा गया है और वह विभिन्न अनुशासनों से जुड़ा हुआ है। समाजशास्त्र से, अर्थशास्त्र से, राजनीतिशास्त्र से, यहाँ तक कि इतिहास से भी। सुन्दरलाल की प्रसिद्ध किताब है—'भारत में अंग्रेज़ी राज्य' (दो खण्डों में)। इन सबका हिन्दी साहित्य में 'ज्ञान का साहित्य' नाम से समावेश, उल्लेख और विवेचन होना चाहिए जो नहीं हो रहा है।

साठोत्तरी साहित्य के बाद का साहित्य इतिहास लिखते समय एक बड़ी समस्या आती है कि नामकरण, काल सीमा आदि किस आधार पर की जाये?

देखिए, एक पुराने ढाँचे के आधार पर नया ढाँचा बनायेंगे तो यह सब कठिनाइयाँ आयेंगी ही जो आप बता रहे हैं। सबको ऐसा लगता है कि शुक्ल जी ने आधुनिक काल को प्रथम और द्वितीय उत्थान में विभाजित किया। दरअसल उनके सामने उतना ही साहित्य था इसलिए उतना ही किया। देखिए सबसे महत्त्वपूर्ण बात जो है कि स्वाधीनता आन्दोलन के दौर का जो साहित्य है उसके लेखन का लक्ष्य कुछ और था और स्वाधीनता के बाद का दौर कुछ और है। नया इतिहास लिखने वालों को इसका फ़र्क़ नहीं मालूम है, चिन्ता भी नहीं है। देखिए मैं यह कह रहा हूँ स्वतन्त्रता के पहले जो साहित्य के इतिहास लिखे गये उनका लक्ष्य था, आज़ादी से जुड़ा होना। अपनी परम्परा की पहचान का प्रश्न था। (इसलिए शुक्ल व द्विवेदी यही काम करते हैं) अपनी जो परम्परा है खाली साहित्य की परम्परा नहीं होती है। वह सामाजिक, सांस्कृतिक परम्परा भी है। उस परम्परा की खोज व पहचान वे लोग साहित्य के माध्यम से साहित्य के इतिहास में कर रहे हैं। अब जो साहित्य का इतिहास लिखा जायेगा उसमें व्यापकता की पहचान होनी चाहिए। अब इस व्यापकता के तीन-चार उदाहरण मैं आपको दूँगा जिस पर अब तक लोगों का ध्यान नहीं गया होगा। जो हिन्दी के लेखक हैं वो इतिहास में आयें उन पर विचार हो यह तो बुनियादी बात है लेकिन हिन्दी क्षेत्र के बाहर भी हैं हिन्दी के लेखक जैसे मान लीजिए तमिलनाडु में हैं, केरल में हैं, बंगाल में हैं। अगर कोई हिन्दी में साहित्य लिख रहा है तो उस

पर विचार क्यों नहीं होना चाहिए। यही नहीं बहुत सारे भारतीय और हिन्दी भाषी विदेशों में हैं उनके लिखे साहित्य को प्रवासी साहित्य कहते हैं। उनके साहित्य को इतिहास के साहित्य में क्यों नहीं शामिल करना चाहिए? यही नहीं मॉरिशस, सूरीनाम, त्रिनिदाद में जो लोग मूलतः हिन्दी साहित्य के हैं जिनके पूर्वज कभी वहाँ गये थे। अब वो हिन्दी में साहित्य लिख रहे हैं जैसे अभिमन्यु अनत हैं उनकी पुस्तकें राजकमल व अन्य जगहों से छपती हैं, उन पर काहे नहीं हिन्दी साहित्य में विचार होता है? इसीलिए मैं कह रहा था कि स्वाधीनता के पहले हिन्दी साहित्य व बाद के हिन्दी साहित्य का लक्ष्य अलग-अलग था। आप जिस समस्या को सामने रख रहे हैं अब उधर लौट रहा हूँ। साठोत्तरी या जो कुछ कहिए यह कोई समस्या नहीं है। अब तो क्या है कि साहित्य बहुत व्यापक हो गया है। अब ज़रूरत इस बात की है कि नामकरण व काल-विभाजन की चिन्ता छोड़कर एक तरह से उनका विधाओं के अनुसार इतिहास लिखा जाना चाहिए। मतलब कि आधुनिक कविता का इतिहास, वहाँ से शुरू कीजिए और आज तक के जो कवि हैं वहाँ आइए। उसमें कोई ख़ास महत्त्वपूर्ण परिवर्तन दिखाई देता है तो उन परिवर्तनों को व्यक्त करने के लिए नया नाम दे सकते हैं, काल भी। जैसे मान लीजिए बहुत सारे हैं—नयी कहानी है, अकहानी है, सचेतन कहानी, ये कहानी के भीतर के ही विभाजन हैं। नयी कविता है, प्रयोगवाद है, अकविता है। अब अगर 60-70 के बाद कोई विभाजन नहीं है तो साठोत्तरी कविता कहने से प्रवृत्तियाँ तो सामने आती नहीं बस सन् याद आता है कि 60 के बाद की कविता है। इसलिए एक साथ सभी विधाओं का साहित्य अगर लिखा जायेगा तो ज़ाहिर है वह संक्षेप में होगा लेकिन उसको भी विधापरक इतिहास बनाना ज़रूरी है। जैसे—कविता का इतिहास, कहानी का इतिहास, उपन्यास का इतिहास और जहाँ कोई मुख्य परिवर्तन दिखाई दे वहाँ उसका नाम दे सकते हैं। आप इसके लिए स्वतन्त्र हैं पर उसको साठोत्तरी कहना भी बेमतलब का है।

इन्हीं विधाओं के साथ दो विमर्श भी बड़ी तेज़ी से उभरकर सामने आये हैं, एक तो दलित विमर्श, दूसरा स्त्री विमर्श। इनको अब साहित्य में किस तरह से स्थान दिया जाये। क्या विधागत विमर्श के रूप में?

जैसा वे स्वयं चाहते हैं। विमर्श के रूप में ही दिया जाये। देखिए बात यह है कि एक तरीक़ा तो यह हो सकता है कि जहाँ आप कविता की चर्चा करेंगे वहाँ आप दलित कविताओं की चर्चा कीजिए। जो स्त्रियाँ कविता लिख रही हैं उनकी भी चर्चा कीजिए। इसी तरह कहानी का इतिहास लिखें तो उनको शामिल कीजिए लेकिन उनको एक अलग पहचान दीजिए—यह स्त्रियाँ हैं और यह दलित हैं। दूसरा तरीक़ा यह है कि उनके नाम के बदले आप इतिहास के साठोत्तरी जैसा मूर्खतापूर्ण नाम दे सकते हैं तो दलित विमर्श व स्त्री विमर्श देने में क्या हर्ज है। साठोत्तरी कोई

नाम हुआ जी, जिस समय वो चलाया उसका तत्कालीन एक अर्थ, मतलब था। अब साठोत्तरी, पचहोत्तरी से कोई मतलब नहीं है तो इनका नाम दलित विमर्श, स्त्री विमर्श दे सकते हैं। इस रूप में लिख सकते हैं।

आपने विधाओं की जो बात की है उस सन्दर्भ में मैं यह पूछना चाहता हूँ कि, आचार्य शुक्ल के इतिहास तक आलोचना विकसित नहीं थी इसलिए उसको उतना सम्मान नहीं मिला लेकिन आज भी जो इतिहास लिखे जा रहे हैं या उनके बाद जो इतिहास लिखे गये, उनमें भी आलोचना को अधिक महत्त्व नहीं दिया गया है। जबकि इसकी मज़बूत तरफ़दारी होनी चाहिए थी, इस पर आपका क्या विचार है?

हाँ, ज़रूर होनी चाहिए। इस पर अलग-अलग किताबें लिखी गयीं। साहित्य के इतिहास ग्रन्थ में जितना महत्त्व आलोचना के इतिहास को मिलना चाहिए था उतना नहीं मिला है। इस पर अलग से गम्भीर विचार व मूल्यांकन की आवश्यकता है।

सर जैसा कि अभी जयपुर में 24 जनवरी, 2012 में जो यह अन्तरराष्ट्रीय साहित्य उत्सव मनाया गया उसमें भारतीय साहित्य के प्रस्तुतीकरण का दारोमदार गुलज़ार, जावेद अख़्तर, प्रसून जोशी व चेतन भगत आदि, ये जो फ़िल्म जगत के लोग हैं उन पर था तो अब क्या हिन्दी साहित्य के इतिहास में और पाठ्यक्रमों में इनका हस्तक्षेप स्वीकार करना चाहिए।

जी नहीं, यह हिन्दी साहित्य का हिस्सा नहीं। गुलज़ार और जावेद अख़्तर दोनों सामान्य स्तर के शायर माने जाते हैं इनमें से किसी को उर्दू का बड़ा साहित्यकार नहीं माना जाता। इनकी हैसियत सिर्फ़ फ़िल्मी गाने लिखने तक है। अगर मान लीजिए चार अभिनेत्रियाँ आ जायें तो हिन्दी साहित्य के इतिहास में इनका फ़ोटो थोड़े ही छापा जायेगा। जयपुर का साहित्य उत्सव मूलतः अंग्रेज़ी का था। उससे भारतीय व हिन्दी साहित्य का कोई लेना-देना नहीं था। खाओ, पिओ और मौज करो का मेला था, इस पर बात करने की ज़रूरत नहीं है।

यह प्रश्न नया भी है और पुराना भी कि रीतिकाल की कविता को आज भी क्षेपक के रूप में देखा जाता है? इस पर आपके क्या विचार हैं?

नहीं, नहीं देखिए, वो क्षेपक का हिस्सा नहीं है। दो सौ वर्षों का साहित्य है कोई दो-तीन साल का साहित्य नहीं है। और रीतिकाल के प्रसंग में एक बात और कहना चाहूँगा कि आचार्य शुक्ल ने रीतिकाल के बारे में जो धारणाएँ बनायी थीं वही अब तक चली आ रही हैं, ठीक से उन धारणाओं को जाँचने-परखने का काम भी नहीं हुआ। और जो थोड़ा बहुत हुआ है उसको लोगों ने महत्त्व नहीं दिया। बाद के दिनों में विश्वनाथ प्रसाद मिश्र और कुछ लोगों ने अलग-अलग धाराएँ बनायीं रीतिसिद्ध और रीतिमुक्त और रीतिबद्ध इत्यादि-इत्यादि। रीतिकाल पर गहराई से पुनर्विचार की ज़रूरत है। वह साहित्य एक ख़ास ढंग का है। तो ख़ास ढंग का तो भक्तिकाल का भी साहित्य है। महान होते हुए भी भक्तिकाल के साहित्य और

रीतिकाल के साहित्य में बुनियादी फ़र्क़ मुझे यही लगता है कि भक्तिकाल का साहित्य कुल मिलाकर लोक से जुड़े होने के बावजूद परलोकवादी है। लेकिन रीतिकाल का साहित्य हमारे समाज का साहित्य है। समाज की प्रवृत्तियाँ उसमें हैं जो उस समय भारतीय समाज में, सामन्ती समाज में जो प्रवृत्तियाँ थीं उनकी अभिव्यक्ति है। उसके प्रसंग हैं जिस पर आज तक काम नहीं हुआ है। जैसे एक प्रसंग की चर्चा करके मैं ये बात बन्द करूँगा। नया खोजने की कोशिश के नाम पर करना जो ज़रूरी है रीतिकाल के साहित्य का अपने समय के इतिहास से गहरा रिश्ता है। मैं आपको कुछ उदाहरण दूँगा। पहला तो यही कि रीतिकाल के आरम्भिक दौर के जो सबसे बड़े कवि हैं केशवदास उन्होंने तीन ऐसे ग्रन्थ लिखे हैं जो सीधे इतिहास से जुड़े हैं। 'जहाँगीर जस चन्द्रिका', 'वीरसिंह देवचरित' और एक और है मैं नाम शायद भूल रहा हूँ 'छत्रसाल प्रकाश' शायद। यह उस ज़माने के ऐतिहासिक व्यक्ति और चरित हैं। उसी तरह से वहाँ से लेकर भूषण का सीधे अपने काल के इतिहास से सम्बन्ध है। शिवाजी भी उसमें हैं, छत्रसाल भी हैं और औरंगज़ेब भी। उसी तरह से आगे के कवियों ने और इस समय रचनाएँ मुझे याद नहीं पड़ रही हैं अनेक रचनाएँ हैं। उस काल के अन्त की सबसे महत्त्वपूर्ण किताब है राजस्थान के कवि थे बूँदी के राजकवि सूर्यमल मीसण उन्होंने एक महान ग्रन्थ लिखा 'वंशभास्कर' नाम से, जो साहित्य अकादेमी से छपा है आठ खण्डों में। उसमें आधे से अधिक मुग़ल वंश का इतिहास है और साथ ही राजस्थान के बूँदी वग़ैरह राजघरानों का इतिहास है। यही नहीं उसमें ऐसे बहुत से कवि हैं। लोगों ने यह भ्रम पाल रखा है कि उस समय देश में अंग्रेज आ गये थे। देश धीरे-धीरे गुलाम हो रहा था। इसकी कोई चिन्ता कवियों को नहीं थी। यह गलत और झूठी बात है। उस समय ऐसे कवि थे जिनकी कविताओं में सीधे स्वाधीनता की इच्छा और पराधीनता का दुख व्यक्त हुआ है। ज़रूरत हो तो विस्तार से मैं यह सामने रखकर बता सकता हूँ। इसलिए अपने समय और समाज से रीतिकाल का और अपने समय के इतिहास से रीतिकाल का जो गहरा रिश्ता है उसकी दुबारा खोजबीन करने की ज़रूरत है और रीतिकाल के साहित्य का नया मूल्यांकन और इतिहास में ख़ासतौर से उसकी नयी जगह की पहचान ज़रूरी है।

'मौखिक' और 'वाचिक' साहित्य की दो धाराएँ हैं। साहित्य के इतिहास में कहीं ये स्थान बनाती नज़र नहीं आ रहीं।

देखिए, मौखिक साहित्य का तो साहित्य के इतिहास में स्थान नहीं होगा। लोक जीवन में ही उसको स्थान मिलेगा। क्योंकि मौखिक साहित्य की खोज और उनका संग्रह कौन करेगा? कैसे करेगा? इसलिए साहित्य का इतिहास तो लिखित साहित्य का ही इतिहास होगा। यह मानकर चलिए।

तो हास्य कविताएँ या जो मंचीय कविताओं के माध्यम से जो वाचिक परम्परा आ रही हैं इनको इतिहास में क्या स्थान दिया जाना आवश्यक हो गया है?

देखिए ऐसा है कि जो मंचीय और हास्य रस की कविताएँ हैं उसके अपने अनेक स्तर हैं। बहुत ही ख़राब भड़ैती से लेकर गम्भीर हास्य-व्यंग्य की भी रचनाएँ हैं। मैंने आपसे शुरू में कहा था कि साहित्य की एक धारणा बनाना बहुत ज़रूरी है। कुछ भी लिखकर जनता में आ जाये वो साहित्य है ऐसा मानना ठीक नहीं है। जो भड़ैती और विदूषक की प्रवृत्ति का हास्य-व्यंग्य है ऐसे कवियों को आप जानते हैं और मैं भी जानता हूँ कि अपनी पत्नी को पचास गन्दी गालियाँ देकर हास्य पैदा करते हैं। ऐसी कविताओं को कविता कैसे मानेंगे! इसलिए जो हास्य-व्यंग्य की गम्भीर और विचारणीय कविताएँ हैं उनके लिए जगह हो सकती है। एक प्रतिमान बनाना पड़ेगा कि आप साहित्य उसे मानेंगे जो गम्भीरता से ज़िन्दगी के प्रश्नों को उठाता और लाता है या फुलझड़ी छोड़ने वाले साहित्य को साहित्य मानेंगे? ये सवाल सामने रहेगा क्योंकि साहित्यिक इतिहास में दो चीज़ें अनिवार्य हैं कि वह साहित्य का भी इतिहास हो और समाज का इतिहास भी।

आज के समय में हम लोग बहुत बार सुन रहे हैं कि कविताएँ अब सृजनशील नहीं रहीं। कहानियों के तमाम साहित्य के ऊपर सृजनशीलता का एक प्रश्नचिह्न लगाया जा रहा है?

देखिए मैं आप से अन्त में यह कहूँगा कि अफ़वाहों के आधार पर इतिहास नहीं चलता। जिन लोगों की मानसिकता पुरानी है वे समकालीन साहित्य को समझते नहीं तो उसको ख़ारिज करते चलते हैं। तो उन लोगों को न इतिहास से कुछ लेना-देना है, न साहित्य से। इसलिए देखिए यह ज़रूर है कि हाल के वर्षों में साहित्य की लोकप्रियता घटी है। पर उसके और दूसरे बहुत से कारण हैं खाली ये नहीं है कि आपकी समझ में नहीं आता इसलिए वो साहित्य नहीं है। तो निराला की पच्चीसों कविताएँ ऐसी हैं जो बड़े-बड़े लोगों की समझ में नहीं आती हैं। तुलसीदास के रामचरितमानस में और विनय पत्रिका में ऐसे अंश हैं जो आसानी से समझ में नहीं आते, तो क्या वह साहित्य नहीं है?

सुमन राजे ने 'हिन्दी साहित्य का आधा इतिहास' नाम की एक पुस्तक लिखी है उसके सन्दर्भ में कुछ कहेंगे?

देखिए ऐसा है कि सुमन राजे की कोशिश बहुत महत्त्वपूर्ण है। भारतीय समाज और सारी दुनिया के समाजों में यह दिखाई देता है कि हज़ारों वर्षों से साहित्य, संस्कृति, राजनीति पर पुरुषों का क़ब्ज़ा है। स्त्रियाँ लगभग उपेक्षित, अपमानित, पीड़ित रही हैं। साहित्य में यह दिखाई देगा कि पुराने ज़माने में बहुतों को नोटिस नहीं किया गया। उनकी किताबें तक नहीं छपीं। राजस्थान में मीराबाई के बाद चार दर्जन ऐसी स्त्रियाँ थीं जिन्होंने कविताएँ लिखीं। उनका केवल नाम जानते हैं,

कोई रचनाएँ नहीं मिलीं जबकि उनकी रचनाओं की लम्बी सूची है। इसलिए जब से स्त्री स्वाधीनता का आन्दोलन चला है तो सारी दुनिया में स्त्रियों ने अपनी ही विस्तृत परम्परा की खोज, पहचान और उसके विवेचन का काम शुरू किया है। सुमन राजे से पहले अंग्रेज़ी में एक किताब छपी थी दो खण्डों में 'विमेन्स राइटिंग इन इंडिया'। दो महिलाओं ने मिलकर सम्पादित की थी 'सूज़ी थारू' और 'के. ललिता'। उन्होंने स्त्रियों के लेखन के प्रसंग में 'थेरी गाथाओं' से शुरू किया। थेरी गाथाओं को गौतम बुद्ध के ज़माने की माने ई.पू. 600 ई. से लेकर बीसवीं सदी तक का स्त्रियों के लेखन-चिन्तन का इतिहास उसमें मौजूद है। उसी दिशा में सुमन राजे ने यह प्रयत्न किया कि हिन्दी में स्त्रियों का लिखा हुआ जो साहित्य है उसका इतिहास उन्होंने लिखने की कोशिश की है। उसमें उनकी अपनी सीमाओं के कारण उनके इतिहास की भी सीमाएँ हैं लेकिन मैं उनके प्रयत्न की प्रशंसा करता हूँ और उन्होंने उसको बेहतर बनाने की कोशिश की थी। आज भी इस तरह की खोज की ज़रूरत बनी हुई है।

आपकी दृष्टि में हिन्दी साहित्य का कोई मुकम्मल इतिहास कहीं लिखा गया है ऐसा कहीं आपको नज़र आता है? अभी तक के इतिहास ग्रन्थों में से कौन सा ऐसा ग्रन्थ है जो आपको व्यवस्थित और तार्किक नज़र आता है?

देखिए, अभी भी मेरी नज़र में सर्वोत्तम हिन्दी साहित्य का इतिहास तो रामचन्द्र शुक्ल का ही है। लगभग आधे दर्जन के आस-पास लोगों ने कोशिश की है। रामस्वरूप चतुर्वेदी, बच्चन सिंह, विजयेन्द्र स्नातक, गणपतिचन्द्र गुप्त, रामकुमार वर्मा बहुत लोगों ने इतिहास लिखे लेकिन ये पाठ्यक्रम से आगे नहीं जाते। उनमें कोई नयी दृष्टि नहीं है। साहित्य का इतिहास लिखने के लिए आख़िरी बात मैं आप से यह कह रहा हूँ कि यह ज़रूरी है कि लेखन में आलोचक की ऐतिहासिक दृष्टि और इतिहासकार का आलोचनात्मक विवेक दोनों की एकता जब होगी तभी अच्छा इतिहास लिखा जायेगा। जैसे मान लीजिए कि आपने तुलसी का जीवन लिख दिया अच्छा-बुरा, रचनाओं के नाम लिख दिये पर आलोचनात्मक विवेक नहीं होगा तो उनके साहित्य का मूल्यांकन कैसे करेंगे। उसी तरह से आलोचनात्मक विवेक हो पर इतिहास बोध न हो तो बात नहीं बनेगी। इसलिए इतिहास बोध के साथ आलोचनात्मक विवेक का संयोग जब होता है तभी बेहतर इतिहास लिखा जा सकता है और रामचन्द्र शुक्ल या हजारी प्रसाद द्विवेदी का इतिहास अगर अब भी बेहतर माना जायेगा तो इसीलिए कि उन दोनों के पास ये दोनों चीज़ें थीं।

इस समय आपकी क्या योजना चल रही है?

असल में अभी तो तत्काल मैं दो कामों में लगा हुआ हूँ। कुछ लिखना-पढ़ना सम्भव नहीं हुआ। छोटे-मोटे कुछ लेख ज़रूर लिखे हैं। कुछ लोगों पर, प्रवृत्तियों पर।

मैं असल में एक चीज़ जमा किये हुए हूँ लोकगीतों में 1857 और अंग्रेज़ी राज। इसमें हिन्दी क्षेत्र में विभिन्न लोक भाषाओं में जो लोकगीत मिलते हैं उनको जमा किया है जितना मुझे मिल सका है और काफ़ी हैं। अभी उन्हीं के संकलन सम्पादन में लगा हुआ हूँ।

आपने हमें अपना अमूल्य समय दिया उसके लिए धन्यवाद!

धन्यवाद।

(समसामयिक सृजन : अप्रैल-जून, 2012)

दलित स्त्री की पराधीनता तीन स्तरों पर है

(प्रसिद्ध चिन्तक आलोचक मैनेजर पाण्डेय से अरुण कुमार प्रियम की बातचीत)

दलित आन्दोलन से दलित स्त्रीवाद का जन्म हुआ है, जो कई बार दलित अस्मिता के भीतर अपने अधिकारों के लिए दलित आन्दोलन से भी टकराता है। क्या इसे अस्मिताओं के संघर्ष की तरह देखा जाना चाहिए?

दलित स्त्री की समस्या को दो दृष्टियों से देखना ज़रूरी है। पहली बात यह कि दलित के रूप में स्त्री का शोषण पुरुष से अधिक होता है। दलित स्त्रियों का जो दैहिक शोषण होता है, वह ऐसा है, जो पुरुष दलित का नहीं होता। और साथ ही श्रम की विकृत प्रक्रिया में जैसे दूसरे दलितों का शोषण होता है, वैसे ही दलित स्त्री का भी शोषण होता है, क्योंकि दलित समुदाय की स्त्रियाँ दलित पुरुषों की तरह श्रमजीवी स्त्रियाँ होती हैं। मेहनत-मज़दूरी करके वे अपना और अपने परिवार का भरण-पोषण करती हैं। इसलिए स्त्री के रूप में दलित स्त्री का शोषण और मज़दूर के रूप में दलित स्त्री का शोषण, यह दोहरा शोषण है। तिहरे शोषण का शिकार भी दलित स्त्री होती है। दूसरे वर्णों और वर्गों के पुरुष की तरह दलित भी अपने घर-परिवार में स्त्री के साथ लगभग वैसा ही व्यवहार करता है, जैसा दूसरे वर्णों-जातियों के लोग अपनी स्त्रियों के साथ करते हैं। यह बात मैं अनेक दलित स्त्रियों की आत्मकथाओं के आधार पर कह रहा हूँ, जो हिन्दी में आयी हैं, और हिन्दी से भी अधिक मराठी में आयी हैं। उनमें यह बात साफ़ दिखाई देती है। बेबी कांबले की आत्मकथा 'जीवन हमारा' में विस्तार से इस बात को कहा गया है। हाल में हिन्दी में सुशीला टाकभौरे की आत्मकथा 'शिकंजे का दर्द' आयी है। उसमें भी पारिवारिक दमन का ज़िक्र उन्होंने किया है। इसलिए मैंने आपसे कहा कि दलित स्त्री का शोषण और दमन, उसकी पराधीनता, तीन स्तरों पर है। अब यह ठीक है कि व्यापक दलित जागरण के हिस्से के रूप में दलित स्त्रियाँ भी जाग्रत हुई हैं, लेकिन उनके जागरण को दलित पुरुष उतना महत्त्व नहीं देते, जितना अपने जागरण, विरोध, प्रतिरोध आदि को महत्त्व देते हैं। अब रही बात यह कि इसको अस्मिता की तरह देखा जाये कि नहीं, तो देखो दलित स्त्री के भी गुलामी, यातना

और संघर्ष के विरुद्ध जागरण को अस्मिता विमर्श के रूप में देखा जा सकता है, क्योंकि उसके साथ दो अस्मिताएँ जुड़ी हैं। एक तो दलित की अस्मिता है और दूसरे स्त्री की अस्मिता। इसलिए उसको अस्मिता विमर्श के रूप में देखने पर कोई एतराज़ नहीं होना चाहिए। मुश्किल असल में दूसरी है। मुश्किल ये है कि यदि आप दलित स्त्री के जागरण की बात करें तो जो दलित लेखक हैं, हिन्दी के, वो बार-बार कहते हैं कि आप हमारे बीच में फूट डाल रहे हैं। मतलब यह कि आप हमारी स्त्रियों को हमसे अलग कर रहे हैं। अब इस बात का तो कोई जवाब नहीं कि वो अपनी स्त्रियों के साथ जो चाहें, वो करें। इसकी छूट कम-से-कम जो स्वतन्त्रता-स्वाधीनता की भावना है, वो नहीं देती है। इसमें यही समस्या है, पर दलित स्त्रियों के जागरण को, आन्दोलन को, उनके प्रतिरोध को अस्मिता आन्दोलन के रूप में तो देखा ही जाये। अस्मिताओं के संघर्ष का क्या मतलब है? अस्मिताओं के बीच का संघर्ष। दलित पुरुष अपनी मुक्ति की बात तो करते हैं, लेकिन उन्हीं की स्त्रियों की पराधीनता और दमन के बारे में जब बात की जाती है तो उसका वे यह कहकर विरोध करते हैं कि आप लोग हमारे बीच में फूट पैदा कर रहे हैं। इसलिए यह दलित अस्मिताओं के बीच का ही द्वन्द्व होगा।

ऐसी कौन-सी वजहें थीं कि दलित स्त्रीवाद को दलितवाद और स्त्रीवाद से अलग राह लेनी पड़ी?

दलितवाद से अलग राह लेने का एक कारण यह है कि दलित स्त्रियाँ स्त्री के रूप में जब अपनी पराधीनता का अनुभव करने लगेंगी, तो वे अपने पुरुषों के विरुद्ध ही संघर्ष करने को सबसे पहले आगे बढ़ेंगी, लेकिन स्त्रीवाद से उसके अलगाव का सबसे बड़ा कारण यह है कि भारत में जो स्त्रीवादी आन्दोलन है, वो अस्सी प्रतिशत से अधिक पढ़ी-लिखी मध्यवर्गीय स्त्रियों का आन्दोलन है। इसलिए गाँव की दलित मज़दूरनी की समस्या, उनकी पीड़ा और यातना से स्त्रीवादियों की कोई आत्मीयता नहीं है। इसलिए वे स्वतः उनसे अलग हैं। अपनी लड़ाई उन्हें खुद लड़नी है—दोनों स्तरों पर। इसलिए एक स्तर पर उनकी लड़ाई अपने दलित पुरुषों से है और दूसरे स्तर पर व्यापक सामाजिक रूप से भी है। इसमें मध्यवर्गीय बौद्धिक स्त्रीवादी वर्ग भी आता है। इसलिए दलित स्त्री का उनसे अलगाव है। मैं तो वर्षों से कहता रहा हूँ। बहुत पहले महादेवी वर्मा ने भारत में स्त्री की पराधीनता के बारे में 'शृंखला की कड़ियाँ' नामक किताब लिखी थी। उसमें एक बात कही है उन्होंने कि गाँव की औरतों, श्रमिक औरतों की मुक्ति की भी चिन्ता करनी चाहिए, लेकिन हिन्दुस्तान में जो स्त्रीवादी आन्दोलन शुरू हुआ, उसमें से अधिकांश, मैं फिर इस बात को दोहरा रहा हूँ कि मध्यवर्गीय पढ़ी-लिखी स्त्रियों का आन्दोलन बन गया वो। अब पश्चिम में स्त्रियों की स्वाधीनता एक लेवल तक पहुँच गयी थी। तो उसके बाद वो अपनी

स्वाधीनता का संघर्ष करती हैं। पश्चिमी स्त्रियों ने जो नारे दिये थे, इन नारों का भारत की स्त्री के प्रसंग में कोई अर्थ नहीं है। दलित स्त्री के प्रसंग में में तो और भी कोई अर्थ नहीं है। वहाँ एक नारा दिया गया 'ब्रा बर्निंग' जिसको लेकर बहुत चर्चा हुई। अब ये 'ब्रा बर्निंग' ऐसा मामला है, जो ख़ास स्तर की महिलाओं का मामला है।

यहाँ की पढ़ी-लिखी महिलाएँ जिस भाषा में लिखती-बोलती हैं, उनकी बात दूसरी स्त्रियों और पुरुषों के समझ में भी नहीं आती है। मैं नाम नहीं लूँगा, लेकिन मैं हिन्दी की लेखिकाओं को उनकी किताबें पढ़कर जानता हूँ कि वो निन्यानवे प्रतिशत अंग्रेज़ी वाली हैं। इसलिए उनकी सारी मानसिक बनावट और चेतना उसी प्रकार की है। इसलिए भारत में उसका कोई असर नहीं हो रहा है। फिर जहाँ तक दलित स्त्रियों की बात है, जिसको राजेन्द्र यादव देहमुक्ति कहते हैं। वे देहमुक्ति को सरल और थोड़ी असभ्य भाषा में कहिए तो यौन मुक्ति कहते हैं। यौन मुक्ति जिसको कहते हैं, वह दलित स्त्रियों के लिए कोई मुद्दा इसलिए नहीं है कि सवर्ण स्त्रियों की तुलना में दलित स्त्रियों की देह पर अधिकार अधिक रहे हैं। मैं तो प्रारम्भिक और मूल रूप से चेतना की मुक्ति को महत्त्व देता हूँ। वह हो तो बाक़ी मुक्ति भी उसके साथ हो। सोच-विचार की मुक्ति, वैचारिक मुक्ति।

ब्राह्मणवादी पितृसत्ता को कैसे रेखांकित किया जा सकता है? और वह भारत के बाहर की पितृसत्ता से कैसे अलग है?

संसार भर में पितृसत्ता है। उसकी कुछ सामान्य विशेषताएँ होती हैं, जो हर जगह पायी जाती है। मतलब स्त्री को पुरुष के अधीन रहना चाहिए। यह पितृसत्ता की बुनियादी मान्यता है। कैसे रहना चाहिए? इसके तरीक़े अलग-अलग समाज व धर्मों ने अलग-अलग खोजे हैं। मसलन इस्लाम में स्त्री पराधीनता को एक तरह से निर्मित किया जाता है तो ईसाइयों में दूसरी तरह से और हिन्दुओं में तीसरी तरह से। इसलिए पितृसत्ता का गहरा रिश्ता धार्मिक सत्ताओं से है। भारत में जो पितृसत्ता है, उसको ब्राह्मणों की पितृसत्ता कहना मूर्खता के अलावा कुछ नहीं है। पितृसत्ता खाली ब्राह्मणों का मामला नहीं है। सवर्ण और सशक्त लोग, सब उसको अपने-अपने तौर पर मानते हैं। यह एक तरह से मज़बूत और कमज़ोर के रिश्ते का सवाल है। इसलिए स्त्री को भारत में जो अनेक नाम दिए गये हैं, उनमें एक नाम अबला भी है। अबला माने निर्बल-कमज़ोर। इसको कई बार कई जगह गौरवान्वित करने की भी कोशिश की गयी है। हिन्दी के बड़े कवि जयशंकर प्रसाद ने लिखा है कि 'नारी तुम केवल श्रद्धा हो'। 'श्रद्धा' का मतलब है कि खाली भावमय हो तुम, भावुक हो तुम। यद्यपि उन्होंने दो स्त्रियों का चरित्र रखा। एक बुद्धि का प्रतीक है। एक भावना का प्रतीक है, पर कह यह रहे हैं कि स्त्री केवल भावुकता का प्रतीक है और 'पीयूष स्रोत-सी बहा करो जीवन के सुन्दर समतल में।' मतलब पुरुष पहाड़

की तरह है और स्त्री उसके बीच से निकलने वाली ठण्डक पहुँचाने वाली, जीवन देने वाली धारा की तरह है। इसीलिए मैं कह रहा था, सारे ज़माने में आज देखते चले आइए। मैं थोड़ा और पीछे जाना चाहता हूँ। कालिदास का एक बहुत प्रसिद्ध श्लोक है 'कुमारसम्भव' में। उसमें एक रूपक है कि शिव अर्थ हैं और पार्वती शब्द हैं। अब शिव अर्थ हैं तो क्या पार्वती कभी शिव के बिना अर्थवान होंगी। हू-ब-हू इसी बात को तुलसीदास ने दोहराया है। तुलसीदास ने भी इसको राम और सीता के साथ जोड़कर कहा है। शब्द और अर्थ के रूपक में स्त्री-पुरुष का सम्बन्ध समझाया गया है। अर्थ है पुरुष और शब्द है स्त्री। माने पुरुष के बिना स्त्री खाली। इसलिए जो भारतीय समाज में, सवर्ण समुदाय में है वो सबके यहाँ लागू होता है। उसे सिर्फ़ ब्राह्मणवाद कहना सही नहीं लगता। हाँ अगर सारी आइडियोलॉजी को ब्राह्मणवाद कहना चाहें तो कह सकते हैं। इस समय दलितों में यह हो रहा है कि खाली ब्राह्मण जाति का मतलब ब्राह्मणवाद समझ लिया है। जो वर्चस्ववादी जातिवाद है, उसका प्राण है ब्राह्मणवाद, लेकिन दलित इसको जिस तरह से बना रहे हैं, उसका तो कोई अर्थ नहीं है। मैं मूल बात की ओर लौट रहा हूँ। सारे धर्मों ने, समाजों ने अपने-अपने यहाँ पितृसत्ता के नियम, कायदे-कानून बना रखे हैं अपनी-अपनी स्त्रियों को अपने क़ब्ज़े में रखने के लिए। जैसा मैंने कहा कि पितृसत्ता में कुछ समानताएँ हैं तो कुछ स्थानीय स्तर पर भेद भी हैं। जैसे हमारे भारतीयों की धार्मिक-पौराणिक परम्परा भी इस मायने में अलग है।

दलित स्त्रीवाद और स्त्रीवाद के कौन से घटक हैं, जो उनके लिए साझे संघर्ष की पृष्ठभूमि बना सकते हैं?

पहला घटक तो दोनों का स्त्री होना ही है। दूसरा घटक दोनों का पराधीन होना है। तीसरा घटक दोनों का समाज में सत्ता के सम्बन्ध में लगभग महत्त्वहीन बना दिया जाना है। ये सारे घटक ऐसे हैं, जिनसे सारे वर्गों की स्त्रियों के बीच एकता हो सकती है। दलित स्त्रियों के बीच हो सकती है और दूसरी स्त्रियों के बीच भी हो सकती है, पर हो सकती है एक बात है, है नहीं, यह सच्चाई है। जिसको कहने वाले लोग भी नहीं हैं कि होनी चाहिए।

क्या दलित लेखन की स्थापना कि 'उत्पीड़ित ही उत्पीड़न को अभिव्यक्त कर सकता है' के साथ दलित स्त्रीवाद भी स्वयं को एसोशिएट करता है? यदि हाँ, तो दलित स्त्री जीवन पर दलित एवं ग़ैर-दलित लेखकों की रचनाओं के संकलन को आप कैसे देखते हैं, ख़ासकर तब, जब उसकी सम्पादक दलित स्त्री ही हो?

अगर दलित स्त्रियाँ या ग़ैर-दलित स्त्रियाँ इस तरह के संग्रह का सम्पादन, संकलन और विवेचन-विश्लेषण करती हैं, तो इसका स्वागत किया जाना चाहिए। मैंने बीस वर्ष पहले एक इंटरव्यू दिया था, जिसका शीर्षक इंटरव्यू लेने वाले ने मेरे

कथन के बीच से ही बना दिया कि 'राख ही जानती है जलने का दर्द।' निन्यानवे प्रतिशत दलित लेखकों ने इसका सन्दर्भ दिया है, लेकिन हम उस कथन की ताक़त को जानते हैं, तो उसकी सीमाओं को भी जानते हैं। ऐसा है कि लेखन ही एक ऐसी चीज़ है, जिसमें अनुभव का महत्त्व बहुत ज़्यादा है, लेकिन अनुभव की सीमाएँ भी होती हैं। अगर किसी लेखक या लेखिका का अनुभव विवेक से संचालित और अनुशासित न हो तो गम्भीर लेखन नहीं पैदा हो सकता है। अनुभव जहाँ से ख़त्म होता है, उसी के आगे से वैज्ञानिक चेतना विकसित होती है। एक उदाहरण है, ये कथा सारा संसार जानता है न्यूटन ने सेब को पेड़ से नीचे गिरते हुए देखा। न्यूटन ने इसके कारणों पर विचार करना शुरू किया। अन्त में वो 'लॉ ऑफ़ ग्रेवीटेशन' तक पहुँचे। अब जो गिरते हुए देखना है, अनुभव तो उतना ही है। वही दृश्य दो-चार लाख और लोगों ने देखा होगा। हिमाचल या कश्मीर के बागान में काम करने वाला हर मज़दूर दस-बीस सेब रोज़ गिरते हुए देखता है, लेकिन वो न्यूटन नहीं हो सके। न्यूटन वही हो सकता है, जो अनुभव के कारण, स्वरूप, परिणाम, प्रयोजन, विस्तार तथा सम्भावनाओं पर विचार करे। इसलिए मैंने कहा कि यह साहित्य के प्रसंग में भी लागू होता है। अनुभव ज़रूरी है, लेकिन पर्याप्त नहीं है खाली अनुभव-अनुभव चिल्लाना। मान लीजिए कि प्रेमचन्द के लेखन में अनेक पशु-पक्षियों का उपयोग है—बैल है, हिरण है, तोता है। प्रेमचन्द ने जब इनके बारे में लिखा होगा तो ऐसा थोड़े हम मान लेंगे कि प्रेमचन्द हिरण, तोता और बैल बन गये होंगे अनुभव करने के लिए। यह कल्पना और विवेकशीलता से पैदा हुए पात्र और चरित्र हैं। इसलिए खाली अनुभव का जाप ठीक नहीं है। इसलिए मैं इस बात को क़तई नहीं मानता कि कोई दलित कहे या ग़ैर-दलित कहे कि दलितों की पीड़ा और यातना के बारे में लिखने का अधिकार सिर्फ़ दलितों को है। हाँ, इसकी जाँच करने का अधिकर दलित को भी है और ग़ैर-दलित को भी है कि दलित के बजाय एक ग़ैर-दलित का लिखा कितना प्रामाणिक है, कितना अप्रामाणिक? यह जाँच करने का अधिकार है, लेकिन यह मना करने का अधिकार किसी को भी नहीं है कि आप हमारे बारे में न लिखो, क्योंकि उसके दूसरे नतीजे होंगे। मान लीजिए एक दलित यह कहे कि सवर्ण लेखकों से कि आप हमारे बारे में नहीं लिख सकते, तो सवर्ण भी कह सकते हैं कि आप भी हमारे बारे में लिखना बन्द कीजिए। यह लेखन का स्वभाव नहीं है।

दलित स्त्री आन्दोलन कोई विशिष्ट राजनीतिक पहल क्यों नहीं कर पा रहा है, क्या लेखन तक सीमित रह जाना एक सीमा में क़ैद हो जाना नहीं है?

विकल्प की पहल करने के लिए कुछ आवश्यक शर्तें हैं। आज ये ध्यान रखिए कि विकल्प की बात आप पूँजीवादी समाज में कर रहे हैं, हवा में नहीं। पूँजीवादी

समाज में राजनीतिक पहल करने के लिए तीन-चार चीज़ें ज़रूरी हैं। पहली बात तो यह है कि आपके पास पर्याप्त धन होना चाहिए। दूसरी बात यह कि आपके पास पर्याप्त ताक़त होनी चाहिए। पूँजी की भी ताक़त हो और शरीर की भी हो। तीसरी बात यह कि आपके पास संगठन हो और संगठन के लिए समर्पित लोग होने चाहिए। सारी प्रक्रियाओं में जाने के बदले स्त्री को अपनी परेशानी, दुख, यातनाओं को समाज के सामने रखना चाहिए। मुझे यह अपर्याप्त नहीं लगता। मेरी जानकारी में यह भारत देश ही है, जहाँ एक स्त्री राष्ट्रपति हो सकती है, प्रधानमन्त्री हो सकती है। अनेक प्रान्तों की मुख्यमन्त्री स्त्रियाँ हैं और रही हैं, लेकिन किसी-न-किसी ऐसी पार्टी से जुड़कर जो बुनियादी तौर पर पुरुषों की बनाई हुई पार्टियाँ हैं, में रहकर कार्य किया है। बाहर भी आप देखिए संयोगवश अमेरिका में अभी तक कोई स्त्री राष्ट्रपति तो नहीं हुई, लेकिन बराक ओबामा के समय और इसके पहले भी स्त्रियाँ वहाँ विदेश मन्त्री बनती रही हैं, पर वो डेमोक्रेटिक पार्टियों के हिस्से के रूप में बनती हैं। उनकी अपनी कोई स्वतन्त्र पार्टी नहीं रही है, बल्कि यूरोप के कई देशों में स्त्रियाँ अभी राष्ट्रपति बनी हैं। चूँकि यूरोप के अन्य देशों में पूँजीवाद अमेरिका के उन्मादी पूँजीवाद के बजाय ज़्यादा संयमित है।

इसलिए स्त्रियों से यह उम्मीद करना कि वो एक राजनीतिक पहल नहीं कर पा रही हैं, मेरे हिसाब से ज़्यादती इसलिए होगी कि जो राजनीति में स्त्रियाँ हैं और सत्ता में हैं, उनको ही स्त्रियों की कितनी चिन्ता है? मायावती हों या ममता बनर्जी, स्त्रियों की यातना की चिन्ता तो है नहीं, फिर राजनीतिक पहलकदमी की चिन्ता क्यों होगी।

दलित स्त्रीवाद परिवार और विवाह आदि संस्था को कैसे देखता है?

परिवार, विवाह आदि संस्था को दलित स्त्रीवाद दूसरे स्त्रीवाद से भिन्न करके देखता हो मुझे ऐसा नहीं लगता है। इनके लिए परिवार ज़रूरी इकाई है। इसके साथ आप यह भी ध्यान रखिए कि दलित स्त्रियाँ परिवार में काफ़ी स्वतन्त्र रहती हैं। मतलब, सवर्ण स्त्रियों के लिए विधवा होने के बाद दो ही सूरतें हैं—हालाँकि अब वो कम हो गया है, एक तो कि उनको वृन्दावन या बनारस भेज दिया जाये या कि वो घर में ही रहें तो लगभग अपवित्र, उपेक्षित, अपमानित, पराजित और दलित होकर। इन सभी स्थितियों से दलित स्त्री को नहीं गुज़रना पड़ता है। उसका आधार उसका अपना श्रम है। वो चूँकि श्रमिक भी है, श्रमिक होने के नाते उसने अपनी ऐसी स्वतन्त्रता अर्जित की है कि एक पति मर गया और उसकी इच्छा हुई तो दूसरा कर लिया। उसमें कोई टैबू भी नहीं है।

जो आर्थिक आधार है और श्रम की जो प्रक्रिया है, उसकी मनुष्य को स्वतन्त्र और परतन्त्र बनाने में बड़ी भूमिका होती है। दलित स्त्रियाँ चूँकि बुनियादी तौर पर श्रमिक स्त्रियाँ हैं, जब वो अपने परिवार में जाती हैं तो उनमें से अधिकांश

पति की कमाई पर निर्भर नहीं रहती हैं, वो पति को भी कमा कर खिलाती हैं। इसलिए उन्होंने ऐसी स्वतन्त्रता अर्जित की है कि परिवार नाम की संस्था के जो दूसरे पचीस बन्धन सवर्ण स्त्रियों को भोगने पड़ते हैं, वो उस रूप में उनको नहीं भोगने पड़ते। इसलिए परिवार उनके लिए बोझ नहीं है। परिवार उनके लिए ज़िन्दगी जीने का एक माध्यम है। उसकी सहजता अगर वो मानती हैं तो ये समझ में आने लायक बात है।

(स्त्रीकाल, 2013)

मैं आलोचना को कविता और कवि से बड़ा नहीं मानता

(चिन्तक-समालोचक मैनेजर पाण्डेय से युवा कवि निशान्त की बातचीत)

आप विद्यार्थी जीवन में कविता लिखते थे। कब आपको लगा कि कविता बन्द कर देनी चाहिए और क्यों?

हाँ। जब मैं हाईस्कूल का छात्र था तब हिन्दी और भोजपुरी दोनों भाषाओं में कविता लिखता था। मेरे एक अध्यापक थे लक्ष्मण पाठक 'प्रदीप' जो उस अंचल के लोकप्रिय कवि थे, दोनों भाषाओं के। उन्हें मेरे अन्दर कुछ सम्भावनाएँ दिखीं इसलिए उन्होंने मुझे साहित्य से जोड़ा, साहित्य से सम्बन्धित कुछ बातें बतलायीं और कविता लिखने की सलाह दी। प्रेरणा भी दी और शुरुआत के दिनों में मेरी कविताएँ जाँचने और परखने का कार्य भी किया। फिर मुझे बतलाया कि अब तुम कविता सम्मेलनों में कविता सुनाने लायक हो गये हो। वे अपने साथ तीन-चार जगह मुझे ले भी गये। मैंने कविताएँ सुनायीं और पाठकों-श्रोताओं ने उन्हें पसन्द भी किया। मैं गाँव-देहात में प्रसिद्ध भी हो गया। कारण स्पष्ट था—गाँव के लोग कविता में तीन चीज़ें खोजते हैं—छन्द, लय और ज़िन्दगी की किसी घटना को कविता प्रस्तुत करती है कि नहीं। अगर ये चीज़ें कविता में हैं तो सामने वाला उनकी नज़र में कवि है।

अभी भी गाँव जाने पर मेरे पुराने मित्र मुझे कवि जी—कवि जी कहकर ही बुलाते हैं।

इंटरमीडियट में मैं बनारस के डी.ए.वी. कॉलेज में पढ़ने आ गया। वहाँ हिन्दी और अंग्रेज़ी के दो-चार बड़े ही अच्छे और गुणी प्राध्यापक थे। जब उनसे कविता के बारे में बातचीत होने लगी तब मुझे महसूस हुआ कि मेरी कविता, कुछ ख़ास नहीं है। बी.ए. में आते-आते मैंने कविता लिखना और कवि सम्मेलनों में जाना बन्द कर दिया।

आलोचना की तरफ़ रुझान कब हुआ?

बी.ए. के दौरान। मेरे एक अध्यापक थे—डॉ. शितिकण्ठ मिश्र। खड़ी बोली के आन्दोलन पर उन्होंने एक बड़ी अच्छी किताब लिखी है जो मूलतः उनका शोध प्रबन्ध था और इसे 'नागरी प्रचारिणी सभा' ने छापा था। उन दिनों वे कहानी की आलोचना लिखा करते थे। आलोचना की उनकी दृष्टि, भाषा और समझ तीनों

बहुत अच्छी थीं। एक तरह से मैं कह सकता हूँ कि शितिकण्ठ मिश्र जी की प्रेरणा और प्रभाव से मैं आलोचना में प्रविष्ट हुआ। एक और सज्जन थे, हमारे ही कॉलेज के प्रिंसिपल कृष्णानन्द जी। वे जयशंकर प्रसाद, रामचन्द्र शुक्ल आदि के व्यक्तिगत मित्र भी थे। उन्होंने रामचन्द्र शुक्ल के निबन्धों का एक संग्रह 'त्रिवेणी' के नाम से सम्पादित भी किया था। कृष्णानन्द जी के माध्यम से आचार्य शुक्ल की आलोचना से मेरा परिचय हुआ। डॉ. शितिकण्ठ जी के माध्यम से उस समय पत्रिकाओं में चल रही आलोचना से। उन दिनों बनारस में साहित्य का वातावरण भी बहुत अच्छा था। प्रायः गोष्ठियाँ होती थीं और उसमें बाहर से लेखक-विद्वान आते थे। उन्हें सुनने-गुनने का मौक़ा मिलता था। इन्हीं सब कारणों से धीरे-धीरे मेरी आलोचना में रुचि और पैठ बनी। फिर मैं आलोचना की तरफ़ आ गया।

आपका कार्य सूरदास पर है। तो क्या सूरदास पर कार्य करने की प्रेरणा आपको उन्हीं लोगों से मिली?

यह तो बहुत बाद की बात है। असल में आपको यह जानकर पता नहीं प्रसन्नता होगी कि नहीं, मैंने पहला लेख विवेकानन्द पर लिखा था। हमारे एक मित्र थे—हीरा सिंह जी। वे अपनी कक्षा से ऊपर की किताबें पढ़ते थे। बहुत पढ़ाकू थे। उन्होंने मुझे बतलाया कि विवेकानन्द और रामकृष्ण परमहंस की जीवनी रोमाँ-रोलाँ ने लिखी है और आप मेरे साथ चलिए और इन किताबों को ख़रीदकर पढ़िए।

किताब अंग्रेज़ी में थी। मेरी अंग्रेज़ी उतनी अच्छी नहीं थी, पर उतनी ख़राब भी नहीं थी। ख़ैर...लाया और पढ़ी। इसके बाद जवाहरलाल नेहरू के 'डिस्कवरी ऑफ़ इंडिया' में विवेकानन्द के कुछ उद्धरण पढ़े मैंने। तो मुझे लगा कि यह आदमी संन्यासी है और बात ऐसे करता है जैसे कि समाजवादी और मार्क्सवादी हो। मुझे उनके दो उद्धरण, अब तक उसी ज़माने के पढ़े हुए याद हैं। एक उद्धरण समाजवाद के बारे में है—'और जो समाज व्यवस्थाएँ हैं, वो अब तक आजमायी गयी हैं और उनमें कोई-न-कोई कमी पायी गयी है तो क्यों न एक बार समाजवाद को भी आजमाया जाये। और अगर कोई कारण न भी हो तो उसके नयेपन के कारण ही आजमाया जाये।' मुझे लगा कि कोई सुलझा हुआ मार्क्सवादी ही ऐसी बात कह सकता है, जबकि यह संन्यासी है। उसी तरह से विवेकानन्द ने धार्मिक जड़ता और रूढ़िवाद की इतनी कड़ी आलोचना की है, देखो वे कहते हैं—'हमारा धर्म जो है, वो हाँड़ी के भात की तरह है। जो किसी ने छू दिया तो हमारा धर्म और ईश्वर सब अपवित्र हो गये। ऐसे धर्म का क्या मतलब?'

यह तो अपने समय से आगे की आलोचना है।

यही नहीं, उन्होंने समाजवाद वाले उद्धरण में आगे कहा था—'कोई भी रोटी न मिले की तुलना में आधी रोटी मिले तो क्या यह कम है।' विवेकानन्द के विचारों से

मेरे मन को बहुत ही उत्तेजना—प्रेरणा मिली। इसी बीच कलकत्ता की किसी संस्था ने विवेकानन्द पर निबन्धों को आमन्त्रित किया, पुरस्कृत करने के लिए। तो मैंने सोचा कि चलो कोशिश करते हैं। मैंने विवेकानन्द पर एक लेख लिखा, हिन्दी में और भेजा। और संयोग से उसे पुरस्कार भी मिल गया।

बाद में इलाहाबाद से निकलने वाली पत्रिका 'माध्यम' में मैंने वो लेख भेजा। उन दिनों बालकृष्ण राव उसके सम्पादक थे। बीस दिनों के अन्दर स्वीकृति पत्र भी आ गया, लेकिन अगले महीने पत्रिका ही बन्द हो गयी। तो वो लेख छपते-छपते रह गया। लेकिन आलोचना लिखने की शुरुआत हो गयी।

विधिवत् साहित्य की आलोचना लिखने की शुरुआत कब की?

एम.ए. में आने के बाद। 1964-65 के आस-पास

पहली आलोचना किसको ध्यान में रखकर लिखी थी और कहाँ प्रकाशित हुई थी?

उस समय मैंने दो लोगों को ध्यान से पढ़ा था। एक तो आचार्य रामचन्द्र शुक्ल और दूसरे हजारी प्रसाद द्विवेदी जी। उन दोनों से कुछ सीखते हुए और कुछ प्रयास करते हुए मैंने दो आलेख लिखे। एक बी.एच.यू. से निकलने वाली पत्रिका 'प्रज्ञा' में और दूसरा शान्ति निकेतन से निकलने वाली पत्रिका 'विश्व भारती' में प्रकाशित हुए।

कविता की आलोचना की शुरुआत कब की थी?

मैंने शुरुआत में जिन लोगों से सीखा वे बुनियादी तौर पर कविता के ही आलोचक हैं। और मैं यह मानकर चलता हूँ कि 'कविता की आलोचना' की प्रवृत्ति का मेरे अन्दर विकास इन दोनों आचार्यों की पुस्तकों से परिचय होने के बाद ही हुआ। दूसरा सबसे बड़ा कारण था कि एम. ए. के दौरान ही हिन्दी के एक बहुत प्रतिभाशाली कवि से मेरी मित्रता हो गयी, वे थे—धूमिल। धूमिल से कविता और केवल कविता के बारे में ही बातें होती थीं। वे जैसी कविता लिखते थे और कविता के बारे में जो बात करते थे, उससे मुझे कविता और समकालीन कविता, दोनों को समझने में बहुत मदद मिली। आलोचना में, कविता की आलोचना की ओर मुड़ने के पीछे ये दो बड़े कारण थे।

आपने एक जगह कहा है कि मनुष्य को सम्पूर्णता में जानने के लिए मैं कविता की ओर जाता हूँ। मार्क्स ने कहा है कि 'कविता मनुष्यता की मातृभाषा है।' लेकिन क्या आज की कविता यह कार्य कर पा रही है?

ऐसा है, जब भी कविता के स्वभाव, स्वरूप आदि के बारे में बात की जायेगी या की जानी चाहिए तो अच्छी कविता को ही ध्यान में रखकर की जायेगी। आप निराला या मुक्तिबोध को पढ़ें तो आपको लगेगा कि यह कवि अपने सम्पूर्ण अस्तित्व और व्यक्तित्व के साथ कविता लिख रहा है। निराला और मुक्तिबोध के लिए कविता कोई

शौक़ या सुविधा की वस्तु नहीं है, बल्कि अपने प्राणों को उसमें लगाते हुए कविता लिख रहे हैं। इसी प्रक्रिया को ध्यान में रखते हुए मैंने वो बात कही थी। निराला या मुक्तिबोध की कविता को ठीक से जानना, मतलब इन दो व्यक्तियों को सम्पूर्णता में जानना है।

मार्क्स ने जब 'कविता मनुष्यता की मातृभाषा है' कहा होगा तो उसके मन में क्या रहा होगा, इसके बारे में हम लोग सिर्फ़ अनुमान कर सकते हैं। अपने व्यावहारिक जीवन के अनुभवों से। गाँव में कहा जाता है कि आप किसी आदमी से उसकी मातृभाषा जानना चाहते हैं तो अचानक उसकी पीठ पर एक मुक्का मारिए और उसके मुँह से पहला शब्द जो निकलेगा, वही उसकी मातृभाषा होगी। मतलब यह कि मनुष्यता की अभिव्यक्ति कविता में होती है। मनुष्यता ही कविता का उद्देश्य है।

कविता ही मनुष्यता की रक्षा करती है। आचार्य रामचन्द्र शुक्ल की भाषा में कहूँ तो—'कविता शेष सृष्टि के साथ मनुष्य के रागात्मक सम्बन्ध की रक्षा और निर्वाह का साधन है।' तो शेष सृष्टि में मनुष्यता भी आती है, प्रकृति और सारा संसार भी आता है। इसलिए मार्क्स ने ऐसा कहा होगा और हमारे पास तो एक और बड़ा उदाहरण है। आपको पता होगा कि मैथुनरत क्रौंच के जोड़े में से एक को बहेलिए ने मारा, उसको देखकर जो क्षोभ पैदा हुआ वाल्मीकि के अन्दर उसी से कविता निकली। वाल्मीकि के मुँह से जो पहला श्लोक निकला वाल्मीकि की मनुष्यता की भाषा थी।

अच्छा देखिए, यह सिर्फ़ मनुष्य में ही होता है कि वह दूसरे के सुख में सहभागी हो या न हो, लेकिन दुख में वह ज़रूर सहभागी होता है। इसलिए भी मार्क्स का यह कथन बहुत महत्त्वपूर्ण है।

आज की हिन्दी कविता को मार्क्स के इस कथन के परिप्रेक्ष्य में रखकर आपकी क्या प्रतिक्रिया होगी?

आज की हिन्दी कविता का विस्तार बहुत बड़ा है। मैं फिर कह रहा हूँ कि आज जो हिन्दी के अच्छे कवि हैं और उन कवियों की भी जो अच्छी कविताएँ हैं, उनमें कमोबेश मनुष्य की सम्पूर्णता और मनुष्यता की प्रवृत्तियाँ मिलती हैं।

असल में, कविता में मनुष्य की व्यक्तिगत चेतना, सम्पूर्णता में अभिव्यक्त होती है। उपन्यास, कहानी और अन्य माध्यम में व्यक्तिगत के अलावा अर्थात् 'स्व' के साथ और अन्य चीज़ें भी चली जाती हैं। सिर्फ़ कविता ही उसके 'स्व' को पूरी तरह से अभिव्यक्त करती है। अब यह 'स्व' जितना बड़ा होगा, कविता अपने आप उतनी बड़ी हो जायेगी और उसमें मनुष्यता का स्वरूप भी उतना ही बड़ा होगा। इसलिए निराला, मुक्तिबोध के यहाँ वह आपको बड़े पैमाने पर दिखाई देती है। इसलिए आज के जो हमारे अच्छे कवि हैं, चाहे वे राजेश जोशी हों, मंगलेश डबराल, अरुण कमल या आलोक धन्वा हों, उनका जो आत्म है, मैं मुक्तिबोध के शब्दों का सहारा

लूँ तो—'उनके आत्म का आयतन' उतना व्यापक नहीं है जो निराला या मुक्तिबोध का था। इसलिए उनकी कविता में मनुष्यता की अभिव्यक्ति तो है लेकिन उतनी व्यापकता या गहराई नहीं है।

आजकल कविता में कई पीढ़ियाँ एक साथ सक्रिय हैं। लेकिन कविता के शिल्प और भाषा की संरचना के स्तर पर कोई बड़ा बदलाव नज़र नहीं आ रहा है, क्यों? ख़ासकर के मुक्तिबोध के बाद!

आप जो कह रहे हैं, वो सच है। इसमें अतिरंजना नहीं है। वास्तव में साहित्य के रूपों या कविता के रूप में बड़ा बदलाव कवि की चेतना की व्यापकता से जुड़ा हुआ है। निराला या मुक्तिबोध की तरह अपना सब कुछ लगाकर कविता लिखने की तैयारी, आज के ज़माने के कवियों में नहीं है। जिसमें जितनी है, उतने की अभिव्यक्ति हो रही है। लेकिन ऐसा भी नहीं है कि जो एकदम बुनियादी तौर पर नयी लगे।

असल में कविता की भाषा, शिल्प और उसकी संरचना आदि में जो नवीनता आती है, वह भी कवि की संवेदनशीलता, उसकी चिन्ता और उसकी सोच आदि की नवीनता से ही सम्भव है। यह बात थोड़ी पुरानी लग सकती है, फिर भी सच यही है कि हर कवि को अपनी विषय-वस्तु के अनुसार शिल्प की खोज करनी पड़ती है। यहाँ कहना ठीक नहीं होगा, फिर भी कह रहा हूँ कि तुम्हारी लम्बी कविताओं का जो अभी नया संकलन राजकमल से छप कर आया है, वो एक तरह से एक कविता में अनेक कविताएँ हैं। उसका कारण जो मेरी समझ में आया, वह यह है कि आप सौ चीज़ें उसमें डालना चाहते हैं और कविता हर बार नया मोड़ लेती है किसी नयी चीज़ की तरफ़। इसलिए कविता के भीतर ढेर सारी कविताएँ उसमें दिखलाई पड़ती हैं। मान लीजिए आपको किसी एक ही भाव, एक ही विचार, एक ही संवेदना की कविता लिखनी है तो वह लम्बी कविता नहीं होगी। दूसरे उसमें शिल्प और संरचना सम्बन्धी इतने परिवर्तन नहीं होंगे। इसलिए जो संवेदना के दायरे का संकुचित होना है, वही कविता के शिल्प और भाषा आदि में नवीनता के अभाव का प्रमुख कारण है।

यह समय बड़ा जटिल है और इसे जटिलताओं के साथ जब कोई कवि या कहानीकार पकड़ने की चेष्टा करता है तो निश्चित ही वह रचना बड़ी या लम्बी हो जायेगी। मुझे लगता है लम्बी कविताओं के पीछे यह भी एक कारण हो सकता है।

हाँ! सच है। लेकिन हर रचनाकार को यह ध्यान रखना चाहिए कि रचना एक कला की माँग भी करती है। मान लीजिए कि कोई मूर्तिकार हो तो वह पत्थर के एक टुकड़े में से ही मूर्ति बनायेगा। अब यदि वह कहने लगे कि यह जो पूरा हिमालय है, वही हमारी मूर्ति है तो...इससे मूर्ति का रूप तो नहीं बनेगा। इसलिए कवि को स्वयं अपनी ज़िन्दगी के भीतर से ही चुनाव करना पड़ता है कि क्या कविता के लायक है और क्या छोड़ देने के लायक है।

आजकल कविता रचनात्मक कला (creative art) के बदले उत्पादन कला (Productive art) में ज़्यादा बदल गयी है। इसके लिए पत्रिकाएँ भी खूब हैं। हम देख भी रहे हैं। क्या आप इस बात से सहमत हैं? या इसे ऐसे कहा जाये कि कविता लिखने से ज़्यादा बनाने पर ज़ोर दे रहे हैं, आजकल के कवि?

ऐसा है कि आपके दोनों शब्द ख़राब कविता को ध्यान में रखकर आये हैं।

हाँ। सच है। लेकिन उन्हीं का ज़ोर ज़्यादा है।

देखो, मैं तुम्हें एक निजी प्रसंग सुनाता हूँ। यहाँ दिल्ली में राजेश जोशी पर कोई कार्यक्रम था। वहाँ मैंने यह सवाल उठाया था कि इस देश में ढाई लाख किसानों ने आत्महत्या की है। इसपर क्या जनवादी, क्या प्रगतिवादी किसी भी कवि को यह घटना उद्वेलित नहीं करती? कहाँ गया उनका जनवाद और प्रगतिवाद? इसके दो महीने बाद राजेश जोशी की किसानों की आत्महत्या पर जनसत्ता में एक कविता छपी। मैंने उन्हें फ़ोन किया। बधाई दी तो उन्होंने स्वीकार किया कि सर यह कविता आपके कहने पर ही लिखी गयी है। उन्होंने एक कविता और लिखी थी। वे दोनों अच्छी कविताएँ थीं और उनका मैंने कई जगह उल्लेख भी किया। इसी तरह की एक कविता चन्द्रकान्त देवताले की है।

इस समय भारतीय समाज में इतनी अधिक समस्याएँ हैं कि मनुष्यता और बड़ी चीज़ें तो छोड़ दो। इस समय तो भारत में लोकतन्त्र ही ख़तरे में है। यह सारे कवियों, रचनाकारों की बेचैनी का विषय नहीं है। एक ऐसी सरकार जो अपनी ही जनता के विरुद्ध युद्ध छेड़े हुए है। इस युद्ध का कोड वर्ड (Code Word) ही बहुत भयानक है—'ऑपरेशन ग्रीन हंट'। 'हंट' शब्द का प्रयोग जानवरों के लिए किया जाता है—'हंटिंग'। इसे मैं 'ऑपरेशन ट्राइवल हटिंग' कहता हूँ। यह क्या कम बड़ी समस्या है?

यही नहीं आप साधारण तौर पर एक छोटा-सा ही सही लेकिन सच्चा विरोध नहीं कर सकते, इस सत्ता का। आप पर तेरह आरोप लगाकर कुछ भी किया जा सकता। यह सारे कवियों को बेचैन नहीं करता क्या? वे भी तो इसी समाज में रहते हैं। कवि होने के नाते हम यह उम्मीद करते हैं कि वे सामान्यतः दूसरे लोगों से ज़्यादा संवेदनशील होंगे। क्या उनकी संवेदनाएँ इन घटनाओं से जाग्रत या आहत नहीं हो रही होंगी?

आज 'बड़ी कविता' के न होने के पीछे मुझे एक कारण यह भी समझ में आता है—कवियों की अपने समय और समाज के प्रति उदासीनता। जब तक समय और समाज उसके पूरे व्यक्तित्व को प्रभावित नहीं करेगा, तब तक 'बड़ी कविता' क्या 'कविता' भी पैदा नहीं होगी। बस 'गढ़ी' हुई कविता होगी।

अच्छा सर। आजकल कविता से विचारधारा ग़ायब होती दिख रही है। एकाध अपवाद को छोड़ दें तो पूरी जो नयी खेप कविता में आयी है। उनके यहाँ यह ग़ायब है। इसके पीछे किन समाजशास्त्रीय कारणों को आप देखते हैं।

हिन्दी की कविता के इतिहास को आप उठाकर देखें तो मुझे तो नहीं लगता कि मुक्तिबोध के बाद यहाँ किसी की कविता में विचारधारा इतनी प्रबल रूप में है। एक कवि के पास थी तो अब ख़त्म हो गयी है—वो हैं आलोक धन्वा। अब वे स्वयं दूसरी तरह की कविता लिख रहे हैं।

आज साहित्य के संसार में गम्भीर वैचारिकता का घनघोर अभाव है। किसी गम्भीर विषय पर किसी गम्भीर बहस की गुंजाइश ही नहीं है। मैंने एक लेख लिखा था ज्ञानोदय में। उसके विरुद्ध दो लोगों ने लेख लिखे। एक कृष्णदत्त पालीवाल और दूसरे अजय तिवारी। आप इनके लेखों को पढ़ लीजिए तो लगेगा ही नहीं कि वे मेरे लेख का जवाब दे रहे हैं या उस बात को आगे बढ़ा रहे हैं। विचार और बहस के लिए यह ज़रूरी नहीं है कि एक आदमी ने कुछ कहा है तो आप उसका खण्डन कीजिए या मण्डन कीजिए। आप कुछ नया भी तो कह सकते हैं। आप समस्या को समस्या समझ रहे हैं कि नहीं, यह ज़्यादा ज़रूरी है।

इसलिए आजकल गम्भीर विचार-विमर्श और बहस होने के बदले नोक-झोंक, गाली-गलौज और उठा-पटक ज़्यादा है। आप देखिए इस बीच में नामवर सिंह के दो वक्तव्य—एक लखनऊ में उन्होंने आरक्षण का विरोध किया तो दलितों ने उस पर पत्रिका का पूरा-पूरा अंक ही निकाल दिया। दूसरी बार भी उसी लखनऊ में उन्होंने कहा कि साहित्यकार, आजकल सरकार की जोरू की तरह है। उस पर कलकत्ता का एक अख़बार पूरे एक महीने तक पन्ने रँगता रहा। इससे क्या निकलने वाला है?

एक चीज़ जो रचना और विचार दोनों के लिए बहुत ज़रूरी है वह है—संवादधर्मिता। लेकिन आजकल संवादधर्मिता की जगह मेंढक की तरह टर्राना ज़्यादा हो गया है। संवाद गायक, सिर्फ़ अपनी बात कह कर चुप हो जाता है।

हाँ। यह सही है। इस बात से मैं सहमत हूँ।

अच्छा सर। आप यह बतायें कि विचारधारा कविता में कैसे रोल अदा करती है?

आज की कविता जीवनानुभव से दूर सिर्फ़ सतही विचारों पर सवार होना चाहती है। कठिनाई यह है कि यदि कवि के पास बड़े गम्भीर और व्यापक विचार नहीं होंगे तो कविता भी बड़ी गम्भीर और व्यापक नहीं होगी।

1995 ई. में आपने कहा था कि–'हिन्दी कविता में एक तरह का ठण्डापन, निष्प्राणता, लगभग जीवनहीनता की स्थिति दिखाई पड़ रही है।' और आज सत्रह साल बाद की स्थिति पर आपकी क्या राय है?

देखिए, अभी मैं हाल की कविता के पूरे परिदृश्य को ध्यान में रखूँ तो सत्रह साल पुरानी बात को दोहराऊँगा नहीं। लेकिन कुछ कवि ऐसे हैं ज़रूर जिनकी कविता में उनकी अपनी बेचैनी, चिन्ता, एक तरह की सामाजिक संलग्नता ये सब

दिखाई देती है। अब वह बेचैनी कितनी कलात्मक बन पाती है, नहीं बन पाती है? इसकी माँग मैं युवा कवियों से नहीं करूँगा क्योंकि अभी तो वे शुरू ही कर रहे हैं।

उसी तरह से जो थोड़े पुराने कवि हैं। उनकी भी कविताओं में। चन्द्रकान्त देवताले की एक कविता है—'यह काटी गाँव है' उसमें भी बेचैनी है। अभी विष्णु खरे ने एक कविता किसानों की आत्महत्या पर लिखी है। उसमें भी बेचैनी है। राजेश जोशी की किसानों की आत्महत्या वाली कविता का ऊपर उल्लेख कर चुका हूँ। आपने देखा होगा, कथादेश का किसानों पर विशेषांक वाला अंक, उसमें दिनेश कुशवाहा, निलय उपाध्याय की कविताओं में वह बेचैनी दिखलाई पड़ती है। इसलिए जो आज के सजग कवि हैं, उनके यहाँ बेचैनी तो ज़रूर है लेकिन कविता में बेचैनी हो, यह तो सही है लेकिन सिर्फ़ बेचैनी से कविता बने, यह सही नहीं है।

आप ने आज से पच्चीस साल पहले कुमार विकल, अरुण कमल, आलोक धन्वा और मंगलेश डबराल को बहुत उम्मीद से देखा था। आज वे समकालीन कविता के प्रमुख हस्ताक्षर हैं। आज 2012 में आप किनको उसी उम्मीद से देख रहे हैं?

देखिए 2000 के आसपास इंडिया टुडे में मैंने एक बड़ा लेख लिखा था। उसमें अष्टभुजा शुक्ल, निलय उपाध्याय, पंकज चतुर्वेदी, कात्यायनी, अनामिका और सविता सिंह और एकाध कवियों का उल्लेख किया था। उस समय इनकी कविताएँ मुझे अच्छी लगी थीं। इन पर मैंने बात की थी। आज भी मुझे लगता है कि ये सारे नहीं तो अधिकांशतः अपनी क्षमता के हिसाब से कविता की दुनिया को समृद्ध कर रहे हैं।

लेकिन इधर एक दशक में एक पूरी नयी पौध सामने आयी है। इसमें ऐसे कुछ नाम?

हाँ। एक पौध तो आयी है। मुझे ध्यान देना चाहिए। ख़ासकर के तुम्हारी पीढ़ी के लोगों पर। मैं उनका संग्रह जुटा रहा हूँ। और कुछ कामों से निवृत्त होकर, उस पर एक आलेख तैयार करूँगा। यह बात है मेरे दिमाग़ में।

कविता और कहानी में तो एक नयी पीढ़ी सामने दिख रही है। लेकिन आलोचना में नहीं दिख रही है; क्यों?

आपकी बात सही है।

क्यों? क्या नये लोग आलोचना के लिए जो धीरज और तैयारी की ज़रूरत होती है, उससे बच रहे हैं?

हाँ। सही है। आलोचना के लिए जिस गम्भीर तैयारी की ज़रूरत है, उसका अभाव है नयी पीढ़ी में। कविता-कहानी आप आसानी से लिख सकते हैं, लेकिन आलोचना के लिए आपको बहुत कुछ invest करना पड़ता है। बुद्धि, समय और ऊर्जा तीनों को लगाना पड़ता है तब आलोचना से कुछ निकलता है।

आप या आपकी पीढ़ी ने जो महत्त्वपूर्ण शोध कार्य किये, वे अपने आपमें एक महत्त्वपूर्ण आलोचना कृति में तब्दील हो गये। जबकि आज की पीढ़ी के लोगों के साथ ऐसा नहीं हुआ, क्यों?

इसके लिए शोध छात्रों से अधिक मैं उनके शोध-निर्देशकों को ज़िम्मेदार मानता हूँ।

'कविता के पाठक कम हैं।' यह बात बार-बार कही जाती है। आप इससे सहमत हैं?

आजकल अधिकांश कविताएँ पाठकों के दिलोदिमाग़ को छूती नहीं हैं और जो छूती नहीं हैं, वो याद भी नहीं रहतीं। मैं तो यह मानकर चलता हूँ कि स्मृति में कविता का रहना कविता की ज़िन्दगी का एक बहुत ही आवश्यक लक्षण है। अब जो कविताएँ लिखी जा रही हैं, उनकी संरचना, भाषा और उसमें जो कुछ कहा जा रहा है, वो तीनों ऐसा है कि ये चीज़ें पाठकों को आकर्षित नहीं कर पा रही हैं। इसलिए भी कविता के पाठक कम हो रहे हैं। बल्कि आपसे कहूँ तो ख़राब कविता के पाठक ज़्यादा हैं। हिन्दी में इन दिनों गीतों, ग़ज़लों का ज़ोर बढ़ा है। गीत और ग़ज़ल एक ढाँचे में लिखे जाते हैं और स्वभावतः लोग उन्हें कविता मानने लगते हैं। उसमें क्या कहा जा रहा है, इस पर ध्यान नहीं देते। गीत और ग़ज़ल दोनों ऐसी विधाएँ हैं, जिनमें अच्छा और महत्त्वपूर्ण लिखना मुश्किल काम है, जबकि ख़राब गीत-ग़ज़ल लिखना बहुत ही आसान।

क्या आप मुक्तिबोध की इस बात से सहमत हैं कि 'साहित्य में दूर तक जाने के लिए साहित्य से निर्वासन ज़रूरी है।'

इस बात के अर्थ की व्याप्ति को समझना बहुत ज़रूरी है कि मुक्तिबोध कहना क्या चाहते हैं? उन्होंने काफ़ी सांकेतिक भाषा में यह बात कही है। इस बात के दो अर्थ हैं। पहला अर्थ तो सीधा है कि साहित्य में जो लोग तीन-पाँच करके महत्त्वपूर्ण बनने की कोशिश करते हैं, उस प्रवृत्ति से मुक्त होना है। दन्द-फन्द, जोड़-तोड़, तीन-पाँच आदि से बचना। दूसरी बात है कि साहित्य कुल मिलाकर अनेक रूपों में समाज से पैदा होता है। और कोई भी साहित्य भाषा में ही तो लिखा जाता है और भाषा समाज पैदा करता है, साहित्य नहीं। तो भाषा के माध्यम से साहित्यकार समाज से जुड़ा हुआ है।

जिन्हें इस बात का गर्व है कि वे भाषा पैदा करते हैं, वे नयी भाषा नहीं गढ़ते। सिर्फ़ भाषा में नयी भंगिमाएँ गढ़ते हैं। वास्तव में मुक्तिबोध उस तीन-पाँच से बचने और साहित्यवाद से बाहर जाने की बात करते हैं। होता यह है कि साहित्यकार साहित्य की स्वायत्तता का एक लोक बना लेते हैं और उसी में जी-मर रहे होते हैं। जबकि उन्हें साहित्य के मूल स्रोत में जाना चाहिए। अर्थात् समाज में जाना चाहिए। तो यह उस बात का दूसरा अर्थ है।

हाँ, मुक्तिबोध तो कहते ही हैं–जो जीवन में जितना धँसेगा, वह उतना ही रचेगा।

हाँ। यह एक तरह से पहले की बात का ही जवाब है और एक्सटेंशन भी है।

कविता में तात्कालिकता और परम्परा का कितना महत्त्व है?

वास्तव में कविता बात कहने की एक विशेष कला है। हमेशा कविता में कोई न कोई बात कही जाती है। यह बात अनुभव से निकलती है और अनुभव हमेशा तात्कालिक होता है। जब आप कवि के रूप में उस अनुभव को अपनी चेतना का हिस्सा बनाते हैं तो फिर उसमें बहुत कुछ बदल जाता है। फिर जब आप उसकी नये सिरे से रचना करते हैं तो उस रचना की प्रक्रिया में मूल अनुभव का पुनः रूपान्तरण होता है और उसमें और ढेर सारी नयी बातें आप डाल सकते हैं। पुराने ज़माने के कवि यह करते थे। आज के कवियों को भी यह करना चाहिए। एक उदाहरण देता हूँ कि कैसे तात्कालिकता को अधिक प्रभावी बनाने के लिए परम्परा बदली। मान लीजिए बीच में दलितों ने ऐसी अनेक कविताएँ लिखीं जिसमें शम्बूक वध का ज़िक्र आता है। शम्बूक वध परम्परा का एक हिस्सा है। वह रामायण का हिस्सा है।

लेकिन आजकल किसी दलित की उन्नति को देखकर उससे जलते हुए उसकी बेइज़्ज़ती करना या उसकी हत्या करना आदि। यह व्यक्त करने के लिए उस प्रसंग में आप जब शम्बूक वध की घटना का उपयोग करते हैं तो तत्काल उस घटना के अर्थ की व्याप्ति हुई जो वर्तमान से लेकर अतीत तक हुई। तब मालूम होगा कि यह जो आज हो रहा है यह पहले भी हुआ है और यह एक विशेष सामाजिक संरचना की देन है। यह सामाजिक संरचना पहले थी, आज भी है। इसलिए ये घटनाएँ हो रही हैं।

अनुभव की तात्कालिकता के अर्थ को व्यापक बनाने के लिए परम्परा का प्रयोग उपयोगी होता है पर इसके लिए सावधानी बहुत ज़रूरी है। क्योंकि यह ध्यान रखना है कि कविता ख़बर की तरह तो होती है लेकिन वह ऐसी ख़बर की तरह होती है जो एक पाठ के बाद बासी नहीं हो जाती। कविता चेतना, सम्भावना और मानसिकता की भी ख़बर है।

छोटे शहरों से लोग दिल्ली भागे जा रहे हैं। रोज़ी-रोटी के लिए भी और युवा वर्ग पढ़ाई, नौकरी और साहित्यकार बनने के लिए भी। दिल्ली साहित्य की भी राजधानी बनी हुई है। इससे छोटे-छोटे केन्द्रों का नुक़सान हुआ है। इसे आप क्या स्वास्थ्यकर मानते हैं?

लगभग हिन्दुस्तान में, मैं मुक्तिबोध की मदद से कह रहा हूँ—साठ के दशक से धीरे-धीरे यह प्रवृत्ति पैदा हुई। सत्ता के क़रीब जाने की बेचैनी लेखकों-संस्कृतिकर्मियों में हुई। इसके लिए मुक्तिबोध ने लिखा भी—'क्या करूँ/कहाँ जाऊँ—दिल्ली या उज्जैन।' यह दो शहरों के नाम नहीं हैं। दो संस्कृतियों के नाम हैं। उज्जैन कालिदास की और दिल्ली जवाहरलाल नेहरू की। जब साहित्य में रचनाकार सुविधा की खोज करने लगता है तो वह सत्ता के क़रीब जाने की कोशिश करने लगता है। सत्ता के क़रीब जाने का मतलब सिर्फ़ नौकरी करना नहीं होता, पचास तरह से सत्ता के क़रीब हो सकता है। दिल्ली में प्रकाशन, पद, पुरस्कार, प्रतिष्ठा, पत्रिकाएँ, टेलीविज़न, रेडियो तमाम तरह की चीज़ें हैं।

इसलिए दूरदराज के लेखक इधर भागे चले आ रहे हैं। इसका दुष्परिणाम यह है कि अनुभव का दायरा सीमित होता जा रहा है। व्यापक भारतीय जनता के दायरे से ये लोग कटते और किनारे होते जा रहे हैं। इसलिए नुक़सान तो है। मैं अगर कहूँ तो आपको आश्चर्य नहीं होना चाहिए कि इस बीच कोई दुर्लभ व्यक्ति आयेगा, तभी कोई बड़ी रचना आयेगी, नहीं तो उसकी सम्भावना धीरे-धीरे ख़त्म होती जा रही है। चमत्कार, चमक और चौंकाने की चिन्ता साहित्य में ज़्यादा होती जा रही है।

आज पूँजीवाद के बड़े औजार चमक, चकाचौंध और बाज़ार बड़ी विनम्रता से हमारे जीवन में आ खड़े हुए हैं। युवा पीढ़ी भी थोड़े से नाम और प्रतिष्ठा के बाद इसी चमक और बाज़ार की तरफ़ जाने लगती है.....

हाँ, ज़ाहिर है।

वास्तव में समाज उस पूँजी से प्रभावित है, तो साहित्यकार भी प्रभावित होकर साहित्य की रचना उसी पूँजी के लिए अर्थात् मनोरंजन के लिए करने लगता है।

हाँ। यह मनोरंजन में तब्दील हो जाती है या कुछ लोगों के लिए चौंकाने वाली चीज़ में बदल जाती है।

आप कविता और आलोचना के रिश्ते को किस तरह विश्लेषित करते हैं?

मैं यह बराबर मानता हूँ कि कविता और आलोचना दोनों ज़रूरी है। एक पुराने अंग्रेज़ी के आलोचक के दिये हुए उदाहरण को आपके सामने रखता हूँ। आप कल्पना कीजिए जब मनुष्य गुफा में रहता था तो एक आदमी जो शिकार करने नहीं जाता था, वह गुफा में रहता था। उसने अपने अकेलेपन से मुक्त होने के लिए किसी पत्थर के टुकड़े या कोयले से दीवार पर आकृतियाँ बनायीं। जिसने बनायीं, वह कलाकार था। उसने यह सोच कर नहीं बनायी थीं कि वह कलाकार है। पर बाहर से जो आये उनमें से एक व्यक्ति बहुत चकित हुआ और कहा कि तुम तो कलाकार हो। तो जिसने बाहर से आकर कहा—वह आलोचक था, जो भीतर रच रहा था—वह कवि था।

कविता की पहचान बताने के लिए आलोचना की ज़रूरत होती है। मूल वस्तु लेकिन कविता ही है। मैं किसी भी आलोचक और आलोचना को कवि और कविता से बड़ा नहीं मानता। हाँ, आलोचक की ज़रूरत है, क्योंकि चार कवियों के बीच के फ़र्क़ को बतलाना ही आलोचना का कार्य है। काका हाथरसी और अज्ञेय एक नहीं हैं, यह आलोचना ही तो बतलायेगी।

(जनपथ : जुलाई 2013)

यथार्थवादी रचनाशीलता की स्थिति अब भी बहुत अच्छी है

(प्रसिद्ध आलोचक मैनेजर पाण्डेय से संज्ञा उपाध्याय की बातचीत)

हम आज के यथार्थ और आज के साहित्य के बारे में बातचीत शुरू करें, उसके पहले शायद यह स्पष्ट कर लेना उचित होगा कि 'आज' से हमारा क्या अभिप्राय है और हिन्दी में प्रचलित दशकों और पीढ़ियों के आधार पर परिभाषित किये जाने वाले 'आज' से हमारी 'आज' की समझ किस प्रकार भिन्न है।

मेरे हिसाब से 'आज' का मतलब है भारत और दुनिया में आज से बीस-पच्चीस बरस पहले से आज तक का समय। आज से बीस-पच्चीस बरस पहले दुनिया में कुछ ऐसे परिवर्तन हुए, जिन्हें विश्व इतिहास के प्रसंग में निर्णायक परिवर्तन कहा जा सकता है। पहला बड़ा परिवर्तन था सोवियत संघ और पूर्वी यूरोप के अनेक देशों में उस समय मौजूद समाजवादी व्यवस्थाओं का विनाश। इसके एक साथ कई नतीजे हुए। पहला तो यह कि जब तक सोवियत संघ था, वहाँ की समाजवादी व्यवस्था को देखकर दुनिया भर के उन लोगों को, जो अपने-अपने देशों में समाजवाद के लिए संघर्ष कर रहे थे, अपने संघर्ष के लिए जो शक्ति और प्रेरणा मिलती थी, वह मिलनी बन्द हो गयी। दूसरा यह कि उसे देखकर उनके मन में जो उम्मीद जागती थी, वह उसके न रहने से निराशा या हताशा में बदल गयी। तीसरा यह कि अमेरिका में दूसरे विश्वयुद्ध के पहले से ही जो साम्राज्यवादी प्रवृत्तियाँ पनप रही थीं, उनको सारी दुनिया में खुलकर खेलने का मौक़ा मिला, क्योंकि सोवियत संघ के न रहने पर उसके सामने प्रतिद्वन्द्वी नहीं रहा, जो किसी भी स्तर पर उसे जवाब दे सके। इन तीनों चीज़ों का मिला-जुला चौथा नतीजा यह हुआ कि अमेरिकी नेतृत्व में दुनिया की तमाम पूँजीवादी ताक़तें दुनिया को अपने अनुसार बनाने और चलाने के लिए एकजुट हो गयीं। अमेरिका ने एक नयी विश्व व्यवस्था का नारा दिया और स्वयं को उसका स्वाभाविक शासक घोषित किया। उस नयी विश्व व्यवस्था का ठोस रूप पूँजीवादी भूमण्डलीकरण के रूप में आज हमारे सामने है। इसका असर सारी दुनिया के साथ-साथ भारत पर भी है, इसलिए दुनिया के तमाम देशों की तरह भारत के लिए भी 'आज' का समय यही पिछले बीस-पच्चीस वर्षों से अब तक का समय है।

जब हम 'आज का यथार्थ' कहते हैं, तो यथार्थ को देखने की विभिन्न दृष्टियों में से किसी एक विशेष दृष्टि को अपना रहे होते हैं। आज के हिन्दी साहित्य में यथार्थ को देखने की मुख्य रूप से कौन-कौन-सी दृष्टियाँ आपको दिखाई पड़ती हैं और आप स्वयं किस दृष्टि से आज के यथार्थ को देखते हैं?

देखिए, यह जो 'आज का यथार्थ' का पद या मुहावरा है, वह बहुत व्यापक है। यथार्थ एक ही तरह का नहीं होता। जैसे एक राजनीतिक यथार्थ है, दूसरा आर्थिक यथार्थ है, तीसरा सामाजिक और सांस्कृतिक यथार्थ है। इसी तरह साहित्य में रचनाओं के माध्यम से व्यक्त होने वाला यथार्थ एक और यथार्थ है। फिर साहित्य की विभिन्न विधाओं में यथार्थ भिन्न-भिन्न रूपों में व्यक्त होता है। जैसे कविता में यथार्थ जिस रूप में व्यक्त होता है, उसी रूप में वह कहानी, उपन्यास या नाटक में व्यक्त नहीं होता। इसलिए यथार्थ एक नहीं है, अनेक यथार्थ हैं। फिर, यथार्थ को देखने की दृष्टियाँ भी अलग-अलग होती हैं, और वे इस आधार पर बनती हैं कि देखने वाला कहाँ खड़ा है और वहाँ से कहाँ जाना चाहता है। उदाहरण के लिए, आप मध्यवर्ग को देखें। उसके तीन रूप हैं—उच्च, मध्य और निम्न। उच्च-मध्यवर्ग भारत के या दुनिया के यथार्थ को जिस तरह देखता है, उसी तरह मध्य वर्ग के बाक़ी दोनों हिस्से नहीं देखते। मसलन, निम्न-मध्यवर्ग, जिसमें आज के भारतीय किसान और मज़दूर आते हैं, उच्च-मध्यवर्ग की तरह आज के यथार्थ को नहीं देखता। उच्च-मध्यवर्ग आज के यथार्थ को उस पूँजीपति वर्ग की दृष्टि से देखता है, जो आज कॉर्पोरेट कहलाता है, जो बहुराष्ट्रीय कम्पनियाँ बनाकर अफ्रीका जैसे देशों में जाता है और वहाँ की ज़मीनों पर, खानों वग़ैरह पर उसी तरह क़ब्ज़ा करता है, जिस तरह बड़े पूँजीवादी देशों की कम्पनियाँ भारत में आकर करती हैं। चूँकि उच्च-मध्यवर्ग आज के पूँजीवादी भूमण्डलीकरण से लाभान्वित होता है, इसलिए उसके लिए भूमण्डलीकरण का यथार्थ एक प्रकार का है, लेकिन जिन किसानों और मज़दूरों पर भूमण्डलीकरण की मार पड़ रही है, उनके लिए भूमण्डलीकरण का यथार्थ दूसरा है। आज का भारतीय पूँजीपति वर्ग एशिया, अफ्रीका और दक्षिणी अमेरिका के पिछड़े देशों में जाकर वैसी ही लूटपाट करता है, जैसी अमेरिका या ब्रिटेन, ऑस्ट्रेलिया अथवा साउथ कोरिया हमारे यहाँ आकर करते हैं। लेकिन भारत का आम आदमी अमेरिका वग़ैरह में ही नहीं, पिछड़े देशों में भी जायेगा, तो मज़दूर ही बनकर जायेगा। वह तो जहाँ भी जायेगा, उसे शोषण का शिकार ही होना है। इसलिए भूमण्डलीकरण के यथार्थ के बारे में उसकी दृष्टि वही नहीं हो सकती, जो भारतीय पूँजीपति वर्ग की या उससे जुड़े उच्च-मध्यवर्ग की है। इस प्रकार आप कह सकती हैं कि आज के यथार्थ को देखने की मुख्य रूप से दो दृष्टियाँ हैं—शोषक वर्ग की दृष्टि और शोषित जनता की दृष्टि। अब हमारी दृष्टि क्या है, मतलब मेरी या मेरी तरह सोचने-विचारने वालों की, तो हम भारत के किसानों, मज़दूरों और निम्न-मध्यवर्ग के लोगों की दृष्टि से भारत के और दुनिया

के यथार्थ को देखते हैं। लेकिन हम पूँजीपतियों और उच्च-मध्यवर्ग के लोगों की नज़र से दिखने वाली दुनिया को भी देखते हैं और उसके यथार्थ को भी समझते हुए दोनों दृष्टियों से दिखने वाले यथार्थ में जो फ़र्क़ है, उसको भी ध्यान में रखते हैं।

मेरे प्रश्न का एक हिस्सा छूट गया। मैंने पूछा था कि आज के हिन्दी साहित्य में यथार्थ को देखने की मुख्य रूप से कौन-कौन-सी दृष्टियाँ हैं।

हाँ, मुझे भी लग रहा था कि कुछ छूट रहा है। देखिए, आज के हिन्दी साहित्य का जो परिवेश है, और उसका जो रूप है, वह काफ़ी जटिल और विविधतापूर्ण है। इसलिए उसमें यथार्थ को देखने की अनेक दृष्टियाँ हैं। कौन किस दृष्टि से लिख रहा है, इसको जानने और समझने का एक तरीक़ा यह हो सकता है कि हम यह देखें कि वह किसके लिए लिख रहा है। इस प्रकार देखें, तो आज भी ऐसे बहुत-से रचनाकार हैं, जो अपनी समझ के हिसाब से आम जनता की ज़िन्दगी की तबाही, परेशानी, उसके दुख-दर्द आदि को किसी-न-किसी रूप में अपनी रचना में अभिव्यक्त करने की कोशिश करते हैं। लेकिन अब हिन्दी में ऐसे भी लेखक हैं, जो अपनी जनता के लिए कम और भारतीय अंग्रेज़ी लेखकों की तरह अन्तरराष्ट्रीय बाज़ार के लिए ज़्यादा लिख रहे हैं। उनके लेखन में उच्च-मध्यवर्ग की दृष्टि से यथार्थ को देखा जाता है।

क्या इसका कारण यह है कि मध्य और निम्न-मध्यवर्ग के लेखकों का जीवन एक तरह का है, जबकि उच्च-मध्यवर्ग के लेखकों का जीवन दूसरी तरह का?

नहीं, जीवन तो कमोबेश सभी हिन्दी लेखक एक जैसा ही जीते हैं, लेकिन उसको देखने की उनकी दृष्टि भिन्न होती है। मैं एक उदाहरण देता हूँ। भारत का कोई शहर ऐसा नहीं है, जिसके अन्दर गाँव न हों। दिल्ली में ही देखें, तो इस महानगर के अन्दर पचासों गाँव हैं। हम जहाँ रहते हैं, मुनीरका में, यह पहले एक गाँव ही था। 'मुनीर का गाँव' नाम ही था इसका। अब शहर में शामिल हो गया, शहरी बन गया, तो नाम हो गया 'मुनीरका', जबकि इस शब्द का कोई अर्थ ही नहीं है। जे.एन.यू. (जवाहरलाल नेहरू विश्वविद्यालय) की बगल में, जहाँ पहले हम रहते थे, बेर सराय एक जगह है, जो अब भी एक गाँव है। आपके पिताजी (रमेश उपाध्याय) जिस कॉलेज में पढ़ाते थे, वह शेख सराय में है। शेख सराय भी एक गाँव है।

आजकल हम जहाँ रहते हैं (पश्चिम विहार में), वहाँ भी एक गाँव है–ज्वाला हेड़ी। हालाँकि बाहर से अब वह पश्चिमी दिल्ली का एक बहुत बड़ा मार्केट बन गया है, लेकिन अन्दर पुराना गाँव अब भी दिखता है।

दिखता है न? मतलब, इस 'वर्ल्ड क्लास सिटी' कहलाने वाले महानगर दिल्ली में भी गाँव हैं। लेकिन दिल्ली में रहने वाले कितने हिन्दी लेखक इन गाँवों के बारे में जानते हैं और उनके बारे में लिखते हैं?

कुछ लेखक जानते हैं और लिखते भी हैं। जैसे मेरे पिताजी की ही एक कहानी है 'शहर सुन्दर है'। यह कहानी दिल्ली के अन्दर के एक गाँव के बारे में ही है। उन्होंने यह कहानी 1982 में दिल्ली में हुए एशियाई खेलों के समय लिखी थी। मैंने 2010 में हुए राष्ट्रमण्डल खेलों के समय जब दिल्ली को 'वर्ल्ड क्लास सिटी' बनाने की घोषणाएँ की जा रही थीं, दिल्ली शहर के यथार्थ को सामने लाने के लिए यह कहानी 'कथन' में फिर से प्रकाशित की थी...

मैं यही कहने जा रहा था। दिल्ली में रमेश जी जैसे लेखक भी हैं, जो इस यथार्थ को देखते हैं, लेकिन बहुत-से लेखकों को यह यथार्थ नहीं दिखता। उदाहरण के लिए, बेर सराय, जहाँ मैं पहले रहता था, जे.एन.यू. के बिलकुल बगल में है। जे.एन.यू. में आसपास कई कवि-कहानीकार रहते हैं, जो स्त्री मुक्ति की बड़ी-बड़ी बातें करते हैं और लिखते भी हैं। लेकिन मुझे नहीं मालूम कि उनमें से कितनों ने बेर सराय गाँव की स्त्रियों के जीवन को देखा होगा। मैं वहाँ रहा हूँ और मैंने देखा है कि उस गाँव में निन्यानबे प्रतिशत श्रम का काम औरतें करती हैं। घर-गृहस्थी के सारे क़ाम तो वे करती ही हैं, दूसरे काम भी करती हैं, जैसे पशुओं को पालना, उनको खिलाना-पिलाना, दूध दुहना, गोबर पाथना वग़ैरह। सारे काम औरतें करती हैं और अस्सी प्रतिशत पुरुष हुक्का गुड़गुड़ाते या ताश खेलते हुए दिन भर बैठे रहते हैं। तो सवाल यह है कि स्त्री मुक्ति की बात करने वाले लेखकों की दिलचस्पी कनॉट प्लेस में दिखने वाली औरतों की मुक्ति में है या बेर सराय में रहने वाली औरतों की मुक्ति में, जो सचमुच गुलाम हैं? और ऐसी औरतें, जो आज भी गुलाम हैं, देश में सब जगह हैं। लेकिन उनके जीवन का यथार्थ लेखकों को नहीं दिखता। अगर उनको फ़ुर्सत नहीं है कि बिहार के गाँवों में जायें या पंजाब के गाँवों में जायें या विदर्भ के गाँवों में जाकर वहाँ के किसानों की आत्महत्या के यथार्थ को देखें और उसके बारे में लिखें, तो वे कम-से-कम दिल्ली में ही रहते हुए दिल्ली के अन्दर के गाँवों का यथार्थ तो देख सकते हैं। जे.एन.यू. में रहने वाले कवि-कहानीकार बगल के बेर सराय गाँव का तो एक चक्कर लगाकर आ सकते हैं। अगर वे इतने निकट के यथार्थ को भी नहीं देख पाते, तो इसका मतलब है कि इस यथार्थ को देखने वाली दृष्टि ही उनके पास नहीं है।

इसका क्या कारण हो सकता है?

देखिए, यथार्थ को देखने की या देख सकने की दृष्टि इस बात से तय और निर्मित होती है कि लेखक कितना संवेदनशील है और वह किसके लिए लिखता है। अगर वह अपनी जनता के लिए लिखना चाहता है, तो उसकी एक दृष्टि होगी; अगर वह अन्तरराष्ट्रीय बाज़ार के लिए लिखना चाहता है, तो उसकी दृष्टि दूसरी होगी। अपनी जनता के दुख-दर्द को महसूस करने वाला संवेदनशील लेखक यथार्थ को इस

दृष्टि से देखता है कि यह बदले, ताकि जनता के दुख-दर्द दूर हों; जबकि बाज़ार के लिए लिखने वाला लेखक यह देखता है कि यथार्थ के कौन-से पक्ष को और किस दृष्टि से देखने-दिखाने पर उसका लेखन बाज़ार में ज़्यादा बिकेगा।

मतलब, एक प्रकार के रचनाकार की यथार्थ को देखने की दृष्टि का आधार होगी उसकी संवेदनशीलता, न्यायप्रियता और यथार्थ को जनता के हित में बदलने की इच्छा; जबकि दूसरे प्रकार के रचनाकार की यथार्थ को देखने की दृष्टि होगी उसकी व्यावसायिकता, बाज़ार में मौजूद दूसरे लेखकों से उसकी प्रतिद्वन्द्विता और बड़ा पारिश्रमिक, बड़े पुरस्कार वग़ैरह पाने की आकांक्षा...

हाँ, लेकिन बावजूद इसके कि अन्तरराष्ट्रीय बाज़ार की मायावी दुनिया लेखकों को ज़्यादा लुभाती है और अपने देश की, जनता के दुख-दर्द की हक़ीक़त उन्हें हताशा में डालती है, अच्छी बात यह है कि हिन्दी में आज भी ऐसे लेखक हैं, जो यथार्थवादी हैं और बाज़ारवाद के विरोधी हैं। वे अब भी अपने देश के किसानों पर, मज़दूरों पर, आदिवासियों पर, स्त्रियों पर निम्न-मध्यवर्ग के उन लोगों पर लिखते हैं, जो वर्तमान अर्थव्यवस्था में सुबह से शाम तक तबाही में ही जीते हैं। ज़रूरी नहीं कि ऐसे लेखक प्रगतिशील, जनवादी या मार्क्सवादी ही हों। कोई भी संवेदनशील लेखक, जो लोगों के दुख-दर्द को महसूस करता है और सोचता है कि लोगों की यह दुर्दशा न हो, यह चाहेगा कि जो वर्तमान यथार्थ है, वह बदले...

यानी दुनिया जैसी है, उससे बेहतर बने...

हाँ। और यहाँ मैं एक और बात कहना चाहता हूँ कि लेखक अगर संवेदनशील नहीं है, तो यथार्थवादी नहीं हो सकता। लोगों के दुख-दर्द को देखना, महसूस करना, उससे विचलित और चिन्तित होना, उनके दुख-दर्द को दूर करने के बारे में सोचना और उसके लिए लिखना—इस सबकी पहली शर्त है लेखक का सामाजिक दृष्टि से संवेदनशील होना। ऐसा होने पर ही मार्क्सवाद भी उसकी मदद करेगा, उस यथार्थ को देखने और चित्रित करने में। अगर लेखक में सामाजिक संवेदनशीलता ही नहीं होगी, तो वह लोगों के दुख-दर्द के प्रति उदासीन रहेगा। मार्क्सवाद इस उदासीनता की बीमारी की दवा नहीं है। और बाज़ारवाद या व्यावसायिकता की बीमारी का तो कोई इलाज ही नहीं है, जो आजकल बहुत फैल रही है। अब हिन्दी में लिखने वालों की भी बहुत-सी रचनाएँ अंग्रेज़ी में अनूदित होकर अन्तरराष्ट्रीय बाज़ार में पहुँच रही हैं। अनेक अन्तरराष्ट्रीय प्रकाशक अब हिन्दी में मौजूद हैं और हिन्दी प्रकाशक अन्तरराष्ट्रीय बाज़ारों में पहुँचने की कोशिश कर रहे हैं। अब जो लेखक इस बाज़ार के लिए लिखेगा, वह इस बाज़ार की शर्तों पर ही लिखेगा। और बाज़ार के लिए लेखक की सामाजिक संवेदनशीलता का, सामाजिक दायित्व की भावना का और इन दोनों चीज़ों से रचना में पैदा होने वाली सामाजिक सोद्देश्यता का कोई मतलब नहीं है।

आज बाज़ारवाद तो सामाजिक संवेदनशीलता और सामाजिक दायित्व की भावना को नष्ट कर ही रहा है, पूरा शासन-तन्त्र, शिक्षा का तन्त्र और मीडिया का तन्त्र भी यही काम कर रहा है। मनुष्य को सामाजिक प्राणी या नागरिक बनाने के बजाय उपभोक्ता और व्यक्तिवादी बनाया जा रहा है। आज के लेखक भी इसी यथार्थ में से निकलकर आ रहे हैं और इसी दृष्टि से लिख रहे हैं।

आप ठीक कह रही हैं। अगर आप सामाजिक दायित्व महसूस करते हैं, तो एक तरह से लिखेंगे और केवल व्यक्तिवादी ढंग से लिखेंगे, तो दूसरे ढंग से लिखेंगे। हो सकता है कि दोनों प्रकार के लेखक आज के यथार्थ को भी रचना में ला रहे हों, लेकिन कौन-सा यथार्थ? यथार्थ तो बहुत व्यापक और विविध प्रकार का है। सवाल यह है कि उसे आप किस दृष्टि से देखते हैं और उसके किस पक्ष को ज़्यादा ज़रूरी या महत्त्वपूर्ण मानकर लिखने के लिए चुनते हैं। सब कुछ तो आप लिख नहीं सकते, चयन तो आपको करना ही पड़ेगा, लेकिन चयन का आधार क्या होगा? आधार होंगी वही तीन चीज़ें, जिनकी चर्चा अभी मैंने की है—सामाजिक संवेदनशीलता, सामाजिक दायित्व की भावना और रचना की सोद्देश्यता। इन्हीं तीन चीज़ों से लेखक की यथार्थ-दृष्टि बनती है। अन्यथा वह उन्हीं विषयों पर लिखता है, जो बाज़ार द्वारा या बाज़ार के हिसाब से चलने वाले मीडिया द्वारा उसे थमा दिये जाते हैं। उदाहरण के लिए, मीडिया दिन-रात भ्रष्टाचार और बलात्कार के मामले सामने लाता है और किसानों, मज़दूरों तथा निम्न-मध्यवर्गीय लोगों के जीवन के यथार्थ को—मसलन, किसानों की आत्महत्याओं को, मज़दूरों पर की जाने वाली ज़्यादतियों को और दूसरे तमाम लोगों की बेरोज़गारी और बदहाली को—सामने लाता ही नहीं है, तो उस लेखक को, जो सचेत और सावधान नहीं है, यही लगेगा कि भ्रष्टाचार और बलात्कार ही आज का सबसे बड़ा यथार्थ है और इसी पर लिखना चाहिए। आजकल बहुत सारा लेखन इसी प्रकार का हो रहा है, जो बहुत चिन्तित करने वाली बात है। लेकिन मैं इस प्रसंग में पहले कही हुई बात को फिर दोहराता हूँ कि अब भी हिन्दी में कुछ कवि, लेखक, कहानीकार, उपन्यासकार ऐसे हैं, जो देश की साधारण जनता के दुख-दर्द को समझते हैं और उस पर लिखते हैं।

जिस प्रकार भारत के यथार्थ में आज़ादी से पहले और आज़ादी के बाद एक स्पष्ट अन्तर दिखाई पड़ता है और जो हमारे साहित्य में भी 'स्वातन्त्र्योत्तर' शब्द से चिह्नित किया जाता है, उसी प्रकार क्या आज के यथार्थ को इतिहास की किसी ख़ास घटना से जोड़कर उसमें आये बदलाव को चिह्नित किया जा सकता है? आम तौर पर सोवियत संघ के विघटन और आज के पूँजीवादी भूमण्डलीकरण की शुरुआत से देश और दुनिया का यथार्थ बहुत स्पष्ट रूप से बदला हुआ दिखाई देता है। इस बदलाव को साहित्य के सन्दर्भ में आप कैसे देखते हैं?

इस प्रश्न पर हम मोटे तौर पर आपके पहले प्रश्न के प्रसंग में बात कर चुके हैं। जहाँ तक ये 'स्वातन्त्र्योत्तर' जैसे विभाजन हैं, आलोचकों और इतिहासकारों ने

अपनी सुविधा के लिए कर लिये हैं। इसी तरह दशकों और पीढ़ियों वाले विभाजन हैं, जिनका कोई मतलब नहीं है। जैसे अज्ञेय, जैनेन्द्र, यशपाल आदि स्वाधीनता के पहले भी लिख रहे थे और स्वाधीनता के बाद भी उन्होंने लिखा। उनके लेखन में 'स्वातन्त्र्योत्तर' वाला विभाजन कैसे किया जा सकता है? इसी तरह कोई लेखक जिस दशक में लिखना शुरू करता है, उसी दशक में उसका लिखना बन्द नहीं हो जाता। उसका लेखन आगे के दशकों में भी चलता रहता है। तो उसे किसी एक ख़ास दशक का लेखक कैसे कहा जा सकता है? और साहित्य में पीढ़ीवाद का तो कोई मतलब ही नहीं। किसी भी समय में कई पीढ़ियों के लेखक एक साथ लिखते हैं। उनमें नये-पुराने का भेद करना या नयी पीढ़ी को पुरानी पीढ़ियों के मुक़ाबले ज़्यादा महत्त्व देना बेकार है। जहाँ तक आज के यथार्थ को इतिहास की किसी ख़ास घटना से जोड़कर देखने का सवाल है, तो मैं आपके पहले प्रश्न के उत्तर में कह चुका हूँ कि सोवियत संघ का विघटन और आज का पूँजीवादी भूमण्डलीकरण—ये दो ऐसी चीज़ें हैं, जिन्हें सचमुच ऐतिहासिक घटनाएँ कहा जा सकता है और उनका असर दुनिया की अर्थव्यवस्था तथा राजनीति पर ही नहीं, साहित्य और संस्कृति पर भी पड़ा है।

कैसे? किन रूपों में?

देखिए, जब तक सोवियत संघ था, तब तक उन देशों में भी, जहाँ समाजवाद नहीं था, पूँजीवाद ही था, समाजवाद एक सपने के रूप में मौजूद था। लोगों की आकांक्षा के रूप में मौजूद था। उस सपने को या उस आकांक्षा को पूरा करने के लिए वहाँ के लोग अपने-अपने ढंग से संघर्ष भी करते थे। शासक वर्ग भी इस चीज़ को समझते थे। उदाहरण के लिए, जवाहरलाल नेहरू ने समाजवादी ढंग के समाज की या 'सोशलिस्टिक पैटर्न ऑफ़ सोसाइटी' की बात की। इन्दिरा गांधी ने 'ग़रीबी हटाओ' का नारा तो दिया ही, एक और चमत्कार किया कि संविधान की प्रस्तावना में समाजवाद शब्द डाल दिया। भले ही यह नाटक हो, जनता को भ्रम या धोखे में डालने की बात हो, या शासक वर्ग का अपना भय हो, इससे पता चलता है कि भारत की जनता समाजवाद चाहती थी। वह उसका सपना देखती थी और समाजवादी देशों को देखकर उसे अपनी आकांक्षा पूरी करने की प्रेरणा भी मिलती थी। इराक में सद्दाम हुसैन ने, जिसे जॉर्ज बुश ने शैतान बनाकर मार डाला, सोवियत संघ की मदद से ऐसे बहुत-से काम किये, जो किसी भी मुस्लिम देश में न पहले कभी हुए थे और न बाद में हुए। सोवियत संघ के विघटन के बाद यह सब ख़त्म हो गया। लोगों की आँखों में समाजवाद का जो सपना था, वह टूट गया। शासक वर्गों के अन्दर समाजवाद का जो भय था, वह दूर हो गया। पूँजीवाद विजेता के-से उन्माद के साथ बेरोक-टोक सारी दुनिया पर क़ब्ज़ा करने चल पड़ा और सभी देशों में पूँजीवादी भूमण्डलीकरण की आँधी चलने लगी। इस सबका असर साहित्य और संस्कृति पर

भी पड़ना ही था। इस प्रसंग में मुझे पंजाबी के मशहूर कवि पाश की कविता की एक पंक्ति याद आती है—'सबसे ख़तरनाक होता है हमारे सपनों का मर जाना'।

जी, मगर पाश की कविता की यह पंक्ति सपनों के मर जाने की सूचना नहीं देती, बल्कि उनको मरने न देने के प्रति हमें सचेत या आगाह करती है।

मैं यह नहीं कह रहा हूँ कि सब लोगों के सारे सपने मर गये। लेकिन सोवियत संघ के साथ जो सपना जुड़ा था, वह तो टूटा ही। उससे सारी दुनिया में यह मुहावरा चला कि समाजवाद का स्वप्न भंग हो गया है। अब इसका असर साहित्य पर क्या पड़ता है, यह देखें। साहित्य तीन काम एक साथ करता है। पहला—जो है, उसको व्यक्त करना। दूसरा—जो जनता के विरुद्ध है, उसकी आलोचना करना। और तीसरा—जो सम्भव है, उसको सामने लाना। अब यह जो तीसरा काम है, सम्भव को सामने लाना, यही साहित्य की स्वप्नदर्शिता है। और स्वप्नदर्शिता जीवन और साहित्य दोनों में बहुत महत्त्वपूर्ण होती है। उसके महत्त्व को दुनिया के बहुत बड़े-बड़े लोगों ने स्वीकार किया है। लेकिन स्वप्नदर्शिता का भी एक आधार होता है। निराधार स्वप्न दिवास्वप्न हो जाता है। इसलिए सोवियत संघ का विघटन समाजवाद के स्वप्न के आधार का ध्वस्त होना था। उसका असर साहित्य में रचना के माध्यम से होने वाले स्वप्न-निर्माण की प्रक्रिया पर पड़ा। मगर इसके साथ ही मैं यह भी कहूँगा कि सोवियत संघ के टूट जाने से समाजवाद का सपना सदा के लिए नहीं टूट गया।

एक झटका या धक्का लगा और उसके बाद नये सिरे से, नये ढंग से वह सपना देखा जाने लगा।

सही कहा। जिन रचनाकारों के पैर यथार्थ की ज़मीन पर टिके थे, जो जन-जीवन से जुड़े थे, जिन्हें जन-जीवन के बेहतर भविष्य में विश्वास था, उन्होंने नयी परिस्थिति में नये ढंग से सोचना और नये ढंग से लिखना शुरू किया। उन्होंने समझ लिया कि यह समाजवादी कहलाने वाले कुछ देशों की समाज व्यवस्था का ध्वस्त होना है, समाजवाद के स्वप्न का ध्वस्त होना नहीं है। पूँजीवाद के प्रवक्ताओं ने भले ही यह घोषणा कर दी हो कि समाजवाद का अन्त हो गया, मार्क्सवाद का अन्त हो गया, लेकिन यथार्थवादी रचनाकारों ने समझ लिया कि यह समाजवाद की नहीं, समाजवाद के एक प्रयोग की असफलता है और एक प्रयोग के असफल हो जाने से प्रयोगशीलता समाप्त नहीं हो जाती। दूसरे नये प्रयोग होते हैं और होते रहेंगे, जब तक समाजवाद का सपना पूरा नहीं हो जाता। इस नयी समझदारी के साथ आज की दुनिया में कुछ नये ढंग का लेखन हो रहा है। हिन्दी में भी हो रहा है।

अच्छा, सोवियत संघ के विघटन से पहले ही इक्कीसवीं सदी की बात होने लगी थी और ऐसा लगता था, जैसे सदी या सहस्राब्दी के बदल जाने से ही दुनिया में कोई बड़ा भारी परिवर्तन हो जायेगा। लेकिन सोवियत संघ के विघटन और आज के पूँजीवादी भूमण्डलीकरण

की शुरुआत के कारण बीसवीं सदी के अन्तिम दशक में ही हमारे समाज, साहित्य, राजनीतिक चिन्तन और व्यवहार में परिवर्तनों की प्रक्रिया स्पष्ट रूप से दिखाई पड़ने लगी थी। ये परिवर्तन इक्कीसवीं सदी के पहले दशक में काफ़ी ठोस रूपों में उभरकर सामने आये। इन परिवर्तनों के कारण इन दो दशकों के हिन्दी साहित्य में यथार्थ को देखने की दृष्टियों और उसको साहित्य में चित्रित करने की पद्धतियों में भी परिवर्तन हुए हैं। इन परिवर्तनों को आप किस प्रकार देखते हैं?

देखिए, एक बात तो मैं यह कहूँगा कि हिन्दी के जो संवेदनशील और समझदार कवि, कहानीकार और उपन्यासकार हैं, वे सब इस जटिल समय में भी रास्ता खोज रहे हैं और निकाल रहे हैं। नागार्जुन की कविता की एक किताब का शीर्षक है—'भूल जाओ पुराने सपने'। इस शीर्षक में ही यह निहित है कि नये सपने देखो। फिर, रमेश उपाध्याय की एक कहानी का शीर्षक देखिए—'हम किस देश के वासी हैं'। यह कहानी आपने 'कथन' में प्रकाशित की थी और इस पर मैंने प्रतिक्रिया व्यक्त की थी। कहानी तो जो कहती है, वह कहती ही है, स्वयं यह शीर्षक भी बहुत कुछ कहता है। यह पूँजी के नये भूमण्डलीकरण से उत्पन्न इस भयानक समस्या की ओर संकेत करता है कि पूँजी तो बहुराष्ट्रीय कम्पनियों के रूप में किसी भी देश में जाने के लिए स्वतन्त्र हो गयी है, लेकिन श्रम का भूमण्डलीकरण नहीं हुआ है। शायद इसीलिए कहा जाता है कि भूमण्डलीकरण ने राष्ट्र-राज्यों का अन्तर कर दिया है या उन्हें अप्रासंगिक बना दिया है। लेकिन श्रम अभी राष्ट्रीय श्रम ही है। भारत का श्रमिक भारत का श्रमिक ही है। कहानी का यह शीर्षक भारत के श्रमिकों की उस दशा को सूचित करता है, जो अपने ही देश में एक विदेशी कम्पनी के गुलाम बनकर रह गये हैं। विदेशी कम्पनी उनके देश में आकर उनका भयानक शोषण करने के साथ-साथ उन्हें गुलाम बनाकर उन पर अत्याचार कर रही है और देश में उनकी सुनने वाला कोई नहीं है—न सरकार, न अख़बार, न कोई और। इसलिए वे मज़दूर पूछते हैं, 'हम किस देश के वासी हैं?' इस प्रश्न में और कहानी के शीर्षक में भारत के मज़दूरों की मजबूरी, दुर्दशा, उपेक्षा आदि का संकेत तो है ही, एक बड़ी भारी समस्या भी है, जो अपना समाधान माँग रही है।

आपने एक कविता का उल्लेख किया, एक कहानी का उल्लेख किया, क्या इसी प्रकार से कोई उल्लेखनीय उपन्यास भी आपकी नज़र में है?

है न। मैं उसकी चर्चा करने ही वाला था। अन्यत्र उसकी चर्चा मैं उस पर लिखकर कर चुका हूँ। छोटा-सा उपन्यास है, झारखण्ड के एक लेखक रणेन्द्र का 'ग्लोबल गाँव के देवता'। उसमें एक ओर भारत के आदिवासी समुदाय की ज़िन्दगी का बहुत मार्मिक चित्रण किया गया है और दूसरी ओर बहुराष्ट्रीय कम्पनियों द्वारा की जा रही भारत के प्राकृतिक संसाधनों की लूट और बर्बादी का भयानक वर्णन किया गया है। बहुराष्ट्रीय कम्पनियाँ और उनके लिए 'सेज' (स्पेशल इकोनॉमिक

जोन यानी विशेष आर्थिक क्षेत्र) बनाकर उन्हें तमाम तरह की सुविधाएँ और सुरक्षाएँ देनें वाली भारत सरकार दोनों मिलकर देश की जनता और प्रकृति के साथ क्या कर रहे हैं, यह आज का यथार्थ है, जो उस उपन्यास में व्यक्त हुआ है।

अच्छा, यह बताइए कि देश में कृषि की जो बर्बादी हो रही है, किसानों की जो तबाही हो रही है, इतनी ज़्यादा कि लाखों किसान आत्महत्या कर चुके हैं, उस पर कुछ छिटपुट रचनाओं को छोड़कर क्यों कुछ नहीं लिखा जा रहा है? किसानों की ये आत्महत्याएँ भी तो एक प्रकार से आज के पूँजीवादी भूमण्डलीकरण का ही परिणाम हैं?

सच कहूँ, तो मैं भी पिछले अनेक वर्षों से इसी समस्या से परेशान हूँ और इस पर कई बार लिख-बोल चुका हूँ। सबको मालूम है और सरकार भी स्वीकार करती है कि इस देश में ढाई से तीन लाख किसानों ने आत्महत्या की है। ऐसा तो मानव सभ्यता के इतिहास में कभी नहीं हुआ है। किसी देश और किसी सदी में नहीं हुआ है। पुराने साम्राज्यवाद के ज़माने में भी नहीं। इससे परेशान होकर मैं साहित्यिक गोष्ठियों में यह सवाल उठाता रहा हूँ। एक गोष्ठी में, जनवादी लेखक संघ द्वारा कराये गये राजेश जोशी के काव्यपाठ के कार्यक्रम में, मैंने राजेश जोशी से व्यक्तिगत स्तर पर यह पूछा था कि हिन्दी में इतने प्रगतिशील, जनवादी और क्रान्तिकारी लेखक हैं, फिर भी किसानों की आत्महत्या पर कोई कुछ क्यों नहीं लिखता? मेरे इस प्रश्न का उत्तर राजेश जोशी ने अपनी दो कविताएँ सुनाकर दिया, जो किसानों की आत्महत्या पर लिखी गयी बहुत मार्मिक कविताएँ थीं। फिर कुछ और कविताएँ और कहानियाँ भी देखने में आयीं। लेकिन आपका सवाल सही है कि इस पर जितना लिखा जाना चाहिए, उतना नहीं लिखा जा रहा है। फिर भी यह कहा जा सकता है कि हिन्दी में ऐसे रचनाकार हैं, जो इस दिशा में प्रयत्न कर रहे हैं। हमारे लिए उम्मीद की किरण यही है।

हिन्दी साहित्य में रचना और आलोचना दोनों स्तरों पर यथार्थवाद की एक लम्बी और सशक्त परम्परा रही है। लेकिन उसके साथ-साथ यथार्थवाद-विरोधी प्रवृत्तियाँ भी चलती रही हैं। एक मार्क्सवादी और यथार्थवादी आलोचक के रूप में आपने यथार्थवाद की परम्परा और यथार्थवाद-विरोधी प्रवृत्तियों पर खूब लिखा है। आज के हिन्दी साहित्य में यथार्थवाद की परम्परा और उसकी विरोधी प्रवृत्तियों की क्या स्थिति है?

देखिए, यथार्थवादी रचनाशीलता की स्थिति हिन्दी में अब भी बहुत अच्छी है। अभी जिन रचनाओं का उल्लेख मैंने किया, वे यथार्थवादी रचनाशीलता का ही उदाहरण हैं। हाँ, यह मैं स्वीकार करता हूँ कि आलोचना में यथार्थवादी प्रवृत्ति पहले की तुलना में कमज़ोर हो रही है। जब यथार्थवादी रचनाओं की व्याख्या तक अच्छी तरह नहीं हो पा रही है, तो सामाजिक यथार्थ की चर्चा करने वाला कौन मिलेगा? मैं तो मुक्तिबोध के इस दृष्टिकोण का समर्थक हूँ कि आलोचक को यथार्थ का बोध

रचनाकार से अधिक होना चाहिए। आलोचक का दायित्व दोहरा होता है। एक तो रचना में व्यक्त यथार्थ को देखना-समझना और दूसरे, जिस यथार्थ से वह रचना पैदा हुई है, उसकी अपनी स्वतन्त्र समझ से रचना को परखना। यदि वह ऐसा नहीं करता, तो चाहे वह अपने को प्रगतिशील कहे या जनवादी, मार्क्सवादी कहे या क्रान्तिकारी, आलोचना में यथार्थवादी नहीं हो सकता। वह अधिक से अधिक रूप की ही आलोचना कर पायेगा, रचना की अन्तर्वस्तु की नहीं। आजकल रचनानिष्ठ आलोचना अधिक हो रही है, समाजनिष्ठ आलोचना कम। इसका एक कारण मुझे यह नज़र आता है कि यथार्थवादी आलोचना का सम्बन्ध आमतौर पर मार्क्सवादी विचार, वामपन्थी राजनीति और साहित्य के प्रगतिशील-जनवादी आन्दोलन से है। इधर इन तीनों से जुड़े आलोचकों की संख्या में कमी आयी है। उत्तर-आधुनिकतावादी और दूसरी यथार्थवाद-विरोधी धाराओं वाले लेखकों-आलोचकों की संख्या बढ़ी है। रचनाकारों पर यह बात ज़्यादा लागू नहीं होती, क्योंकि रचना विचारधारा से स्वतन्त्र होकर भी महत्त्वपूर्ण बन सकती है, लेकिन यथार्थवादी आलोचना के लिए विचारधारा की ज़रूरत ज़्यादा होती है। यही कारण है कि हमारे रचनाकार तो यथार्थवादी रचनाएँ कर रहे हैं, लेकिन आलोचक या तो उन पर ध्यान नहीं दे रहे हैं या उनके पास यथार्थवादी रचना को समझने और परखने के लिए उपयुक्त उपकरण ही नहीं हैं। इसीलिए आप देखें कि अभी जिन महत्त्वपूर्ण रचनाओं की चर्चा मैंने की, उनकी कितनी कम चर्चा हुई है।

यों तो यथार्थवाद साहित्य की सभी विधाओं में होता है, लेकिन मुख्य रूप से उसका सम्बन्ध कथा-साहित्य से जोड़ा जाता है। आज के हिन्दी साहित्य की विभिन्न विधाओं के सन्दर्भ में यथार्थवाद के विकास या ह्रास के कौन-से रूप दिखाई पड़ते हैं? कृपया सामान्य पाठकों को ध्यान में रखकर रचनाओं के उदाहरणों के साथ अपनी बात कहें।

यथार्थवाद के विकास के रूप आज के हिन्दी साहित्य में बहुत कम दिखाई पड़ते हैं और उसके ह्रास के रूप बहुत ज़्यादा। यह दुखद और चिन्ताजनक स्थिति है, लेकिन वास्तविकता यही है। यथार्थवाद का ह्रास जिन रचनाओं में दिखाई देता है, उनके उदाहरण बहुत ज़्यादा हैं, लेकिन मैं उनके नाम लेकर उनके लेखकों को दुखी नहीं करना चाहता। केवल संकेत में इतना कहना चाहता हूँ कि उनसे यथार्थवाद की बात कीजिए, तो वे कहते हैं कि अभी आप प्रेमचन्द के ज़माने में जी रहे हैं। जैसे प्रेमचन्द के साथ होना बहुत पिछड़ा होना हो और निर्मल वर्मा, मनोहर श्याम जोशी या सलमान रुश्दी के साथ होना बहुत एडवांस्ड होना हो। ये वही लोग हैं, जिनकी चर्चा आप से मैंने ऐसे लेखकों के रूप में की, जो अपने देश की जनता के दुख-दर्द को ध्यान में रखकर नहीं, बल्कि अन्तरराष्ट्रीय बाज़ार को ध्यान में रखकर लिखते हैं। लेकिन यथार्थवाद का विकास जिनकी रचनाओं में दिखाई देता है, ऐसे

रचनाकार भी हिन्दी में हैं। उदाहरण के लिए, कहानीकारों में रमेश उपाध्याय, सुभाष चन्द्र कुशवाहा और सुभाष शर्मा। कवियों में राजेश जोशी, चन्द्रकान्त देवताले, विष्णु खरे और अष्टभुजा शुक्ल। उपन्यासकारों में फिलहाल मुझे रणेन्द्र का ही नाम याद आ रहा है, जिनके उपन्यास की चर्चा मैं कर चुका हूँ। विधाओं की दृष्टि से देखें, तो यथार्थवादी दृष्टि का विकास आज सबसे ज़्यादा कहानी में होता दिखता है और जो कहानीकार यह काम कर रहे हैं, वे स्वयं को प्रेमचन्द की यथार्थवादी परम्परा से जोड़ते हैं। और यह सही भी है, क्योंकि आज भी भारत के यथार्थ को समझने में प्रेमचन्द हमारी जितनी मदद करते हैं, उतनी मदद कोई एक लेखक नहीं करता, दस-पाँच लेखक मिलकर करें तो करें।

हिन्दी साहित्य में यथार्थवाद का सम्बन्ध प्रेमचन्द की परम्परा से जोड़ा जाता है और उसका विकास प्रगतिशील और जनवादी साहित्य में दिखाया जाता है। प्रेमचन्द की जन्मशती के सन्दर्भ में कुछ साहित्यिक गोष्ठियों और सम्मेलनों में यथार्थवाद के विभिन्न रूपों की चर्चा हुई थी। लेकिन यथार्थवाद पर कोई बड़ी बहस नहीं चली। इसका क्या कारण हो सकता है?

यथार्थवाद पर बहस चले और सार्थक बहस चले, इसके तीन आधार हो सकते हैं। एक यह कि यथार्थवादी रचनाशीलता इतनी सशक्त हो कि आलोचकों को उस पर बहस करनी पड़े। दूसरा यह कि यथार्थवादी रचना और आलोचना को दृष्टि और शक्ति देने वाली विचारधारा मज़बूत हो। और तीसरा यह कि पाठकों के बीच यथार्थवादी साहित्य लोकप्रिय हो। इन तीनों चीज़ों के होने पर यथार्थवादी रचना तथा आलोचना को आगे बढ़ने की प्रेरणा और शक्ति मिलती है और स्वयं यथार्थवाद का विकास होता है। लेकिन आज हिन्दी साहित्य के सन्दर्भ में देखें, तो ये तीनों चीज़ें बहुत क्षीण और कमज़ोर अवस्था में हैं। मैं पुराने ज़माने को याद करता हूँ, तो प्रगतिशील आन्दोलन के समय यथार्थवाद पर बहस चली थी। कई पत्रिकाओं के विशेषांक निकले थे। रामविलास शर्मा ने अपनी पत्रिका 'समालोचक' का एक विशेषांक यथार्थवाद पर निकाला था। फिर 1980 के आसपास प्रेमचन्द जन्मशती के अवसर पर यथार्थवाद पर एक बहस हुई थी। कुछ साहित्यिक गोष्ठियों में, कुछ सम्मेलनों में और कुछ पत्रिकाओं में। रमेश उपाध्याय ने अपनी पत्रिका 'कथन' में भी यथार्थवाद पर बहस चलायी थी, जो कई अंकों में चली थी, जिसमें शमशेर बहादुर सिंह, शिवकुमार मिश्र, ओमप्रकाश ग्रेवाल जैसे अनेक लेखकों-आलोचकों ने भाग लिया था। लेकिन पिछले बीस-पच्चीस वर्षों में आप स्वयं बताइए कि यथार्थवाद पर कौन-सी बहस चली या किस पत्रिका का विशेषांक निकला?

इसे आत्मप्रशंसा न समझें, तो कहूँ कि 1999 में 'कथन' के पुनःप्रकाशन के बाद हमने लगातार यथार्थवाद पर बहस चलायी है और उसी में भूमण्डलीय यथार्थवाद की नयी अवधारणा सामने आयी है।

हाँ, सही है, लेकिन 'कथन' को एक अपवाद ही कहा जायेगा, क्योंकि दूसरी पत्रिकाओं में, साहित्यिक गोष्ठियों और सम्मेलनों में यह बहस उस तरह नहीं चली, जिस तरह चलनी चाहिए थी। 'पहल' ने मार्क्सवादी सौन्दर्यशास्त्र पर एक विशेषांक बहुत पहले निकाला था। लेकिन 1990 के बाद से तो उत्तर-आधुनिकतावाद जैसी यथार्थवाद-विरोधी प्रवृत्तियों का ही ज़्यादा बोलबाला रहा है।

या फिर अनुभववादी और विमर्शवादी प्रवृत्तियों का...

इधर की रचनाओं में तो यथार्थवाद अब भी पाया जाता है, कहना चाहिए कि यथार्थवादी रचनाशीलता की स्थिति अब भी कुछ मज़बूत है, लेकिन यथार्थवादी आलोचना और पाठकों के बीच यथार्थवादी साहित्य की लोकप्रियता में आयी कमी साफ़ दिखाई पड़ती है। कारण यह है कि यथार्थवाद-विरोधी शक्तियाँ और प्रवृत्तियाँ इस दौरान साहित्य पर बहुत हावी रही हैं। उन्होंने ऐसा माहौल बना दिया है कि यथार्थवादी होना पिछड़ापन माना जाता है। पूँजीवादी भूमण्डलीकरण ने साहित्य को ही नहीं, साहित्य से जुड़ी सब चीज़ों को—जैसे शिक्षा को, पत्रकारिता को, प्रकाशन जगत को, इलेक्ट्रॉनिक मीडिया को—कमोबेश, यथार्थवाद-विरोधी बनाया है। उत्तर-आधुनिकतावादियों ने मार्क्सवाद के साथ-साथ यथार्थवाद के अन्त की भी घोषणा कर दी...

'मार्क्सवादोत्तर' और 'यथार्थवादोत्तर' की शब्दावली में बात करने लगे...

आपको बताऊँ, एक सज्जन ने मेरे बारे में, मेरी एक किताब की समीक्षा करते हुए लिखा कि सारी दुनिया बदल गयी, सब लोग मार्क्सवाद छोड़ चुके हैं, मैनेजर पाण्डेय अब भी उससे चिपके हुए हैं। चलो, हमने मान लिया कि हम अब भी मार्क्सवाद से चिपके हुए हैं और यह हमारा अपराध है। मगर उनकी बात में एक सच था, दुखदायी सच, कि हिन्दी साहित्य में सब तो नहीं, लेकिन बहुत-से लोग मार्क्सवाद को छोड़ चुके हैं। इसका एक उदाहरण यह है कि पिछले कुछ वर्षों में अनेक साहित्यकारों की जन्मशतियाँ मनायी गयीं और उन पर कई पत्रिकाओं ने विशेषांक निकाले। प्रगतिशील-जनवादी पत्रिकाओं ने भी नागार्जुन, केदारनाथ अग्रवाल और रामविलास शर्मा जैसे लोगों पर अपने विशेषांक निकाले। कई जगह इन पर छोटी-बड़ी अनेक गोष्ठियाँ भी हुईं। मेरे विचार से यह एक अवसर था, जब हम लोग मार्क्सवाद और यथार्थवाद को चर्चा और बहस के केन्द्र में लाने का काम कर सकते थे। लेकिन हमने उन पर मोटे-मोटे विशेषांक निकाले, जिनमें ज़्यादातर पुरानी, पूर्व प्रकाशित सामग्री भरकर एक प्रकार की रस्म अदायगी कर दी गयी। लेकिन 1980 के दशक में मनायी गयी प्रेमचन्द जन्मशती के अवसर पर गोष्ठियों और पत्रिकाओं में चली बहसों को याद करें, जो यथार्थवाद पर, मार्क्सवादी सौन्दर्यशास्त्र पर, प्रगतिशील-जनवादी साहित्य की परम्परा पर चली थीं, तो समझ में

आता है कि तब में और अब में क्या फ़र्क़ है। तब तक सोवियत संघ का विघटन नहीं हुआ था, लेकिन समाजवाद से सम्बन्धित समस्याएँ सामने आने लगी थीं और हिन्दी के लेखकों में उनको लेकर चिन्ता थी, उनके समाधान को लेकर एक बेचैनी थी। उस समय न तो पीछे वाला उत्साह था, न आगे आने वाली हताशा थी, फिर भी यथार्थवाद पर बात हुई और उससे यथार्थवादी रचना और आलोचना दोनों को शक्ति मिली। आज वह सब कहाँ है?

क्या इसका कारण यह है कि पूरी साहित्यिक और सांस्कृतिक गतिविधि पर बाज़ारवाद हावी हो गया है?

सही कह रही हैं आप। यथार्थवादी रचना और आलोचना, उसके पीछे की सोच और दृष्टि आदि का मामला एक पूरे सांस्कृतिक परिवेश में मौजूद प्रवृत्तियों से जुड़ा हुआ है। ज्ञान, शिक्षा, सूचना, संचार, विचार और साहित्य के प्रचार-प्रसार के तमाम साधनों और माध्यमों पर बाज़ारवाद या आज का पूँजीवाद हावी है। साहित्यिक पत्रिकाओं की चर्चा हम कर चुके हैं। अब ज़रा शिक्षा जगत को देखें। हिन्दी के नब्बे प्रतिशत आलोचक और दस-बारह प्रतिशत रचनाकार अध्यापक हैं। आलोचक तो शुरू से ही ज़्यादातर अध्यापक ही रहे हैं। आचार्य रामचन्द्र शुक्ल से लेकर हजारी प्रसाद द्विवेदी तक, रामविलास शर्मा से लेकर नन्ददुलारे वाजपेयी तक, नामवर सिंह से लेकर नगेन्द्र तक सब के सब अध्यापक हैं। और मेरे विचार से अध्यापक साहित्य के सन्दर्भ में तीन काम एक साथ करता है। एक तो यह कि वह अपने छात्रों का साहित्य-बोध बनाता है। दूसरा यह कि छात्रों का साहित्य-बोध बनाने की प्रक्रिया में वह साहित्य को देखने-समझने की दृष्टि भी बनाता है। और तीसरा यह कि अच्छी रचना से बुरी रचना का फ़र्क़ बताकर वह उनमें साहित्यिक विवेक पैदा करता है। मैं भी अध्यापक रहा हूँ, आपके पिताजी भी अध्यापक रहे हैं, अब हम दोनों रिटायर हो चुके हैं, पर हम लोगों ने अपने अध्यापन काल के अन्तिम वर्षों में यह अनुभव किया कि आज का हिन्दी का अध्यापक साहित्य सम्बन्धी इन तीनों कामों में से एक भी काम नहीं कर रहा है।

जी हाँ, विश्वविद्यालयों में तो आजकल हिन्दी अध्यापन की स्थिति बहुत ख़राब है।

अब आप देखिए, विश्वविद्यालयों में हिन्दी साहित्य से सम्बन्धित जो बड़ी-बड़ी संगोष्ठियाँ होती हैं, उनमें हम लोगों को व्याख्यान देने के लिए बुलाया जाता है, तो यह नहीं कहा जाता है कि आप आकर प्रेमचन्द पर या यथार्थवाद पर व्याख्यान दीजिए। कहा जाता है कि स्त्री विमर्श पर या दलित विमर्श पर एक भाषण दे जाइए। चलिए यह भी ठीक है, लेकिन वहाँ जाने पर क्या देखते हैं कि स्त्रियों और दलितों के जीवन की वास्तविक समस्याओं पर बात नहीं हो रही। उन समस्याओं का समाज में वास्तविक रूप आज क्या है और उनका समाधान कैसे किया जा सकता है, इस

पर कोई बात नहीं होती। बात इस पर होती है कि स्त्रियाँ ही स्त्रीवादी हो सकती हैं, दलित लेखक ही दलितवादी हो सकते हैं और उनके लेखन को उत्तर-आधुनिकतावादी, उत्तर-संरचनावादी, उत्तर-मार्क्सवादी, उत्तर-यथार्थवादी ढंग से कैसे पढ़ा जा सकता है। यानी कोशिश यह है कि स्त्रियों और दलितों की आज के समाज में क्या स्थिति है, उनको किन समस्याओं से जूझना पड़ रहा है, कैसी-कैसी यातनाओं से गुज़रना पड़ रहा है, साहित्य इस यथार्थ को समझने और बदलने में क्या भूमिका निभा रहा है या निभा सकता है—इस तरह की चीज़ों पर बात न हो।

यथार्थवाद पर कोई बड़ी बहस न चलने के कारण ही शायद हमारे साहित्य में प्रकृतवाद, अनुभववाद, आधुनिकतावाद, प्रगतिवाद, जनवाद, स्त्रीवाद, दलितवाद, जादुई यथार्थवाद, उत्तर-आधुनिकतावाद इत्यादि सभी को यथार्थवाद के अन्तर्गत शुमार कर लिया जाता है। इनमें से कौन-सी प्रवृत्तियों को आप यथार्थवादी अथवा यथार्थवाद-विरोधी मानते हैं?

देखिए, आपने जिन 'वादों' के नाम लिये हैं, उनमें से कम-से-कम चार में—यानी प्रगतिवाद, जनवाद, स्त्रीवाद और दलितवाद में—यथार्थवाद एक वास्तविकता भी है और एक सम्भावना भी। प्रगतिवाद और जनवाद का तो यथार्थवाद से एक सहज और स्वाभाविक सम्बन्ध पहले से ही रहा है, क्योंकि प्रगतिशील और जनवादी होने के लिए लेखक का यथार्थवादी होना अनिवार्य है। जो लेखक यथार्थवादी नहीं होगा, वह प्रगतिशील या जनवादी भी नहीं होगा। लेकिन कोई उत्तर-आधुनिकतावादी प्रगतिशील या जनवादी नहीं हो सकता, क्योंकि उत्तर-आधुनिकतावाद यथार्थवाद का विरोधी है। जहाँ तक स्त्रीवादी और दलितवादी लेखकों का सवाल है, उनमें कई यथार्थवादी हैं। उनमें ऐसे लोग भी हैं, जो मार्क्सवादी अथवा समाजवादी दृष्टिकोण अपनाते हैं। कुछ स्त्रीवादी और दलितवादी रचनाकार ऐसे भी हो सकते हैं, जो मार्क्सवाद के विरोधी होते हुए भी यथार्थवादी हों। जैसे ओमप्रकाश वाल्मीकि। यह वैसे ही है, जैसे कृष्णा सोबती और मन्नू भण्डारी स्वयं को स्त्रीवादी नहीं मानतीं, लेकिन उनकी रचनाएँ स्त्रीवादी हैं। महाराष्ट्र की एक दलित लेखिका हैं बेबी कांबले। उनकी एक किताब है 'जीवन हमारा'। उसमें तो आपको दलितवाद, स्त्रीवाद और यथार्थवाद तीनों मिल जायेंगे। ऐसी ही एक और लेखिका हैं सुशीला टाकभौरे। उनकी आत्मकथा 'शिकंजे का दर्द' में भी ये तीनों चीज़ें एक साथ मिल जायेंगी।

मैंने भी इन सब लेखकों को पढ़ा है, लेकिन दिक्कत तब होती है, जब स्त्रीवादी और दलितवादी लेखन में प्रकृतवाद और अनुभववाद को यथार्थवाद, बल्कि सबसे बड़ा और सबसे प्रामणिक यथार्थवाद, बताया जाता है और मार्क्सवादी या समाजवादी दृष्टि का विरोध करते हुए पूँजीवाद का समर्थन किया जाता है। कुछ लोग तो अब दलित पूँजीवाद या दलित कॉर्पोरेट की बात भी करने लगे हैं।

ये लोग यथार्थवादी नहीं, अनुभववादी हैं और इनका सम्बन्ध मार्क्सवाद या

समाजवाद से न होकर पूँजीवाद और व्यक्तिवाद से होता है। हिन्दी साहित्य में यह प्रवृत्ति 'नयी कविता' और 'नयी कहानी' के समय शुरू हुई थी। जब पूँजीवाद के समर्थक और प्रचारक अनुभूति की प्रामाणिकता और जिये-भोगे यथार्थ की बातें करते हुए स्वयं को सबसे बड़े यथार्थवादी बतलाते थे। वही प्रवृत्ति आज के कई स्त्रीवादी और दलितवादी लेखकों में दिखाई पड़ती है। लेकिन जैसा कि मैंने कहा, उनमें कुछ यथार्थवादी भी हैं और उनको हमें अनुभववादियों से अलग करके देखना होगा।

एक अन्तिम प्रश्न। रमेश उपाध्याय जी की नयी पुस्तक 'मेरा मुझ में कुछ नहीं' पर जो गोष्ठी हुई थी, उसमें आपने कहा था कि रमेश जी ने भूमण्डलीय यथार्थवाद का प्रश्न उठाकर उसकी जो एक नयी अवधारणा निर्मित की है, वह बहुत महत्त्वपूर्ण है। 'कथन' के पिछले अंक (जुलाई-सितम्बर, 2013) में आपने उनका लेख 'भूमण्डलीय यथार्थवाद की पृष्ठभूमि' भी देखा होगा....

भूमण्डलीय यथार्थवाद की अवधारणा बहुत महत्त्वपूर्ण है और रमेश जी ने उसे सैद्धान्तिक रूप से निर्मित करने के साथ-साथ अपनी कहानियों में उसका रचनात्मक रूप भी प्रस्तुत किया है। इधर उनका जो नया कहानी संग्रह आया है 'त्रासदी...माइ फुट!', उसमें उनकी तीन लम्बी कहानियाँ हैं—'त्रासदी...माइ फुट!', 'प्राइवेट पब्लिक' और 'हम किस देश के वासी हैं'। ये तीनों ही कहानियाँ भूमण्डलीय यथार्थवाद की कहानी के उत्कृष्ट उदाहरण हैं। इनमें से पहली कहानी भोपाल में हुए गैस काण्ड पर, दूसरी कहानी टेलीफ़ोन जैसी सार्वजनिक या सरकारी सेवाओं के निजीकरण पर और तीसरी कहानी कारें बनाने वाली एक विदेशी कम्पनी में काम करने वाले भारतीय मज़दूरों के संघर्ष पर लिखी गयी है। इन कहानियों में सचमुच यथार्थवाद का एक नया रूप दिखता है, जो आज की यथार्थवादी रचनाशीलता के लिए बहुत उपयोगी हो सकता है। ख़ास तौर से भारत के किसानों की आत्महत्याओं, आदिवासियों के विस्थापन, देश के प्राकृतिक संसाधनों की लूट और जन-विरोधी नीतियों, योजनाओं और कार्यक्रमों का यथार्थ सामने लाने के लिए, क्योंकि इन सब चीज़ों का सम्बन्ध भूमण्डलीकरण की प्रक्रिया से है। खुशी की बात है कि आज रमेश जी के साथ-साथ अन्य कहानीकार भी इस यथार्थ को सामने लाने का प्रयत्न कर रहे हैं। आज के कहानी-समीक्षकों को उन कहानियों पर लिखना चाहिए। इससे यथार्थवाद पर नये सिरे से चर्चा शुरू होगी और उसका यह नया रूप भी सामने आयेगा।

(कथन : अक्टूबर-दिसम्बर, 2013)

प्रख्यात आलोचक प्रो. मैनेजर पाण्डेय से कथा-साहित्य पर बातचीत

(प्रस्तुति : डॉ. सर्वेश कुमार मौर्य)

समकालीन कथा-साहित्य की आधारभूमि, राजनीतिक-आर्थिक-सामाजिक सांस्कृतिक परिस्थितियों के बारे में थोड़ा विस्तार से बताइए। आख़िर वह कौन-सा आधारबिन्दु, दिशा निर्देशक तत्त्व हैं जो पहले के कथा-साहित्य को आज के कथा-साहित्य से अलगाता है?

आज का समाज, उसकी सत्ता की आर्थिक, राजनीतिक और सामाजिक रीति-नीति 30 साल पहले के समाज की व्यवस्था और उसकी आर्थिक, सामाजिक और राजनीतिक रीति-नीति से एकदम भिन्न है। आज भारत भूमण्डलीकृत विश्व का हिस्सा है। भूमण्डलीकरण असल में पूँजीवाद का भूमण्डलीकरण है। इसका यह भी अर्थ हुआ कि आज का भारतीय समाज, उसकी व्यवस्था और उसको संचालित करने वाली नीतियाँ पूरी तरह पूँजीवादी हैं। बहुत पहले 19वीं सदी के मध्य में कार्ल मार्क्स ने कहा था कि पूँजीवादी सभ्यता की दो बुनियादी विशेषताएँ हैं, एक तो जन्मजात बर्बरता और दूसरे अथाह पाखण्ड। आज के भारतीय समाज में अनेक रूपों में पूँजीवाद की ये विशेषताएँ मौजूद हैं, एक तो बर्बरता और हिंसा का जायज़ा लें तो मालूम होगा कि वर्तमान भारतीय समाज में सबसे अधिक तबाह और बर्बाद भारतीय किसान हुए हैं और हो रहे हैं। उन किसानों में से 3 लाख से अधिक किसानों ने पिछले बीस वर्षों में आत्महत्याएँ की हैं जो पहले कभी नहीं हुआ था। दूसरी बात इस प्रसंग में ध्यान देने लायक यह है कि पिछले 20 वर्षों में भारतीय स्त्रियों के साथ अपार अत्याचार हुआ है और हो रहा है। जिसके अनेक रूप हैं। जिससे आज का हर आदमी परिचित है। तीसरी बात यह है कि भारत में पूँजीवाद के उन्मादी विस्तार के साथ ही इस देश के आदिवासी हर तरह की ज़्यादती के शिकार हो रहे हैं और उनके अस्तित्व के अन्त का आरम्भ हो गया है। चौथी बात यह है कि भारतीय समाज में दलितों के साथ दमन और अत्याचार की घटनाएँ रोज़-रोज़ घटती दिखाई देती हैं, यह है पूँजीवाद की बर्बरता का विस्तार।

जहाँ तक पाखण्ड का प्रश्न है तो वर्तमान भारतीय समाज की राजनीति में

पाखण्ड का अपार विस्तार दिखाई देता है। उसके असंख्य रूप और पक्ष मीडिया के विभिन्न माध्यमों के सहारे रोज़-रोज़ सबके सामने आ रहे हैं।

इस बीच भारतीय समाज की मूल्य-चेतना, सामाजिक दृष्टि, वैयक्तिक सोच विचार और सांस्कृतिक समझ में भी अपूर्व बदलाव आये।

यही वह ऐतिहासिक सन्दर्भ है जिसमें आज का पूरा साहित्य पैदा हो रहा है, जी रहा है और मर रहा है। वर्तमान में कथा-साहित्य का भी यह सन्दर्भ है।

समकालीन कथा-साहित्य की प्रमुख धाराएँ, प्रवृत्तियाँ क्या हैं, किन मुद्‌दों पर आज का कथा-साहित्य ज़्यादा ज़ोर दे रहा है और क्यों?

मेरी जानकारी में समकालीन कथा-साहित्य में उपन्यास की तुलना में कहानी का अधिक विस्तार हुआ है। इसका एक कारण तो यह है कि हिन्दी में इस समय असंख्य पत्रिकाएँ निकल रही हैं और ये सभी अच्छी-बुरी पत्रिकाएँ अच्छी-बुरी कहानियाँ ज़रूरी छापती हैं इसीलिए कहानियों का विस्तार अधिक हुआ है। दूसरी बात है कि अच्छी या बुरी कहानी लिखना जितना आसान है उतना उपन्यास लिखना नहीं इसलिए भी कहानियों का विस्तार अधिक हुआ है।

मेरी जानकारी में इस समय हिन्दी में कहानी की पाँच धाराएँ चल रही हैं। एक तो तथाकथित मुख्यधारा के कहानीकार, उनमें कुछ पुराने कहानीकार भी हैं तथा कुछ नये और समकालीन भी, पुरुष भी हैं और स्त्रियाँ भी। दूसरी धारा अस्मितावादी कहानी लेखन की है जिसके भीतर दो धाराएँ हैं, एक तो स्त्रीवादी कहानी लेखक और लेखिकाएँ तथा दूसरे दलित लेखक और लेखिकाएँ। तीसरी धारा उन लेखकों और लेखिकाओं की है जो बाज़ार, सिनेमा और टेलीविज़न पर सम्भावित जगह के लिए लिखते हैं। चौथी धारा पतली ही सही उन कहानीकारों की है जो किसान जीवन की तबाही और बर्बादी से सम्बन्धित कहानियाँ लिखते हैं। ऐसे कहानीकारों में तीन नाम मुझे इस समय याद आ रहे हैं—सुभाष चन्द्र कुशवाहा, सुरेश कांटक और सुभाष शर्मा। पाँचवीं और अत्यन्त क्षीण धारा वह है जिसमें मज़दूरों के जीवन से जुड़ी यातनाओं और तबाही पर लिखी कहानियाँ हैं। ऐसे कहानीकारों में मुझे अभी केवल एक नाम याद आ रहा है और वह है रमेश उपाध्याय का।

इस बीच में आदिवासियों की तबाही और बर्बादी से जुड़े हुए कुछ उपन्यास लिखे गये हैं जिनमें मेरी नज़र में सबसे महत्त्वपूर्ण है रणेन्द्र का उपन्यास 'ग्लोबल गाँव के देवता'।

पिछले बीस-पच्चीस वर्षों में भारत में जो पूँजीवाद आया है वह विज्ञान का दुरुपयोग कितने रूपों में कर सकता है और करता है उसकी निर्मम आलोचना का अत्यन्त महत्त्वपूर्ण उपन्यास संजीव ने लिखा है जिसका नाम है 'रह गयी दिशाएँ इसी पार।'

समकालीन कथा-साहित्य की चुनौतियाँ क्या हैं? राजस्थान में हुई एक संगोष्ठी में राजेन्द्र यादव ने अपने लेखन में आये गतिरोध के बारे में कुछ बातें कही थीं। उन्होंने कहा कि वर्तमान माहौल ग़ैर-रचनात्मक है, अतीत से मुझे कोई प्रेरणा नहीं मिलती, आज का इतिहास और भूगोल एक-दूसरे का गला काट रहे हैं, वर्तमान स्थितियाँ अत्यन्त लेखन विरोधी हैं, मेरे दिमाग़ में भविष्य का कोई नक़्शा नहीं है। उनका कहना यह भी था कि आज के लेखक के पास कोई विज़न नहीं है। ऐसे में जब लेखक की कोई सत्ता नहीं टुटपुँजिया पत्रकार भी लेखक से ज़्यादा महत्त्वपूर्ण हो गया है, क्या सूरत बनती है कथा-साहित्य लेखन की?

जहाँ तक राजेन्द्र यादव के इस कथन का प्रश्न है तो उस कथन का हर वाक्य आत्मरक्षा में दिया गया एक भ्रामक बयान है। राजेन्द्र यादव अगर कहानी और उपन्यास नहीं लिख रहे हैं तो इसका यह अर्थ नहीं है कि हिन्दी में उपन्यास और कहानियाँ नहीं लिखी जा रही हैं। कुछ की चर्चा हम पहले कर चुके हैं। यह कहना और भी विचित्र है कि आज के लेखक के पास कोई विज़न नहीं है। राजेन्द्र यादव के पास तब कौन-सा विज़न था जब वो लिख रहे थे। उनके सर्वाधिक प्रिय कथाकार संजीव और शिवमूर्ति के पास कोई विज़न नहीं है? उनके पास विज़न है जिसकी अभिव्यक्ति उनकी रचनाओं में हो रही है। जहाँ तक साहित्य और साहित्यकार के तुच्छ होने का सवाल है तो वही लोग तुच्छ हुए हैं और होंगे जो बिना कुछ सार्थक लिखे ही साहित्य के महन्त बनना चाहते हैं। हिन्दी में अब भी ऐसे कथाकार हैं जो उपन्यास और कहानियाँ लिख रहे हैं, वे पढ़ी जा रही हैं और उन पर पाठक अपनी राय भी दे रहे हैं। इसका एक प्रमाण राजेन्द्र यादव की ही पत्रिका 'हंस' में छपे वे असंख्य पत्र हैं।

बाज़ार और समकालीन कथा-साहित्य के सम्बन्धों के बारे में भी बतायें। कैसे वह कथा-साहित्य की दशा व दिशा निर्मित–निर्धारित कर रहा है, उसके चलते कथा-साहित्य का ढाँचा कितना बदला है?

आजकल ऐसे अनेक कथाकार हैं जो बाज़ार में अपनी जगह, लोकप्रियता और हैसियत बनाने के लिए लिखते हैं। वे यह जानते हैं कि बाज़ार उन रचनाओं और रचनाकारों को स्वीकार नहीं करता जो उसकी तानाशाही की गम्भीर आलोचना करते हैं और बाज़ार की तानाशाही से तबाह लोगों की यातना की कथा कहते हैं। वे लोग किसानों, मज़दूरों और आदिवासियों की तबाही की कथा को पुराने दिनों की बात मान कर ख़ारिज करते हैं। आजकल का समय मिलावट का समय है। मिलावट की प्रवृत्ति सर्वव्यापी है, सर्वग्रासी है। वह फ़िल्म से लेकर साहित्य की भाषा तक में दिखाई देती है। जो लोग बाज़ार के लिए लिखते हैं वे इस मिलावट की कलाकारी का उपयोग करते हैं।

मध्यवर्गीय सेक्स, कुण्ठाएँ कथा-साहित्य में 60 के दशक के बाद से ही प्रमुख साहित्यिक प्रवृत्ति रही हैं। इसका क्या कारण है। 'हंस' जैसी बहुचर्चित पत्रिकाएँ लगातार इस प्रकार की कहानियों का एक महत्त्वपूर्ण जंक्शन रही हैं, इस सन्दर्भ में आप क्या कहेंगे?

हंस के सम्पादक और संचालक राजेन्द्र यादव स्वयं ऐसी कुण्ठा के शिकार व्यक्ति हैं इसलिए वे ऐसी कहानियों को हंस में छापते हैं और उन पर बहस कराने की कोशिश भी करते हैं।

सेक्स की कुण्ठा भारतीय साहित्य की और दुनिया भर के साहित्य की बहुत पुरानी प्रवृत्ति है। दुनिया भर में शायद ही कोई ऐसा साहित्य लिखा गया हो जिसमें पुरुष और स्त्री न हों और उनके बीच तरह-तरह के सम्बन्ध न हों। उन्हीं तरह के सम्बन्धों में एक सम्बन्ध सेक्स भी है। एक बीमारी के रूप में सेक्स की कुण्ठा का चित्रण बुरा नहीं है लेकिन एक उत्सव के रूप में उसकी प्रस्तुति ख़राब ज़रूर है। ऐसी रचनाओं में प्रायः स्त्रियों का अपमान ज़्यादा होता है, कभी-कभी उनकी स्वतन्त्रता के नाम पर भी।

आज़ादी के बाद के कथा-साहित्य में मध्यवर्गीय यथार्थ की अधिकता है जबकि हमारे देश की अर्थव्यवस्था और आधारभूमि के रूप में गाँव बड़ी जगह घेरता है। गाँवों के बारे में लेखन कथा-साहित्य में कम क्यों हो गया?

असल में अधिकांश हिन्दी साहित्य की जन्मभूमि और कर्मभूमि मध्यवर्ग ही है। स्वाधीनता के बाद हिन्दी में एक ओर नयी कविता और दूसरी ओर जो नयी कहानी आयी, वह कुछ अपवादों को छोड़कर अधिकांशतः मध्यवर्ग के अनुभव क्षेत्र से जुड़ी थी और दोनों के पाठक भी मध्यवर्ग के थे। हाल के वर्षों में उस मध्यवर्ग का बहुत विस्तार हुआ है। इसीलिए आज के कथा-साहित्य में वह मध्यवर्ग, उसके जीवन की स्थितियाँ, उसकी आकांक्षाएँ, उसकी दुविधाएँ, उसकी सुविधाएँ और उसकी सोच-विचार की प्रक्रिया की अभिव्यक्ति अधिक हो रही है। आज के अधिकांश लेखक आत्मसंघर्ष की कथा कहने में ज़्यादा दिलचस्पी रखते हैं, सामाजिक संघर्षों की कथा कहने की तुलना में, फिर भी कुछ अपवाद मौजूद हैं। गोरखपुर के मदन मोहन आज भी किसान जीवन की कथा लिखते हैं चाहे वे कहानी लिखें या उपन्यास। काशीनाथ सिंह भी अधिकांशतः गाँव की ही कथा लिखते हैं।

आज़ादी के बाद राजनीति में गुण्डागर्दी, ठेकेदारी की लूट, हिंसा तेज़ी से बढ़ी है। कथा-साहित्य में इसका आपको कितना असर दिखता है?

यह सही है कि पिछले 25 वर्षों में भारत की राजनीति का अपराधीकरण बहुत हुआ है और उसमें वो सभी बातें दिखाई देती हैं जिनमें इनमें से किसी-न-किसी प्रवृत्ति की अभिव्यक्ति मिलती है। हाल में 'पाखी' में अनुज की एक कहानी छपी थी 'अंगुरी में डसले बिया नगनियाँ', जिसमें बिहार के जनसंहार की एक घटना को

केन्द्र में रखकर प्रभावशाली रचना की गयी थी। उस कहानी पर हिन्दी में लम्बे समय से बहस चल रही है।

साम्प्रदायिकता के बीज भारतीय साहित्य में नये नहीं हैं। यह भारतीय समाज की बड़ी समस्या रही है। इधर राजनीतिक लाभ-लोभ के चलते साम्प्रदायिकता को काफ़ी हवा दी गयी है। आज के कथा-साहित्य पर बाबरी मस्जिद विध्वंस, गोधरा गुजरात जैसी घटनाओं का कितना असर पड़ा है?

जहाँ तक मुझे मालूम है आपने अपने प्रश्न में साम्प्रदायिकता की जिन घटनाओं का उल्लेख किया है उन पर कविताएँ तो बहुत लिखी गयी हैं पर कहानियाँ और उपन्यास कम ही लिखे गये। इन घटनाओं पर सबसे प्रभावशाली कथा-साहित्य असगर वजाहत ने लिखा है। उनके साथ ही मुझे साम्प्रदायिकता की प्रवृत्ति पर लिखे गीतांजलि श्री का उपन्यास 'हमारा शहर उस बरस' की याद आ रही है जिसमें साम्प्रदायिकता की समस्या की जटिलता का बहुत बारीकी से विश्लेषण है।

आज का स्त्री लेखन तीन धाराओं में बँटा हुआ दिख रहा है–गँवई औरतों की ज़िन्दगी को चित्रित करने वाली धारा, शहरी औरतों की दुनिया चित्रित करने वाली धारा, जिसमें देह का भूगोल ज़्यादा महत्त्वपूर्ण है, और दलित स्त्री साहित्य की नयी धारा। इससे स्त्री कथा लेखन का कितना विकास होगा? क्या समकालीन स्त्री लेखन में यह अलगाव ठीक है?

आपने अपने सवाल में जिन तीन स्त्री लेखन सम्बन्धी धाराओं की चर्चा की है वे हिन्दी कथा-साहित्य में मौजूद हैं और उनकी उपस्थिति के कारण भी हैं। मुझे लगता है कि इससे स्त्री सम्बन्धी हिन्दी के कथा लेखन में विविधता आयेगी और व्यापकता भी। अच्छी बात यह है कि हिन्दी का जो स्त्रियों का कथा लेखन है उसका दायरा व्यापक है। मैत्रेयी पुष्पा प्रायः देहात की स्त्रियों की स्वतन्त्रता की आकांक्षा, उसके लिए संघर्ष और उसको हासिल करने की जद्दोजहद की कथा लिखती हैं। अनामिका ने जो दो उपन्यास लिखे हैं उनमें भी संवेदना और भाषा के स्तर पर गाँव मौजूद है। इन दोनों की रचनाओं में मध्यवर्गीय लेखिकाओं की तरह स्त्री की देह का भूगोल ही नहीं है और बहुत कुछ है। इनसे भिन्न दलित लेखिकाओं की रचनाएँ हैं जिनमें उनकी तरह-तरह की गुलामी, यातना, संघर्ष और स्वाधीनता की चिन्ताएँ व्यक्त हो रही हैं।

जातिवाद भारतीय राजनीतिक-सामाजिक-सांस्कृतिक दुनिया में काफ़ी प्रभावी भूमिका निभाता रहा है। उसने भारतीय समाज को निर्धारित करने में काफ़ी बड़ी भूमिका निभाई है, लेकिन इस मुद्दे को कथा-साहित्य में बहुत बाद में और कम जगह मिली, इसके पीछे आप क्या कारण देखते हैं?

मैं भारतीय समाज में जाति व्यवस्था की उपस्थिति और उसके सर्वग्रासी प्रभाव को एक जर्मन सौन्दर्यशास्त्री के एक कथन के माध्यम से समझता और रखता रहा

हूँ। 20वीं सदी के 30 के दशक का एक जर्मन सौन्दर्यशास्त्री था विलियम वोरिंजर। उसने एक अद्‌भुत किताब लिखी है जिसका नाम है 'विरूपता का सौन्दर्यशास्त्र' (एस्थेटिक्स ऑफ़ अग्लीनेस) उस किताब का पहला वाक्य है 'सुन्दरता केवल चमड़ी तक सीमित होती है लेकिन विरूपता मज्जा तक'। मैं विलियम वोरिंजर के इस कथन के सहारे भारतीय समाज में जाति व्यवस्था और उसके प्रभाव के बारे में यह कहता रहा हूँ कि यहाँ प्रत्येक विचारधारा केवल चमड़ी तक सीमित है लेकिन जाति सम्बन्धी संस्कार, चेतना और प्रभाव मज्जा तक। इस बात की सच्चाई भारतीय समाज के अतीत में दिखाई देती है। वर्तमान में भी और सम्भव है कि भविष्य में भी दिखाई दे।

हिन्दी में कथा-साहित्य की शुरुआत हुई तो समाज की निर्भय आलोचना करने वाली कथा दृष्टि कम ही थी इसीलिए छिटपुट उदाहरणों को छोड़कर प्रेमचन्द के पहले हिन्दी के कथा-साहित्य में जाति-व्यवस्था की व्याप्ति, उसके दुष्प्रभाव और उसके ख़तरनाक रूपों की पहचान कम ही मिलती है। जाति-व्यवस्था और उससे जुड़ी वास्तविकताओं तथा समस्याओं को हिन्दी के कथा-साहित्य के केन्द्र में लाने का काम प्रेमचन्द ने किया। बाद के दिनों में अनेक उपन्यासकारों और कहानीकारों ने जाति की समस्या के विभिन्न पक्षों पर रचनाएँ लिखी हैं। मुझे प्रेमचन्द के बाद जाति-व्यवस्था को हिन्दी कथा में स्थान देने वाले महत्त्वपूर्ण रचनाकार लगते हैं फणीश्वर नाथ रेणु। और बाद में जब से हिन्दी में दलित साहित्य का उभार हुआ है तब से जाति-व्यवस्था की समस्या पर ग़ैर-दलितों ने भी कहानियाँ लिखी हैं और उपन्यास भी।

दलित राजनीति और दलित कथा-साहित्य का बाक़ी समाज की राजनीति और साहित्य पर क्या प्रभाव पड़ा है?

जहाँ तक मुझे मालूम है दलित राजनीति और दलित साहित्य का बाक़ी समाज की राजनीति और साहित्य पर गहरा प्रभाव पड़ा है। इस प्रभाव की शुरुआत डॉ. आम्बेडकर के समय से होती है। मैं यह बात कई बार कह चुका हूँ कि आम्बेडकर के व्यक्तित्व और आन्दोलन का प्रेमचन्द के सोच-विचार और साहित्य पर गहरा प्रभाव पड़ा था। इसके प्रमाण प्रेमचन्द के लेखन में मौजूद हैं, उनके निबन्धों में, उपन्यासों में, और कहानियों में भी।

जहाँ तक भारतीय राजनीति का सवाल है तो बाक़ी को छोड़ भी दें और केवल वामपन्थी दलों की राजनीति के बारे में सोचें तो यह सच सामने आता है कि भारतीय राजनीति में दलित राजनीति के प्रभावशाली उभार के साथ वामपन्थी दलों ने भी जाति-व्यवस्था और दलितों के शोषण तथा दमन को अपनी राजनीति का महत्त्वपूर्ण मुद्‌दा बनाया था। इस प्रसंग में मुझे एक घटना याद आ रही है। 1947 में जुलाई से सितम्बर तक एस.ए. डांगे सोवियत संघ की कम्युनिस्ट पार्टी

के नेताओं से विचार-विमर्श के लिए मॉस्को में थे। उनकी ज़दानोव, सुसुलोव और स्तालिन से लम्बी बातचीत हुई थी। वह सारी बातचीत 'रिवोल्यूशनरी डेमोक्रेसी' नाम की पत्रिका के अप्रैल, 2001 अंक में छपी है। 6 सितम्बर, 1947 की बातचीत में भारतीय समाज में जाति व्यवस्था की स्थिति और उसको समाप्त करने की ज़रूरत पर ज़ोर देते हुए ज़दानोव ने कहा था :

"हमें लगता है कि जाति व्यवस्था के अवशेषों को समाप्त किये बिना समाजवाद की दिशा में आगे बढ़ना असम्भव है, क्योंकि जाति व्यवस्था मज़दूरों को वर्गीय आधार पर संगठित होने में बाधक है। वह जातीय भावनाएँ जगाती है। हम समझते हैं कि यह जाति व्यवस्था भारतीय समाज का सबसे प्रतिक्रियावादी पक्ष है और भारतीय कम्युनिस्टों के सामने सबसे बड़ी कठिनाई भी। इसे समाप्त करने के लिए भारतीय कम्युनिस्टों को पूरी शक्ति से प्रयत्न करना चाहिए। हम समझते हैं कि निकट भविष्य में जाति व्यवस्था का अन्त सम्भव नहीं लगता। हम भारतीय साथियों से अनुरोध करते हैं कि वे इस प्रश्न पर गम्भीरता से विचार करें।" 1947 के बाद से अब तक की भारतीय कम्युनिस्ट पार्टियों ने कैसी गम्भीरता से जाति व्यवस्था की समस्या पर विचार किया है और उसको मिटाने के लिए कितना संघर्ष किया है। हमारे यहाँ कुछ ऐसे भी मार्क्सवादी हैं जो कहते हैं कि वर्ण और जाति के बारे में सोचना और बात करना अनावश्यक है। क्या इसी दृष्टि से जाति व्यवस्था से संघर्ष होगा और उसको मिटाने का प्रयत्न होगा। मुझे नहीं मालूम कि ज़दानोव ने जाति व्यवस्था के बारे में डांगे से जो कुछ भी कहा था उसे डांगे ने भारत लौटकर अपनी कम्युनिस्ट पार्टी के सामने रखा या नहीं रखा। पर यह मालूम है कि भारत की किसी भी कम्युनिस्ट पार्टी ने भारतीय राजनीति में दलित राजनीति के उभार के पहले जाति व्यवस्था की समस्या पर गम्भीरता से विचार नहीं किया।

जहाँ तक दलित लेखन से हिन्दी साहित्य के प्रभावित होने की बात है तो मैं यह कह सकता हूँ कि दलित साहित्यकारों के रचनात्मक प्रयत्नों के कारण दलित जीवन की जो वास्तविकताएँ, समस्याएँ और भावनाएँ सामने आयी हैं उनका असर हिन्दी के कथा लेखन पर भी पड़ा है और अनेक ग़ैर-दलित लेखकों ने जाति व्यवस्था तथा दलित जीवन की यातना से सम्बन्धित कथा-साहित्य की रचना की है।

हिन्दी में उपन्यास की व्यवस्थित आलोचना का विकास क्यों नहीं हुआ जबकि उपन्यास आधुनिक हिन्दी साहित्य की महत्त्वपूर्ण विधा के रूप में सामने आया है?

यह सच है कि हिन्दी में जितना और जैसा विकास उपन्यास का हुआ है उतना और वैसा विकास उपन्यास की आलोचना का नहीं हुआ। जबकि हिन्दी साहित्य के इतिहास पर ध्यान दें तो यह बात स्पष्ट होगी कि भारतेन्दु युग से ही हिन्दी उपन्यास के स्वरूप और समस्याओं पर सोच-विचार की प्रक्रिया शुरू हो गयी थी। असल में,

हिन्दी उपन्यास की आलोचना के नाम पर या तो उपन्यासों की समीक्षाएँ छपती हैं या समीक्षा के नाम पर पुस्तक परिचय छपता है। जहाँ तक मुझे याद है हिन्दी उपन्यास की आलोचना के क्षेत्र में कुछ गम्भीर प्रयत्न हुए हैं। बहुत पहले नेमिचन्द्र जैन ने ऐसा ही प्रयत्न किया था, उनकी उपन्यास की आलोचना की पुस्तक है 'अधूरे साक्षात्कार', उसके बाद हिन्दी उपन्यास की आलोचना के क्षेत्र में अविस्मरणीय नाम मधुरेश और गोपालराय का है। डॉ. रामविलास शर्मा की किताब 'कथा विवेचना और गद्य शिल्प' में भी उपन्यासों की आलोचना है लेकिन इन सबको देखते हुए एक बार और यह कहने का मन कर रहा है कि हिन्दी में उपन्यास के विकास का जो रूप और स्तर है वह उपन्यास की आलोचना का नहीं है। वैसे भी अधिकांश हिन्दी आलोचना कविता केन्द्रित आलोचना रही है।

अमेरिकी ब्लैक कथा-साहित्य की आरम्भिक रचनाएँ 'द अटलांटिक मंथली', 'द अमेरिकन मरकरी' और 'स्क्वायर' आदि पत्रिकाओं पर निर्भर थीं। इसीलिए गोरे पाठकों को ध्यान में रखकर रचनाएँ की जाती रहीं। इन कहानियों में ब्लैक लोगों को मुर्गीचोर, तरबूजचोर, महिलाओं के उत्पीड़क, ग़ैर-ज़िम्मेदार, झूठे और हास्यास्पद रूप में दर्शाया-दिखाया गया। इस तरह देखें तो पत्रिका संस्थान और पाठक वर्ग भी रचनात्मकता का निर्धारक है। आप बताइए कि हिन्दी के कथा-साहित्य में पत्रिका संस्थान और पाठकों ने साहित्य को निर्मित-निर्धारित करने में कितनी भूमिका निभाई है?

हमेशा से साहित्य के विकास की प्रक्रिया में लेखकों के साथ-साथ पाठकों की भी महत्त्वपूर्ण भूमिका रही है। आज के ज़माने में जो भूमिका साहित्य के जीवन, विकास, विस्तार और मरण में पाठकों की होती है वही कभी श्रोताओं की थी, जब साहित्य केवल मौखिक था। आधुनिक काल में प्रेस, प्रकाशन, पुस्तक बाज़ार और पत्रिकाओं के आने के साथ साहित्य की ज़िन्दगी और लोकप्रियता को घटाने, बढ़ाने में इन सभी की भूमिकाएँ सामने आती रही हैं। प्रायः हिन्दी पत्रिकाओं के सम्पादकों को ध्यान में रखें तो सम्पादक उसी रचना को छापते और उस पर एक से अधिक समीक्षाएँ लिखवाकर प्रचारित करने का काम करते हैं जो रचनाएँ उनके सोच-विचार के अनुकूल होती हैं। यह बात महावीर प्रसाद द्विवेदी से लेकर राजेन्द्र यादव जैसे सम्पादकों तक चली आ रही है। हिन्दी में जब नयी कहानी का दौर था तब वही रचनाएँ महत्त्वपूर्ण मानी जाती थीं और प्रक्रियाओं में उनको जगह भी मिलती थी जो नयी कहानी के ढाँचे में होती थीं। यही स्थिति प्रगतिशील आन्दोलन के साथ भी है इसीलिए आपके प्रश्न में अमेरिकी ब्लैक कथा-साहित्य के बारे में जो बात कही गयी है उसे हिन्दी कथा-साहित्य पर भी लागू किया जा सकता है।

क्या कथा-साहित्य में यथार्थ की अभिव्यक्ति के लिए भाषा का भदेसपन ज़रूरी है? क्या इसके बिना जीवन और समाज का सत्य प्रकट नहीं किया जा सकता। ऐसे में जब भदेसपन को जानबूझकर अप्रासंगिक ज़गहों पर भी प्रासंगिक बनाकर पेश किया जा रहा है क्या

इसको लेकर संजीदा होने की ज़रूरत नहीं? बाज़ार इसे मन मुताबिक भुना रहा है। इससे जन यथार्थ का कुत्सित रूप सामने आ रहा है। आप इस विषय पर क्या कहेंगे?

देखिए, सच्चे और बड़े रचनाकार यह जानते हैं कि शब्द का अर्थ से, अर्थ का अनुभव से, अनुभव का संवेदना से, संवेदना का यथार्थ से, यथार्थ का समाज से और समाज का इतिहास से जटिल सम्बन्ध होता है। इसलिए भाषा और यथार्थ के सम्बन्ध पर गम्भीरता से सोच-विचार करने की ज़रूरत है। भाषा अभिव्यक्ति का ही माध्यम नहीं है वह सोच और संवेदना का भी माध्यग है। इसलिए कौन-सी रचना कैसी भाषा में लिखी जाये यह इस पर निर्भर करता है कि उस रचना में मौजूद वास्तविकता और संवेदना का सम्बन्ध किस वर्ग, समुदाय, जाति और हैसियत के मनुष्य से है। समाज में सभी लोग एक भाषा बोलते हुए भी विभिन्न रूपों में उस भाषा का प्रयोग करते हैं। एक स्त्री की भाषा का एक पुरुष की भाषा से बहुत फ़र्क़ होता है और टाटा, बिड़ला, अम्बानी की भाषा से उन्हीं के कारख़ानों में काम करने वाले मज़दूरों की भाषा भिन्न प्रकार की होती है। इसीलिए जब कोई रचनाकार गाँव की कथा कहता है तो उसमें भाषा का भदेसपन आता ही है क्योंकि गाँव के लोग जब कुछ कहते-बोलते हैं तो वे अपनी भावनाओं को व्यक्त करते हैं भाषा के पण्डितों की इच्छाओं को नहीं। यह बात आपको रेणु के उपन्यासों में दिखाई पड़ेगी। वहाँ एक आदमी गाँधी को गान्ही कहता है तो दूसरा ज़िन्दाबाद को जिन्दाबाध कहता है। रेणु के इन प्रयोगों की हिन्दी के कुछ आलोचकों ने आलोचना भी की थी लेकिन ऐसे प्रयोग रेणु ने जिन लोगों के माध्यम से किये हैं यदि उन लोगों को प्रयोग बताया, दिखाया जाये तो उन्हें आश्चर्य के बजाय आत्मीयता का बोध होगा। भाषा में भदेसपन की चिन्ता दो रूपों में विचारणीय है। जहाँ वह गाँव की ज़िन्दगी के साथ आता है वहाँ उसे स्वीकार करना चाहिए और जहाँ रचना में लोक जीवन और लोक चेतना लाने के लिए जानबूझकर भदेसपन का प्रयोग किया जाता है उसकी आलोचना की जानी चाहिए। प्रायः जीवन के कुछ यथार्थ ही ऐसे होते हैं जो भदेस भाषा में ही व्यक्त किये जा सकते हैं इसीलिए बहुत सारे लोग दलित साहित्य की भाषा पर आपत्ति करते हैं जबकि मैं बरसों से कहता आ रहा हूँ कि ऐसा क्यों है?

(कथाक्रम : जनवरी-मार्च 2014)

अज्ञेय और मर्ढेकर के साहित्य का तुलनात्मक अध्ययन : आधुनिकता के सन्दर्भ में

(प्रो. मैनेजर पाण्डेय के साथ सतीश यादव की बातचीत)

आधुनिकता से तात्पर्य क्या है? आपकी दृष्टि से आधुनिकता के मायने क्या हैं?

देखिए, हिन्दी में आधुनिकता पर जो बातचीत और बहस हुई है, उसके आधार पर आधुनिकता के तीन अर्थ बनते हैं। हिन्दी साहित्य में आधुनिक काल माना जाता है भारतेन्दु हरिश्चन्द्र से। रामचन्द्र शुक्ल ने भारतेन्दु हरिश्चन्द्र की प्रशंसा में बहुत लिखा है। परन्तु उन्होंने एक निबन्ध में लिखा है कि भारतेन्दु की कविताओं में आधुनिकता कम ही पायी जाती है। भारतेन्दु हरिश्चन्द्र ने अपनी अधिकांश कविताएँ ब्रजभाषा में लिखी है जो भक्तिकाल के कवियों की तरह लगती है। इसीलिए शुक्ल जी ने कहा कि उसमें आधुनिकता कम पायी जाती है। तो दूसरा इससे निष्कर्ष यह भी निकला कि उनके नाटकों में आधुनिकता है, निबन्धों में आधुनिकता है, लेकिन कविता में कम है। इसका एक अर्थ रामचन्द्र शुक्ल का आधुनिकता के बारे में यह है, जो मैं अपनी ओर से कह रहा हूँ, उन्होंने कहा नहीं कि 'स्वाधीनता की चेतना आधुनिकता का प्राण है।' अब यह स्वाधीनता की चेतना भारतेन्दु के प्रसंग में देश की स्वाधीनता की चेतना है, जो नाटकों में है। क्योंकि नाटकों में उन्होंने देश की पराधीनता से उत्पन्न दुर्दशा का वर्णन किया है। तो ज़ाहिर है कि जिसके मन में स्वाधीनता की चेतना होगी, वही पराधीनता की दुर्दशा की चर्चा करेगा। तो पहला सन्दर्भ आधुनिकता का स्वाधीनता की चेतना और देश की स्वाधीनता की चेतना है। दूसरा सन्दर्भ आधुनिकता का यह है कि हिन्दी में आधुनिकता पर बहस प्रयोगवाद और अज्ञेय के नेतृत्व में शुरू हुई, प्रयोगवाद के भी नेता वही थे। तारसप्तक से माना जाता है कि प्रयोगवाद शुरू हुआ। यद्यपि इस पर भी विवाद है कि वहाँ से हुआ कि नहीं हुआ, पर मैं यह मानता हूँ कि वहीं से हुआ। अज्ञेय ने आधुनिकता के बारे में बहुत लिखा है। तो यहाँ जो आधुनिकता प्रयोगवाद के दौर से शुरू हुई उसमें भी स्वाधीनता की चेतना थी, पर उसमें स्वाधीनता का अर्थ बदल गया। उसमें एक तो रचनाशीलता की स्वाधीनता महत्त्वपूर्ण मानी गयी। हम परम्परा से

कुछ ग्रहण करें ये सम्भव है, पर रचना जो करती है उसे अपनी इच्छा, सोच और समझ के मुताबिक करती है। दूसरा क्या है कि पश्चिम में आधुनिकता पर बहुत बहस हुई है। और यहाँ एक दूसरा शब्द हिन्दी में चलने लगा, आधुनिकता के बदले आधुनिकतावाद और आधुनिकताबोध। तो इस सबका सन्दर्भ रचना केन्द्रित था, मतलब रचना के प्रसंग में प्रयोग की स्वाधीनता। हम जिस तरह चाहे कविता लिखें। छन्दों से मुक्ति की स्वाधीनता। जो शुरू तो निराला ने किया लेकिन इस दौर में आकर सबसे अधिक हुआ। यही नहीं बल्कि प्रयोगवाद के दौर तक आते-आते और बाद में नयी कविता में प्रयोग की विविधता इतनी बढ़ी कि अराजकता की सीमा तक चली गयी, तो आधुनिकता का दूसरा सन्दर्भ यह है। तीसरा व्यापक सामाजिक सन्दर्भ यह जुड़ता है कि आधुनिकता मूलतः समाज से जुड़ी हुई चीज़ है। समाज में जब आधुनिकता बुनियादी स्तर पर आती है तभी वह रचनाकारों, लेखकों, आलोचकों के मन में चिन्तन के स्तर पर आती है। ऐसा नहीं है कि समाज में आधुनिकता तो हो नहीं और लेखन में आधुनिकता आ जाये। तो यह स्वाधीनता के बाद जो देश में नवनिर्माण की प्रक्रिया शुरू हुई उसका सन्दर्भ भी आधुनिकता से जुड़ता है। आपको याद होगा, यहाँ चलते-चलते एक प्रसंग कह रहा हूँ कि भाखड़ा नांगल डैम बना तो जवाहरलाल नेहरू ने यह घोषणा की कि यह जो है 'आधुनिक मन्दिर है'। तो ऐसे जो निर्माण के काम देश में हो रहे थे। तो इसलिए रचना, आलोचना में भी आधुनिकता की विस्तृत चर्चा होने लगी। अब रही बात लेखकों के बीच आपसी मतभेद की, तो वह हमेशा रहते हैं, रहेंगे।

आधुनिकता के सन्दर्भ में भारतीय दृष्टिकोण और आधुनिकता के सन्दर्भ में पश्चिमी दृष्टिकोण–इसमें क्या अन्तर है?

देखिए, मैंने पहले भी, अभी थोड़ी देर पहले आपसे कहा है कि आधुनिकता का मूल सन्दर्भ तो समाज से जुड़ता है। भारतेन्दु के प्रसंग में भी यह जुड़ा हुआ है और अज्ञेय के प्रसंग में भी जुड़ा हुआ है। भारतेन्दु के प्रसंग में इस बात से जुड़ा हुआ है कि देश उस समय पराधीन था। तो स्वाधीनता का एक अलग अर्थ था। अज्ञेय के प्रसंग में यह है कि देश तो स्वाधीन हो गया था लेकिन जो नवनिर्माण की कोशिश देश में हो रही थी उससे समाज बदल रहा था। लोगों की मानसिकता बदल रही थी, लोगों की ज़रूरतें बदल रही थीं। इसलिए पश्चिम की आधुनिकता से भारत की आधुनिकता का एक फ़र्क़ यह है कि भारत की आधुनिकता भारतीय समाज से जुड़ी हुई आधुनिकता है। पश्चिम की आधुनिकता पश्चिमी समाजों से जुड़ी हुई आधुनिकता है।

सर, अज्ञेय की कविता की क्या प्रेरणाएँ हैं और जिस दौर में वह कविता लिखी जा रही थी, वह कविता किस दृष्टिबोध को लेकर आयी है?

पहली बात यह है कि अज्ञेय जी प्रगतिवाद से मतभेद रखते थे। प्रगतिवाद सामूहिकता या सामाजिकता का आग्रह करता है। इसके ठीक विपरीत अज्ञेय जी साहित्य के प्रसंग में वैयक्तिकता का आग्रह करते थे। व्यक्ति को महत्त्व देते थे। उनकी प्रसिद्ध कविता है—'नदी के द्वीप'। उससे भी यही निष्कर्ष निकलता है। वे यह मानते थे ज़रूर, उसी कविता में है, हम हैं नदी के ही हिस्से, यानी जो द्वीप होता है, बनता तो नदी से ही है, यानी व्यक्ति बनता है समाज से ही, वे इतना तो स्वीकार करते थे। लेकिन व्यक्ति की स्वायत्तता, स्वतन्त्रता का भी महत्त्व समाज में होना चाहिए, खाली समाज की चिन्ता, चर्चा काफ़ी नहीं। तो पहला तो यही मतभेद उनका प्रगतिवाद से था। तो उनकी कविता में शुरू से अन्त तक वैयक्तिकता का आग्रह दिखाई तो देता ही है, पहली बात। दूसरी बात यह है कि वात्स्यायन जी हिन्दी के दूसरे आन्दोलनों से प्रभावित होने के बदले अन्य आन्दोलनों को खुद प्रभावित कर रहे थे। मतलब इसको आप यों देखिए कि प्रयोगवाद का प्रवर्तन उन्होंने किया। प्रयोगवाद जब ज़्यादा नहीं चला तो 'दूसरा सप्तक' निकाला। और मैं व्यक्तिगत रूप से मानता हूँ और बहुत लोग मानते हैं कि 'दूसरा सप्तक' से ही नयी कविता की शुरुआत होती है। तो उसके भी अगुवा और नेता वही बने। इसके बाद उन्होंने किसी काव्यान्दोलन का नेतृत्व नहीं किया। जब नयी कविता के बाद अकविता आयी जिससे अज्ञेय का कोई मेल नहीं था। बाद के दिनों में सम्भवतः 1959 में 'तीसरा सप्तक' निकला और उसके बाद वात्स्यायन जी ने लगभग उस प्रयत्न को छोड़ दिया। चौथा जो सप्तक उन्होंने निकाला वह न अज्ञेय के लिए महत्त्वपूर्ण था न हम लोगों के लिए, वह किसी मतलब का है नहीं। मैं यह कह सकता हूँ कि वह आदत और परम्परा का निर्वाह है। लेकिन उनकी जो दृष्टि कविता के प्रसंग में वैयक्तिकता के आग्रह की थी और यह खाली उनकी कविता में नहीं, यह उनके उपन्यासों में हैं, उनकी कहानियों में हैं। तो वह प्रवृत्ति वात्स्यायन जी की जीवन भर रही। रही बात कविता और प्रेरणाओं की, तो देखिए वात्स्यायन जी एक संवेदनशील और ग्रहणशील व्यक्ति थे। कई स्रोतों से कविताओं की प्रेरणा उन्होंने प्राप्त की थी। जैसे वो जापानी 'हायकु' से बहुत प्रभावित थे। इसीलिए 'अरी ओ करुणा प्रभामय', उसमें उन्होंने उसी जापानी 'हायकु' के तर्ज पर कविताएँ लिखीं। दूसरी बात प्रेरणा की यह भी है कि जो उनकी प्रसिद्ध कविता है 'असाध्यवीणा'। अब 'असाध्यवीणा' कविता में दो-दो परम्पराएँ मिली-जुली हैं, भारतीय परम्परा और जापानी परम्परा। तो इसीलिए वात्स्यायन जी शुरू के दिनों में पश्चिम के आधुनिकतावादी कवियों से प्रभावित थे, जुड़े हुए थे। जैसे टी.एस. इलियट। टी.एस. इलियट का एक प्रसिद्ध निबन्ध है—'ट्रेडिशन एंड इंडिविजुवल टैलेंट' उन्होंने उसका अनुवाद किया, जो 'त्रिशंकु' में छपा है। इसीलिए मैंने शुरू में आपसे कहा था कि वात्स्यायन जी सारी दुनिया के काव्यान्दोलनों से जुड़े हुए थे। वैसे भी वात्स्यायन जी अनेक भाषाएँ जानते थे और

ख़ासतौर से हिन्दी के अलावा अंग्रेज़ी अच्छी जानते थे। वे बाहर के विश्वविद्यालयों में पढ़ा चुके थे। इसलिए बाहर के साहित्य से अंग्रेज़ी के माध्यम से बहुत जुड़े हुए थे। उस सबका कुछ न कुछ असर उन पर पड़ा है—अब किसका कितना असर पड़ा है यह तो आप जैसे, जो उस पर केन्द्रित काम कर रहे हैं, वही खोजें।

हिन्दी कविता की परम्परा में प्रगतिवादियों का अपना एक बड़ा योगदान रहा, जो कविता को सामाजिक आशय तक लेकर गये और समाज में जो ग़रीबी है, अन्याय है, अत्याचार है, असमानताएँ हैं, उसके ख़िलाफ़ आवाज़ उठायी, यह स्वर था। अज्ञेय की कविता में कौन-सा स्वर नज़र आता है?

मेरी अपनी व्यक्तिगत राय यह है कि अज्ञेय की प्रारम्भिक कविता में सामाजिकता मौजूद है। इसके दो उदाहरण आपको दूँगा। जैसे—'बह चुकी बहकी हवाएँ चैत की', आगे उसमें आया है कि फ़सल कट गयी है क्योंकि चैत में, बैसाख में फ़सल कटती है, 'और गिन रहा होगा महाजन सेंत की', यानी सेंत-मेत कहते हैं। हमारे यहाँ एक शब्द चलता है सेत की यानी कह सकते हैं कि झूठ की, लूट की। मतलब यह है कि जिसके मन में किसानों की मेहनत और अपनी मेहनत के फल से वंचित होने का बोध होगा वही ऐसी कविता लिखेगा, एक बात। दूसरी बात यह है कि जिस पर मैंने एक लम्बा लेख लिखा है, वात्स्यायन जी के उस प्रसंग की चर्चा बहुत कम हुई है। विभाजन के समय वात्स्यायन जी विभाजन की त्रासदी से बहुत जुड़े हुए थे और बहुत विचलित और हिले हुए थे। तो उन्होंने 47 से 48 के बीच ग्यारह महीने में विभाजन पर ग्यारह कविताएँ लिखीं। सबका शीर्षक एक ही है—'शरणार्थी'। उसी पर मैंने एक लम्बा लेख लिखा था, जो मेरी नयी किताब में भी है और 'कथादेश' पत्रिका में भी छपा था। उसमें जो विभाजन के कारण बर्बादी, घृणा, तबाही और विध्वंस हुआ, उस सबका उन्होंने व्यवस्थित और मार्मिक चित्रण किया है। वे कविताएँ एक तरह से उनकी सामाजिक चेतना और मानवीय चेतना के दस्तावेज़ हैं। आपसे एक और बात कहूँ कि इस बात पर कम ध्यान दिया जाता है कि तारसप्तक यद्यपि प्रयोगवाद का संग्रह माना जाता है लेकिन उसमें जो कवि हैं, अधिकांशतः वे सब प्रगतिशील और मार्क्सवादी हैं। जैसे उसमें मुक्तिबोध हैं, रामविलास शर्मा हैं, उसमें भारतभूषण अग्रवाल हैं। ये सब लोग उस समय मार्क्सिस्ट थे। तो अज्ञेय उस समय तक प्रगतिवाद और मार्क्सवाद के अगर पूरे विरोधी होते तो काहे को इन सबको शामिल करते। उस समय तक मार्क्सवाद से, प्रगतिवाद से ये सब जुड़े हुए थे और उसमें प्रभाकर माचवे भी हैं शायद, तो इसीलिए मैं कह रहा था आपसे कि पचास के पहले अज्ञेय समाज की चिन्ताओं से जुड़े हुए थे। इसीलिए पचास तक उनकी कविताओं में सामाजिकता, सामाजिक चेतना, सामाजिक सरोकार अनेक रूपों में दिखाई देता है। इक्यावन के बाद मतलब 'दूसरा सप्तक' निकलने के बाद और 'नयी कविता' के शुरू होने के दौरान उनका जो वैयक्तिकता का आग्रह है, वह बढ़ा।

वह बढ़ने का एक व्यावहारिक सन्दर्भ भी है। अज्ञेय की प्रयोगवादी के नाम पर प्रगतिशीलों ने बहुत आलोचना की, तो इसका रिएक्शन तो होगा न किसी के मन में, तो उनके मन में भी उत्पन्न हुआ। इसलिए वात्स्यायन जी अपने वैयक्तिकता के आग्रह पर दृढ़ता से डटे ही नहीं बल्कि यह भी हुआ कि प्रगतिशीलों की खुलेआम आलोचना भी करने लगे। पहले खुलेआम आलोचना नहीं करते थे। मतभेद रखना अलग बात है। तो यही है।

तो क्या इसे मुख्य स्वर कह सकते हैं?

नहीं, नहीं... सामाजिकता का स्वर मुख्य नहीं, मुख्य स्वर तो वैयक्तिकता का ही है। क्योंकि वह वैयक्तिकता उस दौर में भी थी। जब सामाजिकता का दौर मैं कह रहा हूँ। उस दौर में भी क्योंकि मेरा अपना अनुमान है इस समय सन् याद नहीं पर 'नदी के द्वीप' कविता सन् पचास के पहले की है, सम्भवतः। यही नहीं पचास के पहले की उनकी रचना 'शेखर: एक जीवनी' में दोनों हैं, समाज भी और व्यक्ति भी। तो इसीलिए मैं अभी भी कह रहा हूँ कि पचास तक दोनों के बीच एक सन्तुलन था। बाद के दिनों में उनकी कविता में वैयक्तिकता का आग्रह बढ़ा।

अज्ञेय जी का व्यक्तित्व विवादास्पद रहा, व्यक्तित्व के रूप में भी और कृतित्व के रूप में भी, मुद्दा यह है कि हिन्दी के अधिकांश आलोचक अज्ञेय और मुक्तिबोध को आमने-सामने खड़ा करते हैं, या तो धुर विरोधी बताते हैं या उन दोनों की तुलना करके मुक्तिबोध कैसे बड़े कवि या लेखक थे तुलना में अज्ञेय कैसे सीमित सरोकार के कवि या लेखक हैं। आप इससे सहमत हैं?

देखिए, उस सबका भी एक ऐतिहासिक सन्दर्भ है। सन्दर्भ यह है कि जब प्रगतिशीलों और अज्ञेय और अज्ञेयवादियों का विवाद उग्र होने लगा तो दोनों ओर से अतिवादी बातें होने लगीं। मतलब प्रगतिशीलों ने अज्ञेय को नकारना स्वीकार किया। आपको एक घटना बताऊँ तो आपको हँसी आयेगी, दो साल पहले हिन्दी के तीन-चार बड़े कवियों के साथ अज्ञेय की भी जन्मशती थी, 2011 में। यहाँ अशोक वाजपेयी ने उन पर बड़ा समारोह किया। तो मुझसे कहा कि आप उसमें आइए और एक व्याख्यान दीजिए। उन्होंने जो विषय बताया मुझे ठीक नहीं लगा। तो मैंने कहा कि उस विषय पर तो नहीं बोलूँगा पर 'विभाजन की त्रासदी और अज्ञेय' पर बोलूँगा। उसी बीच मैं अज्ञेय पर काम कर रहा था, विभाजन की त्रासदी पर लिखी कविताओं के सन्दर्भ में। तो बोले कि जिस विषय पर बोलना हो आइए, बोलिए। मैं गया, भाषण दिया मैंने लम्बा, लोगों को पसन्द भी आया। लेकिन प्रगतिशीलों में मेरे ख़िलाफ़ अभियान चल गया, अभियान के दो कारण थे। पहला यह कि वाजपेयी के समारोह में गये ही क्यों? दूसरा यह कि अज्ञेय की तारीफ़ में इतना भाषण क्यों दे आये। इसलिए यह प्रगतिशीलों और अज्ञेय और अज्ञेयवादियों के बीच का जो

विवाद है उसका परिणाम था प्रगतिवादियों द्वारा अज्ञेय की उपेक्षा। दूसरा क्या है कि दोनों नयी कविता के दायरे के कवि हैं, अज्ञेय भी और मुक्तिबोध भी। मुक्तिबोध मार्क्सवादी थे, इस पर किसी को कोई सन्देह नहीं है और मार्क्सवादी होने के नाते उनका दृष्टिकोण अज्ञेय के दृष्टिकोण से भिन्न था। समाज के बारे में, साहित्य के बारे में, कला के बारे में, जीवन के बारे में। तो मुक्तिबोध जो हैं, प्रगतिवादियों को और ख़ासतौर से आलोचकों को एक हथियार के रूप में मिल गये, अज्ञेय के ख़िलाफ़ प्रगतिशीलों को उपयोग करने। इसलिए वह अतिवाद हुआ। अतिवाद इस स्तर पर हुआ कि उन्हें 'हिन्दी का चिंपांजी' कहा गया। यह तो असभ्यता है। जिन्होंने उन्हें 'हिन्दी का चिंपांजी' कहा था वही नामवर सिंह शताब्दी वर्ष में अज्ञेय का केवल गुणगान करते रहे। यही नहीं नेशनल बुक ट्रस्ट से अज्ञेय की कविताओं का एक संग्रह निकाला उन्होंने, Above turn हो गये थे। 'कविता के नये प्रतिमान' में मुक्तिबोध को केन्द्र में रखा। उसमें भी उन्होंने अज्ञेय की बहुत आलोचना की, 'असाध्यवीणा' की आलोचना की, मुक्तिबोध की कविता 'अँधेरे में' को ऊपर चढ़ाया। यह तो क्या है आलोचकों का अपना उत्थान या पतन है। उसमें तो कुछ कह नहीं सकते। इसलिए वह अतिवाद ही है जिसको अब हम तो कम-से-कम महत्त्व नहीं देते। हमने नामवर सिंह के उस सारे अभियान को कभी महत्त्व नहीं दिया और अज्ञेय विरोधी अभियान को भी और अज्ञेय के पक्ष में अभी शताब्दी वर्ष में जो अभियान चलाया, उसे भी नहीं।

सर, कवि अज्ञेय पर हम बहुत बात कर चुके हैं। सवाल है उपन्यासकार वात्स्यायन जी, कहानीकार वात्स्यायन जी, निबन्धकार वात्स्यायन जी, आलोचक वात्स्यायन जी, यात्रावृत्तकार वात्स्यायन जी; कई रूप हैं अज्ञेय के, इनमें आपको कौन-सा रूप प्रभावित करता है?

सबसे अधिक प्रभाव तो उनकी कविता का ही पड़ता है। दूसरे स्तर पर मुझे वात्स्यायन जी के उपन्यासों से अधिक महत्त्वपूर्ण उनकी कहानियाँ लगती हैं। मैं जिन 'शरणार्थी' शीर्षक कविताओं की बात कर रहा था, उसी के साथ अज्ञेय जी ने विभाजन की त्रासदी पर पाँच-सात कहानियाँ भी लिखी हैं। बल्कि आपको मैं बताऊँ, मुझे मालूम नहीं आपके ध्यान में है कि नहीं, 'शरणार्थी' शीर्षक कविताएँ और उससे जुड़ी हुई कहानियों की किताब छपी सन् 48 में। जिसमें 'बदला' और अन्य कहानियाँ समाविष्ट हैं, जिसमें आठ कहानियाँ हैं। मैंने उस लेख में उन कहानियों की भी चर्चा की है। उपन्यास तो उनके महत्त्वपूर्ण दो ही हैं–'शेखर : एक जीवनी' और 'नदी के द्वीप'। तीसरा उपन्यास–उपन्यास कम उनका वैचारिक विवेचन, विश्लेषण ज़्यादा है जो कि 'अपने-अपने अजनबी' है। वह जिस भाषा और अन्दाज़ में लिखा गया है, उससे अनुभव होता है कि वह उपन्यास नहीं है, वे सारे मेरे पास पड़े हैं। लेकिन मैं कहानीकार अज्ञेय को उनकी एक से एक अद्भुत

कहानियों के लिए यादगार मानता हूँ, जिसमें—'रोज़' है, 'हीलीबोन की बत्तखें' हैं और बहुत सारी मार्मिक और मन व दिलोदिमाग़ दोनों को छूने वाली कहानियाँ रही हैं। यद्यपि शिल्प की दृष्टि से 'शेखर : एक जीवनी' का बहुत महत्त्व है। अगर कोई आदमी हिन्दी के दस उपन्यासों की सूची बनाये, तो एक नाम 'शेखर : एक जीवनी' का भी होगा। लेकिन उसके बावजूद व्यक्तिगत रूप से मुझे उनकी कहानियाँ ज़्यादा प्रभावित करती हैं। रह गयी बात आलोचना की तो देखिए, आलोचना वात्स्यायन जी ने कम लिखी है। आलोचना के नाम पर साहित्य की विभिन्न समस्याओं पर लिखी हुई उनकी टिप्पणियाँ हैं, जो 'आत्मनेपद' में हैं और 'शाश्वती' में हैं। ऐसे कई संग्रह उनके छपे हैं, पर वैसी कोई आलोचना उन्होंने कभी नहीं लिखी जैसी मुक्तिबोध ने 'कामायनी : एक पुनर्विचार' नाम से कामायनी की जो व्यावहारिक और सैद्धान्तिक आलोचना की है। तो उस तरह से वे आलोचक नहीं। यानी किसी कवि के बारे में, कवियों के बारे में कुछ राय जहाँ-तहाँ है तो कुछ पत्रों के रूप में। जैसे धर्मवीर भारती की 'कनुप्रिया' पर एक पत्र उन्होंने लिखा जो अब 'कनुप्रिया' के साथ ही छपता है। इसलिए आलोचक के रूप में वे साहित्य की विभिन्न समस्याओं पर विचार करने वाले लेखक ज़रूर हैं और उनकी आलोचना के बारे में एक और बात आपसे कहूँ। टी. एस. इलियट ने अपनी आलोचना के बारे में एक बात कही थी, जो अज्ञेय पर भी लागू होती है। टी.एस. इलियट ने कहा था कि, My Criticism is workshop critisim. workshop में काम करने वाला एक मज़दूर मशीन के बहुत सारे गुणों और दोषों को अपने व्यक्तिगत अनुभव से जानता है। अब वह किसी को लिखकर, पढ़कर बताने लगे तो वह Workshop critisim होगा। वही हालत वात्स्यायन जी की भी है। वे बड़े रचनाकार थे, रचनाकार मानो तीनों-चारों अर्थों में, कवि भी, कहानीकार भी, उपन्यासकार भी, तो वही अनुभव उनकी आलोचनाओं में मौजूद है।

सर, एक पुस्तक लिखी है डॉ. कृष्णदत्त पालीवालजी ने जिसका शीर्षक है—'आलोचक अज्ञेय की उपस्थिति' तो ये थोड़ी उत्सुकता थी कि आलोचक अज्ञेय कैसे हैं?

एक बात और है, डॉ. कृष्णदत्त पालीवाल भी अज्ञेयवादी हैं। इसलिए ऐसे लोगों की समस्या यह होती है कि, बहुत ही ख़राब भाषा में मैं बोलने जा रहा हूँ। एक फ़िल्मी गीत है कि मेरे महबूब में क्या नहीं, वह तो लाखों में एक हैं हँसी, माने जो जिसके पक्ष में हैं, उसकी हर अच्छी-बुरी चीज़ की केवल तारीफ़ करता है, ये आलोचना नहीं है, ये विवेकपूर्ण आलोचना तो एकदम नहीं है। विवेकपूर्ण आलोचना का मतलब होता है, विवेक शब्द ही इससे बना हुआ है कि जो दूध और पानी में फ़र्क़ करें। इसी को 'नीर-क्षीर-विवेक' कहते हैं। तभी आलोचना आलोचना बनती है। जो अज्ञेय में अच्छाइयाँ हैं उसको रखे, पर संसार का कोई ऐसा बड़ा लेखक

या कवि नहीं है जिसमें कमज़ोरियाँ न हों, अब आप उनके बारे में बात नहीं करेंगे, तो खाली वाह-वाह करेंगे।

अज्ञेय के समग्र साहित्य का अध्ययन करने के पश्चात ऐसी क्या सीमाएँ हैं इस लेखक की, जो प्रखर रूप से सामने आती हैं?

ऐसा है कि अज्ञेय जी एक बड़े लेखक हैं और उनकी सीमा की बात करना अपनी सीमा को लाँघना है। फिर भी क्या है कि अज्ञेय की कविताओं में वैचारिकता या बौद्धिकता का आग्रह बहुत है। और उसके कारण वह पाठकों के मन को छू नहीं पातीं। मुझे एक तो कविता के प्रसंग में सबसे बड़ी सीमा यही लगती है। उपन्यासों, कहानियों के प्रसंग में—उनके उपन्यास और कहानियों को बिगाड़ने का काम उनके वैयक्तिकता के आग्रह ने किया। यानी 'नदी के द्वीप' जो उपन्यास है, बहुत अच्छी भाषा में लिखा हुआ उपन्यास है। लेकिन जो उसके पात्र हैं उनका जो हश्र होता है, वह उनकी वैयक्तिकता के कारण लगभग नष्ट हो जाता है। मेरी विचारधारा तो आप जानते हैं उसको अलग रखकर मैं कहता हूँ कि कविता का एक काम पाठकों के मन तक पहुँचना है। इसी कारण से वाल्मीकि भी महत्त्वपूर्ण कवि हैं और आज का भी कोई कवि वैसी कविता लिखेगा तो अच्छा लगेगा। पर कोई ऐसी कविता लिखे जो केवल मुट्ठीभर बौद्धिकों की ही समझ में आये। और उनकी भी चेतना की जटिलता को ही व्यक्त करे तो ज़ाहिर है कि वह सीमित समुदाय का कवि माना जायेगा।

अज्ञेय जी से कई बार मिले होंगे, कुछ संस्मरण बतायें...

संस्मरण मुझे वात्स्यायन जी के दो-तीन ध्यान में हैं। एक तो जब मैं जोधपुर विश्वविद्यालय में पढ़ाता था तो वहाँ के वाइस चांसलर थे वी.वी. जॉन। वे विद्वानों को अपने विश्वविद्यालय में ले आने के बड़े आग्रही थे। उसी क्रम में उन्होंने वात्स्यायन जी को भी जोधपुर बुलवाया, अपने विश्वविद्यालय में। और एक पूरा विभाग बनाने का ज़िम्मा दे दिया, तुलनात्मक साहित्य का। वात्स्यायन जी के साथ उस विभाग में एक सज्जन थे युगजीत नवलपुरी जो अपने समय के काफ़ी बड़े ट्रांसलेटर थे। उन्होंने कई भाषाओं से हिन्दी में अनुवाद किया है। तो वात्स्यायन जी उन दिनों जोधपुर में रहते थे। यह बात 1971 के लगभग की है। वात्स्यायन जी बहुत ही दृढ़ निश्चय वाले आदमी थे। उसका एक प्रमाण दे रहा हूँ। वात्स्यायन जी जहाँ रहते थे वह जोधपुर का ऐसा एरिया था, जहाँ एअरफोर्स का भी हेडक्वॉर्टर है। और दो रात पहले वहाँ पाकिस्तान ने बमबारी की थी। और चार-पाँच लोग भी मरे थे। तो शहर से एक-दो प्रोफ़ेसर जो अच्छे-भले लोग थे और जोधपुर के ही थे। एक सज्जन थे मोहन स्वरूप माहेश्वरी, वे मेरे पास आये। मुझसे बोले कि भाई वात्स्यायन जी ऐसी जगह पर हैं जो ख़तरे से खाली नहीं है। एक बार बमबारी हो चुकी है, दुबारा भी हो सकती है। तो चलिए वात्स्यायन जी को कहा जाये कि

वे वहाँ से आकर कहीं शहर में रहें और उनके रहने की व्यवस्था हम करवा देंगे। तो मैं गया, मोहन स्वरूप माहेश्वरी के साथ वात्स्यायन जी के यहाँ, जब हम लोग पहुँचे तो वात्स्यायन जी अपने गार्डन में खुरपी से फूलों-वूलों की साफ़-सफ़ाई कर रहे थे। गये हम लोग, वात्स्यायन जी खड़े होकर बोले, कहिए कैसे आये? तो हमने वह सारी मोहन स्वरूप माहेश्वरी वाली बातें, चिन्ता और सब बता दिया। वात्स्यायन जी ने थोड़ी देर सुना। फिर मुझसे बोले कि क्या आपको मालूम या याद नहीं है मैं मिलिट्री में रह चुका हूँ। तो हमने कहा कि याद है मुझे। तो बोले कि ये बमबारी मेरे लिए कोई अद्भुत, अपूर्व चीज़ नहीं है। दूसरी बात यह कि मैंने सुना है कि बहुत सारे लोग जोधपुर विश्वविद्यालय के अध्यापक, इस विश्वविद्यालय को छोड़कर युद्ध के डर के मारे चले गये। इसकी बहुत चर्चा है। क्या आप भी मुझे उन्हीं भगोड़ों में शामिल करना चाहते हैं। इसलिए मैं तो कहीं नहीं जाऊँगा। यहीं रहूँगा, आप लोग आये, चिन्ता व्यक्त की, इसके लिए आभारी हूँ। दूसरा जो उनका एक लेखक का आत्मसम्मान है उसका एक प्रसंग याद पड़ रहा है। दिल्ली में भगवतीचरण वर्मा राज्यसभा के मेम्बर थे। वे रिटायर हो गये। वे दिल्ली छोड़ कर जा रहे थे, तो उनके बेटे ने एक दिन एक समारोह किया। दिल्ली के कई लेखकों को निमन्त्रित किया मुझे भी न्योता दिया था कि पिताजी जा रहे हैं तो चाय पीने, अमुक तारीख की शाम को छह बजे मेरे घर पर आ जायें। तो गये हम लोग, वहाँ वात्स्यायन जी भी आये हुए थे। भगवतीचरण वर्मा से उनके अच्छे सम्बन्ध थे, थोड़ी देर बाद क्या हुआ कि तत्कालीन इन्फ़ॉर्मेशन ब्रॉडकास्टिंग मिनिस्टर वसन्त साठे आये। वात्स्यायन जी जहाँ बैठे थे, वहीं बैठे रहे, उठकर उन्होंने नमस्कार भी नहीं किया। बल्कि वसन्त साठे आये, देखा, वात्स्यायन जी को नमस्कार किया और बैठे रहे। थोड़ी देर बाद हेमवतीनन्दन बहुगुणा आये। बहुगुणा उस समय कांग्रेस में बहुत ही उपेक्षित थे। कोई नहीं पूछता था उन्हें, वात्स्यायन जी को यह ख़बर मिली कि बहुगुणा जी आ रहे हैं। तो बहुगुणा से उनके व्यक्तिगत सम्बन्ध रहे होंगे। उठकर वात्स्यायन जी गये और बहुगुणा को नमस्कार किया और लेकर आये और फिर बैठे। तो यानी एक लेखक का आत्मसम्मान यह कि एक मिनिस्टर है केन्द्र का, उसकी उपेक्षा की और एक ऐसे नेता जो उस समय सरकार से बहिष्कृत था, उपेक्षित था, लेकिन व्यक्तिगत उनका मित्र था, उसको उन्होंने सम्मान दिया। वात्स्यायन जी के ये दो प्रसंग मुझे याद पड़े, जो आपको सुनाये।

(फ़रवरी 2014)

लेखक परम्परा से कुछ सीखते हुए नया सोचें

(प्रो. मैनेजर पाण्डेय से युवा समीक्षक दिनेश कुमार की बातचीत)

मैनेजर पाण्डेय नामवर सिंह के बाद सम्भवतः अकेले आलोचक हैं जिन्हें मुकम्मल आलोचक कहा जा सकता है। आलोचना का काम सिर्फ समकालीन रचनाशीलता को रेखांतिक करना ही नहीं होता बल्कि नये सन्दर्भों में साहित्यिक परम्परा के मूल्यांकन के साथ ही देश-समाज की समस्याओं, घटनाओं और चिन्ताओं का व्यापक विवेचन-विश्लेषण भी होता है। इन तीनों कार्यों की एकता ही किसी आलोचक को बड़ा और महान बनाती है। पाण्डेय जी इस कसौटी पर पूरी तरह खरे उतरते हैं। हिन्दी आलोचना के पटल पर वे साढ़े तीन दशकों से सक्रिय हैं। हाशिए के तबकों के प्रति गहरी प्रतिबद्धता उनकी आलोचना की बुनियाद है। वे इस बात को लेकर परेशान हैं कि बड़े पैमाने पर किसानों की आत्महत्या और आदिवासियों के शोषण पर हिन्दी के लेखक खामोश क्यों हैं? इस बात को पिछले एक दशक से वे लगातार रेखांकित कर रहे हैं। उन्हें किसानी चेतना का आलोचक भी कहा जा सकता है। पाण्डेय जी के लेखन में एक गहरा वैचारिक आयाम होता है। उनका आलोचना कर्म सुविधावादी आलोचना का प्रतिपक्ष है। रणनीति, अवसरवाद आदि से बचाकर उन्होनें हिन्दी आलोचना को एक वस्तुनिष्ठ वैचारिक आधार दिया है। यहाँ प्रस्तुत है प्रो. पाण्डेय से युवा समीक्षक दिनेश कुमार की बातचीत।

ऐसा क्या हुआ कि आज हिन्दी में लेखक संगठन लगभग अप्रासंगिक हो गये हैं? कहने को तीन-तीन लेखक संगठन हैं पर वे किसी तरह का कोई साहित्यिक माहौल बनाने में असमर्थ हैं।

यह बात सही है कि हिन्दी लेखक संगठन साहित्य के सर्जनात्मक वातावरण पर प्रभाव डालने में लगभग असमर्थ हैं। हाल के वर्षों में हिन्दी साहित्य में कोई साहित्यिक आन्दोलन नहीं हुआ है और कोई ऐसी साहित्यिक बहस भी नहीं चली है जिस पर लेखक ध्यान दें। पिछले पन्द्रह-बीस वर्षों में हिन्दी क्षेत्र में वामपन्थी सोच के बिखराव, जनआन्दोलनों के अभाव और लेखकों में सुविधा की चाहत आदि के

कारण उनका लेखक संगठनों से जुड़ाव कम हुआ है। लेकिन, संगठनों ने अपनी ओर से ऐसी पहल भी नहीं की है जो रचनाकारों को आकर्षित करे। हिन्दी के लेखकों के सामने अनेक प्रकार की समस्याएँ हैं। एक समस्या तो पाठकों तक पहुँचने की है दूसरी समस्या साहित्य के केन्द्र के रूप में दिल्ली का अभूतपूर्व प्रभाव है जिसके कारण हिन्दी के छोटे-छोटे शहरों और गाँवों के लेखक प्रकाशक से लेकर पाठकों तक पहुँचने की समस्या से जूझते दिखाई देते हैं और उनमें से कुछ निराश होकर लेखन छोड़ भी देते हैं इसके साथ ही हिन्दी में एक समस्या लेखकों और प्रकाशकों के सम्बन्ध की भी है। जब तक हिन्दी के लेखक संगठन इन समस्याओं पर ध्यान नहीं देंगे तब तक वे साहित्य के वातावरण में सार्थक हस्तक्षेप करने में सक्षम भी नहीं होंगे।

भूमण्डलीकरण के कारण भारतीय भाषाओं पर संकट मँडरा रहा है। इनमें हिन्दी की एक दिलचस्प स्थिति है। पिछले एक-दो दशक में हिन्दी की प्रसार संख्या बढ़ी और क्षेत्रगत विस्तार की भाषा के तौर पर उसका दायरा बढ़ा है लेकिन उसकी स्थिति दोयम दर्जे की बनी हुई है। इस विडम्बना की व्याख्या आप कैसे करेंगे?

आपका यह कहना सही है कि भूमण्डलीकरण के समय में हिन्दी का विस्तार हुआ है लेकिन उसकी हैसियत घटी है। मेरे ख़याल से विस्तार का सन्दर्भ यह है कि बाज़ार की भाषा के रूप में और इसीलिए विज्ञापन की भाषा के रूप में हिन्दी का विस्तार हुआ है। लेकिन, रोज़गार की भाषा के रूप में हिन्दी की हैसियत घटी है क्योंकि आजकल रोज़गार पाने के लिए किसी भी भारतीय भाषा की तुलना में अंग्रेज़ी की ताक़त अधिक है। दूसरे स्तर पर साहित्य के प्रसंग में भी हिन्दी के लेखक अंग्रेज़ी के लेखकों की तुलना में कम सुविधाजनक स्थिति में हैं। अंग्रेज़ी के भारतीय लेखकों की किताबों से मिलने वाली आय की तुलना हिन्दी के लेखकों की आय से कीजिए तो मालूम हो जायेगा कि हिन्दी के लेखकों की रचनाशीलता की बाज़ार में हैसियत क्या है? शायद यही कारण है कि हिन्दी के कुछ लेखक राष्ट्रीय और अन्तरराष्ट्रीय बनने के लिए अपनी रचनाओं का अंग्रेज़ी में अनुवाद प्रकाशित करा रहे हैं। हिन्दी के लेखक दोहरी मार के शिकार हैं। एक ओर वे अपने पाठकों से दूर हो रहे हैं तो दूसरी ओर राष्ट्रीय और अन्तरराष्ट्रीय बाज़ार में उनकी उतनी पूछ और पहुँच नहीं है जितनी अंग्रेज़ी के लेखकों की है।

पिछले कुछ वर्षों से हिन्दी में आलोचना के संकट की बात लगातार की जा रही है। सौ साल में ही आलोचना दम तोड़ती नज़र आ रही है। आलोचना कर्म में मौलिकता सिरे से अनुपस्थित है। आलोचना के नाम पर विज्ञापननुमा समीक्षाओं और प्रशस्तिपरक लेखों की भरमार है। क्या आप इससे सहमत हैं?

मैं इस बात से एकदम सहमत नहीं हूँ। दरअसल आज तक हिन्दी में कई तरह की आलोचनाएँ लिखी जा रही हैं। एक तो अख़बारी आलोचना है जो साहित्यिक

रचनाओं की केवल सूचनाएँ देती हैं, कभी प्रशंसा करके तो कभी निन्दा करके। दूसरी आलोचना गम्भीर पत्रिकाओं में दिखाई देती है जिसमें निन्दा-प्रशंसा से अलग हटकर नयी-पुरानी रचनाओं की व्याख्या और मूल्यांकन की कोशिश होती है। तीसरी आलोचना वह है जिसे आप रचनाओं की टीका या भाष्य के रूप में देख सकते हैं। यह ठीक है कि ऐसी आलोचना कम लिखी जा रही है जिसमें साहित्य और समाज सम्बन्धी सोच की सैद्धान्तिक समझ और व्यावहारिक व्याख्या का सामंजस्य हो। हिन्दी आलोचना की इसी परम्परा का निर्वहन रामचन्द्र शुक्ल, हजारी प्रसाद द्विवेदी, रामविलास शर्मा और नामवर सिंह ने किया है। कम ही सही, पर आज भी ऐसी आलोचना लिखी जा रही है लेकिन उस पर वे लोग ध्यान नहीं देते जो आलोचनाओं में अपना नाम खोजते एवं पढ़ते हैं, और उसमें न पाकर आलोचना को संकटग्रस्त, बीमार और फालतू घोषित करते रहते हैं।

इधर आलोचक की हैसियत घटी है। आपकी पीढ़ी के बाद कोई आलोचक नज़र नहीं आता जो आदिकाल से लेकर समकालीन रचनाशीलता पर अधिकारपूर्वक बात कर सके। अब तो ऐसा लगता है कि आलोचना कर्म के लिए किसी तैयारी की ज़रूरत ही नहीं है। यह एक ऐसा क्षेत्र बन गया है जिसमें हर कोई हाथ आजमा रहा है। क्या आपको ऐसा नहीं लगता?

आपकी बात ठीक है कि अब हिन्दी में ऐसी आलोचना कम लिखी जा रही है जो हिन्दी साहित्य की परम्परा के सम्यक ज्ञान और मूल्यांकन के साथ ही समकालीन रचनाशीलता की नयी प्रवृत्तियों एवं समस्याओं से जुड़ी हुई दिखाई दे। पर ऐसे आलोचक हमेशा कम ही रहे हैं। जब से हिन्दी में आलोचना समकालीन रचनाशीलता की क़द्रदानी का पर्याय बन गयी है तब से परम्परा बोध की उपेक्षा को आलोचना का एक लक्षण मान लिया गया है। हिन्दी में अब ऐसे लेखक भी कम ही हैं जो परम्परा से कुछ सीखते हुए उससे अलग हटकर कुछ नया रचने की कोशिश करें; तो फिर, आलोचना में यह प्रवृत्ति क्यों नहीं होगी। तीन साल पहले हिन्दी के चार बड़े कवियों—अज्ञेय, नागार्जुन, शमशेर और केदारनाथ अग्रवाल—का शताब्दी वर्ष था। इन चारों की कविताओं पर ध्यान दीजिए तो मालूम होगा कि हिन्दी कविता की परम्परा से इन सबकी कविता का गहरा रिश्ता था। आज के बहुत सारे कवि इस परम्परा-बोध की उपेक्षा करते हैं और उनके आलोचक भी परम्परा बोध को ग़ैर-ज़रूरी समझते हैं।

क्या यह सही नहीं है कि अस्मितामूलक विमर्शों ने आलोचना को लगभग असम्भव बना दिया है? अगर आप उनके अनुकूल नहीं लिखते तो उसी समय आपको दलित विरोधी या स्त्री विरोधी घोषित कर दिया जायेगा और आपके लेखन को सवर्ण मानसिकता या पुरुष मानसिकता से ग्रसित करार दिया जायेगा।

आपका सवाल जायज़ है कि अस्मितावादी विमर्श और साहित्य ने हिन्दी

आलोचना के दायरे को सीमित किया है और साथ ही कई समस्याएँ भी पैदा की हैं। हिन्दी में अभी दो तरह की अस्मितावादी रचनाशीलता आगे बढ़ रही है—दलित साहित्य और स्त्रीवादी साहित्य। ये दोनों क्रमशः ग़ैर-दलित और किसी पुरुष की आलोचना को सुनने, सहने और उससे बहस करने के बदले उसको ख़ारिज करने या उन पर तरह-तरह के आरोप लगाने के लिए तैयार रहते हैं। इसका एक परिणाम यह हुआ कि कोई ग़ैर-दलित, दलित साहित्य की आलोचना लिखने का प्रयास नहीं करता और कोई पुरुष स्त्रीवादी साहित्य की आलोचना करने को तत्पर नहीं होता। सहमति और असहमति की सम्भावना को स्वीकार करने के बाद ही आलोचना का विकास सम्भव होता है। जहाँ असहमति के लिए कोई जगह नहीं हो वहाँ आलोचना कैसे होगी?

स्त्री मुक्ति के नाम पर देह-मुक्ति और यौन स्वतन्त्रता की वकालत को आप कितना उचित मानते हैं? पुरुषों की पतनशील जीवनशैली अपनाने से क्या स्त्रियाँ मुक्त होंगी?

पूँजीवाद ने स्त्री मुक्ति के प्रश्न और आन्दोलन को कई तरह के भ्रमों और समस्याओं में डाल दिया है, इसलिए सारी दुनिया में स्त्रीवादी दृष्टिकोण के कई अलग-अलग रूप निर्मित और विकसित हुए हैं। स्त्री की मुक्ति केवल देह की मुक्ति नहीं है। जब सिमोन द बोउवा ने कहा था कि स्त्री पैदा नहीं होती, वह बनायी जाती है, तब उनके मन में यह बात ज़रूर होगी कि स्त्री की मुक्ति बनायी जाने वाली स्थितियों, परिस्थितियों, मानसिकताओं और विचारधाराओं से मुक्ति है। हिन्दी में स्त्री-पुरुष के सवाल पर सोच-विचार की परम्परा महादेवी वर्मा की पुस्तक 'शृंखला की कड़ियाँ' से शुरू होती है। उसमें भी स्त्री मुक्ति के सवाल को परिवार, समाज, संस्कृति एवं इतिहास में स्त्री पराधीनता के तत्त्वों के बारे में आत्मसजगता और उनके दुष्प्रभावों से मुक्ति के व्यापक सन्दर्भ में देखा गया है। इसलिए देह-मुक्ति पूँजीवाद के काम की चीज़ हो सकती है, वह परिवार, समाज, संस्कृति एवं इतिहास में स्त्री की मुक्ति का साधन नहीं बन सकती।

आपने सैद्धान्तिक आलोचना पर जितना ध्यान दिया उतना व्यावहारिक आलोचना पर नहीं। आलोचक के रूप में यह आपकी एक बड़ी सीमा बतायी जाती है।

मेरे बारे में यह भ्रम फैलाया गया है कि मैं सैद्धान्तिक सोच का आलोचक हूँ। व्यावहारिक आलोचक नहीं हूँ। मेरी अब तक जितनी किताबें छपी हैं उनमें केवल दो किताबें ऐसी हैं जिनमें सैद्धान्तिक सोच की प्रमुखता है। एक किताब है—'साहित्य और इतिहास दृष्टि' तथा दूसरी है—'साहित्य के समाजशास्त्र की भूमिका'। इन दोनों के अलावा मेरी दस किताबें ऐसी हैं जिनमें सैद्धान्तिक सोच के साथ व्यावहारिक सोच की एकता है। मेरी सबसे लोकप्रिय पुस्तक है—'भक्ति आन्दोलन और सूरदास का काव्य'। उनके पाठक यह जानते हैं कि उसमें सैद्धान्तिक सोच और व्यावहारिक

विश्लेषण का समन्वय कैसे और कितना है। उसके बाद मेरी जितनी आलोचनात्मक निबन्धों की पुस्तकें हैं उन सब में यही बात मौजूद है। उन निबन्धों में समस्याओं के विश्लेषण में सैद्धान्तिक सोच है पर साथ ही कवियों, उपन्यासकारों और कहानीकारों की रचनाओं का व्यावहारिक विश्लेषण भी है। यही प्रक्रिया 'अनभै साँचा' में है, 'शब्द और कर्म' में है और 'आलोचना की सामाजिकता' में भी है। पिछले साल वाणी प्रकाशन से आलोचना की जो मेरी चार किताबें आयीं, उनकी ओर भी मैं पाठकों का ध्यान आकर्षित करना चाहता हूँ। उनमें एक किताब है—'उपन्यास और लोकतन्त्र'। उसमें उपन्यास के महत्त्व को समझने के लिए ज़रूरी सैद्धान्तिक सोच के विकास के साथ ही प्रेमचन्द के उपन्यासों और कहानियों पर पाँच-छह लेख हैं तथा तीसरे खण्ड में 'सुनीता', 'रतिनाथ की चाची', 'ग्लोबल गाँव के देवता', 'पीरअली', 'रह गयी दिशाएँ इसी पार' और 'जहाँ एक जंगल था' की व्यावहारिक आलोचना है। दूसरी किताब है—'हिन्दी कविता का अतीत और वर्तमान'। उसमें कबीर, दादू दयाल, मीरा, रहीम के साथ ही मैथिलीशरण गुप्त, दिनकर, नागार्जुन, त्रिलोचन, अज्ञेय, रघुवीर सहाय, धूमिल, कुमार विकल, शैलेन्द्र और अदम गोंडवी आदि की कविताओं का व्यावहारिक विवेचन है। तीसरी पुस्तक है—'आलोचना में सहमति और असहमति'। उसमें आलोचना की कुछ सैद्धान्तिक समस्याओं के विवेचन के बाद माधवराव सप्रे, आचार्य रामचन्द्र शुक्ल, शिवदान सिंह चौहान, राहुल सांकृत्यायन, यशपाल, उग्र, राजेन्द्र यादव और सुरेन्द्र चौधरी के लेखन का मूल्यांकन है। चौथी पुस्तक 'भारतीय समाज में प्रतिरोध की परम्परा' के प्रत्येक निबन्ध में सैद्धान्तिक सोच और व्यावहारिक विश्लेषण की एकता है। इन सब के बावजूद कोई मुझे सैद्धान्तिक सोच का आलोचक समझता है तो मैं तुलसीदास के शब्दों में यही कहूँगा कि 'केशव कहि न जाये का कहिए'।

आपने अपनी पुस्तक 'भक्ति आन्दोलन और सूरदास का काव्य' में सूरदास को किसान जीवन का कवि बताया है। यह आपकी मौलिक स्थापना है, पर सवाल यह है कि क्या वे प्रेम और वात्सल्य के कवि के रूप में उतने महत्त्वपूर्ण नहीं हो सकते थे?

क्यों नहीं हो सकते थे? बड़ा कवि वही होता है जिसकी कविता में भावों, विचारों, संवेदनाओं आदि की अनेकता हो और व्यापकता भी। ऐसे बड़े कवियों के किसी भी एक पक्ष की व्याख्या करके उसकी महानता साबित की जा सकती है। पर उस व्याख्या से बाक़ी पक्ष महत्त्वहीन नहीं हो जाते। असल में जब मैंने किसान जीवन के कवि के रूप में सूर को देखने को कोशिश की तो मेरे सामने हिन्दी के दो बड़े आलोचकों—आचार्य रामचन्द्र शुक्ल और डॉ. रामविलास शर्मा—की उनके (सूरदास) बारे में राय सामने थी। उन दोनों की राय के विपरीत सूर के काव्य में किसान जीवन की उपस्थिति देखकर मैंने अपनी स्थापना दी है।

आपके आलोचकीय व्यक्तित्व के निर्माण में नामवर सिंह की महत्त्वपूर्ण भूमिका रही है। पर ऐसा क्या हुआ कि साहित्य जगत में आपकी एक पुख़्ता पहचान नामवर विरोधी के रूप में बन गयी? नामवर सिंह से असहमति के क्या कारण हैं?

यह बात सही है कि मेरे आलोचकीय व्यक्तित्व के निर्माण में नामवर जी की महत्त्वपूर्ण भूमिका रही है। उन्होंने नयी-नयी किताबें और अंग्रेज़ी की पत्रिकाएँ पढ़ने में मेरी मदद की जिससे आलोचना सम्बन्धी मेरे दृष्टिकोण का निर्माण हुआ। नामवर जी से मिलने से पहले ही मैं छात्र जीवन से ही मार्क्सवाद से जुड़ा हुआ था। उनकी मदद से जो पुस्तकें और पत्रिकाएँ पढ़ने को मिलीं, उससे मेरा मार्क्सवाद का ज्ञान व्यापक बना और गहरा भी। आरम्भ के दिनों में मेरे बहुत से लेख नामवर जी ने 'आलोचना' पत्रिका में छापे जिससे मैं हिन्दी समाज के सामने आया। बाद के दिनों में राजनीति और साहित्य के बारे में नामवर जी से मेरी राय अलग होने लगी, जिसकी अभिव्यक्ति भी मेरे लेखों में 1980 के बाद होने लगी। मैंने नामवर सिंह की आलोचना दृष्टि पर लेख भी लिखा है जो मेरी पुस्तक 'आलोचना की सामाजिकता' में है। उसे पढ़कर नामवर जी से मेरी सहमति और असहमति को समझा जा सकता है।

अशोक वाजपेयी के वामपन्थ विरोधी और कलावादी नज़रिये का आप घनघोर विरोध करते रहे हैं। लोगों का कहना है कि उनके प्रति इधर आपका नज़रिया बदला है जबकि अशोक वाजपेयी आज भी अपने आग्रहों पर उसी तरह क़ायम हैं।

अशोक वाजपेयी के व्यक्तित्व के तीन पक्ष हैं। पहला पक्ष है उनके सोच-विचार का, जिसका मैंने लिखकर विरोध किया है, जिससे अधिकांश लोग परिचित हैं। उनके कलावाद और मार्क्सवाद विरोध का विरोध मैंने हमेशा किया है। दूसरा पक्ष उनके कवि रूप का है। अशोक वाजपेयी आरम्भ में जैसी कविताएँ लिखते रहे हैं उनको लेकर मेरे मन में कभी आकर्षण नहीं रहा है। बाद के दिनों में ख़ासकर हाल में उन्होंने जो कविताएँ लिखी हैं उन्हें मैंने पसन्द किया है और मौखिक बधाई भी दी है। तीसरा पक्ष है उनके व्यक्तिगत व्यवहार का। व्यक्तिगत व्यवहार में अशोक वाजपेयी एक लोकतान्त्रिक व्यक्तित्व हैं। वे असहमति को बर्दाश्त करते हैं और मतभेद को मनभेद नहीं बनाते। इसका मैं सम्मान करता हूँ।

(पुनर्नवा : 2014-15)

सम्पूर्ण अर्थ में भारतीय कवि हैं निराला

(निराला के व्यक्तित्व और कृतित्व पर वरिष्ठ आलोचक मैनेजर पाण्डेय से शशिकान्त की बातचीत)

क्या निराला जी को आपने कभी देखा है? निराला जी से व्यक्तिगत रूप से आप क्या कभी मिले हैं?

निराला जी को मैंने केवल एक बार देखा है। बात सन् 1959-60 की है। मैं बनारस के डी.ए.वी. डिग्री कॉलेज का छात्र था। कॉलेज से सटा हुआ डी.ए.वी. इंटर कॉलेज था। उसके प्रिंसिपल थे हिन्दी के जाने-माने लेखक और व्यंग्यकार कृष्णदेव प्रसाद गौड़ 'बेढब बनारसी'। गौड़ जी से मेरा आत्मीय सम्बन्ध था। वे मुझसे बहुत स्नेह करते थे। इसलिए काशी के किसी भी साहित्यिक और सांस्कृतिक समारोह में, जब उन्हें जाना होता था, तो मुझे भी साथ ले जाते थे। उन्होंने ही एक दिन मुझे ख़बर दी कि निराला जी काशी में आये हुए हैं। मैं उनके दर्शन के लिए जा रहा हूँ। तुम भी चाहो तो मेरे साथ चलो। मैं बेढब जी के साथ निराला जी के दर्शन के लिए चल पड़ा। निराला जी गऊघाट पर गंगाधर शास्त्री के यहाँ ठहरे हुए थे।

हम लोग जब पहुँचे तो वहाँ पहले से पाँच-छह लोग मौजूद थे और बीच में निराला जी अपने भव्य रूप में विराजमान थे। वहाँ बैठे हुए सभी लोग उम्र में मुझसे बड़े थे इसलिए वे ही निराला जी से बात कर रहे थे। मैं केवल श्रोता और दर्शक था। इसी बातचीत के दौरान निराला जी ने कहा कि चाय चाहिए। गौड़ जी ने एक आदमी से कहा कि जाओ, चाय ले आओ। वह गया और एक छोटे से मिट्टी के पुरवे में चाय लेकर आया और निराला जी की ओर बढ़ाया। निराला जी उस छोटे से बर्तन में चाय देख खीझ पड़े और अपना कान आगे कर दिया और कहा कि इसी में डाल दो। इस बात पर सब लोग चकित थे। निराला जी ने फिर कहा कि मैं लोटे में चाय पीता हूँ। इस छोटे से मिट्टी के पुरवे में नहीं। गौड़ जी ने चाय लाने वाले को कहा कि जाओ और बड़े बर्तन में चाय लेकर आओ और साथ में एक गिलास भी। वह चाय लेने चला गया। इस बीच लोग निराला जी से बात करते रहे। चाय आयी। निराला जी ने एक-दो गिलास चाय पी फिर थोड़े प्रसन्न दिखे।

यह सब करते हुए लगभग एक घण्टा बीत गया। बेढब जी ने निराला जी से कहा कि अपनी कोई कविता सुनाइए। निराला जी ने कहा कि मैं अब काशी में अपनी कोई कविता नहीं सुनाऊँगा। अगर आप एक हारमोनियम की व्यवस्था करें तो भाईसाहब का एक गीत गाऊँ। भाईसाहब से निराला जी का आशय जयशंकर प्रसाद से था। हारमोनियम आया। उन्होंने जयशंकर प्रसाद के प्रसिद्ध नाटक 'स्कन्दगुप्त' का एक गीत 'आह! वेदना मिली विदाई' सस्वर गाना शुरू किया। वे प्रसाद जी का गीत गा रहे थे और साथ-साथ रो भी रहे थे। हम लोग यह अद्‌भुत दृश्य देख कर भावुक थे। यही निराला जी का मेरा पहला और आख़िरी दर्शन था। ज़ाहिर है, वह पूरा दृश्य और सस्वर गीत गाते और रोते हुए निराला जी का जो रूप मैंने देखा वह आज भी याद है।

निराला जी छायावाद के चार स्तम्भों में से एक थे। छायावादी कवियों में महादेवी वर्मा के साथ उनके मधुर सम्बन्ध थे। महादेवी जी उन्हें राखी भी बाँधती थीं। अन्य छायावादी कवियों के साथ निराला के सम्बन्ध कैसे थे?

निराला जी जयशंकर प्रसाद को अपना बड़ा भाई मानते थे। और प्रसाद जी भी उनसे बहुत स्नेह करते थे। निराला जी एक बार बीमार पड़े तो प्रसाद जी ने अपने घर पर रख कर निराला जी की सेवा और देखभाल की और पूरी तरह स्वस्थ होने के बाद ही उनको जाने दिया। निराला जी के मन में प्रसाद जी के प्रति अपार आदर भाव था। निराला जी ने सन् 1940 में प्रसाद जी पर एक लम्बी कविता लिखी थी। उस कविता की आरम्भिक पंक्तियाँ ये हैं—

हिन्दी के जीवन हे, दूर गगन के द्रुततर
ज्योतिर्मय तारा—से उतरे तुम पृथ्वी पर।

और उस कविता की अन्तिम चार पंक्तियाँ ये हैं—

अपने में निश्छल युग प्रवर्त्तक,
हुए शीत में व्याधि से विकल,
रहा साथ मैं नतमस्तक, सेवा को, अग्रज,
चले गये तुम धरा छोड़ गौरव-विजय ध्वज!

(माधुरी मासिक, लखनऊ, दिसम्बर 1940 में प्रकाशित)

इस कविता की ये पंक्तियाँ स्पष्ट करती हैं कि प्रसाद जी के प्रति निराला जी का कैसा भाव था। जैसा कि आपने प्रश्न में संकेत किया है, महादेवी से निराला जी का बहुत आत्मीय सम्बन्ध था। निराला जी ने महादेवी जी के लिए भी सन् 1943 में एक कविता लिखी थी जिसका शीर्षक था—'युगप्रवर्तिका श्रीमती महादेवी वर्मा के प्रति'। इस कविता में महादेवी जी की काव्य कृतियों और गद्य कृतियों का उल्लेख करते हुए उनके महत्त्व का उद्‌घाटन किया गया है। निराला जी की देखभाल और सेवा का काम भी महादेवी जी करती थीं।

छायावादी कवियों में जिसके साथ उनका राग और विराग का सम्बन्ध था वे थे सुमित्रानन्दन पन्त। जानबूझ कर मैं 'राग' और 'विराग' दोनों शब्दों का प्रयोग कर रहा हूँ क्योंकि निराला जी पन्त जी से स्नेह करते थे लेकिन उनकी निर्मम आलोचना भी करते थे। यह बात 'पन्त और पल्लव' नाम की उनकी पुस्तक से ज़ाहिर है।

छायावादी कवियों के बीच आपस में जैसी आत्मीयता और एकता थी वैसी ही आत्मीयता और एकता हिन्दी के चार प्रगतिशील कवियों के बीच मौजूद थी। वे कवि हैं—नागार्जुन, शमशेर, केदारनाथ अग्रवाल और त्रिलोचन। इनमें से प्रत्येक कवि ने एक-दूसरे पर कविता लिखी है। ये सभी प्रगतिशील कवि एक-दूसरे की चिन्ता भी करते थे। हाल-चाल जानना चाहते थे और जानते रहते थे। मैं अपने व्यक्तिगत अनुभव से यह कह सकता हूँ कि ये सभी कवि एक-दूसरे के बारे में चिन्तित रहते थे। इनमें तीन कवियों से मेरा निकट का सम्बन्ध था। वे थे—नागार्जुन, त्रिलोचन और शमशेर। मैं एक बार शमशेर जी से मिलने सुरेन्द्र नगर, गुजरात गया हुआ था। शमशेर जी ने मुझसे सबसे पहले बाबा (नागार्जुन) का समाचार पूछा, फिर त्रिलोचन का।

आधुनिक काल के आरम्भिक दौर के भारतेन्दु युग के लेखकों के बीच जैसी एकता और आत्मीयता थी, उसी का विस्तार छायावादी कवियों के बीच की आत्मीयता और एकता में दिखाई देता है और प्रगतिशील कवियों की आत्मीयता तथा एकता में भी। आज के दौर के हिन्दी के कवियों और लेखकों के बीच जो सम्बन्धों का हाल है, उसे देखते हुए यह आश्चर्य होता है कि क्या आज के हिन्दी के लेखक और कवि भारतेन्दु युग, छायावाद और प्रगतिशील कवियों के बीच के आपसी सम्बन्धों के उत्तराधिकारी कहे जा सकते हैं?

छायावाद से स्वयं निराला जी का कैसा सम्बन्ध था? निराला जी की कविता में कितना छायावाद है, और कितना वह छायावाद से अलग है?

निराला जी सहज रूप से स्वच्छन्द कवि थे। वे किसी एक काव्य-दृष्टि, एक विचारधारा, एक रचनात्मक प्रवृत्ति में बँधकर कविता लिखने वाले कवि नहीं थे। उन्होंने अपनी दृष्टि की विशालता, उदात्तता और विविधता का प्रमाण लगातार अपनी रचनाशीलता में दिया है। जिस समय वे 'संध्या सुन्दरी' जैसी सुगठित छायावादी कविता लिख रहे थे उसी समय 'भिक्षुक' जैसी प्रगतिशील कविता भी लिख रहे थे। ये दोनों कविताएँ 1923 की हैं। और दोनों 'परिमल' में संकलित भी हैं। इसी दौर में निराला ने एक ओर 'चुम्बन' जैसी कविता लिखी तो दूसरी ओर 'ग़रीबों की पुकार' जैसी कविता भी लिखी। निराला जी मुक्त छन्द के प्रवर्तक और प्रयोक्ता माने जाते हैं। पर उन्होंने लगातार छन्दों में भी कविताएँ लिखीं। निराला जी की कविता में लगातार छायावाद के दौर में भी उसके दायरे से बाहर निकलकर यथार्थपरक कविताएँ रचने की प्रवृत्ति मिलती है। इसलिए निराला जी का काव्य-संसार छायावाद को मूर्त

रूप देता है तो उससे अलग होता हुआ भी दिखाई देता है। बाद के दिनों में 1937 के बाद वे छायावाद से क्रमशः अलग होते हुए यथार्थोन्मुख रचना-दृष्टि के कवि के रूप में हमारे सामने आते हैं। निराला के काव्य-संसार में ऐसी अनेक कविताएँ हैं जो सहज रूप से प्रगतिशील धारा के बीच रखी जा सकती हैं। उनकी ऐसी कविताएँ ख़ासतौर से 1937 से 1946 के बीच की हैं।

उस युग के सबसे बड़े आलोचक आचार्य रामचन्द्र शुक्ल के साथ क्या निराला जी का कोई वैचारिक द्वन्द्व था, क्योंकि शुक्ल जी पर व्यंग्यात्मक लहजे में निराला जी ने एक कविता लिखी थी।

आचार्य शुक्ल से निराला जी की नाराज़गी का मुख्य कारण यह था कि आचार्य शुक्ल छायावादी कविता को रहस्यवाद से जोड़कर देखते थे, इसलिए निराला जी उनका विरोध करते थे। रामचन्द्र शुक्ल ने 'काव्य में रहस्यवाद' शीर्षक से एक लम्बा निबन्ध लिखा। वे रहस्यवाद को स्वदेशी नहीं मानते थे। इन बातों से निराला जी नाराज़ थे। इसलिए उन्होंने एक ओर छायावादी कविता की रक्षा के लिए आलोचनात्मक लेखन किया तो दूसरी ओर आचार्य शुक्ल पर व्यंग्य विनोद से भरपूर कविता में आक्रमण भी किया। प्रायः संसार भर के कवि अपनी काव्य प्रवृत्ति और दृष्टि की रक्षा के लिए विरोधी आलोचकों से वैचारिक संघर्ष करते रहे हैं। स्वयं छायावादी कवियों ने यह काम किया है। छायावाद में मौजूद रहस्यवाद की रक्षा में जयशंकर प्रसाद, निराला, महादेवी वर्मा और सुमित्रानन्दन पन्त ने कई निबन्ध लिखे। लेकिन निराला आचार्य रामचन्द्र शुक्ल के आलोचनात्मक लेखन के महत्त्व को समझते थे और उसका सम्मान भी करते थे। इसलिए आचार्य शुक्ल की मृत्यु के बाद उन्होंने श्रद्धांजलि स्वरूप 'आचार्य शुक्ल के प्रति' शीर्षक से एक कविता लिखी जिसकी आरम्भिक पंक्तियाँ ये हैं–

'अमानिशा थी समालोचना के अम्बर पर
उदित हुए जब तुम हिन्दी के दिव्य कलाधर।'

निराला और अन्य छायावादी कवियों ने सीधे-सीधे राष्ट्रीय स्वाधीनता आन्दोलन पर कविता क्यों नहीं लिखी? क्या साहित्य और राजनीति को लेकर निराला और अन्य छायावादी कवियों की कोई अलग दृष्टि थी? राष्ट्रीय स्वाधीनता आन्दोलन से छायावाद और विशेष रूप से निराला का कैसा सम्बन्ध था? कुछ आलोचकों ने उनकी बहुचर्चित कविता 'राम की शक्तिपूजा' को राष्ट्रीय स्वाधीनता आन्दोलन से जोड़कर देखा है। इस सम्बन्ध में आपका क्या नज़रिया है?

स्वाधीनता आन्दोलन से छायावाद की कविता का बहुस्तरीय सम्बन्ध है। यह ठीक है कि छायावादी कवियों ने 'झण्डा ऊँचा रहे हमारा' जैसा कोई गीत नहीं लिखा लेकिन उन्होंने स्वाधीनता आन्दोलन के अनेक पक्षों पर कविताएँ लिखीं। पहली बात

तो यह है कि छायावादी कवि स्वाधीनता आन्दोलन के भाव, स्वाधीनता की चेतना, स्वाधीनता की दृष्टि और स्वाधीनता के महत्त्व की कविताएँ बराबर लिखते रहे। वे स्वाधीनता के प्रति भारतीय जनता में आत्मीयता का भाव पैदा करना महत्त्वपूर्ण मानते थे। जयशंकर प्रसाद के नाटकों के गीतों में ऐसे अनेक गीत हैं जो स्वाधीनता आन्दोलन के अभियान के गीत कहे जा सकते हैं। उनका एक प्रसिद्ध गीत है–

'हिमाद्रि तुंग शृंग से प्रबुद्ध शुद्ध भारती।'

उसी तरह उनका एक और गीत है जो देशभक्ति का गीत है–'अरुण यह मधुमय देश हमारा।' निराला जी ने एक कविता लिखी है–'काले काले बादल छाये, न आये वीर जवाहरलाल।' 'बेला' संग्रह में संकलित यह कविता उन्होंने 1937 से 1946 के बीच लिखी है। इसी दौर की एक और कविता में जवाहरलाल मौजूद हैं। लेकिन स्वाधीनता की चेतना और भावना से जुड़ी निराला जी की दो और कविताएँ हैं–'जागो फिर एक बार' तथा 'बादल राग'। महादेवी जी ने भी कुछ ऐसे गीत लिखे हैं जिनका सम्बन्ध स्वाधीनता की चेतना से है। महादेवी जी का एक गीत है–

'चिर सजग आँखें उनींदी
आज कैसा व्यस्त बाना
जाग तुझको दूर जाना।'

दरअसल सभी छायावादी कवि स्वाधीनता के दौर में जागरण के गीत लिखकर भारतीय जनता को जगा रहे थे। स्वाधीनता आन्दोलन केवल राजनीतिक आन्दोलन नहीं था, वह सांस्कृतिक मुक्ति का आन्दोलन भी था। छायावादी कवि सांस्कृतिक मुक्ति के गायक थे। वे विदेशी गुलामी से मुक्ति चाहते थे तो भारतीय समाज में मौजूद स्त्रियों और दलितों की गुलामी से भी मुक्ति चाहते थे। इस तरह छायावादी कविता मनुष्य की मुक्ति की भी कविता है।

यह सही है कि 'राम की शक्तिपूजा' में स्वाधीनता आन्दोलन का प्रतिबिम्बन है। इसे मैं दो रूपों में देखता हूँ। मुझे लगता है कि अंग्रेज़ी राज भारत के लिए कुल मिलाकर रावणराज ही था। पर वह शक्तिशाली भी था। इसीलिए 'राम की शक्तिपूजा' की यह चिन्ता कि 'अन्याय जिधर है उधर शक्ति' यह स्वाधीनता आन्दोलन से जुड़ी हुई लगती है।

दूसरी बात यह है कि निराला जी के साथ ही हिन्दी के और लेखक जिनमें प्रेमचन्द मुख्य हैं, कांग्रेसी स्वाधीनता आन्दोलन से पूरी तरह सन्तुष्ट नहीं थे। इसीलिए निराला जी ने 'राम की शक्तिपूजा' में यह भी लिखा है कि रावण पर विजय के लिए 'शक्ति की मौलिक कल्पना करना ज़रूरी है'। उसी तरह अंग्रेज़ी साम्राज्यवाद पर विजय के लिए भारतीय जनता को संगठित करने की नयी कल्पना और सम्भावना पर ज़ोर दिया गया है।

तीसरी बात यह भी ध्यान रखने की है कि स्वाधीनता आन्दोलन में लगातार

उतार-चढ़ाव के मौक़े आते रहे। उतार के दौर में निराशा भी पैदा हो रही थी। उस निराशा से मुक्ति के लिए 'राम की शक्तिपूजा' का यह वाक्य प्रेरणादायक था कि–

'वह एक और मन रहा राम का जो न थका
जो नहीं जानता दैन्य नहीं जानता विनय।'

1936 में हिन्दी की तीन प्रमुख कृतियाँ कामायनी (जयशंकर प्रसाद), गोदान (प्रेमचन्द) और राम की शक्तिपूजा (निराला) प्रकाशित हुईं। क्या इसकी कोई ऐतिहासिक वजह थी?

कभी-कभी किसी भाषा के साहित्य के इतिहास में एक साथ अनेक ऐसी महत्त्वपूर्ण रचनाएँ आती हैं जो अपनी महत्ता और उदात्तता के कारण समाज को चकित भी करती हैं और साहित्य की धारा तथा दिशा को मोड़ती भी हैं। ऐसी ही महत्त्वपूर्ण साहित्यिक घटना सन् 1936 में घटी जिसमें एक साथ 'कामायनी', 'गोदान' और 'राम की शक्तिपूजा' जैसी कालजयी कृतियाँ हिन्दी समाज के सामने आयीं।

इन तीनों रचनाओं की संवेदनात्मक संरचना पर ध्यान दीजिए तो कुछ बातें तीनों में एक जैसी हैं। तीनों रचनाओं में आरम्भ और मध्य में संघर्ष है। 'कामायनी' का अन्त आध्यात्मिक है। मनु संघर्ष की दुनिया से निकलकर त्रिपुर लोक के आनन्द में जाते हैं। तो 'राम की शक्तिपूजा' में राम पराजय की आशंका से ग्रस्त होते हुए उससे उपजी निराशा से मुक्ति के लिए शक्ति की आराधना करते हैं और शक्ति का आशीर्वाद प्राप्त करते हैं। 'गोदान' का होरी उपन्यास का अन्त होते-होते जीवन की लड़ाई हार जाता है और मृत्यु का शिकार होता है।

आश्चर्य की बात तो यह है कि जिस समय ये तीनों रचनाएँ लिखी गयीं उस समय स्वाधीनता आन्दोलन चरम पर था पर धीरे-धीरे उसके नेता गाँधी अशक्त और असहाय होते जा रहे थे। उसी का एक परिणाम यह था जो त्रासदी से युक्त आज़ादी देश को मिली। मैं जिस त्रासदी की बात कर रहा हूँ उसका सम्बन्ध देश के विभाजन, भयावह हत्याकाण्ड और विराट विस्थापन से है। मुझे लगता है कि 'कामायनी', 'राम की शक्तिपूजा' और 'गोदान' में जो त्रासद दृश्य और दृष्टि है वह एक प्रकार से आज़ादी के समय की त्रासदी का पूर्वाभास है। यहाँ मुझे प्रेमचन्द का वह प्रसिद्ध कथन याद आता है जिसके अनुसार साहित्य राजनीति के आगे चलने वाली सच्चाई दिखाने वाली मशाल है।

निराला स्वयं किसान थे। उस दौर के किसान आन्दोलनों से उनका कैसा सम्बन्ध था?

निराला के साहित्य में भारतीय किसान की केन्द्रीय स्थिति है। निराला ने अपनी काव्य-रचना के आरम्भिक दौर से ही किसानों की ग़रीबी, तबाही, परेशानी, यातना और गुलामी को व्यक्त किया है। उनकी काव्य रचना के आरम्भिक दौर की एक प्रसिद्ध कविता है–'बादल राग'। इस कविता में भारतीय किसान के जीवन के सच को और उस सच को बदलने की आकांक्षा को इस तरह व्यक्त किया गया है–

'जीर्ण बाहु, है शीर्ण शरीर,
तुझे बुलाता कृषक अधीर,
ऐ विप्लव के वीर!
चूस लिया है उसका सार,
हाड़ मात्र ही हैं आधार,
ऐ जीवन के पारावार!'

यह कविता 1924 में छपी थी। निराला की काव्य रचना के दूसरे दौर में जिसका विस्तार 1937 से 1946 तक है, की एक कविता है–'झींगुर डटकर बोला'। कविता के आरम्भ में किसानों के प्रसंग हैं। गाँधीवादी राजनीति की रीति-नीति की आलोचना करते हुए निराला ने लिखा है–

'गाँधीवादी आये,
कांग्रेसमैन टेढ़े के;
देर तक, गाँधीवाद क्या है, समझाते रहे।
देश की भक्ति से,
निर्विरोध शक्ति से
राज अपना होगा,
ज़मींदार, साहूकार अपने कहलायेंगे।'

निराला प्रेमचन्द की तरह ही ज़मींदारी प्रथा और उसके पोषक अंग्रेज़ी राज के निर्भीक आलोचक थे। वे जानते थे कि ज़मींदारों को अंग्रेज़ी राज का संरक्षण प्राप्त है और उसी राज के शासन तथा प्रशासन की मदद से ज़मींदार किसानों और मज़दूरों का शोषण और दमन करते हैं। वे किसान आन्दोलनों को निर्ममता से दबाते भी हैं। जब भी किसान संगठित होकर अपने शोषण और गुलामी के विरुद्ध आवाज़ उठाते थे तो उनका दमन ज़मींदार और उसके आदमी करते थे और पुलिस ज़मींदारों की मदद करती थी। यह बात इस कविता में इन शब्दों में व्यक्त हुई है–

'ज़मींदार का गोड़इत
दोनाली लिए हुए
एक खेत फ़ासले से
गोली चलाने लगा।
भीड़ भगने लगी
कांस्टेबल खड़ा हुआ ललकारता रहा।'

निराला ने जिस समय यह कविता लिखी थी उस समय किसान आन्दोलन ज़ोरों पर था और जगह-जगह किसान सभाएँ सक्रिय थीं। निराला की नज़र किसान आन्दोलनों पर थी और किसान सभाओं की गतिविधियों तथा सरकार द्वारा उनके दमन पर भी। इस कविता का अन्त ऐसे होता है–

झींगुर ने कहा,
'चूँकि हम किसान-सभा के,
भाई जी के मददगार
ज़मींदार ने गोली चलवाई
पुलिस के हुक्म की तामील की।
ऐसा यह पेच है।'

निराला की दृष्टि पूरे किसान समाज पर थी। उनकी एक कम चर्चित पर अत्यन्त महत्त्वपूर्ण कविता है—'वे किसान की नयी बहू की आँखें'। यह कविता सन् 1938 में लिखी गयी और 'द्वितीय अनामिका' में संकलित है। इसमें किसान बहू की मजबूरी, निराशा और वेदना व्यक्त हुई है। निराला ने किसानों के जीवन के समग्र यथार्थ को 'अलका', 'अप्सरा' और 'चमेली' आदि उपन्यासों में भी व्यक्त किया है। इस सबके साथ ही उन्होंने किसान समस्या पर विभिन्न पत्र-पत्रिकाओं में अनेक निबन्ध लिखे थे जो उनकी रचनावली में मौजूद हैं।

निराला साहित्य की आलोचना में रामविलास शर्मा का क्या योगदान है?

डॉ. रामविलास शर्मा ने कहीं लिखा है कि निराला और उनकी कविता की रक्षा के लिए ही वे आलोचक बने। डॉ. रामविलास शर्मा सम्भवतः सन् 1938 से निराला की कविता की व्याख्या करने और निराला के महत्त्व को हिन्दी साहित्यिक समाज के सामने लाने का प्रयत्न कर रहे थे। उनका यह प्रयत्न अपने पूर्ण रूप में 'निराला की साहित्य साधना' के तीन खण्डों के साथ सामने आता है। जिस समय रामविलास शर्मा ने निराला के पक्ष में लिखना आरम्भ किया था उस समय हिन्दी में निराला का विरोध अधिक उग्र था। उस उग्र विरोध को देखते हुए रामविलास जी ने निराला की कविता की रक्षा के लिए आलोचनात्मक प्रयत्न शुरू किया। और बाद में उसे व्यापक रूप में व्यवस्थित मूल्यांकन के माध्यम से स्थापित किया। रामविलास जी ने निराला की प्रभावशाली जीवनी लिखी है। उनकी विचारधारा और कला का विस्तृत विवेचन किया है। और उनके पत्रों का संग्रह करते हुए निराला के व्यक्तिगत सम्बन्धों का ब्योरा भी पाठकों के सामने प्रस्तुत किया है। हिन्दी आलोचना का ऐसा उदात्त और आत्मीय सम्बन्ध दूसरा नहीं दिखाई देता। रामविलास जी की निराला सम्बन्धी आलोचना से कुछ लोग असहमत हो सकते हैं लेकिन वे भी रामविलास जी के आलोचनात्मक प्रयत्न की उदात्तता और समग्रता के बारे में सन्देह नहीं कर सकते। रामविलास जी के लेखन के माध्यम से निराला हिन्दी समाज के सामने एक कालजयी कवि के रूप में आते हैं और उनकी अग्रगामी तथा मूलगामी दृष्टि का स्वरूप स्पष्ट होता है।

निराला के गद्य साहित्य में उनकी कविता से भिन्न स्वर हैं। निराला के गद्य साहित्य को आप उस दौर के गद्य लेखन में कहाँ रखते हैं?

निराला ने पर्याप्त गद्य साहित्य भी लिखा है। उन्होंने उपन्यास, कहानी, निबन्ध और आलोचनात्मक लेखन का काम किया है। मैं यहाँ केवल उनके उपन्यास की थोड़ी चर्चा करना चाहता हूँ। सन् 1933 ई. में निराला ने एक निबन्ध लिखा जिसका शीर्षक है—'हिन्दी साहित्य में उपन्यास'। इस निबन्ध में उन्होंने लिखा है—"जब तक किसी बहते प्रवाह के प्रतिकूल किसी सत्य की बुनियाद पर ठहरकर कोई उपन्यास नयी-नयी रचनाओं के चित्र नहीं दिखलाता, तब तक न तो उसे साहित्यिक-शक्ति ही प्राप्त होती है और न समाज को नवीन प्रवाहमान जीवन, तभी रचना विशेष शक्ति तथा सौन्दर्य से पुष्ट होकर नवीनता का आवाहन करती है, कला भी साहित्य को नवीन ऐश्वर्य से अलंकृत करती है, कलाकार कला से अधिक महत्त्व प्राप्त करता है, अथवा वह कला का अधिकारी समझा जाता है, न कि किसी प्रवाह के साथ बहने वाला, केवल एक अनुसरणकारी।"

हिन्दी में एक तो नवीन परिवर्तन कोई ऐसा हुआ ही नहीं, दूसरे शिक्षा के अभाव के कारण खेत भी ऊसर ही पड़ा रहा, यद्यपि प्रकृति उस पर नियमानुसार ही वर्षा करती रही। वहाँ अधिकांश जंगली वृक्षों तथा बबूलों की ही उपज हुई, कुछ प्रसून भी खिले, जिन्हें जंगली काँटों ने ही रूँध रखा।

निराला ने उपन्यास की नवीनता और महत्ता की जो कसौटी अपने इस कथन में प्रस्तुत की है उसको ध्यान में रखकर उनके उपन्यासों पर विचार किया जाये तो मुझे उनके दो उपन्यास महत्त्वपूर्ण लगते हैं। वे उपन्यास हैं—'कुल्लीभाट' और 'बिल्लेसुर बकरिहा'। ये दोनों उपन्यास कला, यथार्थ चेतना और नवीन उद्‌भावना की दृष्टि से अत्यन्त महत्त्वपूर्ण हैं और निराला को विशिष्ट उपन्यासकार के रूप में हमारे सामने लाते हैं। इन उपन्यासों में उनका सोच-विचार का स्वरूप भी उनके ज़माने से बहुत आगे जाता दिखाई देता है। 'कुल्लीभाट' उपन्यास जितना संस्मरणात्मक है उतना ही आत्मकथात्मक भी और 'बिल्लेसुर बकरिहा' अपनी संरचना, संवेदना, सांस्कृतिक सोच और किसान चेतना के कारण एक महत्त्वपूर्ण औपन्यासिक कृति है।

बतौर आलोचक आपका मानना है कि निराला 'पूरे अर्थ में एक भारतीय कवि हैं।' क्यों और कैसे?

पूर्ण भारतीय कवि वही होगा जो भारत की प्रकृति, संस्कृति और समाज को सम्पूर्णता में व्यक्त करे। निराला की कविता में भारत की प्रकृति अपनी सम्पूर्णता में मौजूद है। निराला ने भारतीय प्रकृति के चित्रण में विभिन्न ऋतुओं से सम्बन्धित बहुत सारी कविताएँ लिखीं। उन्होंने वसन्त, ग्रीष्म, वर्षा और शिशिर पर जो कविताएँ लिखी हैं उनसे भारत की प्रकृति, उस प्रकृति से भारतीय मनुष्य के सम्बन्ध की

अभिव्यक्ति होती है। किसी भी देश की संस्कृति का वहाँ की प्रकृति से आत्मीय और गहरा सम्बन्ध होता है। भारत में प्रकृति की विविधता बहुत मिलती है और इस विविधता ने भारतीय कविता को भी बहुत गहरे रूप में प्रभावित किया है। मुझे लगता है कि बारहमासा जैसा काव्य-रूप भारतीय कविता से अन्यत्र शायद ही हो। यहाँ हर दो महीने के बाद ऋतु बदल जाती है इसलिए छह ऋतुएँ होती हैं। अनेक देशों में दो या तीन ऋतुएँ ही होती हैं। भारतीय आमजन विशेष रूप से किसानों का गहरा सम्बन्ध वसन्त और वर्षा जैसी ऋतुओं से होता है। इसलिए निराला ने सबसे अधिक कविताएँ इन्हीं दो ऋतुओं पर लिखी हैं और उनको भारतीय जन की वास्तविकता और आकांक्षा से जोड़ा है।

निराला जी ने भारतीय संस्कृति से सम्बन्धित अनेक कविताएँ लिखी हैं जिनमें विशेष उल्लेखनीय हैं—'तुलसीदास' और 'राम की शक्तिपूजा'। किसी देश की संस्कृति ऐसी नहीं होगी जिसमें कुछ विकृतियाँ न हों। भारतीय संस्कृति में जो विकृतियाँ हैं उन पर भी निराला की दृष्टि है और उन पर भी उन्होंने आलोचनात्मक दृष्टि से कविताएँ लिखी हैं।

निराला की कविता की एक विशेषता है—काव्य-भाषा के रूपों की अनेकता। अगर कोई व्यक्ति 'भिक्षुक', 'तोड़ती पत्थर', 'जूही की कली', 'सन्ध्या सुन्दरी, 'तुलसीदास', 'राम की शक्तिपूजा' और फिर 'नये पत्ते' की कविताओं की काव्य-भाषा का अध्ययन करे तो उसे निराला की काव्य-भाषा के रूपों की अनेकता का बोध होगा। मेरी समझ में हिन्दी में ऐसे तीन कवि हैं जिनकी कविता में काव्य-भाषा की अनेकरूपता मिलती है। वे हैं—तुलसीदास, निराला और नागार्जुन।

सचमुच बड़ा कवि वह होता है जो ऐसी कविता लिखता है जिसमें अर्थ की अपार सम्भावनाएँ होती हैं। बड़ी कविता में प्रायः सन्दर्भ बदलने के साथ अर्थ बदलने की भी सम्भावना होती है। मैं यहाँ निराला की एक कविता का उल्लेख करना चाहता हूँ। कविता है—

'गहन है यह अन्धकार'
गहन है यह अन्धकार
स्वार्थ के अवगुण्ठनों से
हुआ है लुण्ठन हमारा।
खड़ी है दीवार जड़ को घेर कर,
बोलते हैं लोग ज्यों मुँह फेरकर,
इस गगन में नहीं दिनकर,
नहीं शशधर, नहीं तारा।
कल्पना का ही अपार समुद्र यह,
गरजता है घेरकर तनु, रुद्र यह,

कुछ नहीं आता समझ में,
कहाँ है श्यामल किनारा।
प्रिय मुझे वह चेतना दो देह की।
याद जिससे रहे वंचित गेह की,
खोजता फिरता, न पाता हुआ,
मेरा हृदय हारा।'

यह कविता जब लिखी गयी थी तब गहन अन्धकार का एक अर्थ अंग्रेज़ी राज था। आज़ादी के बाद देश में जब आपात्काल लागू हुआ तो उस समय में इस कविता का गहन अन्धकार आपात्काल को मूर्त्त करता था। आज के समय में यह गहन अन्धकार भारत के तबाह और बर्बाद किसानों की ज़िन्दगी में फैले हुए गहन अन्धकार को व्यक्त कर रहा है।

निराला की अनेक कविताएँ आज के दौर की राष्ट्रीय और अन्तरराष्ट्रीय राजनीति और इस देश के शासक वर्ग के वर्तमान समय के चरित्र को भी व्यक्त करती हैं। ऐसी कविताओं में से दो-तीन का उल्लेख किया जा सकता है। उनकी एक कविता है–

'किनारा वह हमसे किये जा रहे हैं।
दिखाने को दर्शन दिये जा रहे हैं।'

इसके साथ ही एक और कविता है–

'किसकी तलाश में हो इतने उतावले'

इस कविता के अन्त की दो पंक्तियाँ ये हैं–

'आया मज़ा कि लाखों आँखों में दम घुटा है,
पटरी है बैठने को गोरे की साँवले से।'

(पुस्तक वार्ता : जनवरी-फ़रवरी 2015)

नागार्जुन एवं केदारनाथ अग्रवाल का कवि-कर्म

(प्रो. मैनेजर पाण्डेय से बृजबाला सिंह की बातचीत)

व्यवसाय से वकील केदारनाथ अग्रवाल ने नग्न यथार्थ को कविता का विषय बनाया। वकालत में झूठ का सच, खुशामद, स्वार्थलिप्सा जैसे निर्मम भाव होते हैं। विपरीत परिस्थितियों में कविता के साथ न्याय कैसे किया। कविता और कचहरी, कचहरी की कविता या कविता की कचहरी, सर आप बतायें कि इन दोनों शब्दों के साथ केदारनाथ अग्रवाल ने तालमेल कैसे बैठाया?

देखिए, यह चिन्ता किसी के लिए भी स्वाभाविक है कि केदारनाथ अग्रवाल पेशे से वकील होते हुए भी सहज मानवीय संवेदना एवं आमजन के दुख की कविता कैसे लिखते हैं। मैं कह रहा था कि केदारनाथ अग्रवाल का एक ओर वकील होना और दूसरी ओर अत्यन्त संवेदनशील कवि होना कुछ लोगों को परस्पर विरोधी लग सकता है, पर जहाँ तक मुझे लगता है कि परस्पर विरोध के बावजूद केदारनाथ अग्रवाल ने वकालत के पेशे एवं कविता के कर्म में एक अद्‌भुत सन्तुलन बनाया। बात यह है कि केदारनाथ अग्रवाल की सारी कविता जनता के दुख-दर्द की कविता है। उसके जन जागरण की कविता है। उसके संघर्ष के आह्वान की कविता है। अब असल में जनता के दुख-दर्द के जो कारण हैं, वो वही हैं जो वकालत के पेशे से केदारनाथ अग्रवाल ने कचहरियों में, वकीलों, अधिकारियों, न्यायाधीशों, गवाहों आदि के व्यवहार में देखे। मेरा मतलब यह है कि जो झूठ, फ़रेब, साज़िश आदि का वातावरण कचहरियों में रहता है, आम जनता की तबाही का भी वही सबसे बड़ा कारण है। इसलिए जनता के दुख-दर्द के विभिन्न कारणों को जानने-समझने में केदारनाथ अग्रवाल को मदद मिली क्योंकि इन सब चीज़ों का वकालत के पेशे में उन्होंने सीधे सामना किया, अनुभव किया और साक्षात्कार किया। इसलिए मुझे केदारनाथ अग्रवाल के वकालत के पेशे में और जनवादी कवि होने में कोई अन्तर्विरोध दिखाई नहीं देता।

पर आपने जो तीन शब्दों का प्रयोग किया है उस प्रसंग में मैं यह कहूँगा कि केदारनाथ अग्रवाल की कविता कचहरी के सारे वातावरण से, उसके झूठ-फ़रेब, छल-छद्म और धोखाधड़ी आदि गतिविधियों से आम आदमी को मुक्त करने वाली

कविता है। इसलिए केदारनाथ अग्रवाल वकालत के पेशे में और अपने कवि-कर्म में एक तरह का सम्बन्ध भी बनाते हैं और दूसरे स्तर पर अलगाव भी निर्देशित करते हैं। आपको मालूम होगा कि दुनिया में अनेक कवि—स्त्री और पुरुष दोनों ऐसे पेशे में रहते हुए कविता-कर्म करते हैं जिस पेशे में कविता के लिए बहुत कम जगह होती है। जैसे मान लीजिए कि कबीरदास करघा चलाते हुए, कपड़ा बुनते हुए भी कविता करते हैं, उसी तरह से रविदास जूता गाँठते हुए भी कविता करते हैं।

मतलब असल में किसी में कवि होने के लिए जिन बातों की ज़रूरत होती है, यह बहुत बड़ा सवाल है जिसकी मैं लम्बी-चौड़ी व्याख्या नहीं करूँगा। फिर भी, मैं कहूँगा कि कविता लिखना तो एक तरह की साधना है और साधक जो है भारतीय परम्परा में तो कम-से-कम इसके अनेक प्रमाण हैं कि साधक मूलतः साधता किस चीज़ को है? अपने मन को साधता है और कवि अपने मन को साधकर दो हाथों से करघा चलाते हुए मन से कविता में रम सकता है, उसको लिख सकता है, रच सकता है, लोगों को सुना सकता है तो इसलिए केदारनाथ अग्रवाल के वकालत के पेशे और कविता में जो अन्तर्विरोध है, वह ऊपरी ज़्यादा है, भीतरी मेरे ख़याल से कम है।

अज्ञेय ने केदारनाथ अग्रवाल को 'पैटर्न कवि' कहकर उनकी आलोचना की है। वे रूपवादी हैं, उनके काव्य के ढाँचे में एकरूपता लगती है, इस कथन के विषय में आपकी क्या सोच है?

ऐसा है कि अज्ञेय प्रगतिशील कवियों से नाराज़ थे। तीन प्रगतिशील कवियों की निन्दा की है। विभिन्न सन्दर्भों में—केदारनाथ अग्रवाल की आलोचना के बारे में आपने बताया। नागार्जुन एवं शमशेर बहादुर सिंह की आलोचना उन्होंने 'शाश्वती' नामक निबन्ध संग्रह में की है जिसकी दिलचस्पी हो, उसको पढ़ना चाहिए। मैं उस विस्तार में नहीं जाऊँगा। केदारनाथ अग्रवाल पर उनका जो आरोप है, वह सही नहीं है और यह तो लगभग वैसा ही आरोप हुआ कि एक आदमी खुद जिस बीमारी का शिकार हो, वही बीमारी दूसरे में खोजे। वात्स्यायन जी ने बार-बार कविता के बारे में यह कहा है कि कविता आरम्भ में भी शब्द है और अन्त में भी, यही बाक़ी रह जाता है कि वह शब्द है। यही नहीं, वात्स्यायन जी तो शब्द की ध्वनि के निषेध में भी कविता देखते हैं।

केदारनाथ अग्रवाल इस तरह के कवि नहीं हैं। इसलिए उन पर यह आरोप मुझे सही नहीं लगता। अज्ञेय स्वयं एक महत्त्वपूर्ण लेखक हैं और केदारनाथ अग्रवाल के समकालीन हैं, इसलिए वह कहते हैं तो बातें विचारणीय लगती हैं, पर छान-बीन करने के बाद मुझे सही नहीं लगतीं। रही बात पैटर्न की तो इस संसार में कोई कविता ऐसी नहीं होती, जिसका पैटर्न न हो। हाँ, जब पैटर्न किसी कवि की कविता में रूढ़ि बन जाये तो उससे एक तरह का रूपवाद पैदा होता है। केदारनाथ अग्रवाल की कविताएँ किसी एक ढाँचे में ढली हुई कविताएँ नहीं हैं। उन्होंने छन्दबद्ध कविताएँ

लिखी हैं, मुक्त छन्द की कविताएँ लिखी हैं, गीत लिखे हैं। इसलिए किसी एक पैटर्न में ढली हुई उनकी कविताएँ नहीं हैं।

केदारनाथ अग्रवाल ने विदेशी रचनाकारों–पाब्लो नेरूदा, मायकोवस्की, एज़रा पाउण्ड, प्लेतान वोरोन्को और जॉन कीट्स आदि कवियों की कविताओं का अनुवाद किया है। उनके अनुवाद कर्म के विषय में आपकी क्या राय है? क्या ये अनुवाद रचनाकारों के मूल भाव का स्पर्श करते हैं?

केदारनाथ अग्रवाल ने दुनिया के कुछ बहुत प्रसिद्ध प्रगतिशील कवियों की कविताओं का अनुवाद किया है। जैसा कि आपने बताया कि उन्होंने नेरूदा और मायकोवस्की आदि की कविताओं का अनुवाद किया। जिस समय केदारनाथ अग्रवाल ने इन कविताओं का अनुवाद किया, प्रगतिशील कविता के अनुवाद की परम्परा निर्मित एवं विकसित हो रही थी। असल में जब कोई कवि किसी दूसरे कवि की कविता का अनुवाद करता है तो यह उसकी पहली शर्त होती है कि दोनों की कविता में कुछ समानताएँ होंगी, तभी एक कवि दूसरे कवि की कविता का अनुवाद करना चाहेगा।

प्रगतिशीलता के मुख्य तत्त्वों को पहचानते हुए और उन्हें ध्यान में रखते हुए तथा भारतीय पाठकों को उन कवियों की कविता से परिचित कराने के लिए केदारनाथ अग्रवाल ने अनुवाद किया। जहाँ तक कविता के मूल भाव से अनुवाद की तुलना का सवाल है तो मेरा अनुमान है कि केदारनाथ अग्रवाल ने उन कवियों की मूल भाषाओं से अनुवाद नहीं किया। उन्होंने नेरूदा और मायकोवस्की की अंग्रेज़ी में अनूदित कविताओं का ही हिन्दी में अनुवाद किया। तो अब नेरूदा की मूल कविता स्पेनिश में तथा मायकोवस्की की मूलतः रूसी में है। अब उनके अंग्रेज़ी अनुवाद में जितना मूल भाव आ सका है, उतना ही या उससे थोड़ा कम भाव ही हिन्दी में आयेगा। जब भी कविता का अनुवाद एक भाषा से दूसरी भाषा में होता है तो कविता के मूल भाव और कविता की मूल संवेदना से एक दूरी तो बनती ही है। उसका एक कारण है, हर भाषा की अपनी कविता होती है जो उस भाषा की कविता के भावों-विचारों या संवेदना को ढालता है। इसलिए हमें देखना यह चाहिए कि हिन्दी में जो केदारनाथ अग्रवाल के अनुवाद हैं वे सुगम, सहज, प्रभावशाली और काव्यात्मक हैं कि नहीं। मूल भाव की चिन्ता ठीक से की जाये तो अनुवाद नहीं करना ज़्यादा बेहतर है।

केदारनाथ अग्रवाल और नागार्जुन अपने समय के दो महत्त्वपूर्ण कवि रहे हैं, किन्तु क्या कारण है कि इन्हें पाठ्यक्रमों में बहुत बाद में स्थान मिला? उस काल की कविता के परिप्रेक्ष्य में नागार्जुन एवं केदारनाथ अग्रवाल को आप किस रूप में देखते हैं?

ऐसा है कि पाठ्यक्रम में कवि आते नहीं, विभागाध्यक्षों एवं अध्यापकों द्वारा लाये जाते हैं। यह काम विभागाध्यक्षों और विभाग के अध्यापकों का था कि केदारनाथ

अग्रवाल की कविता को पढ़ते-समझते और उसके महत्त्व को समझते और पाठ्यक्रम में लगाकर बच्चों तक पहुँचाते। असल में लगभग स्वाधीनता के तत्काल बाद या 50 या 51 के बाद हिन्दी की अकादमिक दुनिया में जो लोग छाये हुए थे, जिनका अथाह प्रभाव था, उनमें से अधिकांश अज्ञेयवादी थे। अज्ञेय के प्रेमी और समर्थक थे। दूसरी बात यह है कि यह वह दौर था जब हिन्दी कविता में प्रयोगवाद के माध्यम से बौद्धिकता का आतंक फैला। कविता मूलतः और मुख्यतः बौद्धिक हो गयी। भाव और संवेदना से उसका सम्बन्ध कट गया, कम हो गया। अज्ञेय और मुक्तिबोध की कविता मूलतः बौद्धिक कविता है इसलिए भी इस कविता की अकादमिक दुनिया में ज़्यादा पूछ हुई और चूँकि इस अकादमिक दुनिया पर आलोचक का एकाधिकार था जो अज्ञेय के समर्थक थे। नयी कविता और प्रयोगवाद के पक्षधर थे। इसलिए उन लोगों को अज्ञेय और मुक्तिबोध की कविता अधिक जँची और केदारनाथ अग्रवाल की कविता जो भाव प्रधान कविता है उसे महत्त्व नहीं दिया।

तीसरी बात इससे एक और जुड़ती है। यह वही दौर है जब कविता का एक गुण जटिलता को माना गया और बौद्धिक कविता के साथ जटिलता अनिवार्यतः जुड़ी हुई है इसलिए जो लोकप्रिय कविता थी, उसकी अवहेलना लगभग 30 वर्ष तक हिन्दी आलोचना में होती रही। उस अवहेलना के शिकार नागार्जुन, त्रिलोचन एवं अन्य ऐसे बहुत सारे कवि हुए। इसलिए इन सब कारणों से अज्ञेय एवं मुक्तिबोध बहुत पहले पाठ्यक्रम में आये। केदारनाथ अग्रवाल, नागार्जुन और त्रिलोचन बहुत बाद में आये, उनमें से कुछ अब भी नहीं आये।

यदि सम्मान-शृंखला पर ध्यान दें तो यहाँ भी केदारनाथ अग्रवाल की ओर पुरस्कार मण्डल के सदस्यों की दृष्टि बहुत बाद में पहुँची, जबकि नागार्जुन, त्रिलोचन, अज्ञेय अग्रणी एवं पुरस्कृत कवि के रूप में बहुत पहले ख्याति पा चुके थे। आप इस दुराव या भेदभाव के पीछे किस राजनीति को मानते हैं?

ऐसा है, इसमें दुराव और भेदभाव भी मौजूद हैं जिसकी चर्चा मैं ऊपर कर चुका हूँ। इसलिए अब दूसरे प्रसंग की चर्चा मैं इस सन्दर्भ में करना चाहता हूँ। नागार्जुन की तुलना में केदारनाथ अग्रवाल की कविता कम लोकप्रिय रही। लोकप्रियता के दबाव से कवियों को जो कुछ मिलता है वह भी केदारनाथ अग्रवाल को नहीं मिला। दूसरी बात यह है कि इस बौद्धिक आतंक के वातावरण में केदारनाथ अग्रवाल की कविता उस तरह बौद्धिक नहीं है, जैसे मुक्तिबोध या अज्ञेय की कविता। इसलिए भी कविता की बौद्धिकता एवं जटिलता को पसन्द करने वाले पुरस्कार देने से परहेज करते थे।

तीसरी बात यह है कि मैं आपको याद दिलाऊँ और आप देखें, उस समय का दौर ऐसा है सन् 50-52 से लेकर 70 के बीच केदारनाथ अग्रवाल, नागार्जुन तथा त्रिलोचन के काव्य संग्रह छप ही नहीं पाये थे या बहुत कम छपे थे। इसलिए जो

कवि अपनी कविता के माध्यम से जनता तक पहुँचे, उनकी तो हैसियत बनी। लेकिन बौद्धिक समाज में इन कवियों की उतनी पहुँच नहीं थी जितनी अज्ञेय एवं मुक्तिबोध की। इसलिए नागार्जुन, केदारनाथ अग्रवाल, त्रिलोचन आदि पुरस्कारों से वंचित रह गये। एक और बात पर ध्यान देना ज़रूरी है। केदारनाथ अग्रवाल, त्रिलोचन और नागार्जुन आदि ऐसे कवि हैं जो सत्ता और प्रतिष्ठा से जुड़े लोगों की आलोचना करते हैं। कभी-कभी कटु आलोचना भी करते हैं तो फिर जो कटु आलोचना के शिकार होंगे, वे उनको पुरस्कृत कैसे करते जो आलोचना ही करते हैं।

अज्ञेय ने तारसप्तक और उसके बाद दूसरा सप्तक, तीसरा सप्तक तथा चौथा सप्तक निकाला। अनेक कवियों को संगृहीत किया। सबकी चर्चा भी हुई। कवियों के मध्य प्रतिष्ठित भी हुए। अज्ञेय ने केदारनाथ अग्रवाल से भी रचना माँगी। उन्होंने 'मुजरिम नं. 110' शीर्षक कविता भेजी भी थी। क्या कारण है कि अज्ञेय ने उन्हें सप्तक में स्थान नहीं दिया?

देखिए, सप्तक का सारा आयोजन वात्स्यायन या अज्ञेय का प्रयोगवाद और नयी कविता की प्रवृत्ति, दिशा और धारा को आगे बढ़ाने के लिए, स्थिर बनाने और स्थापित करने के लिए था। ये सभी कवि न प्रयोगवाद के थे न ही नयी कविता के। इसलिए उनको बाहर रहना ही था। इनमें से अनेक कवि उसमें जाना नहीं चाहते थे और जो जाना चाहते थे उनको वात्स्यायन जी ने आने नहीं दिया। दोनों हुआ। कुल मिलाकर वो उससे बाहर रहे और अच्छा है। और देखिए जो सप्तकों की परम्परा है, वह चौथे सप्तक तक आते-आते आख़िरी दशा में पहुँच गयी।

चौथे सप्तक के कवि किसी को याद नहीं। हर सप्तक में ऐसे कवि मिल जायेंगे जो धीरे-धीरे कविता की दुनिया से ग़ायब हो गये। यह ख़राब हालत तीसरे सप्तक से ही प्रारम्भ हुई और चौथे सप्तक तक तो सब हो गया। इसलिए मुझे तो इस बात की प्रसन्नता है कि चाहे जानबूझ कर या अनजाने में, ये उस सप्तक की शृंखला में बँधे ही नहीं।

रामविलास शर्मा और केदारनाथ अग्रवाल की मैत्री प्रसिद्ध है। दोनों मित्रों के पत्र इसके साक्षी हैं, किन्तु इस संगति के कारण उन्हें विरोधियों के प्रश्नों एवं आरोपों को सहना पड़ा। शायद पुरस्कार एवं जगत् प्रसिद्धि भी इससे प्रभावित हुई। आप क्या कहना चाहेंगे, इस सन्दर्भ में?

मुझे यह कारण सही नहीं लगता कि रामविलास शर्मा की मित्रता के कारण केदारनाथ अग्रवाल पुरस्कृत एवं सम्मानित नहीं हुए। क्योंकि उस मित्रता के बावजूद रामविलास शर्मा स्वयं देश के सभी बड़े पुरस्कारों से सम्मानित हुए। यद्यपि यहाँ यह नोट करने की बात है कि उन्होंने किसी पुरस्कार की राशि नहीं ली। सभी पुरस्कारों की राशि जनता की साक्षरता के लिए लौटा दी। लेकिन इस देश का कोई बड़ा पुरस्कार बाक़ी नहीं था, ज्ञानपीठ को छोड़कर। और ज्ञानपीठ प्रायः रचनाकारों

को मिलता है, आलोचकों को नहीं। इसलिए मुझे यह कारण सही नहीं लगता कि रामविलास शर्मा से सम्बन्ध के कारण केदारनाथ अग्रवाल पुरस्कारों से या दूसरे सम्मानों से वंचित रह गये।

केदारनाथ अग्रवाल में लोकधुनों की प्रधानता है। वे लोकगीतों को कविता में ढालते हैं। इस सन्दर्भ में आप क्या कहना चाहेंगे?

देखिए, इन सभी में कम-से-कम तीन-चार प्रगतिशील कवि, जिनमें केदारनाथ अग्रवाल, नागार्जुन एवं त्रिलोचन प्रमुख हैं। इनकी हिन्दी के अन्य कवियों से बड़ी विशेषता है कि ये सभी अपने-अपने जनपदों के लोक-साहित्य, लोकगीत, लोकसंगीत से तथा लोक-संस्कृति से बहुत गहरे जुड़े हैं। इन सभी कवियों ने हिन्दी के साथ-साथ अपनी-अपनी मातृभाषा में भी कविताएँ लिखीं। केदारनाथ अग्रवाल ने बुन्देलखण्डी में, नागार्जुन ने मैथिली में और त्रिलोचन ने अवधी में। यह जो जनपदीय जीवन से और उसकी संस्कृति से जुड़ाव है, वही केदारनाथ अग्रवाल की कविता में लोकधुनों के रूप में आया। इन लोकधुनों के साथ कविता के जुड़ाव का एक और सन्दर्भ है, वह यह कि भारतवर्ष में अति प्राचीनकाल से कविता एवं संगीत का अटूट रिश्ता रहा है। आप सबको मालूम है कि वेद के छन्द संगीत में बँधकर हज़ारों साल तक जीवित हैं। आज भी बनारस की होने के नाते आपको यह अनेक बार अनुभव हुआ होगा कि वेद-मन्त्रों के उच्चारण की अपनी विधि एवं व्यवस्था है।

उसके बाहर कोई उच्चारण करे तो पण्डित पीटने लगेंगे। फिर कविता और संगीत का गहरा तादात्म्य है जो भक्तिकाल की हिन्दी कविता में या पूरी भारतीय कविता में दिखाई देता है। इसलिए मैं आपसे कहूँ कि जिसे शास्त्रीय संगीत कहा जाता है, उसके सभी गायक चाहे हिन्दू हों या मुसलमान वो हिन्दी के सन्त-भक्त कवियों की कविताएँ गाते हैं। यह मूलतः लोक कविता की बुनियादी विशेषता है कविता एवं संगीत की एकता। यही विशेषता नागार्जुन की मैथिली कविताओं में, त्रिलोचन की अवधी कविताओं में और केदारनाथ अग्रवाल की बुन्देलखण्डी एवं अवधी कविताओं में लोकधुनों के रूप में है। यह है केदारनाथ अग्रवाल की कविता में लोकधुन का राज।

नागार्जुन के काव्य को समग्रता से देखा जाये तो यह कहा जा सकता है कि वे उत्तेजना से अपनी कविता को धार देते हैं। उत्तेजना एवं आक्रोश उनकी कविता को कुछ अधिक कविता बनाते हैं। आप इस सन्दर्भ में क्या कहना चाहेंगे? क्या काव्य-रचना उत्तेजक क्षणों की अभिव्यक्ति है?

देखिए, नागार्जुन स्वयं कहते हैं कि वे तल्ख भावावेग के कवि हैं। मतलब उनकी कविता में भाव मुख्य है, विचार गौण। अगर विचार आते भी हैं तो वे भाव एवं अनुभव का अंग बनकर आते हैं। इस भावावेग को ही आप उत्तेजना कह रही

हैं तो उसको भी जोड़ा जा सकता है। और जब भावावेग शब्द का उपयोग होगा तो क्रोध भी शामिल है। असल में जिन लोगों को समाज में अन्याय, अत्याचार, आम जनता की तबाही, उसका शोषण, दमन बर्दाश्त नहीं होता और उनकी मनुष्यता जगी होती है, उन्हीं के मन में चाहे सामान्य आदमी हो या कवि अथवा लेखक गहरा आवेश, आक्रोश और उत्तेतना का जन्म होता है। यह ध्यान रखिए कि नागार्जुन हिन्दी के बाक़ी प्रगतिशील कवियों—त्रिलोचन, मुक्तिबोध और शमशेर की तरह केवल विचारधारा से जुड़े कवि नहीं हैं।

मतलब बीसवीं सदी के मध्य के विभिन्न आन्दोलनों से जुड़े कवि हैं। वे सन् 36 के बाद और अपनी मृत्यु के पहले तक इस देश में जितने जन-आन्दोलन हुए, चाहे स्वाधीनता आन्दोलन के रूप में, मज़दूर आन्दोलन के रूप में या मध्यवर्गीय जन आन्दोलन—सबसे तीन स्तरों पर जुड़ते हैं। पहले तो कुछ आन्दोलन में सीधे शामिल होकर सक्रिय कार्यकर्ता के रूप में कार्य करते हैं। दूसरे उन आन्दोलनों को अपनी कविताओं से शक्ति और गति देते हैं। तीसरे उन आन्दोलनों से प्रेरणा लेकर भी कविताएँ लिखते हैं। जो कवि या लेखक अपने समय और समाज के आन्दोलनों से इतना और इतने रूपों में जुड़ा हुआ हो तो उसकी कविता में भावावेश का होना ज़रूरी है।

शुक्ल जी ने लिखा है कि भाव, कर्म के प्रेरक होते हैं। अगर अन्याय, अत्याचार आदि के विरुद्ध किसी के मन में भाव न जगे तो वह उन स्थितियों को बदलने के लिए बेचैन नहीं होता। आन्दोलनों से दूर रहकर भी बौद्धिक कविता की जा सकती है। अगर केवल आम जनता से बौद्धिक सहानुभूति हो तो आन्दोलनों से दूर रहकर और तटस्थ होकर भी बौद्धिक सहानुभूति की अभिव्यक्ति की जा सकती है। इसलिए नागार्जुन की कविता में भावावेश या आपके शब्दों में उत्तेजना की प्रधानता है।

नागार्जुन की विचारधारा एवं कविता में कई बार अन्तर्विरोध दिखाई देता है। वे जयप्रकाश आन्दोलन में गये, फिर उससे अलग हो गये। क्या आप उन्हें भारतीय राष्ट्रवाद का कवि मानते हैं। कई बार उनकी कविता और विचारधारा में दूरी लगती है। लोहिया और गाँधी के बारे में नागार्जुन की सोच कभी पक्ष में तो कभी विपक्ष में दिखाई देती है। आप इन अन्तर्विरोधों को किस रूप में देखते हैं?

ऐसा है कि नागार्जुन की चेतना, संवेदना, सोच की प्रक्रिया और विचारधारा को इन बातों में जिन्हें आपने पूछा ठीक से न समझने वालों को अन्तर्विरोध दिखता है। नागार्जुन की एक प्रसिद्ध कविता है 'मैं प्रतिबद्ध हूँ' उस कविता को आप पढ़िए। उसमें तीन शब्द हैं—प्रतिबद्धता, सम्बद्धता और आबद्धता। इन तीनों शब्दों में उन्होंने उसी कविता में फ़र्क़ भी किया है। असल में नागार्जुन प्रतिबद्ध आम जनता की बेहतरी के लिए किसी भी एक विचारधारा यहाँ तक कि मार्क्सवाद से भी आम

जनता की क़ीमत पर प्रतिबद्धता बनाये रखना नहीं चाहते थे। इसलिए उनको जो पार्टी या जो व्यक्ति आम जनता के हितों के विरुद्ध जाता दिखाई पड़ता है या उस आम जनता की तबाही या बर्बादी से तटस्थ और निरपेक्ष दिखाई देता है तो नागार्जुन आलोचना करते हैं।

इसी के तहत उन्होंने गाँधी, लोहिया और जयप्रकाश पर यहाँ तक कि वे जिस कम्युनिस्ट पार्टी के नज़दीक रहते थे, उसके लोग उनकी तारीफ़ करते थे और नागार्जुन जब उनको उस कम्युनिस्ट पार्टी को आम जनता के हितों के अनुकूल नहीं पाते थे तो उसे छोड़कर दूसरी पार्टी से जुड़ जाते थे। बहुत स्वाभाविक है कि पहली पार्टी वाले उनकी आलोचना करें। नागार्जुन में अपनी चेतना, प्रतिबद्धता, आम जनता के प्रति लगाव के भीतर कोई अन्तर्विरोध नहीं है। आम जनता से पार्टियों, विचारधाराओं और व्यक्तियों के बीच जब भी अन्तर्विरोध आता है तो उसी की अभिव्यक्ति नागार्जुन करते हैं। जिसे कुछ लोग नागार्जुन का अन्तर्विरोध कहते हैं।

1985-86 की 'धारा' पत्रिका में अपूर्वानन्द ने एक लम्बा लेख लिखा था जो नागार्जुन की राजनीतिक कविता के विरोध में था। आप उस सेख के परिप्रेक्ष्य में–जो बहुत चर्चित हुआ था, क्या कहना चाहेंगे?

ऐसा है कि उस लेख को पढ़ने के बाद बाबा ने जो प्रतिक्रिया व्यक्त की थी वह इतनी भदेस एवं अश्लील थी कि मैं उसकी चर्चा नहीं कर सकता। उसे दोहराना नहीं चाहता। लेख बहुत ही नासमझी, उत्तेजना, जल्दबाज़ी और पक्षपात से लिखा गया था। इसलिए कि वह लेख लिखने वाले अपूर्वानन्द उन दिनों सी.पी.आई. से जुड़े थे। जो लोग सी.पी.आई. से जुड़े थे, वे सोवियत संघ और मॉस्को को मक्का-मदीना की तरह पवित्र समझते थे। नागार्जुन को लगता था कि सी.पी.आई. और उनका सोवियत संघ दोनों भारतीय जनता के विरुद्ध जा रहे हैं। इसलिए नागार्जुन ने दोनों की आलोचना की। नागार्जुन की इस आलोचना से नाराज़ होकर 'धारा' पत्रिका में यह लेख लिखा गया।

असल में उसका कारण था कि सोवियत संघ इन्दिरा गाँधी का समर्थन करता था। इन्दिरा गाँधी ने भारतीय राजनीति में क्या-क्या किया, यह आपको मालूम है। आपातूकाल में सी.पी.आई. ने इन्दिरा गाँधी का समर्थन किया और सोवियत संघ ने भी। बाबा आपातूकाल के विरुद्ध ही जयप्रकाश आन्दोलन में शामिल होकर जेल गये थे। इसलिए यह बहुत स्वाभाविक है कि वे दोनों की आलोचना करते। मतलब सी.पी.आई. की भी और सोवियेत संघ की भी। इसलिए उसी से नाराज़ होकर 'धारा' का वह लेख लिखा गया। आज इतने दिनों बाद इस बात पर विचार किया जाना कि नागार्जुन ने अपनी कविताओं में सोवियत संघ और सी.पी.आई. की जो आलोचना की थी वह आगे चलकर सही साबित हुई। और यह भी कि नागार्जुन के आलोचक आज कहाँ हैं विचारधारा की दृष्टि से।

नागार्जुन जैसे कवि को अज्ञेय ने किसी भी सप्तक में स्थान नहीं दिया। इसके पीछे नागार्जुन के काव्य की गुणवत्ता है या कोई और कारण, जबकि अज्ञेय ने लिखा है कि 'तारसप्तक के कवि एक ही स्कूल के नहीं हैं।' आप इस सन्दर्भ में अपनी राय व्यक्त करें।

देखिए, अज्ञेय अपने किसी भी आयोजन में, चाहे वह सप्तक का हो वे नागार्जुन को शामिल न कर सकते थे और न कोशिश करते थे कि नागार्जुन उसमें शामिल हों। मैंने आपको पहले ही बताया है कि अज्ञेय ने अपनी 'शाश्वती' नामक किताब में नागार्जुन की ऐसी तीखी आलोचना की थी जिसकी कम-से-कम मैं अज्ञेय से उम्मीद नहीं करता। इसलिए कि दोनों परस्पर विपरीत धाराओं और विचारों के कवि थे। वे एक-दूसरे के किसी आयोजन में कैसे शामिल होते। क्योंकि नागार्जुन अज्ञेय के लिए विचारणीय कवि थे ही नहीं।

नागार्जुन के ज़्यादातर व्यंग्य शासन-सत्ता पर हैं, क्योंकि शासन की ग़लत नीतियों के कारण ही जनता अमानवीय परिस्थितियों में रहने के लिए विवश है। नागार्जुन को इसलिए राजनीतिक कवि भी कहा जाता है। उनके व्यंग्य पर तात्कालिकता का आरोप लगाया जाता है। किसी समस्या को देखकर नागार्जुन उस पर सीधा वार करते हैं, इस सन्दर्भ में आप क्या कहना चाहेंगे?

देखिए, यह बात सही है कि नागार्जुन राजनीतिक कवि हैं और इसलिए नहीं कि वे समसामयिक और तात्कालिक समस्याओं पर राजनीतिक कविताएँ लिखते हैं। वे यह भी करते हैं लेकिन इसके साथ वे इस अर्थ में भी राजनीतिक कवि हैं कि तेलंगाना के क्रान्तिकारी आन्दोलन से लेकर नक्सलबाड़ी के आन्दोलन तक नागार्जुन साहस के साथ ऐसी कविताएँ लिखते हैं जैसी कविता लिखने में दूसरे लोग शर्म, संकोच और भय का अनुभव करते हैं। नागार्जुन की कविताओं के माध्यम से स्वाधीन भारत का राजनीति का इतिहास लिखा जा सकता है। उन्होंने बहुत सारे राजनीतिक विषयों, प्रसंगों, व्यक्तियों एवं समस्याओं पर कविताएँ लिखी हैं।

यही नहीं नागार्जुन ने 'हरिजनगाथा' नामक प्रसिद्ध कविता भारतीय समाज में दलितों की भावना एवं दुर्दशा, उन सबके विरुद्ध विद्रोह की सम्भावना की कविता लिखी है। दूसरी ओर आदिवासियों पर कविता लिखने वाले नागार्जुन विशिष्ट कवि हैं। इसी सन्दर्भ में नागार्जुन ने किसानों पर कविता लिखी है, मज़दूरों पर कविता लिखी है, मध्यवर्ग की दुविधाओं पर कविता लिखी है और उच्च वर्ग की अश्लील अमीरी पर भी कविताएँ लिखी हैं। इन सब कारणों से नागार्जुन राजनीतिक कवि कहे जा सकते हैं।

जो लोग कविता में शाश्वतता की साधना और सम्भावना की खोज करते हैं वही लोग नागार्जुन पर तात्कालिकता का आरोप लगाते हैं। नागार्जुन की कविताएँ अपने समय और समाज की ख़बर देने वाली कविताएँ हैं। लेकिन ये ख़बर अख़बार

की तरह नहीं जो एक बार पढ़कर बासी हो जाये, बल्कि आप जब भी उनकी सामाजिक ख़बरों वाली कविताएँ पढ़ेंगे उनका नया अर्थ सामने आयेगा। राजनीतिक कविता के सन्दर्भ में यह बात ध्यान रखने की है कि प्रायः समय एवं सन्दर्भ बदलने से कविता का अर्थ भी बदलता है।

सर, अगले सवाल के सन्दर्भ में आपके लिए नागार्जुन का लिखा हुआ 2 अप्रैल, सन् 1983 का पत्र है, जिसका मैं उल्लेख करना चाहूँगी–'प्रियवर पाण्डेय जी! ठीक-ठाक हूँ। हर तीसरा दिन ऐसा होता है कि आपका ध्यान करते हैं। सोचते-सोचते अपने को आपके सामने पाते हैं।' आज के समय में मित्रों का यह प्रगाढ़ भाव खो गया है। आप कुछ इसी विषय पर बतायें। साथ ही संस्मरणों के माध्यम से मित्र के प्रति जो भाव हैं जिससे कुछ कविता बनती है, उसे भी बतायें।

देखिए, नागार्जुन को सब लोग बाबा कहते थे। इसलिए इस सवाल के प्रसंग में मैं उसी शब्द का प्रयोग करूँगा। बाबा मुझसे कितना प्रेम करते थे, यह उनके पत्र से ज़ाहिर होता है। उनके पत्र से यह भी ज़ाहिर होता है कि बाबा मानवीय सम्बन्धों को बहुत महत्त्व देते थे। वे पूरी तरह सामाजिक और मानवीय व्यक्ति थे और इसी पूर्णता के साथ वे मानवीय सम्बन्धों की कविताएँ भी लिखते थे। जहाँ तक उनके मुझसे कुछ पूछने का सवाल है (पत्र में) तो यह भी मेरे प्रति उनके स्नेह का परिणाम है, अन्यथा मैं उनको कुछ बताने लायक कहाँ हूँ। बाबा के उस पत्र में एक वाक्य ध्यान देने लायक है। अब ऐसे सम्बन्ध और व्यक्ति समाज में दुर्लभ हो रहे हैं। बाबा जब यह लिख रहे थे तो वे यह देख रहे थे कि समाज में धीरे-धीरे असामाजिकता बढ़ रही है और अमानवीयता भी। एक कवि जो आधी सदी से अधिक समय सामाजिक और मानवीय सम्बन्धों की रक्षा और निर्वाह के लिए कविताएँ और उपन्यास लिखता रहा हो, उसका यह कहना बहुत अर्थ रखता है।

दूसरा भाग जो पत्र में है जिसका सम्बन्ध रचना प्रक्रिया से है 'रचनात्मक यानी...इन दिनों उस कुँवारी माँ (सरस्वती) का विशेष अनुग्रह हो रहा है इन मन प्राणों पर। कोई रात्रि ऐसी नहीं गुज़रती जबकि दो-एक ताज़ा रचनाएँ काग़ज़ पर नहीं उतर लेतीं। यह एक अपूर्व अनुभूति है यो कि जैसे किसी भगत पर देवी आती हैं।' यहाँ नागार्जुन सरस्वती के प्रति कौन-सा भाव रख रहे हैं–आदर का या देवी का, या व्यंग्य भाव है। कुँवारी माँ कहकर सम्बोधित करना आपको कैसा लगता है?

ऐसा है कि नागार्जुन भारतीय साहित्य एवं दर्शन दोनों की परम्पराओं के गहरे ज्ञाता थे। एक ओर वे संस्कृत-साहित्य को सम्पूर्णता एवं समग्रता में जानते थे तो पालि–साहित्य को भी। इसलिए जब उन्होंने सरस्वती की प्रेरणा की बात कही है तब प्रकारान्तर से वे वही बात कह रहे हैं जो तुलसीदास ने 'रामचरितमानस' में कही थी–'स्वाति सारदा होहि सुजाना।' इस पत्र में जहाँ तक सरस्वती के प्रति

उनके दृष्टिकोण का सवाल है तो इसमें व्यंग्य होने का कोई प्रश्न ही नहीं है, बल्कि आदर और सम्मान का भाव है। हमारे बड़े देवी-देवताओं के रूप और प्रकार अनन्त हैं। सरस्वती को जब वह कुँवारी माँ कहते हैं तो सरस्वती को वे उसी भाव से याद करते हैं जिस भाव से निराला 'वर दे वीणावादिनी' कविता में सरस्वती को याद करते हैं। इसलिए अब इस पर कोई टिप्पणी नहीं करूँगा। कुँवारी माँ शब्द सरस्वती को सम्मान देता है, कलंकित नहीं।

नागार्जुन अपनी संवेदनशीलता के कारण ही प्रेम के उदात्त धरातल पर पहुँचते हैं। उनके यहाँ प्रेम यदि अपने विस्तार में असीमित है तो गहराई में उतना ही घनीभूत भी है। अपने विस्तार एवं घनत्व में प्रेम को जिस ऊँचाई पर उन्होंने पहुँचाया, वहाँ शायद ही कोई कवि पहुँच पाये। वे शोषित जनता के भीतर प्रेम का सौन्दर्य देखते हैं। उनके प्रेम-सौन्दर्य के विषय में आप विशेष बात क्या कहना चाहेंगे?

मैं आपके इस लम्बे सवाल का उत्तर संक्षेप में देता हूँ। आपने अपने इस लम्बे सवाल में ही नागार्जुन की प्रेम विषयक समस्त विशेषताओं को समेट लिया है। इसलिए अब मैं इस पर कोई टिप्पणी नहीं करूँगा। आपके सवाल में ही मेरा जवाब है और वह पर्याप्त है।

हर कवि या रचनाकार ने अपने लेखन-कर्म की कुछ विवशताएँ बताई हैं जिनके कारण उनकी कविता का स्वरूप बनता या बिगड़ता है। नागार्जुन की कविता के विषय में आप क्या कहना चाहेंगे?

देखिए, कवियों की विवशताओं में दम है। जहाँ तक नागार्जुन की बात है तो मैं कह सकता हूँ कि नागार्जुन अपनी कविता के विषय, रूप, संरचना और भाषा के चुनाव के लिए परम स्वतन्त्र कवि हैं। पता नहीं आपको मालूम है कि नहीं, नागार्जुन ने हिन्दी में ही नहीं, मैथिली में, संस्कृत में और बांग्ला में भी कविताएँ लिखी हैं। इस भाषिक विस्तार को अगर आप ध्यान में रखें तो कह सकती हैं कि नागार्जुन अपने समय के अकेले भारतीय कवि हैं। केवल हिन्दी, मैथिली या संस्कृत के बड़े कवि नहीं। इसलिए मुझे नहीं लगता कि बाबा किसी तरह की विवशता का अनुभव करके कविता लिखते थे। और अगर करते होते तो केवल एक विवशता उनकी थी कि भारतीय जनता के अतीत, वर्तमान और भविष्य की चिन्ता से अलग होकर किसी और की चिन्ता में कभी नहीं पड़े। इस चिन्ता से उनकी कविता का स्वरूप बना है और स्वभाव भी।

जब बाबा इतनी सारी भाषाओं में लिखते रहे तो उन्हें मैथिली भाषा का ही साहित्य अकादेमी पुरस्कार क्यों मिला?

इसके दो कारण हैं। पहला कारण यह है कि साहित्य अकादेमी का एक नियम है, जिसके अनुसार किसी व्यक्ति को साहित्य अकादेमी पुरस्कार दोबारा नहीं मिलता।

एक बार मैथिली वालों ने उन्हें बड़े कवि के रूप में सामने रखा तो साहित्य अकादेमी ने पुरस्कृत कर दिया। ऐसी स्थिति में हिन्दी के लिए पुरस्कार कैसे सम्भव होता। यह मिल ही नहीं सकता। इसमें मैथिली कविताओं की श्रेष्ठता का तो सवाल ही नहीं है। मैथिली में बाबा की केवल दो ही पुस्तकें हैं जबकि हिन्दी कविताओं का दायरा बहुत व्यापक है। यहाँ मैथिली कविताओं की गुणवत्ता का आधार नहीं है बल्कि साहित्य अकादेमी का नियम है जिसके कारण बाबा को मैथिली कविताओं पर साहित्य अकादेमी मिला। हिन्दी कविता के लिए नहीं। लोगों में यह भ्रम होना ही नहीं चाहिए। बात बिलकुल साफ़ है।

आपने 'शब्द और कर्म' नामक पुस्तक में लिखा है कि "मार्क्सवाद के अनुसार कला-रचना मानवीय श्रम का एक विशिष्ट रूप है। कला-रचना में विचारधारा की भूमिका होती है। इसलिए कला का सौन्दर्यबोधीय प्रभाव जितना महत्त्वपूर्ण होता है, उतना ही महत्त्वपूर्ण उसका विचारात्मक प्रभाव भी होता है। विशिष्ट ऐतिहासिक सन्दर्भ की विशिष्ट सामाजिक चेतना के रूप में विचारधारा के अन्तर्गत विचार, आस्था, विश्वास और मूल्य चेतना का भी योग होता है।" इसके आलोक में विचार करें तो नागार्जुन और केदारनाथ अग्रवाल की प्रगतिशील सौन्दर्य दृष्टि, मार्क्सवादी सौन्दर्य दृष्टि से अनुप्राणित होते हुए युगीन यथार्थ का चित्रण करती है, इस सन्दर्भ में आप क्या कहना चाहेंगे?

नागार्जुन और केदारनाथ अग्रवाल दोनों की सौन्दर्य दृष्टि का आधार है श्रम। बाबा श्रमिक जनता के कर्म के सौन्दर्य का चित्रण करने वाले कवि हैं। नागार्जुन ने एक रिक्शा चलाने वाले पर भी कविता लिखी है। इसी तरह केदारनाथ अग्रवाल ने खेती में लगे किसानों की कर्मशीलता पर अनेक कविताएँ लिखी हैं। नागार्जुन और केदारनाथ अग्रवाल श्रम-सौन्दर्य को सुख, विलासिता और दिखावे की वस्तु नहीं मानते। वे दोनों सौन्दर्य को जीवन की उदात्तता और परिष्कार का एक पक्ष मानते थे। इसी रूप में इन दोनों ने श्रमजीवी जनता के कर्म और संस्कृति दोनों के सौन्दर्य का चित्रण-वर्णन किया है।

दोनों कवि शोषित एवं दलित जनता से प्रेम करने वाले हैं। उनके सृजनात्मक संसार में अपने गाँव, जनपद, गेहूँ की बालियाँ, बैलों की घण्टियों में प्रेम स्फुटित हुआ है। वहाँ न तो छायावादी कवियों की तरह मनोकल्पना है और न ही प्रयोगवादी कवियों की तरह दमित कामवासना की अभिव्यक्ति है। इन दोनों ही कवियों की सौन्दर्य-दृष्टि पर आप अपनी टिप्पणी करें।

नागार्जुन और केदारनाथ अग्रवाल की सौन्दर्य दृष्टि में बुनियादी फ़र्क़ यह है कि नागार्जुन की सौन्दर्य दृष्टि बहुत व्यापक है, केदार की कम। नागार्जुन ने ऋतुओं पर कविताएँ लिखी हैं। हिमालय पर अनेक कविताएँ लिखी हैं, यही नहीं नागार्जुन ने समाज के ही नहीं संसार के सबसे उपेक्षित जीव-जन्तुओं में भी सौन्दर्य देखा है। मादा सूअर पर कविता लिखी है। उसे मादरे हिन्द की बेटी कहा है। इसके साथ

ही नागार्जुन ने जुगनू के सौन्दर्य पर लिखा है। कीचड़ पर भी लिखा है। इतनी दूर तक सौन्दर्य चेतना को विकसित करने वाले कवि हिन्दी में नहीं हैं।

केदारनाथ ने भी प्रकृति पर कविता लिखी है। उनकी कविता में किसान जीवन का सौन्दर्य है। बुन्देलखण्ड का सौन्दर्य है। केदारनाथ की कविता गें केन नदी का सौन्दर्य है, लेकिन यह सब एक क्षेत्र तक सीमित है। इसमें नागार्जुन जैसी और उनके जितनी व्यापकता नहीं है। असल में नागार्जुन का एक नाम यात्री भी है। मैथिली में उन्हें कवि नागार्जुन नहीं, बल्कि कवि यात्री के रूप में जाना जाता है। इसका अर्थ है कि नागार्जुन देशभर में भ्रमण करते थे, मध्यकालीन सन्तों की तरह। नानक और कबीर की तरह और वे हर जगह के सौन्दर्य को अपनी कविता में बाँधते और व्यक्त करते थे। कश्मीर घाटी के सौन्दर्य पर अनेक कविताएँ उन्होंने संस्कृत में लिखी हैं। कश्मीर घाटी पर लिखी गयी कविताओं में चिनार के छोटे-छोटे वृक्षों के सौन्दर्य का और जमी हुई डल झील का सौन्दर्य लिखते हैं। यह उनकी रचना का व्यापक फ़लक है।

नागार्जुन और केदारनाथ अग्रवाल दोनों के रचनात्मक जगत में उपेक्षित से उपेक्षित और शोषित किसान मज़दूरों के प्रति गहन आस्था रही है। इन्हीं से निर्मित सर्वहारा वर्ग को दोनों कवि अपनी-अपनी कविता में मौलिक संवेदना से नयी ज़मीन देते हैं। दोनों के यहाँ लक्ष्य एक है किन्तु उसके व्यक्त करने के माध्यम पृथक-पृथक हैं। आप इस सन्दर्भ में क्या कहना चाहेंगे? सर्वहारा एवं शोषित में अन्तर भी स्पष्ट करें।

नागार्जुन और केदारनाथ अग्रवाल दोनों ने सर्वहारा वर्ग के सुख-दुख की कविताएँ लिखी हैं। मुक्ति और संघर्ष चेतना की कविताएँ दोनों ने लिखी हैं, पर सीधे मज़दूरों पर कविताएँ नागार्जुन ने ज़्यादा लिखी हैं, केदार ने कम। सर्वहारा एवं शोषित में बुनियादी फ़र्क़ यह है कि सर्वहारा मार्क्सवाद द्वारा दिया गया शब्द है जो मज़दूरों के लिए प्रयोग किया जाता है। शोषित का अर्थ व्यापक है। इसमें स्त्री भी शोषित है। दलित भी शोषित है जबकि सर्वहारा केवल मज़दूरों के लिए मार्क्सवादियों ने प्रयोग किया है।

(जनपथ : जनवरी 2015)

दूसरी ज़िम्मेवारी आलोचकों की बनती है

(मैनेजर पाण्डेय से मो. जाहिदुल दीवान की बातचीत)

अरबी-फ़ारसी, फ़ारसी-उर्दू और उर्दू-हिन्दी को ध्यान में रखते हुए कई विद्वान हिन्दी ग़ज़ल को आयातित विधा मानते हैं। आप इस धारणा को लेकर क्या कहेंगे?

मैं ग़ज़ल को आयातित विधा नहीं समझता। आधुनिक काल में, और पहले भी साहित्य की विधाएँ एक देश और समाज से दूसरे देश और समाज में जाती रही हैं और कोई भी विधा जहाँ जाती है वहाँ की स्थानीय स्थितियों, परम्पराओं, भाषा की दशाओं आदि से जुड़कर वहीं की हो जाती है। हिन्दी साहित्य में कविता और गद्य दोनों में अनेक विधाएँ ऐसी हैं जो बाहर से आयी हैं। ऐसी कविताओं में, ख़ासतौर से गद्य में उपन्यास और कहानी का आधुनिक रूप यूरोप से आया है। लेकिन यूरोप से आने के कारण प्रेमचन्द के उपन्यासों और कहानियों को कोई भी समझदार व्यक्ति यूरोप से आयातित विधा नहीं कहता। जो लोग अधिक पीछे देखूँ प्रवृत्ति के होते हैं, वही ऐसी धारणा बनाते हैं कि उपन्यास और कहानी हिन्दी में यूरोप से आयी विधाएँ हैं। ये विधाएँ पैदा जहाँ भी हुई हों, सारी दुनिया के देशों और समाज में पहुँचकर वहाँ की हो गयी हैं।

उपन्यास और कहानी विधा केवल हिन्दी में ही नहीं आयी है, अफ्रीका और लातिनी अमेरिका के देशों में भी गयी है। वहाँ का कोई आलोचक यह नहीं कहता कि यूरोप से आने के कारण यह यूरोपीय विधा है। यही बात कविता के सन्दर्भ में भी कही जा सकती है। हिन्दी में सॉनेट (sonnet) नाम का काव्य रूप यूरोप से आया हुआ है, जिसमें सबसे महत्त्वपूर्ण रचनाएँ त्रिलोचन की हैं। त्रिलोचन की रचना सॉनेट को यूरोप से आयातित कहकर ख़ारिज नहीं किया जा सकता। यही नहीं, जिसको मुक्त छन्द की कविता कहा जाता है और जो मुक्त छन्द की कविता हिन्दी में है, वह भी पश्चिम से ही आयी हुई है। मुक्त छन्द की विधा अब भारतीय और हिन्दी की अपनी काव्य विधा बन गयी है और मान ली गयी है। इस पर कोई बहस नहीं करता कि वह पश्चिम से आयी हुई है, बल्कि इस प्रसंग में तुलसीदास की एक बात मुझे याद आ रही है। तुलसीदास ने लिखा है (कविता के ही प्रसंग में) कि—'उपजहिं अनत, अनत छबि लहहीं'।

माने कविता पैदा तो एक जगह होती है, लेकिन उसका सौन्दर्य दूसरी जगह प्रगट होता है। यह बात साहित्य की अन्य विधाओं के बारे में भी कही जा सकती है। कहने का तात्पर्य यह है कि मैं ग़ज़ल को किसी भी तरह आयातित विधा नहीं मानता, बल्कि उसे संगम संस्कृति की देन कहता हूँ। यह जो संगम संस्कृति शब्द है, उसका मूल शाहजहाँ के बड़े बेटे दाराशिकोह की देन है। उसकी एक किताब से मैंने यह शब्द निकाला है। दाराशिकोह ने एक किताब फ़ारसी में पहले लिखी 'मज्म उल बेहरैन'। उसका उन्होंने संस्कृत में स्वयं अनुवाद किया, और नाम रखा 'समुद्र संगम'। उस किताब का लक्ष्य या उद्देश्य यह है कि इस्लाम और हिन्दू धर्म-दर्शन दो समुद्रों की तरह हैं, जिनके बीच संगम होना चाहिए। इसी से पैदा हुई संस्कृति को मैं संगम संस्कृति कहता हूँ। इसी को कुछ लोग साझी विरासत कहते हैं। इसी को कुछ गंगा-जमुनी संस्कृति कहते हैं। इसी से पैदा हुई है ग़ज़ल विधा। अब ग़ज़ल विधा अगर आयातित विधा होती तो उसमें हिन्दी के भारतेन्दु हरिश्चन्द्र, निराला, त्रिलोचन और शमशेर बहादुर सिंह जैसे कवि अपनी कविताएँ नहीं लिखते। इसीलिए मैं ग़ज़ल को किसी भी तरह आयातित विधा नहीं मानता।

हिन्दी ग़ज़ल को लेकर हम भारतेन्दु, निराला, शमशेर, त्रिलोचन तक न भी जायें, पर दुष्यन्त कुमार से तो शुरू करना ही होगा। तो दुष्यन्त की ग़ज़लों को आप कैसे देखते हैं?

देखिए, हिन्दी ग़ज़ल पर बात करते हुए भारतेन्दु, निराला, शमशेर, त्रिलोचन को भूलने की ज़रूरत नहीं है। लेकिन दुष्यन्त पर ध्यान देना इसलिए ज़रूरी है कि दुष्यन्त ने ग़ज़लों को या ग़ज़ल की विधा को नया जीवन दिया, नयी लोकप्रियता दी, नये समय और समाज के साथ उसको जोड़ा, और लोगों की धड़कन के रूप में ग़ज़ल को रखा। दुष्यन्त की ग़ज़लों का असर तो अब राजनीति पर भी दिखाई देता है। दिल्ली वाले यह जानते हैं कि अरविन्द केजरीवाल अपनी सभाओं में अनेक बार दुष्यन्त की ग़ज़ल को गा चुके हैं और गाकर जनता को सुना चुके हैं। इसलिए दुष्यन्त की ग़ज़ल अब एक राजनीतिक ताक़त के रूप में भी काम करती दिखाई देती है। इसलिए दुष्यन्त की ग़ज़लों से हिन्दी ग़ज़ल का एक नया दौर शुरू होता है, यह माना जा सकता है।

हिन्दी और उर्दू ग़ज़ल की एक साझी विरासत भी है—उसका ग़ैर-साम्प्रदायिक चरित्र और प्रगतिशीलता। इस साझी विरासत में हिन्दी ग़ज़ल क्या कुछ और जोड़ रही है?

देखिए, ऐसा है कि उर्दू के जो बड़े शायर हैं—सारे इतिहास को मैं छोड़ भी दूँ तो भी मीर, ग़ालिब, नज़ीर से होते हुए फ़ैज़ तक की उर्दू ग़ज़ल की जो परम्परा है, उसकी एक बुनियादी विशेषता यही है कि वह ग़ैर-साम्प्रदायिक है। दूसरी विशेषता यह है कि वह धर्मनिरपेक्ष भी है। तीसरी विशेषता यह है कि वह अपने समय और समाज के मनुष्य की समस्याओं से जुड़ती है। चौथी विशेषता यह है कि अपने रूप

के कारण वह आम जनता से सीधे संवाद करती है। हिन्दी ग़ज़ल ने उर्दू ग़ज़ल की इन प्रवृत्तियों और विशेषताओं को बहुत दूर तक अपने भीतर लाने और अपने रूप में प्रगट करने की कोशिश की है। और ज़ाहिर है कि यहाँ ग़ैर-साम्प्रदायिक होना (हिन्दी ग़ज़ल या उर्दू ग़ज़ल दोनों के प्रसंग में) ही प्रगतिशील होना है। साथ ही आधुनिक काल के, ख़ासतौर से प्रगतिशील आन्दोलन के बाद के दौर की जो उर्दू ग़ज़लें हैं; बहुत सारे लोगों जिनमें फ़ैज़ हैं, कैफ़ी आज़मी हैं, साहिर लुधियानवी हैं तथा और भी बहुत सारे हैं—इनकी ग़ज़लों में आम आदमी की ज़िन्दगी की वास्तविकताएँ और आकांक्षाएँ व्यक्त होती हैं। हिन्दी ग़ज़ल ने इस प्रवृत्ति और परम्परा को ध्यान में रखा। इसलिए हिन्दी के जो अच्छे ग़ज़लकार हैं, वे सभी आम जनता की ज़िन्दगी की वास्तविकताओं और आकांक्षाओं को अपनी-अपनी समझ और अपने-अपने ख़ास ढंग से व्यक्त करते हैं। इसलिए प्रगतिशीलता की वह परम्परा जो उर्दू ग़ज़ल में है, वह हिन्दी ग़ज़ल में भी है।

हिन्दी आलोचना में समकालीन हिन्दी कविता के मूल्यांकन की जो कसौटी है, उसका हिन्दी ग़ज़ल के मूल्यांकन से भी कोई रिश्ता बनता है या नहीं?

देखिए, ऐसा है कि समकालीन हिन्दी कविता रूप के स्तर पर और प्रवृत्ति के स्तर पर भी हिन्दी ग़ज़ल से एकदम भिन्न है। समकालीन हिन्दी कविता मुख्यतः बौद्धिक कविता है। उसमें विचार अधिक हैं और संवेदनाएँ, भावनाएँ आदि कम हैं। इसके ठीक विपरीत हिन्दी ग़ज़ल में बौद्धिकता कम है और भावना का विस्तार अधिक है। दूसरी बात यह है कि जो समकालीन हिन्दी कविता है, वह बहुत तरह की है। यहाँ समकालीनता रचनाशीलता की कोई विशेषता होने के बदले रचनाकाल की विशेषता है। पर जितने कवि लिख रहे हैं, उनमें कई तरह के कवि हैं, रचना की दृष्टि से भी और प्रवृत्ति की दृष्टि से भी। इसलिए एक तो समकालीन हिन्दी कविता की आलोचना की जो कसौटी है, वह बौद्धिकता से जुड़ी हुई या बौद्धिकता पर निर्भर है। वह ग़ज़ल की आलोचना की कसौटी नहीं हो सकती। लेकिन समकालीन हिन्दी कविता में जो संवेदनशीलता है, उसकी कसौटी आलोचना की जो भी बनी है, वह हिन्दी ग़ज़ल पर भी लागू होती है और हो सकती है। दूसरी बात यह है कि इधर की हिन्दी कविता बौद्धिकता के अतिरेक के कारण लोकप्रियता से दूर चली गयी। वह मुख्यतः शहरी मध्यवर्ग के बुद्धिजीवियों की कविता बन गयी है। शहरी मध्यवर्ग का बुद्धिजीवी समुदाय उसकी जन्मभूमि भी है और कर्मभूमि भी। मतलब उसका रचनाकार भी शहरी मध्यवर्ग है और पाठक भी शहरी मध्यवर्ग ही है, चाहे जितना कम हो। ग़ज़ल इसके ठीक विपरीत है। छन्द के कारण, भाषा के रचाव के कारण यह अधिक लोकप्रिय और सम्प्रेष्य, माने अधिक लोगों तक सम्प्रेष्य होने वाली विधा है। लोगों तक पहुँचने वाली विधा है। अब यहीं एक और बात कही जा सकती है।

उर्दू में मुशायरों की एक लम्बी परम्परा और संस्कृति है। हिन्दी में जो कवि सम्मेलन होते हैं, वह प्रायः हास्य और व्यंग्य के कवि सम्मेलन बन गये हैं। गम्भीर कविता के कवि सम्मेलन नहीं रहे। लेकिन अगर ग़ज़लों को हिन्दी कवि सम्मेलनों के द्वारा लोगों तक पहुँचाया जाये तो ग़ज़लें अधिक लोगों तक पहुँच सकती हैं।

एक और बात मैं कहना चाहता हूँ। देखिए, कविता वह होती है, जो सुर में पढ़ने वालों की स्मृति में बसी रहे। इससे कविता को नया जीवन मिलता है। इसी प्रक्रिया में आज भी तुलसीदास, कबीरदास की कविता जनता की कविता बनी हुई है। वह कविता (मतलब कबीर और तुलसी की कविता) जनता को संकट के समय, समस्या के समय याद आती है और काम आती है। यह जो स्मृति में बसने और बसी रहने की क्षमता कविता में होती है, वह प्रायः छन्द से ही आती है। हिन्दी की जो समकालीन कविता है, वह पाठकों की स्मृति में तो नहीं ही रहती; अधिकांश कवियों की अपनी स्मृति में भी नहीं रहती। हिन्दी के किसी समकालीन कवि से कहिए कि आप अपनी कविता सुनाइए तो वे अपनी कविता लिखी हुई, छपी हुई ही पढ़ते हैं, स्मृति से नहीं सुनाते। लेकिन ग़ज़लों में छन्द के कारण यह सम्भावना है कि वह श्रोता और पाठक की स्मृति में रहे और स्वयं कवि की भी स्मृति में हो तो सीधे संवाद की तरह श्रोता तक पहुँच सकती है। इसलिए इन दोनों में फ़र्क़ है।

एक और बात। मैं यह भी कहना चाहता हूँ कि अच्छी कविता की आलोचना हमेशा, मेरी समझ से, दो बातों को ध्यान में रखकर की जाती है। जो कविता मनुष्यता के पक्ष में खड़ी है, वही कविता महत्त्वपूर्ण होगी। अतीत में वही कविता महत्त्वपूर्ण थी। वर्तमान में भी वही कविता महत्त्वपूर्ण है। और मेरा ख़याल है, भविष्य में भी वही कविता महत्त्वपूर्ण रहेगी। अब इस कसौटी पर कि मनुष्य की स्वतन्त्रता और मनुष्यता की रक्षा में खड़ी कविता कौन-सी है, इसकी खोज की जायेगी तो अनेक हिन्दी ग़ज़लकारों की ग़ज़लें—जैसे अदम गोंडवी, रामकुमार कृषक या राम मेश्राम की ग़ज़लें—माने ऐसी तमाम ग़ज़लें जो मनुष्यता और स्वतन्त्रता के पक्ष में खड़ी दिखाई देती हैं, उन्हें महत्त्वपूर्ण माना जाना चाहिए।

हिन्दी की समकालीन कही जाने वाली गद्य कविता सिर्फ़ शहरी मध्यवर्ग तक सीमित है, जैसा कि आपने कहा भी; या उच्च शिक्षण-संस्थानों तक। जबकि छन्दबद्ध काव्य-रूपों की पहुँच आज भी आम जनता तक है। तो क्या आप मानते हैं कि काव्य-रुचि को आज भी बनाये या बचाये रखने में गीत-ग़ज़ल जैसे काव्य-रूपों की एक सार्थक भूमिका है?

इस सवाल के शुरू वाले हिस्से पर मैं बात कर ही चुका हूँ। इसलिए उसको दोहराऊँगा नहीं। लेकिन यह मैं कह सकता हूँ कि आम जनता के जीवन में कविता के लिए जगह बनाने और बचाने का जहाँ तक सवाल है तो वही कविता यह काम करेगी, जो जनता तक पहुँचने वाली हो। ज़ाहिर है, छन्द में लिखे जाने के कारण ग़ज़लों और गीतों में यह क्षमता है।

उक्त काव्य-रूपों के सन्दर्भ में लोकप्रियता और जनप्रियता को आप कैसे देखते हैं? और लोकप्रियता क्या कोई ग़ैर-जनवादी अवधारणा है?

पहली बात तो यह है कि लोकप्रियता केवल जनवादी अवधारणा ही है। ग़ैर-जनवादी उसको न कभी कहा जाता है, न कभी कहा गया है और न कभी कहा जायेगा। लोकप्रियता का मतलब हुआ व्यापक प्रभावशीलता। किन्तु जो आधुनिकतावादी कविता हिन्दी में शुरू हुई और पश्चिम में भी, उसने लोकप्रियता की आलोचना की। लेकिन प्रगतिशील कविता के दौर में लोकप्रियता को प्रगतिशील कविता का एक अनिवार्य गुण माना गया। इसीलिए हिन्दी के जितने प्रगतिशील कवि हैं, और जो उनमें नयी कविता से भी जुड़े हुए हैं; जैसे मुक्तिबोध और शमशेर, उनको छोड़कर बाक़ी जो प्रगतिशील कवि हैं, वे कविता लिखते समय लोकप्रियता को बराबर ध्यान में रखते हैं। अब यह जो लोकप्रिय कविता है, उसके साथ दो-एक बातें और ध्यान में रखना है। एक तो लोकप्रियता की धारणा ही जनता तक कविता की पहुँच को सामने लाती है। दूसरी बात यह है कि कविता दो तरह से जनता से जुड़ती है। एक तो वह आन्दोलनधर्मी होती है। जैसे, नागार्जुन की विभिन्न आन्दोलनों के समय में लिखी गयी कविता। पर साथ ही कविता मुक्तिधर्मी भी होती है। मतलब वह आन्दोलन से पैदा हुई या आन्दोलन को शक्ति देनेवाली न भी हो, अगर मनुष्य की चेतना को बदलने वाली हो तो भी उसको मैं मुक्तिधर्मी कविता कहता हूँ।

यह जो गीत और ग़ज़ल की विधाएँ हैं, यह प्रभावशाली तभी बनती हैं जब या तो वह आन्दोलनधर्मी हों या मुक्तिधर्मी हों। या तो वे आन्दोलनों से सीधे जुड़ती हों और नहीं तो अपने श्रोताओं और पाठकों की चेतना को बदलने में सक्षम हों। तभी उनकी लोकप्रियता सार्थक होगी।

हिन्दी कविता शुरू से ही मानवीय संवेदना और सामाजिकता की पक्षधर रही है। अमानवीय स्थितियों के प्रतिरोध की चेतना की वाहक। हिन्दी ग़ज़ल भी इसी से प्रतिबद्ध है। तो क्या सिर्फ़ फॉर्म के चलते ही वह समकालीन काव्यालोचना से बाहर है या इसके कुछ और भी कारण हैं?

देखिए, हिन्दी ग़ज़ल के प्रति आलोचकों के व्यवहार के बारे में बात करते समय कुछ बातों को ध्यान में रखना होगा। एक बात मैं बराबर यह महसूस करता हूँ कि हिन्दी-उर्दू के बीच उन्नीसवीं सदी के उत्तरार्द्ध में जो उग्र विवाद हुए, उन विवादों का असर हिन्दी साहित्य और हिन्दी आलोचना पर आज भी है। इसीलिए जो हिन्दी के बड़े आलोचक या छोटे आलोचक हैं, वे ग़ज़ल के रूप से एक दूरी या दुराव का भाव रखते हैं। मैं इस प्रसंग में यह भी कहना चाहूँगा, और पहले भी कह चुका हूँ कि हिन्दी कविता की परम्परा में भारतेन्दु हरिश्चन्द्र, निराला, शमशेर और त्रिलोचन

ने महत्त्वपूर्ण ग़ज़लें लिखी हैं। लेकिन इन चारों कवियों की जो आलोचनाएँ हिन्दी में लिखी गयी हैं, उनमें इन कवियों के काव्यत्व पर बहुत कम विचार किया गया है। ग़ज़लों पर तो प्रायः नहीं ही किया गया है। ऐसी स्थिति में हिन्दी आलोचना आज के ग़ज़लकारों की ग़ज़लों पर विचार करेगी, इसकी उम्मीद मुझे बहुत कम है। लेकिन यह कोई अच्छी स्थिति भी नहीं है। मैं व्यक्तिगत रूप से यह मानता हूँ कि जो भी कविता, चाहे वह जिस भी रूप में लिखी गयी हो, मुक्त छन्द में हो या ग़ज़ल या गीत के रूप में, अगर वह मनुष्य की मनुष्यता और स्वतन्त्रता के पक्ष में खड़ी है तो हिन्दी आलोचना में उसकी बात होनी ही चाहिए और उसकी व्यवस्थित आलोचना की जानी चाहिए। हिन्दी आलोचना अगर ग़ज़लों (हिन्दी ग़ज़लों) से सन्तुष्ट नहीं है तो यह बात भी उसको कहनी चाहिए कि किन बातों से वह सन्तुष्ट नहीं है। यह बात भी नहीं कही जाती, मतलब हिन्दी की ग़ज़लों की बात ही आलोचना में नहीं हो रही है। यह दुर्भाग्यपूर्ण स्थिति है। यह बहुत स्वाभाविक स्थिति नहीं है।

इधर के कई ग़ज़लकारों की ग़ज़लों की भाषा शोषित जन के आवेग, आक्रोश या क्षोभ का प्रति-संसार रचती है। उनके यहाँ एक तरह से यथार्थ का खुरदरापन दिखाई देता है। तो काव्यात्मक भाषाई आवेग के सन्दर्भ में वस्तुगत यथार्थ के खुरदरेपन को आप किस तरह देखते हैं?

देखिए, मूल बात यहाँ यह है कि कुछ ग़ज़लकारों की ग़ज़लों में अगर यथार्थ के खुरदरेपन के कारण उनके रूप में भी खुरदरापन है तो मैं यह कहना चाहता हूँ कि कविता चाहे जिस रूप में लिखी जाये, वह कोई अख़बार की ख़बर नहीं है। इसलिए यथार्थ का खुरदरापन कविता में भी खुरदरापन पैदा करे, यह कविता के लिए कोई अच्छी बात नहीं है। दूसरी बात यह कि मैं कभी नहीं समझता कि आज के यथार्थ में खुरदरापन बहुत है और आज से पचास साल पहले खुरदरापन नहीं था या अदम गोंडवी के सामने खुरदरापन है और मीर के सामने खुरदरापन नहीं था या भारतेन्दु के सामने खुरदरापन नहीं था। यह मैं नहीं मानता।

कविता, ख़ासतौर से हिन्दी ग़ज़ल के सन्दर्भ में कला की उपस्थिति एक ज़रूरत की तरह होनी चाहिए या मूल्य की तरह?

कविता में कला दोनों रूपों में होती है। ज़रूरत के रूप में भी और मूल्य के रूप में भी। केवल ज़रूरत और मूल्य का अर्थ बदलता है, अलग-अलग तरह की कविताओं में। मतलब, मान लीजिए जो आधुनिकतावादी कविता है, उसमें कला की ज़रूरत अलग तरह की होती है और कला भी वहाँ अलग तरह के मूल्य के रूप में अलग से होती है। इसीलिए ज़रूरत और मूल्य को कला के प्रसंग में एक-दूसरे के विरुद्ध खड़ा करना उचित नहीं है। मैं फिर अपनी बात दोहराना चाहता हूँ कि कविता में कला ज़रूरत भी है और मूल्य भी है। मतलब अच्छी कविता हो, इसके लिए ज़रूरी

है कि वह कलात्मक हो। पर जिन लोगों तक पहुँचने और पहुँचाने की चिन्ता कवि को होगी, उन्हीं को ध्यान में रखकर कला की ज़रूरत और मूल्य दोनों का उपयोग कवि करता है। इसलिए कविता में कला की उपस्थिति के प्रसंग में, मैं फिर दोहरा रहा हूँ कि ज़रूरत और मूल्य के बीच अन्तर्विरोध पैदा करने की ज़रूरत नहीं है।

कुछ लोग ग़ज़ल से एक अबूझ नयेपन की माँग कर रहे हैं। आपकी समझ से वह नयापन क्या हो सकता है? क्या उनका यह आग्रह एक नये कलावाद या रूपवाद की ओर ले जाने वाला तो नहीं है?

ऐसा है कि वे कौन लोग हैं जो अबूझ नयेपन की माँग कर रहे हैं, यह बात सामने आनी चाहिए। अबूझ नयापन किसी भी कविता के लिए कोई गुण नहीं है। संसार-भर के कवियों ने, और ख़ासतौर से हिन्दी के कवियों ने कभी भी अबूझ नयेपन की वकालत नहीं की। यह अबूझ नयापन कविता की एक कमज़ोरी तो हो सकती है उसका कोई गुण नहीं।

अक्टूबर, 1993 में 'अलाव' को ही दिये गये एक साक्षात्कार में आपने कहा था कि ग़ज़ल में चमत्कार करने की जो प्रवृत्ति है, जो लिखने वाले और सुनने वाले दोनों को सम्मोहित करती है; वह चेतना को जगाने के बदले स्तब्ध अधिक करती है। तो क्या आप आज भी अपने इस तोहमत जैसे वक्तव्य पर कायम हैं या अपनी उक्त अवधारणा में कुछ बदलाव करना चाहेंगे?

देखिए, जब मैंने यह बात कही थी तो मेरे सामने अदम गोंडवी की ग़ज़लें नहीं थीं। अदम की ग़ज़लें पढ़ने के बाद मेरी यह धारणा बदली और लगा कि भाषिक चमत्कार तो ग़ज़ल का स्वभाव है। लेकिन अदम गोंडवी की ग़ज़लें जनता की या श्रोताओं या पाठकों की चेतना को स्तब्ध नहीं करतीं, बल्कि बेचैन करती हैं, जगाती हैं और आगे बढ़ने के लिए प्रेरणा देती हैं। यह मैं कह सकता हूँ और यहीं मुझे अपनी बात में सुधार करना ज़रूरी लगता है।

अच्छा, हिन्दी ग़ज़ल की आज जो रचनात्मक उपस्थिति है, और जो उसके मूल्यांकन की स्थिति है, उसमें इस विधा के भावी विकास को लेकर आप क्या सोचते हैं? क्या इस विधा पर अब गम्भीरता से बातचीत नहीं होनी चाहिए?

देखिए, ऐसा है कि मेरी जानकारी में हिन्दी में ग़ज़लें लिखने की प्रवृत्ति का तो बहुत विस्तार हुआ है। लेकिन ग़ज़लों की आलोचना का उस तरह विस्तार और विकास नहीं हुआ है। मैं केवल एक निवेदन करना चाहता हूँ ग़ज़लकारों से। पहले भी छायावाद के ज़माने में यह हो चुका है। छायावाद की कविता जब आयी थी तो कोई आलोचक उसे स्वीकार करने को तैयार नहीं था। बहुत साहस के साथ कुछ लोगों ने उसको स्वीकार किया, उसके महत्त्व को माना। लेकिन उस पर अच्छी आलोचना छायावाद के समाप्त हो जाने के बीस साल बाद शुरू हुई। तो ऐसी स्थिति में स्वयं

छायावादी कवियों ने अपनी कविता की रक्षा में बहुत सारी आलोचनाएँ लिखीं। सभी छायावादी कवियों (प्रसाद, पन्त, निराला, महादेवी) ने लिखीं।

तो एक तो हिन्दी के जो प्रबुद्ध ग़ज़लकार हैं, उनको स्वयं भी अपनी कविता और अपनी ग़ज़लों को समझाने का प्रयत्न करना चाहिए (आलोचना के माध्यम से)। दूसरी ज़िम्मेवारी आलोचकों की बनती है कि वे भी हिन्दी ग़ज़लों की बनावट, उनकी सार्थकता, उनके महत्त्व और समकालीन स्थितियों में उनकी उपयोगिता के बारे में बात करें, लिखें। तीसरी बात, जिसे मैं इस समय नाम लेकर कहना ज़रूरी नहीं समझता—बहुत सारे लोग हैं जो अपनी आलोचना से नाराज़ ही ज़्यादा होते हैं और सन्तुलित भाषा में तर्कों का उत्तर देने के बदले बौखलाहट में आक्रामक हो जाते हैं। मैं समझता हूँ, इसके बदले ग़ज़लकारों को आलोचकों की बातों पर ध्यान देना चाहिए, सोच-विचार करना चाहिए और उसमें से जो स्वीकार करने लायक हो, स्वीकार कर लेना चाहिए। जो स्वीकार करने लायक नहीं हो, उसको अस्वीकार भी कर सकते हैं। लेकिन नाराज़ होने की ज़रूरत नहीं है।

(अलाव : 2015)

मुक्तिबोध और उनकी कविता 'अँधेरे में'

(मैनेजर पाण्डेय और अर्चना त्रिपाठी की बातचीत)

'अँधेरे में' कविता को अतीत और वर्तमान के परिप्रेक्ष्य में किस तरह से देखा जा सकता है?

'अँधेरे में' कविता में स्वाधीनता आन्दोलन का अतीत है। उसमें तिलक मौजूद हैं। गाँधी बहुत ही शिद्दत से मौजूद हैं। गाँधी के माध्यम से भविष्य की चिन्ता है। गाँधी जी का जन आन्दोलनों का जो तरीक़ा है उसका उसमें समर्थन भी है। यही नहीं विदेश के कुछ अतीत के भी प्रसंग हैं, तोलस्तॉय भी उसमें आते हैं। तोलस्तॉय एक महान उपन्यासकार हैं, मुक्तिबोध उनकी संवेदना से अपनी कविता में संवेदना की समानता दिखलाते हैं। जहाँ तक वर्तमान का सन्दर्भ है, तो पूरी कविता में वर्तमान के तीन पक्ष हैं। पहला तो यह कि मध्यवर्ग के अवसरवाद की निर्मम आलोचना है उस कविता में। मुक्तिबोध कई बार अलग से भी लिख चुके थे कि आज़ादी के बाद हिन्दुस्तान का मध्यवर्ग अवसरवादी हो गया है। अब जब मध्यवर्ग अवसरवादी होगा तो जनता की चिन्ता और उसकी बेहतरी की कोशिशें कैसे आ सकती हैं उस अवसरवाद के भीतर। इसके साथ एक बात और भी है कि जनता अपने वर्तमान के शोषण, दमन से परेशान होकर भविष्य की बेहतरी के लिए भी कोशिश करती है। इसलिए उसमें एक जनक्रान्ति का चित्रण भी है। 'कहीं आग लग गयी, कहीं गोली चल गयी' के माध्यम से। इसलिए सारांश के रूप में कहा जा सकता है कि अँधेरे में कविता में अतीत है, वर्तमान है और भविष्य की चिन्ता भीहै।

'अँधेरे में' कविता का विश्लेषण भारतीय काव्य निकष के अनुसार किस हद तक किया जा सकता है?

ऐसा है कि भारतीय काव्य निकष मुख्यतः भाव पर आधारित है। मुक्तिबोध की कविता बौद्धिक कविता है। इसलिए भारतीय काव्य निकष के आधार पर परीक्षण, मूल्यांकन व्यवस्थित और विस्तार से नहीं हो सकता है। कुछ भारतीय काव्य शास्त्र के प्रेमी लोग उसमें कुछ चीज़ें खोज सकते हैं। जानकार व्यक्ति ध्वनि सिद्धान्त की खोज कर सकता है। ज़िद करनी हो तो अलंकार भी खोज सकता है। लेकिन इससे उस कविता की अर्थवत्ता की ठीक से व्याख्या नहीं हो सकती है।

कविता को दर्शन, मानसिक परेशानी की अभिव्यक्ति, रचनाकार की जीवनशैली का निचोड़, अभिव्यक्ति की गझिन सघनता के प्रचलित आयामों से इतर रूप में किस तरह से देखा जा सकता है?

इन सभी पक्षों को जानने के बाद एक इतर रूप समझ में आता है। मुक्तिबोध की वह कविता व्यक्ति के व्यक्तित्व के रूपान्तरण की कविता है। एक मध्यवर्गीय व्यक्ति कैसे धीरे-धीरे अपनी चेतना को बदलते हुए जनतान्त्रिक चेतना का व्यक्ति बनाता है और बन सकता है। यही व्यक्तित्वान्तरण की समस्या 'अँधेरे में' कविता की मुख्य समस्या है।

मुक्तिबोध की अन्य रचनाओं से 'अँधेरे में' रचना किस आयाम के कारण विशिष्ट साबित होती है?

मुक्तिबोध की अनेक कविताओं में वे समस्याएँ मौजूद हैं जो 'अँधेरे में' में भी हैं। उनकी एक कविता है चकमक की चिनगारियाँ, बहुत अच्छी कविता है। पर 'अँधेरे में' कविता की विशेषता उनकी अन्य कविताओं की विशेषता से दो-तीन ढंग से अलग है। पहली विशेषता कि यह व्यापक फ़लक पर लिखी गयी महाकाव्यात्मक आयाम की कविता है, जिसकी संरचना में नाटकीयता भी है और प्रगीत का समावेश भी है। 'अँधेरे में' कविता के भीतर कविताएँ हैं। उसका एक बहुत प्रसिद्ध गीत है, जो मध्यवर्ग की आलोचना करता है—

अब तक क्या किया/जीवन क्या जिया?/उदरम्भरि बन अनात्म बन गये/भूतों की शादी में कनात से तन गये/किसी व्यभिचारी के बन गये बिस्तर/दुखों के दागों को तमगों-सा पहना/अपने ख़यालों में दिन-रात रहना/मर गया देश/अरे! जीवित रह गये तुम।

यह मध्यवर्ग के अवसरवाद की और संकीर्ण मानसिकता की आलोचना है। यह उस कविता का हिस्सा है पर स्वतन्त्र कविता के रूप में भी यह महत्त्व का साबित होता है। मुक्तिबोध की इस कविता में और भी कविताएँ है। दूसरी बात यह है कि इसमें भविष्य दृष्टि भी बहुत है। व्यापक भविष्य दृष्टि है। विश्वविद्यालयों में कविता के इस हिस्से को दीवारों पर देखा जा सकता है, जो ऊर्जा और दिशा देता है। फ़ासिज़्म आने पर लेखकों, कवियों, बुद्धिजीवियों की जो लीलाएँ हैं, उनका जो व्यवहार है उसकी कड़ी आलोचना इस कविता में दिखलाई पड़ती है। मुक्तिबोध बराबर यह समझते थे, मानते थे और 'अँधेरे में' कविता में भी है कि एक कलाकार है जो अकेला है, अकेला रहता है और वो मारा जाता है। मतलब वही जो पहले मैं कह चुका हूँ कि व्यक्तिवादी मनुष्य का जनचेतना से सम्पन्न मनुष्य में बदलाव इस कविता की एक बड़ी विशेषता है। इतने बड़े फ़लक पर मुक्तिबोध की कोई और कविता नहीं है। अन्य कविताओं में भी 'अँधेरे में' कविता जैसी समस्याएँ हैं लेकिन उतने बड़े फ़लक पर और क्रम में नहीं हैं जितना इस कविता में हैं।

वर्तमान की सांस्कृतिक लहर के दौर में मुक्तिबोध की सर्जनात्मकता की समानधर्मिता कितनी उपादेय हो सकती है?

ऐसा है कि मुझे लगता है कि संस्कृति की कोई सर्जनात्मक लहर-वहर नहीं है। लहर के नाम पर कुछ है ही नहीं, कोई बड़ा आन्दोलन नहीं है। न ही जन आन्दोलन है और न ही सांस्कृतिक आन्दोलन है। कविता या साहित्य इतिहास की प्रक्रिया में उचित परिस्थितियों के आने पर सार्थक बनते हैं। इसलिए मुक्तिबोध की कविता व्यक्तिवादी मानस को सावधान करने वाली कविता के रूप में तो आज भी प्रेरक और सावधान करने वाली कविता है।

मुक्तिबोध के प्रकृति पर्यवेक्षण और उससे जुड़ी अभिव्यक्ति को किस ढंग से देखा-समझा जाना चाहिए? वे अपनी रचनाओं में जिस ढंग से प्रकृति के अवयवों को लाते हैं, उससे रचनाकार की किस दृष्टि का संकेत मिलता है?

यह अलग से कहने की आवश्यकता समझ में नहीं आती कि मुक्तिबोध मार्क्सवादी चेतना के कवि थे और मार्क्सवाद जीवन को समग्रता में देखता है। मनुष्य के जीवन का कोई पक्ष ऐसा नहीं है जो दूसरे पक्ष से न जुड़ा हो। नितान्त व्यक्तिगत लगने वाली बात भी राजनीतिक घटना बन सकती है। सामाजिक घटना बन सकती है। इसीलिए मुक्तिबोध इसी समग्रता बोध के साथ भारतीय समाज, उसकी परिस्थिति, उसकी परिणति आदि को देखते हैं। यही उनकी दृष्टि की व्यापकता भी है। समाज के साथ प्रकृति का संयोग उनकी व्यापक दृष्टि की तरफ़ संकेत देता है।

मुक्तिबोध की गहन रचनात्मकता के सम्बन्ध में विभिन्न प्रकार की राय प्राप्त होती है। आपकी दृष्टि में मुक्तिबोध के रचनात्मक व्यक्तित्व को किस रूप में देखा जा सकता है?

मुक्तिबोध मार्क्सवादी चेतना के चिन्तक भी हैं, कवि भी हैं और इसलिए उनकी सभी रचनाओं में, सभी तरह की रचनाओं से मेरा मतलब है मुक्तिबोध ने तीन तरह का लेखन किया है, कविताएँ लिखी हैं, कहानियाँ लिखी हैं, एक 'विपात्र' नाम का उपन्यास भी लिखा है—सब में मुक्तिबोध भारतीय समाज की समस्याएँ, जन जीवन की वास्तविकताएँ; उन समस्याओं और वास्तविकताओं के साथ आम जनता के संघर्ष और उस संघर्ष में सहभागी बनने वाले लोगों की क्रियाशीलता मुक्तिबोध की रचनाओं का मुख्य विषय है चाहे वे कविता लिखें, कहानी लिखें, उपन्यास लिखें या निबन्ध लिखें।

मुक्तिबोध ने सौन्दर्य और रचना प्रक्रिया के सम्बन्ध में अपनी अवधारणा बताते हुए संवेदनात्मक उद्देश्य पर अधिक बल दिया है। उनकी 'अँधेरे में' कविता का संवेदनात्मक उद्देश्य क्या समझा जाना चाहिए?

ऐसा है कि मुक्तिबोध यह मानते थे कि ज्ञान और समझ की एक प्रक्रिया होती है। यह दो तरह से निर्मित होती है और अनुशासित भी होती है। एक को वे

संवेदनात्मक ज्ञान कहते थे और दूसरे को ज्ञानात्मक संवेदना कहते थे। असल में होता क्या है कि आप कुछ चीज़ें महसूस करते हैं फिर उनके बारे में सोचना शुरू करते हैं। महसूस करने से सोचने की जो प्रक्रिया शुरू होती है, उससे जो ज्ञान प्राप्त होता है उसको मुक्तिबोध संवेदनात्मक ज्ञान कहते हैं और जो चीज़ें जानी हुई हैं उन जानी हुई चीज़ों से जो भाव और संवेदना पैदा होती है उनके योग को मुक्तिबोध ज्ञानात्मक संवेदना कहते हैं। मान लो कि कोई इन्सान गाँव में गया और उसने देखा कि कितना जाति भेद है, जड़ता है; उससे समाज के बारे में नयी भावनाएँ बनती हैं। नयी मानसिकताएँ बनती हैं। इसको मुक्तिबोध ज्ञानात्मक संवेदना कहते हैं। संवेदनात्मक उद्देश्य अनुभव का, अनुभव से पैदा हुए भाव का, भाव से पैदा हुए ज्ञान का उद्देश्य मुक्तिबोध के अनुसार सामाजिक होना चाहिए। सामाजिक होने का मतलब है कि जो समाज में शोषित हैं, जो पीड़ित हैं, जो दुखी हैं, जो पराधीन हैं; उनकी मुक्ति होनी चाहिए। मुक्तिबोध ने एक कविता में लिखा है—

समस्या एक/मेरे देश भारत में/सभी मानव सुखी, सुन्दर और शोषण मुक्त कब होंगे।

यही उनके सामने सबसे बड़ी समस्या थी। यही चिन्ता 'अँधेरे में' कविता में उनकी है।

मुक्तिबोध की रचनाओं में मिलने वाला खुरदरापन उनके जीवन के किस आयाम का परिणाम समझा जा सकता है?

पहली बात तो यह कि मुक्तिबोध मराठी भाषी व्यक्ति थे। उनकी मातृभाषा मराठी थी। हिन्दी सीखी थी उन्होंने। सीखी हुई भाषा में वह सहजता नहीं होती जो मातृभाषा में होती है। दूसरी बात यह कि आधुनिक काल के अनेक कवियों ने यह महसूस किया है, बंगाल के प्रसिद्ध कवि हैं सुकान्त भट्टाचार्य, उन्होंने लिखा है कि एक भूखे आदमी के लिए चाँद एक झुलसी हुई रोटी है। यही नहीं उन्होंने लिखा कि कठिन, कठोर गद्य लाओ, माने ये जो बहुत कोमल, कोमल ललित क़िस्म की भाषा होती है, उसमें कठोर वास्तविकता की ठीक-ठीक अभिव्यक्ति नहीं हो सकती है। जीवन ही जब खुरदरा हो तो जिस माध्यम से वह व्यक्त होगा कविता में, चित्र में, तो उसमें भी खुरदरापन होगा। बंगाल के तीन-चार चित्रकारों—चित्र प्रसाद, होर आदि ने—बंगाल के अकाल पर एक से एक प्रभावशाली चित्र बनाये। अब उन चित्रों में कोई सोचे कि कोई स्वप्न सुन्दरी क्यों नहीं है, कोई रम्भा, उर्वशी काहे नहीं है तो वहाँ तो लोगों की हड्डियाँ दिखाई दे रही थीं, भूख के मारे। इसलिए उसमें जो मनुष्य दिखाई देंगे वह हड्डियों के ढाँचे दिखाई देंगे, जानवर भी वैसे ही दिखाई देंगे। इसलिए खुरदरी वास्तविकता को पूरी तरह व्यक्त करने के लिए खुरदरी भाषा चाहिए। मुक्तिबोध जिस वास्तविकता की अभिव्यक्ति अपनी

कविता में कर रहे थे वो ऐसी ही भाषा की माँग कर रही थी। इसलिए उन्होंने उसका उपयोग किया है।

ऐसा लगता है कि 'अँधेरे में' में आने वाले राजनेताओं के प्रति मुक्तिबोध की गहरी आस्था थी लेकिन उन्होंने उन लोगों को जिस ढंग से प्रस्तुत किया है, उससे किस आशय को ग्रहण किया जा सकता है।

अँधेरे में कविता में दो राजनेता मौजूद हैं। एक तिलक हैं। तिलक की विचारधारा में अनेक जटिलताएँ हैं। पर यह निर्विवाद बात है कि वे पक्के साम्राज्यवाद विरोधी नेता थे। मुक्तिबोध के ज़माने में भारत साम्राज्यवाद से जिस तरह से साँठ-गाँठ कर रहा था अब पचास गुना बढ़ गया है। तिलक की मूर्ति की नासिका से ख़ून बह रहा है। ख़ून नासिका से तब बहता है जब किसी मनुष्य के दिमाग़ में दबाव हो और चीज़ें बर्दाश्त के क़ाबिल न हों, उससे जो तनाव पैदा होता है उससे ख़ून बहता है। तिलक की मूर्ति का जो चित्र उन्होंने प्रस्तुत किया है उससे लगता है कि तिलक भारत की वर्तमान राजनीति से असन्तुष्ट हैं। उससे अलग सबसे अधिक गाँधी के प्रति मुक्तिबोध के मन में लगाव है, श्रद्धा है। इसीलिए गाँधी उसमें कुछ बातें कहते हैं। कविता का वह हिस्सा याद होगा गाँधी यह कहते कि हम लोग पिछले ज़माने के लोग हैं। माने भविष्य का संघर्ष तुम लोगों को करना है, हम लोगों को जो करना था हम कर चुके। इसलिए हमें सिर्फ़ फॉलो करने की ज़रूरत नहीं है। गाँधीवाद का जो हश्र हुआ है उससे मुक्तिबोध खुद बहुत दुखी थे। उन्होंने एक कविता में लिखा है कि कुछ ब्रह्म राक्षसों ने पहनी गाँधी की टूटी हुई चप्पल। गाँधी उसमें कहते हैं कि हम लोग गुज़रे ज़माने के हैं माने भविष्य की राजनीति अलग होगी हमारी राजनीति से। दूसरी बात यह है कि एक कोई मसीहा आकर देश की दशा सुधार नहीं सकता। चाहे वे गाँधी ही क्यों न हों। इसलिए उसमें गाँधी का कथन है कि दुनिया कोई कचरे का ढेर नहीं है जिस पर बैठा हुआ कोई मुर्गा बाँग दे दे और बन जाये मसीहा। यह सारांश है कविता नहीं। मतलब गाँधी सन्देश यह दे रहे हैं कि पूरे देश की जनता को जगाना होगा किसी मसीहा की उम्मीद में हाथ पर हाथ धरे बैठे रहने से देश में कोई परिवर्तन नहीं होगा। मुक्तिबोध नेताओं का प्रेरणादायक उपयोग करते हैं।

(1990 सिगनीफायर ऑफ़ चेंज़ : जून-दिसम्बर 2015)

मैं अपनी मार्क्सवादी प्रतिबद्धता के साथ अपनी ज़मीन पर खड़ा हूँ

(प्रो. मैनेजर पाण्डेय से दिनेश कुमार की बातचीत)

पचहत्तर साल के लम्बे जीवन को जब आप पीछे मुड़कर देखते हैं तो कैसा महसूस होता है? ज़िन्दगी से कुछ शिकायत है या सन्तुष्ट हैं?

जब मैं अपने जीवन को पीछे मुड़कर देखता हूँ तो यही लगता है कि जिन स्थितियों से गुज़रकर मैं हिन्दी आलोचना और अध्यापकीय जीवन में जहाँ तक पहुँचा हूँ, वह उम्मीद से बहुत अधिक है। ज़िन्दगी से मेरी शिकायत निजी तो है, पर वह सामाजिक राजनीतिक ट्रेजडी का परिणाम अधिक है। वह है, मेरे इकलौते बेटे की हत्या। इस दुखद घटना से मैं बहुत अधिक बेचैनी और परेशानी में रहा, किन्तु जैसा माहौल पिछले बीस-तीस सालों से बिहार में था, उसमें ऐसी घटनाओं को मैं अपवाद नहीं मानता।

इसी परम्परा से जुड़ा एक दुख मेरे आलोचकीय जीवन का है। मैंने सन् चौरासी के क़रीब बाबा नागार्जुन पर एक किताब लिखनी शुरू की थी। इसी बीच मेरे पिताजी की नहर में डूबकर दुखद मृत्यु हो गयी। इसकी सूचना मुझे उसी दिन मिली, जिस दिन इन्दिरा गाँधी की हत्या हुई थी। मुझे शाम को ट्रेन पकड़कर घर जाना था, पर दिल्ली में दंगे शुरू हो गये और मैं घर में पड़े रहने को विवश हो गया। घर पर सिर्फ़ दस-बारह साल का मेरा बेटा था। मेरी बेचैनी और छटपटाहट चरम पर थी। मैंने हवाई जहाज़ से जाने को सोचा, पर मित्रों ने बताया कि आप घर तक नहीं पहुँच सकते, क्योंकि रास्ते में तीन जगह कर्फ़्यू लगा हुआ है। तीन दिन तक मैं उसी छटपटाहट की स्थिति में रहा। चौथे दिन स्थिति सामान्य हुई, तब मैं गाँव गया। ज़ाहिर है गाँव में भी मेरी मनःस्थिति पूरी तरह सामान्य नहीं थी। जब भी किताब लिखने बैठता, वही सब दृश्य सामने आने लगते। पचास-साठ पृष्ठ जितना लिखा गया था, उतना ही रह गया। इस किताब को पूरा न कर पाने का एक बड़ा दुख मुझे है। दाराशिकोह पर काम ख़त्म करने के बाद मैं इस किताब पर लगूँगा। उम्मीद है यह काम भी पूरा होगा और आलोचकीय जीवन से जो शिकायत है, वह भी दूर होगी।

साहित्य में आप पिछले छह दशकों से सक्रिय हैं। इस बीच बहुत कुछ बदला है। वर्तमान समय को आप कैसे देखते हैं? ऐसा क्या परिवर्तन आया है, जिससे आपको निराशा होती है?

वर्तमान समय में कुछ निराशा के बिन्दु हैं तो कुछ आशा के बिन्दु भी हैं। निराशा की सबसे बड़ी स्थिति तो यही है कि देश में जो सामाजिक, सांस्कृतिक और राजनीतिक वातावरण है, वह लोकतन्त्र विरोधी है। जिस लोकतन्त्र में असहमति, आलोचना, मतभेद आदि की जगह न हो, वह सिर्फ़ दिखावे का लोकतन्त्र होता है। इस समय शासन और उसके परिणामस्वरूप जो प्रशासन है, वह असहमति और आलोचना को बर्दाश्त नहीं कर पा रहा है। आप सब जानते हैं कि लम्बे समय से मेरी वामपन्थी विचारधारा और राजनीति में सक्रियता रही है। आज वह कमज़ोर होकर बिखराव की शिकार है। अब लोकतन्त्र के लिए लड़ने वाली ताक़त के रूप में उसकी भूमिका महत्त्वपूर्ण नहीं रही। वामपन्थी राजनीति की ताक़त जन आन्दोलन है। आज जन आन्दोलन से उसका रिश्ता लगभग टूट गया है। वर्तमान सरकार की असहिष्णुता के ख़िलाफ़ लेखकों और संस्कृतिकर्मियों ने पुरस्कार वापसी का आन्दोलन चलाकर लोकतन्त्र के प्रति अपनी प्रतिबद्धता को दर्शाया, पर किसी वामपन्थी दल ने असहिष्णुता के इस माहौल के ख़िलाफ़ कोई आन्दोलन नहीं किया। दरअसल, हिन्दुस्तान के मार्क्सवादियों ने इतिहास का जाप तो किया, पर उससे सीखा कुछ नहीं।

इस परिदृश्य के बावजूद मैं एकदम निराश नहीं हूँ। यह कम उत्साहजनक नहीं है कि देश के विभिन्न भागों के लेखकों में मतभेद के बावजूद अभिव्यक्ति की आज़ादी के प्रश्न पर व्यापक एकजुटता दिखाई दी। यह लोकतन्त्र के पक्ष में लेखकों का प्रतिरोध था। इसलिए मैं लेखकों की ओर से निराश नहीं हूँ। दूसरी आशाजनक स्थिति यह है कि इस समय बहुत सारे कवि, कहानीकार, उपन्यासकार आदि अपनी-अपनी रचनाशीलता के साथ सामने आ रहे हैं। उनको पढ़ने पर ऐसा लगता है कि उनकी रचनाएँ मुक्तिबोध के शब्दों में सतचित्-वेदना की रचनाएँ हैं। अब आनन्द की रचना कोई नहीं करता। वेदना आज एक व्यापक सच्चाई है।

भारत में आर.एस.एस. और भारतीय कम्युनिस्ट पार्टी दोनों की स्थापना लगभग एक साथ हुई। लोकतन्त्र की लम्बी यात्रा से गुज़रते हुए आर.एस.एस. जहाँ शिखर पर है, वहीं वामपन्थ अपने अस्तित्व के संकट से जूझ रहा है। क्या कारण मानते हैं आप?

एक कारण तो मुझे यह दिखाई देता है कि आर.एस.एस. खुद को एक सांस्कृतिक संगठन कहता है, लेकिन उसकी राजनीतिक चिन्ताएँ और इच्छाएँ भी हैं तथा साथ ही सामाजिक सोच और कार्यक्रम भी हैं। आर.एस.एस. ने स्वाधीनता आन्दोलन से भी कुछ सीखा है। उसने जो सीखा है, वह यह है कि गाँधीजी की सफलता का एक बड़ा कारण यह था कि वे राजनीतिक कार्यक्रमों के साथ-साथ सामाजिक और सांस्कृतिक कार्यक्रम भी चलाते थे। आर.एस.एस. ने अनेक सामाजिक कार्यक्रम

चलाये हैं। उनमें सबसे महत्त्वपूर्ण है, बड़े पैमाने पर अपने सोच-विचार के अनुरूप शिक्षा की संस्थाएँ बनाना और नयी पीढ़ी तक अपनी सोच को पहुँचाना। इससे समाज में आर.एस.एस. की पहुँच का रास्ता खुलता और बनता है। मेरी जानकारी में वामपन्थी दलों ने ऐसा कोई काम नहीं किया। वामपन्थी दल सिद्धान्त के स्तर पर समाज सुधार को महत्त्व नहीं देते। वे राजनीति करने में विश्वास करते हैं एवं उसी में क्रियाशील होते हैं। राजनीति भी ऐसी, जो एकता कम, अलगाव अधिक पैदा करती है। इस देश की वामपन्थी पार्टियाँ ऐसे जन आन्दोलनों का भी पूरे मन से समर्थन नहीं करतीं, जो उनके द्वारा नहीं चलाये जाते हैं। इस प्रसंग में एक और बात ध्यान देने लायक है कि विचार के स्तर पर पूँजीवाद और साम्राज्यवाद का विरोध करने के बावजूद जिन प्रान्तों में वामपन्थी दलों की सरकारें रही हैं, वहाँ विकास की पूँजीवादी प्रक्रिया को ही अपनाया और चलाया गया, जिसके परिणामस्वरूप एक ओर उनका किसानों और मज़दूरों से अलगाव पैदा हुआ तो दूसरी ओर संघर्ष से। इन सब कारणों से वामपन्थी दलों की साख गिरी और उनकी स्थिति भी कमज़ोर हुई। यहाँ एक और बात ध्यान देने लायक है कि हिन्दी क्षेत्र में वामपन्थी दलों ने सिद्धान्तों की राजनीति करने की जगह सुविधा की राजनीति अधिक की। उन्होंने धर्मनिरपेक्षता के नाम पर कभी कांग्रेस, कभी लालू यादव तो कभी मुलायम सिंह यादव का समर्थन किया। इनके कुशासन का कुछ फल वामपन्थी दलों को भी भोगना पड़ा।

आप अपनी मार्क्सवादी प्रतिबद्धता के कारण लम्बे समय तक अशोक वाजपेयी का विरोध करते रहे। ऐसा लगता है कि हाल के कुछ वर्षों में उनके प्रति आपका दृष्टिकोण बदला है और निकटता भी बढ़ी है। इस बदलाव का क्या कारण है?

इसके कई कारण हैं। जब अशोक वाजपेयी भारत भवन में थे, तब वे राजसत्ता के केन्द्र में थे। उस दौरान उनके बहुत से बयान, लेख और पूर्वग्रह के सम्पादकीय मुझे कई बार न सिर्फ़ लोकतन्त्र विरोधी बल्कि व्यापक हिन्दी साहित्य के भी विरोधी लगे। इसलिए मैंने उनका लिखित और मौखिक दोनों स्तरों पर विरोध किया। बाद में दो-तीन घटनाएँ ऐसी हुईं, जिससे उनके बारे में मेरी राय बदली।

अशोक वाजपेयी हिन्दी के अकेले बौद्धिक थे, जिन्होंने उस समय गुजरात नरसंहार के विरुद्ध एक नहीं, कई गोष्ठियाँ आयोजित कीं। उन गोष्ठियों में उन्होंने बिना किसी वैचारिक पूर्वाग्रह के उन सभी लोगों को बुलाया जो गुजरात नरसंहार के विरोधी थे। उनके इस लोकतान्त्रिक व्यवहार ने मुझे बहुत आकर्षित किया और मैंने उनके ख़िलाफ़ लिखना लगभग बन्द कर दिया। मेरे मार्क्सवादी दृष्टिकोण का वे पहले भी विरोध करते थे और आज भी करते हैं, पर साथ ही, कुछ प्रशंसा भी करते हैं। 2013 में जब मेरी पाँच किताबें एक साथ आयीं तो उन्होंने अपने स्तम्भ 'कभी-कभार' में उनकी तारीफ़ की। अभी मेरे 75वें जन्मदिन पर जो पुस्तक सम्पादित

हुई है, उसमें भी उन्होंने मेरी मार्क्सवादी दृष्टि से असहमति के बावजूद कई बिन्दुओं की तारीफ़ की है। दोनों तरफ़ से सहमति के बिन्दु खोजने के प्रयास हुए हैं। हम दोनों में से किसी ने अपना मूल स्टैण्ड नहीं बदला है। हमारा व्यक्तिगत विरोध पहले भी नहीं था, आज भी नहीं है। असहिष्णुता वाले मसले पर अशोक वाजपेयी आज किसी भी वामपन्थी की तुलना में अधिक सक्रिय हैं।

अशोक वाजपेयी ने 2011 में वात्स्यायन जी पर साहित्य अकादेमी में एक गोष्ठी आयोजित की थी। वहाँ मैंने अज्ञेय द्वारा विभाजन पर लिखी गयीं कहानियों और कविताओं को केन्द्र में रखकर भाषण दिया। मेरे उस गोष्ठी में जाने और भाषण देने का विरोध कुछ लेखकों ने किया, जो अपने को वामपन्थी कहते थे। मुझे लगा कि भाषण देना ही काफ़ी नहीं है, तो मैंने उसे लिखकर 'कथादेश' में छपवाया। पर, किसी ने उसका जवाब नहीं दिया। अशोक जी को मालूम था कि मैं अज्ञेय की दृष्टि से असहमति रखता हूँ। फिर भी, उन्होंने मुझे बुलाया। इन सब बातों से ही हमारे सम्बन्धों में बदलाव आया। अगर साहित्य स्वतन्त्रता की अभिव्यक्ति है तो वह स्वतन्त्रता केवल मेरी ही नहीं होनी चाहिए, दूसरे की भी होनी चाहिए। हमें मतभेद के बावजूद एक-दूसरे की स्वतन्त्रताओं का सम्मान करना चाहिए।

आप अशोक वाजपेयी के जितने निकट हुए हैं, नामवर सिंह से उतने ही दूर हुए हैं। कई लोग आप लोगों की निकटता के मूल में नामवर विरोध को देखते हैं। नामवर जी में ऐसा क्या दोष नज़र आया कि आप उनसे असहमत होते गये?

पहली बात तो यह है कि अशोक वाजपेयी का जो अपना भोपाल घराना है, ध्रुव शुक्ल, उदयन वाजपेयी वग़ैरह का, मैं उस समूह में शामिल नहीं हुआ हूँ। इस अन्तर को सबको समझना चाहिए। मैं अपनी मार्क्सवादी प्रतिबद्धता के साथ अपनी ज़मीन पर खड़ा हूँ। सम्बन्ध होना और किसी के समूह में शामिल हो जाना बिलकुल अलग-अलग चीज़ हैं।

नामवर जी में कोई दोष आया है या उनके व्यवहार में परिवर्तन आया हो, ऐसी बात नहीं है। 1977 के लगभग मैंने नामवर जी पर लिखा था। उस लेख को कई जगह शामिल किया गया। आधे लेख में उनकी तारीफ़ है और आधे में उनकी आलोचना है। ऐसा नहीं है कि उनसे मेरी आज असहमति हो गयी है। उनसे असहमति आरम्भ से रही है। व्यक्ति के रूप में मैं आज भी उनका सम्मान करता हूँ, पर मार्क्सवादी आलोचक के रूप में मेरी उनसे असहमति रही है।

असहिष्णुता के मसले पर पुरस्कार वापसी आन्दोलन में आप लेखकों के साथ थे, पर आप सरकार की ही एक संस्था इन्दिरा गाँधी राष्ट्रीय कला केन्द्र द्वारा आयोजित नामवर जी के जन्मदिन समारोह में बतौर वक्ता शामिल हुए। इस समारोह में मन्त्रियों की भी मंचीय उपस्थिति थी। क्या तब आपके लिए असहिष्णुता का सवाल गौण हो गया था?

ऐसी बात क़तई नहीं है। नामवर सिंह के इन्दिरा गाँधी कला केन्द्र वाले समारोह में मेरे जाने के दो प्रमुख कारण थे। पहला यह कि नामवर सिंह से मेरा लम्बे समय से व्यक्तिगत सम्बन्ध है। उस सम्बन्ध को ध्यान में रखकर उन पर होने वाले समारोह में जाना मुझे ज़रूरी लगा। दूसरा कारण यह है कि उस समारोह के दो हिस्से थे। एक हिस्सा वर्तमान सरकार के राजनेताओं द्वारा नामवर जी का सम्मान कार्यक्रम था, जिसमें मैं वहाँ होने के बावजूद नहीं गया। उस कार्यक्रम का दूसरा हिस्सा नामवर जी पर संगोष्ठी का था, जिसका आयोजन महात्मा गाँधी अन्तरराष्ट्रीय हिन्दी विश्वविद्यालय, वर्धा द्वारा किया गया था। विश्वविद्यालय के एक प्रोफ़ेसर सुरेश शर्मा मेरे घर आये। उन्होंने कहा, "उस कार्यक्रम में मेरे विश्वविद्यालय की ओर से एक संगोष्ठी हो रही है। मैं आपको उस संगोष्ठी में एक वक्ता के रूप में आमन्त्रित करने आया हूँ।" उस संगोष्ठी में शामिल होने ही मैं गया था। वहाँ मैंने 'नामवर सिंह की आलोचना की भाषा' पर भाषण दिया। अगर विश्वविद्यालय द्वारा वक्ता के रूप में मुझे आमन्त्रित नहीं किया जाता तो मैं उस समारोह में नहीं जाता। इन्दिरा गाँधी राष्ट्रीय कला केन्द्र के समारोह के एक दिन पहले नामवर सिंह के 90 वर्ष होने के अवसर पर जो कार्यक्रम आयोजित किया गया, उसमें भी मैं गया था और उस समारोह के एक दिन बाद जे.एन.यू. में आयोजित कार्यक्रम में भी मैं गया था और भाषण दिया था।

मन्नू भण्डारी की आत्मकथा पर आपने लिखा था कि उनकी आत्मकथा असाधारण होती अगर उन्होंने मीता के दुख-दर्द को भी अभिव्यक्त किया होता। ऐसा लगता है कि आपको मन्नू जी की पीड़ा से अधिक मीता के दुख-दर्द की चिन्ता है?

मन्नू जी की आत्मकथा की समीक्षा करते हुए जब मैंने मीता के दुख-दर्द को समझने की बात की तो इसके तीन कारण थे। पहला यह कि मन्नू जी ने स्त्रियों की परेशानी, संघर्ष, दुविधा और दुख-दर्द पर अनेकों कहानियाँ लिखी हैं, हालाँकि वे खुद को स्त्रीवादी नहीं कहतीं, पर उनकी कहानियों और उपन्यासों में स्त्रियों का दुख-दर्द अभिव्यक्त हुआ है। दूसरी बात यह है कि आत्मकथा में उन्होंने राजेन्द्र यादव के छल की बखिया उधेड़ी है। मैं यह मानता हूँ कि मन्नू जी के साथ-साथ मीता भी राजेन्द्र यादव के छल की शिकार हुईं। एक समान धरातल पर होने के कारण मन्नू जी से उम्मीद की जा सकती है कि वे मीता के साथ हुए छल को भी सामने लायें। तीसरी बात, एक लेखिका होने के नाते उनमें किसी दूसरी स्त्री के दुख-दर्द को किसी पुरुष की तुलना में समझने की इच्छा भी अधिक होगी और वे बेहतर ढंग से समझ भी सकती हैं। मुझे लगता है कि वे व्यक्तिगत प्रतिद्वन्द्विता से मुक्त होकर उसके दुख-दर्द को अभिव्यक्त कर सकती थीं। वह तो लेखक है नहीं। वह अपनी पीड़ा को तो अभिव्यक्त ही नहीं कर सकती। इन्हीं तीन बातों को सोचकर

मैंने लिखा कि अगर वे उसके दुख-दर्द को भी अभिव्यक्त करतीं, वह आत्मकथा असाधारण होती क्योंकि प्रायः ऐसा नहीं होता।

पश्चिम में आलोचना के कई स्कूल दिखाई देते हैं। हमारे यहाँ संस्कृत काव्यशास्त्र में आलोचना के अलग-अलग स्कूल हैं। हिन्दी में आलोचना का स्कूल क्यों नहीं निर्मित हुआ?

भारत में और पश्चिम में भी आलोचना के स्कूल बनने की पूरी प्रक्रिया दिखाई देती है। भारत में एक आचार्य एक काव्य सिद्धान्त का निर्माण करता है। उसे मानने वाले और व्यवहार में लागू करने वाले, सभी उस स्कूल के माने जाते हैं। पश्चिम का एक विद्वान आलोचक सैद्धान्तिक या व्यावहारिक आलोचना का कोई सिद्धान्त या कम से कम कोई दृष्टिकोण विकसित करता है और बाद में उसे आगे बढ़ाने वाले और साहित्यालोचन में उसे लागू करने वाले आलोचना के एक स्कूल का निर्माण करते हैं।

हिन्दी में समस्या दूसरी है। यहाँ आलोचना के सिद्धान्त निर्मित करने वाले एकमात्र आलोचक हैं—आचार्य रामचन्द्र शुक्ल। उनके बाद थोड़ा प्रयास मुक्तिबोध ने किया। आचार्य शुक्ल ने आलोचना का सिद्धान्त या दृष्टिकोण विकसित किया और उसे लागू किया, तब वह इतना अग्रगामी था कि उसे स्वीकार करने वाले या आगे बढ़ाने वाले आलोचना में आये ही नहीं। शुरू के तीन लोग, आचार्य नन्ददुलारे वाजपेयी, आचार्य हजारी प्रसाद द्विवेदी और डॉ. नगेन्द्र शुक्ल जी का विरोध करते हुए आगे बढ़े। इसलिए ये लोग शुक्ल जी के स्कूल के अन्तर्गत नहीं आते हैं, बल्कि शुक्ल जी का पूरा समर्थन करते हुए डॉ. रामविलास शर्मा सामने आये, पर उनकी पहचान मार्क्सवादी आलोचक के तौर पर है। अतः उन्हें भी शुक्ल स्कूल का आलोचक नहीं कहा जा सकता। बाद में नामवर सिंह जैसे आलोचकों ने सिद्धान्त को ही आलोचना से बाहर करने का प्रयास किया। इसका परिणाम यह निकला कि बाद के दिनों में सुविधा को ही सिद्धान्त बनाने की आदत चल निकली। सिद्धान्त निर्माण के लिए जिस तरह की सोच और प्रयत्न की ज़रूरत होती है, वह बाद के आलोचकों में प्रायः नहीं दिखती। बाद के आलोचक न तो शुक्ल जी के स्कूल के आलोचक हैं और न शुक्ल विरोधी स्कूल के आलोचक हैं। स्कूल न बनने से आलोचना मनमानी बात हो जाती है।

आप सम्भवतः अकेले मार्क्सवादी आलोचक हैं, जिसने दलित विमर्श का बिलकुल आरम्भ से ही साथ दिया है। इस पक्षधरता के बावजूद दलित लेखकों ने आपको एक ब्राह्मण में अवमूल्यित किया। इस तरह के व्यवहार से कुछ तकलीफ़ होती है?

मैंने जब दलित साहित्य और आन्दोलन के साथ अपनी एकता और समर्थन को व्यक्त किया तो वह मैं मार्क्सवाद के तहत ही कर रहा था। मैं उन मार्क्सवादियों में से नहीं हूँ, जो वर्ग के नाम पर वर्ण या जाति की वास्तविकता को स्वीकार नहीं

करते हैं। मुझे लगता था दलित समुदाय भारत का ही पीड़ित और यातनाग्रस्त समुदाय है, इसलिए मैं उसके जागरण और उत्थान के पक्ष में खड़ा हुआ। इसी सोच के तहत मैंने दलित साहित्य के उदय और विकास का समर्थन किया और स्वयं भी जाति व्यवस्था के ख़िलाफ़ लिखना शुरू किया। प्राचीन साहित्य में जाति व्यवस्था विरोधी सर्वाधिक सशक्त रचना अश्वघोष की 'वज्रसूची' है, जिस पर लम्बा लेख मैंने 'हंस' में लिखा। दलित साहित्य पर सम्भवतः पहली गोष्ठी 90 के आसपास राजेन्द्र यादव ने रखी थी। उसमें मैंने भाषण दिया था। ओमप्रकाश वाल्मीकि की कहीं छपी कविता का मैंने विश्लेषण किया था। उनसे मेरा कोई परिचय नहीं था। वे उस गोष्ठी में मौजूद थे। बाद में राजेन्द्र यादव ने बताया कि ये ही ओमप्रकाश वाल्मीकि हैं।

कुछ दलित लेखकों द्वारा मेरे विरोध में गाली-गलौज में लिखने के बावजूद जाति व्यवस्था के ख़िलाफ़ लिखने का मेरा उत्साह कम नहीं हुआ है। अपने विरोध के प्रसंग में मैं यह समझता हूँ कि किसी भी आन्दोलन के आरम्भ में समझदारी कम, उत्साह और अतिवाद का भाव अधिक रहता है। जब से यह विचार प्रचलन में आया कि दलित ही दलित पर लिखेगा, तब से कुछ लेखकों ने मेरे ख़िलाफ़ लिखना शुरू किया। मैं इस विरोध से दुखी तो हूँ, पर विचलित नहीं हूँ। मैं अपना विरोध झेलते हुए अब भी दलित साहित्य और आन्दोलन का समर्थन करता हूँ। मैं किसी से भी अपने विचारों के खण्डन का स्वागत करता हूँ, किन्तु वह तथ्यपरक होना चाहिए। सतही आरोप लगाने से कुछ नहीं होता है, हर आन्दोलन को नये दोस्त तलाशने चाहिए, न कि दोस्तों को दुश्मन बनाने का प्रयास करना चाहिए।

आप जनता का साहित्य किसे मानते हैं, जो जनता की समझ में आये, जिसमें जनता की चिन्ता हो?

मेरी राय में जनता का साहित्य वह होगा, जिसमें जनता के जीवन की वास्तविकताएँ, समस्याएँ, दुविधाएँ आदि व्यक्त हों। दूसरे, वह साहित्य जिसमें जनता की ज़िन्दगी की चिन्ता हो और वह उसकी समझ में भी आये। अब यहाँ एक कठिनाई पैदा होती है कि साहित्य एक कला भी है और उसमें नये प्रयोगों और आविष्कारों की ज़रूरत भी होती है। ये नये प्रयोग और आविष्कार जितनी दूर तक जन चेतना से जुड़े हुए होते हैं, उतनी दूर तक जनता कोशिश करके भी समझने का प्रयत्न करती है, लेकिन प्रयोग और आविष्कार ऐसे हों, जो जनता की समझ और चेतना दोनों से दूर हों तो वे जनता के किस काम के होंगे? यहाँ मैं फिर दोहराना चाहता हूँ कि रचना में अगर जन खुद को पाता है तो वह प्रयोग और आविष्कार को समझने के लिए प्रयत्नशील भी होता है। पर, कला के नाम पर कविता, कहानी या उपन्यास को पहेली बना देने से जनता उसकी ओर जाने से डरती भी है और बचती भी है।

हिन्दी में दोनों तरह के साहित्य हैं। एक ओर मुक्तिबोध का साहित्य है, जिसमें जन की चिन्ता तो है, पर साथ ही प्रयोग और आविष्कार की नवीनता भी है। ऐसे साहित्य को प्रयत्न करके जनता पढ़ती और समझती है, लेकिन जहाँ जन की चिन्ता ही नहीं है, केवल प्रयोग और आविष्कार की नवीनता की चिन्ता है, उस ओर जनता क्यों जाये? मुक्तिबोध की कविता पर बहुत कम ध्यान दिया गया है क्योंकि वहाँ बहुत सहज-सरल वाक्य भी हैं। उदाहरण के लिए, 'अँधेरे में' कविता के भीतर कई सहज-सरल पंक्तियाँ हैं। जैसे 'अब तक क्या किया/जीवन क्या जिया।' उस कविता में संस्कृतनिष्ठ शब्दावली के बावजूद जनता तक पहुँचने की इच्छा भी है और कोशिश भी है, जो जनता को अपनी ओर आकर्षित करती है। दूसरी ओर, जनता के दूसरे कवि हैं नागार्जुन, स्वयं को जनकवि कहते हैं और अपनी कविता में साफ़ कहने की घोषणा भी करते हैं, पर उन्होंने ऐसी कविताएँ भी लिखी हैं जो विशिष्ट पाठकों के लिए हैं। 'कालिदास' और 'बादल को घिरते देखा है' ऐसी ही कविताएँ हैं। ये कविताएँ आम जनता के लिए नहीं, बल्कि प्रकृति और संस्कृति में रुचि रखने वाले विशिष्ट पाठकों के लिए अधिक सार्थक हैं। इसलिए जनता की साहित्य की धारणा बहुत व्यापक है और उसे कई कोणों से देखने की ज़रूरत है।

आज़ादी से पहले के लेखकों ने साहित्य के साथ-साथ अपनी भाषा के लिए भी निरन्तर संघर्ष किया। आज़ादी के बाद यह संघर्ष क्रमशः कमज़ोर पड़ता गया। अब तो लगता है कि हिन्दी के साहित्यकारों ने भाषा की चिन्ता ही छोड़ दी है। इसका आप क्या कारण मानते हैं? आख़िर भाषा ही नहीं बचेगी तो साहित्य कैसे बचेगा?

देखिए ऐसा होता है कि स्वाधीनता आन्दोलन के आरम्भिक दौर में, मतलब भारतेन्दु युग से लेखकों की राय थी कि हमें अपने अस्तित्व से पहले अपनी भाषा के अस्तित्व के लिए लड़ना और वैचारिक संघर्ष करना चाहिए। इसलिए दृष्टिकोण की भिन्नता के बावजूद भारतेन्दु से लेकर प्रेमचन्द तक हिन्दी के अस्तित्व, निर्माण और विकास की लड़ाई लड़ रहे थे। आज़ादी के बाद हिन्दी राष्ट्रभाषा तो नहीं घोषित हुई जैसी इच्छा गाँधीजी की थी, लेकिन वह राजभाषा बना दी गयी। हिन्दी के लेखक सोचने लगे कि वह अभी राजभाषा बन गयी है, धीरे-धीरे राष्ट्रभाषा भी बन जायेगी, जो नहीं बन पायी। दूसरी बात यह है कि हिन्दी के लेखक साहित्य में नये प्रयोगों की चिन्ता अधिक करने लगे। हिन्दी भाषा की चिन्ता कम होने लगी। उनको हिन्दी के सामने खड़ी अंग्रेज़ी के वर्चस्व की भी उतनी चिन्ता नहीं रही। इन सब बातों के साथ ही मैं एक और बात कहना चाहता हूँ। आज़ादी के बाद हिन्दी क्षेत्र के बुद्धिजीवियों के चरित्र में बुनियादी बदलाव आया। पहले हिन्दी के लेखक मूलतः स्थानीय होते थे। स्थानीय जीवन, स्थानीय प्रकृति, स्थानीय परिवेश आदि को बेहतर करने की कोशिश करते थे। इस कोशिश में वे राष्ट्रीय बनते थे और राहुल

जी जैसे लेखक अन्तरराष्ट्रीय भी बने। बाद में हिन्दी क्षेत्र के बुद्धिजीवी अंग्रेज़ी बोलकर प्रारम्भ से ही अन्तरराष्ट्रीय होने की कोशिश करने लगे। उन्हें स्थानीय होने में संकोच था, इसलिए हिन्दी भाषा के लिए संघर्ष कमज़ोर हुआ और अब प्रायः समाप्त हो गया लगता है। अब बहुत थोड़े लेखक हैं, जो हिन्दी के अतीत को ध्यान में रखकर वर्तमान को समझते हुए भविष्य की दशा पर विचार करते हैं या सोचते हैं।

आपका पूरा जीवन मार्क्सवादी प्रतिबद्धता के साथ बीता है। आज परिस्थितियाँ बहुत कुछ बदल चुकी हैं। राजनीति और साहित्य दोनों के सन्दर्भ में मार्क्सवाद का क्या भविष्य देखते हैं?

मार्क्सवाद मूल रूप से और बुनियादी तौर पर राजनीतिक दर्शन और दृष्टिकोण है। इसलिए जब समाज में मार्क्सवादी दृष्टिकोण और दर्शन का प्रभाव कम होगा तो साहित्य में भी कम होगा। आज ऐसी ही स्थिति है। मैं समझता हूँ कि मार्क्सवादी दृष्टि से प्रेरित और प्रभावित लेखक एवं आलोचक ज़रूर रहेंगे और आगे आयेंगे भी, पर एक साहित्यिक आन्दोलन के रूप में मार्क्सवाद का भविष्य मुझे बहुत उत्साहित करने वाला नहीं लगता है। मार्क्सवादी राजनीति को शक्ति और गति जन आन्दोलनों से मिलती है। इस समय मार्क्सवादी पार्टी या मार्क्सवादी दृष्टिकोण से प्रेरित जन आन्दोलन का अभाव है। इसलिए, मार्क्सवादी राजनीति बहुत शक्तिशाली नहीं है और निकट भविष्य में उसके शक्तिशाली होने की उम्मीद भी मुझे नहीं लगती। इस निराशा के बावजूद देश में किसानों, मज़दूरों और निम्न मध्यवर्ग के लोगों की जैसी तबाही और यातना है, उसे देखते हुए, लम्बे भविष्य में जनजागरण और जन आन्दोलन तथा उसके साथ ही वामपन्थी राजनीति एवं साहित्य के विकास और विस्तार की उम्मीद करता हूँ।

(सामयिक सरस्वती : अक्टूबर-दिसम्बर 2016)

साहित्य शब्द और संसार के बीच विभिन्न तरह के सम्बन्धों की अभिव्यक्ति है

(प्रो. मैनेजर पाण्डेय से देवेन्द्र चौबे व अन्य की बातचीत)

प्रो. पाण्डेय, आपसे बातचीत की शुरुआत हम लोग एक अहम मुद्दे से करना चाहते हैं। हम सब जानते हैं कि आपका दखल केवल साहित्य में ही नहीं है, बल्कि आप समग्रता में सोचते हैं। इसलिए वर्तमान समय के एक मूर्धन्य चिन्तक के रूप में आपकी जिन विषयों पर पकड़ है, उन पर हम बात करना चाहते हैं। पहली बात तो यही कि आज के समय में मार्क्सवाद को आप किस रूप में देखते हैं? आमतौर पर राजनीतिक पार्टियों की हालत देखकर ऐसा लगता है कि भारत में मार्क्सवादी विमर्श और राजनीति अपने सबसे कठिन समय से गुज़र रही है। जो पार्टियाँ हैं भी, वे या तो मार्क्सवाद की परम्परागत व्याख्या में फँसी हैं या पूँजीवादी जनतन्त्र के चुनावी गणित में। पारिस्थितिक, तकनीक, संस्कृति और धर्म के मुद्दे पर मार्क्सवाद का पुराना हस्तक्षेप अप्रासंगिक लगता है, ख़ासकर भारत के सन्दर्भ में। आप इस पर क्या सोचते हैं?

सोवियत संघ के विघटन और वहाँ की समाजवादी व्यवस्था के अन्त के बाद प्रायः दुनिया में यह कहा जाने लगा कि मार्क्सवाद का ही अन्त हो गया है। इस सन्दर्भ में मैं तीन बातें कहना चाहता हूँ। मार्क्सवाद बुनियादी तौर पर समाज को समझने का एक सिद्धान्त है, दूसरे स्तर पर वह समाज को बदलने का सिद्धान्त है, तीसरे स्तर पर वह केवल समाज ही नहीं बल्कि सम्पूर्ण संसार (प्रकृति, संस्कृति और समाज सहित) को देखने का सिद्धान्त और दृष्टिकोण है। सोवियत संघ में समाजवादी व्यवस्था के विध्वंस के बाद पूँजीवाद के विजयी उन्माद से उसकी विचारधारा के रूप में उत्तर-आधुनिकतावाद के तरह-तरह के सिद्धान्त भी सामने आये। उसी में तीन बातों की विभिन्न सन्दर्भों में चर्चा होने लगी—एक, उत्तर; दूसरा, अन्त और तीसरा, मौत अर्थात् इतिहास का अन्त। समाजवादी व्यवस्था के विनाश के बाद फुकूयामा ने 'एंड ऑफ़ हिस्ट्री' की घोषणा यह मानकर की कि अब समाजवाद का कोई भविष्य नहीं है। यहाँ इतिहास के अन्त से उनका मतलब पूरे समाज के इतिहास का अन्त नहीं था। समाजवाद के अन्त को ही उन्होंने इतिहास का अन्त बताया।

लेकिन संसार के समस्त सिद्धान्तकारों की प्रवृत्ति प्रभाव को ज़्यादा व्यापक बनाने के लिए छोटी बात को बड़ी बात बनाकर कहना सुविधापरक लगता है। फुकूयामा को भी ज्ञात था कि न इतिहास चिन्तन का अन्त हुआ है, न समाज के इतिहास का। समाजवाद का अन्त दिखाई दे रहा है। इसके साथ ही, पूँजीवाद के भविष्य को ही उन्होंने मानव समाज का भविष्य घोषित कर दिया। इस प्रसंग में मुझे सार्त्र का कथन याद आता है, उन्होंने कहीं लिखा था, 'जब तक दुनिया में पूँजीवाद है, तब तक मार्क्सवाद और समाजवाद दोनों की ज़रूरत बनी रहेगी'। बल्कि उन्होंने तो यह भी कहा कि जब यथार्थ ही मार्क्सवादी या समाजवादी हो गया हो, तो मैं उसका समर्थन नहीं करूँगा तो किसका करूँगा। इसलिए पूँजीवाद में मनुष्य के शोषण, दमन, दुर्गति और पराधीनता का विरोध करने के लिए मार्क्सवादी होने की आवश्यकता नहीं है, केवल मानवीय होना काफ़ी है, लेकिन मार्क्सवाद इससे जुड़ता है। इसलिए मैं तो यह नहीं मानता कि समाजवाद का अन्त हो गया है या मार्क्सवाद का अन्त हो गया है। दूसरी बात, मार्क्सवाद के सामने यह संकट भीषण ज़रूर है, पर ऐसा नहीं है कि मार्क्सवाद या समाजवाद के सामने इससे पहले संकट आये ही नहीं हों। आपको याद होगा सन् 1871 में पेरिस कम्यून बना था, फिर उसका अन्त हो गया। वह पहली समाजवादी क्रान्ति या व्यवस्था थी, जो अल्पकालिक थी और जिसका अन्त हुआ। एक संकट यह भी था। इस बार जो सोवियत संघ में हुआ और उसके कुछ दिनों बाद चीन में भी व्यवस्था का परिवर्तन हुआ। मैं यह नहीं मानता कि चीन में कोई समाजवादी व्यवस्था है, केवल वामपन्थी पार्टी का शासन है जो किसी भी पार्टी का शासन हो सकता है; चीन में भी पूँजीवाद की ही पुनर्स्थापना हुई है। तो यह समस्या और संकट तो है।

आप मार्क्सवाद को मूलतः मानवतावाद की तरह देखते हैं। मानवतावाद का बहुत बड़ा फ़लक है, इसमें गाँधी, अम्बेडकर, मार्क्स सभी आ जाते हैं। लेकिन क्या गाँधी और मार्क्स को एक साथ रखा जा सकता है?

मैं जिस मार्क्सवाद की भारत में कल्पना करता हूँ, उसमें गाँधी और अम्बेडकर दोनों के विचारों का समावेश चाहता हूँ, और आवश्यक मानता हूँ। भारत की कम्युनिस्ट पार्टियों और वामपन्थी आन्दोलन की दुर्गति का एक कारण यह भी है कि उन्होंने न गाँधी से कुछ सीखा, न अम्बेडकर से। गाँधी की सफलता का कारण भारतीय स्वाधीनता आन्दोलन का केवल राजनीतिक दृष्टिकोण नहीं है। गाँधी के आन्दोलन का एक बड़ा पक्ष था सामाजिक आन्दोलन। भारत की कम्युनिस्ट पार्टी ने सामाजिक समस्याओं की चिन्ता कभी नहीं की, बल्कि दूसरों ने गाँधी के सामाजिक आन्दोलन और दृष्टिकोण से बहुत कुछ सीखा, पर हिन्दुस्तान के मार्क्सवादियों ने कुछ नहीं सीखा, वे केवल एक दिशा, राजनीतिक आन्दोलन एवं राजनीतिक

दिशा को ही महत्त्वपूर्ण मानते रहे। यदि सामाजिक आन्दोलन को भी महत्त्वपूर्ण मानते तो वो कुछ और व्यापक हुए होते। मार्क्स ने 1871 के पेरिस कम्यून की असफलता के बाद कहा था, 'क्रान्ति केवल एक पार्टी नहीं कर सकती बल्कि पूरा राष्ट्र क्रान्ति करता है।' हमारे यहाँ वामपन्थी आन्दोलन का मतलब कम्युनिस्ट पार्टी का आन्दोलन हो गया जबकि मार्क्स ने कहा था कि क्रान्ति पूरा राष्ट्र करता है। वामपन्थी आन्दोलन का दायित्व था कि पूरे राष्ट्र को उसके लिए तैयार करे। राष्ट्र को तैयार करने के लिए भारत में राजनीति के साथ-साथ सामाजिक समस्याओं को लेना बहुत ज़रूरी था, जो कि भारत की कम्युनिस्ट पार्टियों ने नहीं लिया। इस प्रसंग में अम्बेडकर को शामिल करना इसलिए आवश्यक है, क्योंकि अम्बेडकर ने भारत के दलितों के विषय में बहुत ज़रूरी और बुनियादी सवाल उठाये। अम्बेडकर मूलतः फ्रांसीसी राज्य क्रान्ति के तीनों नारों–स्वतन्त्रता, समता और भाईचारे–को कई बार अपने लेखन में दोहराते हैं। ये तीनों नारे ऐसे हैं कि एक के बिना दूसरा हो ही नहीं सकता अर्थात् स्वतन्त्रता न हो तो समता का कोई अर्थ नहीं है, और समता जिनके बीच नहीं होगी, उनके बीच भाईचारा कैसे सम्भव है! अभिप्राय यह है कि भारत के दलित समुदाय की समस्याओं पर भारत के वामपन्थियों ने उस समय गम्भीरता से ध्यान नहीं दिया। जुलाई 1947 में श्रीपाद अमृत डांगे आज़ादी के सन्दर्भ में सलाह करने सोवियत संघ गये थे। वहाँ के नेता ज़दानोव ने उनसे बातचीत में कहा था कि 'हमें लगता है कि जाति व्यवस्था के अवशेषों को समाप्त किये बिना समाजवाद की दिशा में आगे बढ़ना असम्भव है, क्योंकि जाति व्यवस्था मज़दूरों के वर्गीय आधार पर संगठित होने में बाधक है; वह जातीय भावनाएँ जगाती है। हम समझते हैं कि यह जाति व्यवस्था भारतीय समाज का सबसे प्रतिक्रियावादी पक्ष है और भारतीय कम्युनिस्टों के सामने सबसे बड़ी कठिनाई।' लेकिन सन् 1947 से लेकर लगभग 1987 तक भारत की किसी वामपन्थी पार्टी ने इस समस्या पर विचार नहीं किया, जिसकी ओर अम्बेडकर पूरे भारत का ध्यान आकर्षित कर रहे थे। इसलिए मेरी समझ यह है कि भारत में वामपन्थ या समाजवाद की दिशा में आगे बढ़ने के लिए वर्ग के साथ-साथ वर्ण के सवाल रखना, समझना और उसके विरुद्ध विचार और व्यवहार में संघर्ष करना अत्यन्त आवश्यक है। जाति व्यवस्था के अन्त के बिना भारत में समाजवाद तो नहीं ही आयेगा, लोकतन्त्र बच पायेगा या नहीं–इसमें मुझे सन्देह होता है, क्योंकि जाति व्यवस्था बुनियादी तौर पर लोकतन्त्र विरोधी व्यवस्था है। जाति व्यवस्था का स्थायी भाव भेदभाव है। इसलिए भारतीय वामपन्थ को गाँधी और अम्बेडकर से सीखने की आवश्यकता है।

यहाँ तीन सवाल सामने आते हैं–एक, गाँधी से मूलतः क्या सीखने की ज़रूरत है क्योंकि लोग कहते हैं कि गाँधी ने वर्ण व्यवस्था का समर्थन किया। दूसरा, गाँधी के पूरे राजनीतिक मॉडल में आध्यात्मिकता की महत्त्वपूर्ण भूमिका है। धर्म को जिस प्रकार से मार्क्सवाद

समझता है, उस तरह से गाँधी नहीं समझते! तीसरी समस्या यह है कि मार्क्स का विमर्श विज्ञान पर आधारित है, जबकि गांधी का विमर्श धर्म और अध्यात्म पर। दूसरे शब्दों में एक वस्तुनिष्ठ है तो दूसरा आत्मनिष्ठ। इन मुद्दों के सन्दर्भ में यह संवाद कैसे स्थापित किया जा सकता है?

आप गाँधी के कमज़ोर पक्षों को सामने रखकर मार्क्सवाद से उसका सामना कराना चाहते हैं। आपके सवाल के आख़िरी हिस्से से ही मैं शुरू करना चाहता हूँ। मार्क्सवाद निश्चित रूप से समाज का वस्तुनिष्ठ विश्लेषण करता है लेकिन समाज में व्यक्ति भी होते हैं और समाज को बदलने के लिए बदलने का सपना देखना ज़रूरी है। समस्त संसार के क्रान्तिकारी जो समाजवाद से जुड़े हुए थे, वे स्वप्नदर्शी भी थे। यह शुद्ध आत्मनिष्ठ या व्यक्तिगत मामला है। उसके बिना दूसरों के लिए अपनी शहादत देने की तैयारी व्यक्तिगत स्तर पर होती है, तभी वह सामाजिक-राजनीतिक स्तर पर भी होती है। ऐसा नहीं है कि समाजवाद में आत्मनिष्ठता की सम्भावना ही नहीं है। जो समाजवाद की धारणा स्टालिन के बाद भारत में है, उसमें ज़रूर इसकी गुंज़ाइश मुझे नहीं दिखती। मैं इसको कोई आदर्श भी नहीं मानता। मैं भारत की वामपन्थी पार्टियों और समाजवादी धारणा को अपर्याप्त समझता हूँ। दूसरा, वर्ण व्यवस्था का गाँधी ने समर्थन किया था, जाति व्यवस्था का नहीं। गाँधी ने कहा था कि मैं थोड़ी-थोड़ी रहस्यवादी बातें करता हूँ, इसलिए मेरी बातें लोगों की समझ में नहीं आती हैं। मैं गाँधी को समझने की कोशिश कर रहा हूँ, डिफेंड नहीं कर रहा हूँ। गाँधी का वर्णव्यवस्था से अभिप्राय वैदिक वर्ण व्यवस्था से है, जिसमें वर्ण परिवर्तन सम्भव है, पर जाति व्यवस्था में जाति परिवर्तन सम्भव नहीं है। इस प्रसंग में आप अम्बेडकर को याद करिए। जाति व्यवस्था और वर्ण व्यवस्था के मामले में अम्बेडकर गाँधी के पूर्ण विरोधी थे। इसलिए जाति व्यवस्था या दलितों के प्रसंग में अम्बेडकर के दृष्टिकोण और समाजसुधार के प्रसंग में गाँधी के दृष्टिकोण—इन दोनों को मिलाने की आवश्यकता है। गाँधी की कमज़ोरियों और अम्बेडकर की कमज़ोरियों को लेने की ज़रूरत नहीं है।

अम्बेडकर जाति के साथ-साथ इससे जुड़ी तमाम तरह की परम्पराओं को ख़त्म करने की बात करते हैं, कई धर्मों की आलोचना करते हैं। लेकिन अन्त में बौद्ध धर्म की ओर उनका झुकाव हो जाता है और वे बौद्ध धर्म अपना लेते हैं। जबकि मार्क्स ईसाई धर्म की आलोचना करते हैं, और लगभग उससे मुक्ति की बात करते हैं। कम-से-कम ऐसा ही ज़्यादातर मार्क्सवादी चिन्तक मानते हैं। लेकिन धर्म परिवर्तन की बात नहीं करते हैं। गाँधी हिन्दू धर्म की आलोचना करते हैं, उसमें सुधार चाहते हैं, लेकिन हिन्दू धर्म परिवर्तन की बात नहीं करते हैं। तो ऐसे में उनसे संवाद की सम्भावना कैसे बनती है?

अब आप अम्बेडकर की कमज़ोरी को सामने ला रहे हैं, उनकी अच्छाई की तरफ़ देखिए। अम्बेडकर से जाति के अन्त के प्रसंग को लीजिए, बौद्ध धर्म में परिवर्तन

को छोड़ दीजिए क्योंकि जाति व्यवस्था के ख़त्म हो जाने पर उसकी ज़रूरत ही नहीं पड़ेगी। अम्बेडकर की मूल चिन्ता जाति व्यवस्था के अन्त की थी। चूँकि बौद्धों ने कोई जातिगत भेदभाव रखने की कोशिश नहीं की, इसलिए अम्बेडकर बौद्ध धर्म की ओर जाने की बात करते हैं। जाति व्यवस्था जब ख़त्म हो जायेगी तो किसी के आने-जाने की ज़रूरत ही नहीं पड़ेगी। इसलिए अम्बेडकर से उनके शक्तिशाली पक्ष को लेने की आवश्यकता है और गाँधी से भी। न सम्पूर्ण गाँधी को लेने की ज़रूरत है और न सम्पूर्ण अम्बेडकर को...

और न सम्पूर्ण मार्क्स को?

नहीं, नहीं गाँधी और अम्बेडकर को मार्क्स से ही जोड़ने की ज़रूरत है। तो मार्क्स को लेने की ज़रूरत क्यों नहीं है। लेकिन इस संवाद के लिए इन तीनों के मज़बूत पक्ष लेने की ज़रूरत है। और इस संवाद की सम्भावनाओं में मुझे कोई कठिनाई नहीं लगती है।

गाँधी कहते थे कि हमें धर्म के साथ संवाद की ज़रूरत है, उसमें परिवर्तन की ज़रूरत है। वे कहते हैं परेशानी यह नहीं है कि लोग धर्म का अनुसरण कर रहे हैं, परेशानी यह है कि लोग अधार्मिक हो रहे हैं। उनके अनुसार आधुनिकता ने जिस तरह लोगों के अन्दर से संवेदना ख़त्म कर दी है, उसको हमें धर्म से पुनर्निमित करना है। अम्बेडकर भी 'रिलीजन ऑफ़ रूल' और 'रिलीजन ऑफ़ प्रिंसिपल' कहते हैं। रिलीजन को पुनर्निर्मित करें 'रिलीजन ऑफ़ प्रिंसिपल' के रूप में। क्योंकि धर्म के सिद्धान्त तो सही हैं, उसके अन्दर एक मानवीय पक्ष है, लेकिन नियमों का निर्माण समाज के ताक़तवर लोग अपने हिसाब से करते हैं। जब वे मार्क्स और बुद्ध की तुलना करते हैं तो कहते हैं कि बुद्ध मार्क्स से एक क़दम आगे हैं, क्योंकि मार्क्स आर्थिक-सामाजिक समानता की बात करता है, तो बुद्ध उससे ऊपर जाकर आध्यात्मिकता की भी बात करता है। क्या आप मानते हैं कि गाँधी और अम्बेडकर में हम देखते हैं कि मुक्तिकामी धर्म की भी कल्पना है, जबकि मार्क्स में धर्म से ही मुक्ति की परिकल्पना है?

मैं आपको बीच में रोक रहा हूँ, लेकिन मार्क्स के धर्म सम्बन्धी विचारों को भी ठीक से समझा नहीं गया। मार्क्स ने कहा था कि धार्मिक पीड़ा एक तरफ़ वास्तविक पीड़ा की अभिव्यक्ति है, तो दूसरी तरफ़ उस पीड़ा के ख़िलाफ़ विद्रोह भी। धर्म पीड़ितों की आह, हृदयहीन दुनिया का हृदय और आत्मारहित परिस्थितियों की आत्मा है। उसी विश्लेषण के अन्त में वे कहते हैं कि धर्म अफ़ीम है। मार्क्स ऐसा इसलिए कहते हैं कि धर्म का उपयोग ग़रीबों को ग़रीबी भुलाने के लिए किया जाता है। मतलब हिन्दुओं में इस जनम में सेवा करो तो अगला जनम तुम्हारा सुधर जायेगा। मतलब दलितों के लिए जो कहा जाता है कि इस जनम में सेवा करो, अगला जनम सुधर जायेगा, यह अफीम हुआ कि नहीं हुआ! दूरारा, तुलसीदास ने कहा था, 'कादर/कायर मन कह एक अधारा, दैव दैव आलसी पुकारा' अर्थात् कर्मठ

व्यक्ति ईश्वर को उतना याद नहीं करता जितना आलसी, अकर्मण्य या फिर ग़रीब व्यक्ति करता है। गाँधी से जुड़ी एक घटना है, 1934 में बिहार में बड़ा भीषण भूकम्प आया था, आधा बिहार तबाह हो गया, नेपाल तक इसका असर गया था। गाँधी ने कहा था कि यह हमारे पापों का परिणाम है। वो पाप कहते थे छुआछूत को, उनका दृष्टिकोण था कि यही कहकर छुआछूत मिटायें। उद्देश्य उनका ठीक था लेकिन जो कहा, वह अवैज्ञानिक और दीन-दुनिया से परे था। इसका जवाब दो बार लम्बी टिप्पणी लिखकर प्रेमचन्द ने दिया था। उन्होंने कहा कि पाप होने से भूकम्प नहीं आता है—इसका एक विज्ञान है। धरती के नीचे होने वाले परिवर्तनों के कारण भूकम्प आता है, पाप होने के कारण नहीं। दूसरा, तिरुहत में उस समय बहुत से मन्दिर नष्ट हो गये थे और नेपाल में एक भी ध्वस्त नहीं हुआ। प्रेमचन्द ने निष्कर्ष निकाला कि पराधीन देश के देवता स्वाधीन देश के देवताओं से बहुत कमज़ोर होते हैं, इसलिए भारत के देवता अपना घर नहीं बचा सके और नेपाल के देवताओं ने बचा लिया। प्रेमचन्द को मौक़ा मिल गया स्वाधीनता की समस्या को ले आने का। मार्क्स ने कहा था कि धर्म से संघर्ष करने की जगह लोगों को समझाने की ज़रूरत है कि वास्तविक समस्याओं का हल इससे नहीं होगा। इसलिए धर्म में केवल आत्मनिष्ठता नहीं होती, इसमें बहुत-सी वस्तुनिष्ठता भी होती है। हाँ, सारे धर्मों की विशेषता है कि उनमें सिद्धान्त के रूप में बहुत अच्छी-अच्छी बातें कही जाती हैं। बाइबिल में बहुत अच्छी-अच्छी बातें कही जाती हैं, दूसरी जगहों पर भी हैं, लेकिन यदि वो धर्म के नाम पर ग़रीबी को गौरवान्वित करते हैं, उसको मार्क्सवाद स्वीकार नहीं करता है।

कई विद्वानों का कहना है कि हम समय के अन्त में पहुँच रहे हैं अर्थात् आधुनिकता का जो फ्रेमवर्क बना था, वो अब लगभग ख़त्म हो रहा है और कुछ नयी अवधारणाएँ आने वाली हैं। ये सोवियत संघ के विघटन के बाद 'ऑक्युपाई वॉल स्ट्रीट' जैसे आन्दोलन क्या किसी नयी परिघटना की ओर संकेत कर रहे हैं?

देखिए, मैं इन विचारकों के रहस्यवाद पर बात नहीं करूँगा। अकबर इलाहाबादी का एक शेर है—'अपना कहा आप जाने या ख़ुदा जाने'। आजकल संरचनावाद, उत्तर-संरचनावाद और उत्तर-आधुनिकतावाद ने जो विचार की भाषा पैदा की है वैसी भाषा भारत में तब थी जब सिद्ध और नाथ कविता लिखते थे जिसको एक आचार्य ने संध्यारण भाषा कहा। मतलब लगभग वही—कुछ समझ में आये, कुछ न आये। मैं व्यावहारिक बात करूँगा। ऑक्युपाई वॉल-स्ट्रीट वाला मामला ठोस है, इसको ध्यान में रखें। मतलब यह है कि समाज पूँजीवाद के वर्तमान से पीड़ित है। परिवर्तन की बेचैनी उसके मन में है, इसलिए 'एक प्रतिशत बनाम निन्यानवे प्रतिशत' वॉल-स्ट्रीट का नारा था। एक प्रतिशत लोगों ने दुनिया की सारी सम्पति पर क़ब्ज़ा कर रखा

है और बाक़ी लोग मर रहे हैं—इसी का विरोध था। वह एक तरह से परिवर्तन की आकांक्षा की अभिव्यक्ति थी। उसके अलावा स्पेन, इजराइल, यूनान आदि में भी यह हुआ। ग़रीब का दुख तब अधिक बढ़ जाता है, जब एक व्यक्ति देखता है कि हमें रोटी भी नहीं मिल रही है और अमुक का कुत्ता खीर-पूड़ी खा रहा था। यही ऑक्युपाई वॉल-स्ट्रीट में था। आपको याद होगा कि समस्त यूरोप में पूँजीवाद की विजय के उन्माद के बीच 'ऑस्ट्रेरिटी मेजर्स' के तहत लोक कल्याणकारी कार्यक्रम समाप्त कर दिये गये। भारत में भी यह साफ़ दिखाई दे रहा है कि पूँजीपतियों के अरबों के कर और ऋण माफ़ किये जा रहे हैं और किसान 1-2 लाख क़र्ज़ के लिए आत्महत्या कर रहे हैं। तो परिवर्तन की बेचैनी पूरी दुनिया में है और पूँजीवाद के अतिवाद से सारी दुनिया परेशान है। मैं इसका यह अर्थ लेता हूँ, जिजेक की तरह नहीं लेता हूँ कि यह 'समय के अन्त' का संकेत है या आधुनिकता ख़त्म होने का ऐलान है। उत्तर-आधुनिकतावाद आधुनिकता का विस्तार है। उत्तर-आधुनिकतावादी अपने को चाहे जितना क्रान्तिकारी समझे, ये सभी समस्याएँ आधुनिकता में विश्लेषित होती रही हैं। कुछ नारे नये हैं—उत्तर, अन्त और मौत। सोवियत संघ के विघटन के पहले डेनियल बेल ने 'एंड ऑफ़ आइडियोलॉजी' नामक ग्रन्थ लिखा। यह पूँजीवाद के लिए समाजवाद के विरुद्ध एटम बम था; घोषणा थी कि समाजवादी विचारधारा का अन्त हो गया। लेकिन उत्तर-आधुनिकतावाद स्वयं एक विचारधारा नहीं है क्या? इसलिए उनके अनुसार भी 'एंड ऑफ़ आइडियोलॉजी' का मतलब समाजवादी विचारधारा का अन्त है, विचारधारा का अन्त नहीं। लेकिन सच यह है कि समाजवादी विचारधारा का अन्त तब तक नहीं हो सकता जब तक कि समाज में विषमता है, शोषण है। तब उससे उबरने के लिए विचारधारा की भी ज़रूरत पड़ेगी और संघर्ष भी करना होगा।

2017 में रूस की अक्टूबर क्रान्ति के सौ वर्ष पूरे हो रहे हैं। पिछले सौ सालों में इस सफ़रनामे का मूल्यांकन आप कैसे करेंगे? भविष्य में मार्क्सवाद का स्वरूप कैसा होगा?

क्रान्ति के सौ साल का महत्त्व यह है कि उसने सारी दुनिया को शिक्षा दी कि समाज बदल सकता है और मज़दूरों-किसानों की दशा सुधारी जा सकती है। अब सुधार की प्रक्रिया में वहाँ विनाश भी हुआ, जिसका सब गुणगान करते हैं किन्तु सुधार का गुणगान कोई नहीं करता। दुनियाभर से सोवियत संघ जाने वाले विचारकों-लेखकों ने बेहतरी के बारे में लिखा है। रवीन्द्रनाथ टैगोर समाजवादी नहीं थे, लेकिन वहाँ से लिखे उनके पत्रों से पता चलता है कि सोवियत रूस में साधारण लोगों की बेहतरी के जो काम हुए थे, उससे टैगोर बहुत प्रभावित थे। सोवियत क्रान्ति से दो बातें जुड़ी थीं—एक, समाज का परिवर्तन सम्भव है; और दूसरा, जनसाधारण की बेहतरी हो सकती है, अगर समाजवाद ठीक से लागू हो तो, जो कि मार्क्स का

'यूटोपिया' था। इसमें मार्क्स की दो ही बातें मूल हैं—एक, वर्गों का अन्त होना चाहिए, इसमें सर्वहारा वर्ग का अन्त भी शामिल है, केवल पूँजीपति वर्ग का नहीं। दो, राज्य दमनकारी तन्त्र नहीं होगा। लेकिन सोवियत रूस में इसका ठीक उलट हो गया। भारत में एक वामपन्थी लेखक हैं परेश चट्टोपाध्याय, वे मानते ही नहीं कि सोवियत संघ का समाज मार्क्स के अनुसार समाज नहीं था। प्रो. रणधीर सिंह ने भी कहा कि हमें मार्क्स की ओर लौटना होगा। मार्क्स यूनानी मिथक प्रोमिथियस को सन्त और शहीद दोनों मानते हैं, मार्क्स पर एक पत्रिका ने उन्हें प्रोमिथियस की तरह ही दिखाया। दरअसल, मार्क्स समस्त कठिनाइयाँ सहकर अपना चिन्तन, विचार और संघर्ष जारी रखे हुए थे। सारी समस्या यह है कि भारतीय कम्युनिस्ट पार्टियों के नेता स्वयं मार्क्स के जीवनानुभव, कठिनाई, पीड़ा, यातना आदि से सीखने को तैयार नहीं हैं।

समय बदलने की बात इस सन्दर्भ में की जा रही है जो मीमांसा आधुनिकता के साथ आयी थी, उसमें मस्तिष्क और शरीर में एक द्वैत पैदा किया गया, जिसे कर्तेजियन डूएलिज़्म कहते हैं, जिससे पूरा विज्ञान विकसित हो पाया। न्यूट्रोनियन फिज़िक्स ने कहा कि शरीर एक मशीन है और उसके कारण राज्य की परिकल्पना बनी। हॉब्स, लॉक भी उसे मशीन की तरह देखने लगे। समाज को समझने के इस समस्त दृष्टिकोण से दया, करुणा जैसी चीज़ों को बाहर निकाल दिया। गाँधी, अम्बेडकर इनके महत्त्व को पुनः स्थापित करना चाहते हैं। और मार्क्स ने अपने 'इकोनॉमिक एंड फिलॉसोफ़िकल मैन्युस्क्रिप्ट' में भी जो अलगाव के सिद्धान्त की बात की है, उसे भी एक तरह से कुछ ऐसा प्रयास ही माना जा सकता है। लेकिन आधुनिकता की मुख्यधारा के चिन्तन में समाज की समझ आदि से इन चीज़ों को बाहर रखा गया। इसलिए समय बदलने की बात करने वाले लोग कह रहे हैं कि अब उस द्वैत से बाहर जाने की ज़रूरत है। बुद्धि-शरीर की ड्यूलिटी जिस विज्ञानमीमांसा ने पैदा की थी, उस ज्ञानमीमांसा का अन्त हो गया है। और अब नीत्शे जैसे चिन्तकों की ओर लोगों का ध्यान जा रहा है। जैसे स्त्रीवादी विचारधारा भी संवेदनाओं और भावनाओं को मानव स्वभाव का हिस्सा मानती है। अब यह माना जा रहा है कि यदि हम इन भावों को अपनी समझ का हिस्सा न बनाकर केवल (तार्किकता) के आधार पर समाज को समझने की कोशिश करेंगे तो हमारी समझ अधूरी रहेगी। क्या यह एक तरह से स्थापित दृष्टिकोण में परिवर्तन की ओर इंगित नहीं कर रहा है? शायद इस परिवर्तन का प्रभाव आहिस्ता-आहिस्ता साहित्य और समाजशास्त्र में भी देखने को मिलने लगेगा...

मैं तो ठीक इसका उल्टा कहता हूँ कि साहित्य पर इनका प्रभाव पड़ने के बदले साहित्य उन लोगों पर प्रभाव डाल रहा है। एक और महत्त्वपूर्ण बात यह है कि पश्चिम में जब आधुनिकतावाद उभार पर था, तब वहाँ सभी वैज्ञानिकों और

सिद्धान्तकारों के साथ-साथ साहित्य और साहित्यकार था। समस्त स्वच्छन्दतावादी आन्दोलन उसी समय का है। जर्मनी में थोड़ा पहले शुरू हुआ, अंग्रेज़ी में थोड़ा बाद में आया, लेकिन आधुनिकतावाद को स्थापित करने वाले दौर में ही शेली, कीट्स, वर्ड्सवर्थ आदि थे, जो सब भावनाओं को ही महत्त्व दे रहे थे। वैज्ञानिक विवेक को महत्त्व दे रहे थे। माना दार्शनिक भी ऐसा कर रहे थे, किन्तु साहित्यकार तब भी संवेदनाओं और भावनाओं को महत्त्व देते थे। उदाहरण के लिए, शेली ने मज़दूरों को ललकारते हुए एक कविता लिखी थी कि 'ये (पूँजीपति) मुट्ठी भर हैं और तुम असंख्य हो। अपनी ताक़त को समझो।' ये भावना ही है, विवेक नहीं। यह विवेक और भावना का द्वन्द्व एक तरह से विज्ञान बनाम साहित्य का द्वन्द्व है। यह कोई नया नहीं है, हमेशा से है। ग्राम्शी ने कहा था कि सभी व्यक्ति बौद्धिक हैं। अब जो हल चलाता है, वह बुद्धि नहीं रखेगा तो खेत में चलाने की बजाय पैर में चला लेगा। इसलिए सामान्य मनुष्य भी विवेक का उपयोग करता है। इसलिए विवेक और भावना मनुष्य की बुनियादी प्रवृत्तियाँ हैं, कोई उनसे कभी भी मुक्त नहीं रहा है। होता क्या है, जो लोग जिस सोच को स्थापित करना चाहते हैं, उसी को ब्रह्म की तरह भारतीय दर्शन में सर्वव्यापक घोषित कर देंगे और दूसरे को ख़ारिज कर देंगे। उत्तर-आधुनिकतावाद द्वारा विवेक को ख़ारिज करने का क्या परिणाम हुआ? मैंने बहुत पहले एक लेख लिखा था—'उत्तर-आधुनिक समय में मध्ययुगीनता की वापसी'। इससे ही एक उदाहरण ले सकते हैं मनुष्य के जीने और काम करने के लिए ज़रूरी भी दो ही बातें हैं। विवेक नहीं होगा तो आस्था होगी। आस्था के कारण ही आप देखिए कि पूरी दुनिया में आस्थावाद की बाढ़ आयी हुई है। इसी आस्थावाद से तरह-तरह की कट्टरता बढ़ रही है।

वर्तमान में चल रहे सामाजिक-राजनीतिक जन-आन्दोलनों को आप कैसे समझते हैं? क्या उनसे किसी आमूल सामाजिक-राजनीतिक परिवर्तन की उम्मीद करते हैं?

सभी को मालूम है कि इस देश में अब तक साढ़े तीन लाख से ज़्यादा किसानों ने आत्महत्या की। हिन्दुस्तान के इतिहास में अब से पहले यह कभी नहीं हुआ। यहाँ तक कि अंग्रेज़ी राज के ज़माने में भी नहीं हुआ, जबकि उस काल में करोड़ों लोग मरते थे। लेकिन मजबूरी में मौत होना और आत्महत्या करने में बुनियादी फ़र्क़ है। मुझे नहीं पता कि दुनिया के किसी देश में साढ़े तीन लाख लोगों ने आत्महत्या की हो लेकिन हिन्दुस्तान की तथाकथित वामपन्थी पार्टियों ने किसानों का कोई बड़ा आन्दोलन पिछले 20 वर्षों में नहीं किया। हिन्दुस्तान की वामपन्थी पार्टियों की सबसे बड़ी दुर्गति दो कारणों से है। एक, प्रायः उनका जन-आन्दोलनों से दूर रहना, और दूसरा, किसी और के आन्दोलन का समर्थन प्रायः नहीं करना। जैसे आदिवासियों के विस्थापन के मुद्दे पर मेधा पाटकर का आन्दोलन हिन्दुस्तान

का बहुत महत्त्वपूर्ण आन्दोलन है, उसका समर्थन ये कम्युनिस्ट पार्टियाँ नहीं करतीं; और स्वयं भी आन्दोलन नहीं करतीं। ऐसे में, विनाश नहीं तो विकास कहाँ से होगा? इसलिए आन्दोलन तरह-तरह के नहीं हो रहे हैं, वे बहुत सीमित हैं। सबको मालूम है पर्यावरण के विनाश में सबसे बड़ी भूमिका पूँजीवाद की है, लेकिन चूँकि प्रत्येक पार्टी में पूँजीवाद को स्वीकार कर लिया गया है, इसलिए पर्यावरण विनाश के ख़िलाफ़ आवाज़ उठाने को सरकार और राजनीतिक दल विकास-विरोधी कहते हैं। मुझे नागार्जुन की एक कविता याद आ रही है—'तुम पानी में आग लगाओ/ नदियाँ बदला ले ही लेंगी।' उत्तराखण्ड में यही सब हुआ। इसलिए पूँजीवादी विकास के नाम पर जो विनाश की प्रक्रिया है, उस पर भी समाजवादियों को ध्यान देना चाहिए। अब स्त्रियों की स्वाधीनता का सवाल ही लीजिए। भारत में अभी यह कुल मिलाकर मध्यवर्गीय शहरी पढ़ी-लिखी औरतों का मामला बनकर रह गया है। महादेवी वर्मा ने सन् 1935 के आसपास 'चाँद' पत्रिका में कुछ लेख लिखे थे जो सन् 1942 में 'शृंखला की कड़ियाँ' नामक पुस्तक में संकलित हैं। इसमें उन्होंने गाँव की स्त्रियों—किसान मज़दूर औरतों—की समस्याओं पर भी ध्यान दिया। लेकिन कोई स्त्रीवादी उन पर ख़ास ध्यान नहीं देती हैं। यह कौन-सा स्त्री-विमर्श है जिसमें अकेले स्वतन्त्रता मिलनी चाहिए? आन्दोलन जब इतने व्यक्तिपरक होंगे तो उन्हें आन्दोलन नहीं कहा जायेगा। आन्दोलन के होने का मतलब ही है सामाजिक होना, और वह जितना व्यापक होगा उतना ही प्रभावशाली होगा। यह बात पर्यावरण, जल संरक्षण, स्त्री-विमर्श आदि समस्त आन्दोलनों पर लागू होती है।

अब आपका ध्यान एक ऐसे विषय की ओर आकर्षित करना चाहेंगे, जिसके बारे में हमें मालूम है कि इसमें आपकी काफ़ी रुचि है और आपका अध्ययन भी है। मेरा मतलब मध्यकालीन भारत, ईरान और मध्य एशिया में सूफ़ी और भक्ति आन्दोलन से है। इस विषय में यह जानना महत्त्वपूर्ण होगा कि इसके उदय के पीछे आप क्या कारण देखते हैं?

इसके मुख्यतः तीन कारण मुझे दिखाई पड़ते हैं। संसारभर का सूफ़ी काव्य (बाहरी और हिन्दुस्तानी) स्थानीय भाषाओं में लिखा गया। हिन्दी के सूफ़ी कवियों ने अधिकांशतः अवधी में लिखा। मुल्ला दाऊद से शुरू करके जायसी, कुतुबन, मंझन आदि सभी अवधी के कवि थे या ब्रजभाषा के। तो एक यह स्थानीयता; दूसरा, इस्लाम में मुल्ला-मौलवियों के ज़ोर से जो कट्टरता थी, वे उससे समाज को मुक्त करके प्रेम के रास्ते पर ले चलने का प्रयत्न कर रहे थे। यही है सूफ़ी दर्शन। उनका कहना है—इश्क़-ए-मजाज़ी से इश्क़-ए-हक़ीक़ी की ओर जाना। तीसरा, उनका ईश्वर किसी से कोई भेदभाव नहीं करता था। जो प्रेम के मार्ग में आये, वही सूफ़ी है और वही मनुष्य है। जायसी की पंक्ति है कि 'मानुष प्रेम भयऊँ बैकुण्ठी, नहि त काह छार एक मुट्ठी' अर्थात् मनुष्य प्रेम के कारण स्वर्गीय बनता है, नहीं तो

एक मुट्ठी राख के सिवाय क्या है वह। इस तरह से सूफ़ी काव्य और उसका दर्शन परम मानवतावादी दर्शन है। उसमें सभी का स्वागत है, उसमें हिन्दू-मुस्लिम की जकड़बन्दी नहीं है। सूफ़ियों में अनेक शहीद हुए। इसका प्रमाण इतिहास में मौजूद है। चूँकि कृष्णभक्ति में प्रेम का महत्त्व बहुत है, इसीलिए अनेक मुसलमान कवि केवल कृष्णभक्ति में ही आये।

हमें ज्ञात है कि आपकी बेहद रुचि दाराशिकोह में है। इसमें कोई शक़ नहीं कि दाराशिकोह भारत के महानतम विचारकों में से एक थे। भारत के साम्प्रदायिक सौहार्द के दर्शन में उनके योगदान के बारे में हम सब लोग जानते हैं। हमें यह जानने की इच्छा है कि आपकी रुचि दाराशिकोह में कैसे पैदा हुई?

बहुत पहले लाहौर से छपने वाली एक उर्दू की पत्रिका में प्रेमचन्द की कहानी 'दारा का दरबार' पढ़ी। प्रेमचन्द के संग्रहों में यह कहानी नहीं है। 'दारा के दरबार' में हिन्दू, ईसाई सभी अलग-अलग मज़हबों के लोग मिलकर आपस में जीवन, धर्म आदि समस्याओं पर बहस कर रहे थे। यह कहानी पढ़कर लगा कि दारा यदि प्रेमचन्द को प्रभावित कर सकता है तो उसके बारे में खोजबीन करनी चाहिए। इसके बाद सन् 1943 में रामविलास शर्मा ने दाराशिकोह शीर्षक से लम्बी कविता लिखी। चूँकि प्रेमचन्द के समाज और दृष्टि को अधिक प्रामाणिक माना जाता है, इसलिए यह समझ में आया कि दारा केवल उदार दृष्टिकोण का राजकुमार नहीं था, बल्कि सोचने-विचारने वाला एक आदमी था, तो उसमें मेरी दिलचस्पी जगी। मैंने रामविलास जी की कविता पढ़ी, जिसमें लगभग संक्षेप में उनका जीवन, औरंगज़ेब से लड़ाई में उसकी पराजय और दिल्ली में बीमार, बूढ़ी, गन्दी हथिनी पर घुमाना, अपमानित करना और हत्या करवाना सब इसी में है। इससे मुझे लगा कि दारा पुराने यूनानी अर्थ में महान त्रासदी का उदात्त नायक है। मेरी दिलचस्पी के मूलस्रोत ये दोनों हैं। इसके बाद मैंने दाराशिकोह को पढ़ना शुरू किया। मुझे मालूम हुआ कि उसने एक किताब फ़ारसी में लिखी 'मज़्म-उल्-बहरैन'। मैंने इसका अंग्रेज़ी अनुवाद पढ़ा, जिसे मैं एशियाटिक सोसाइटी कलकत्ता से ले आया था। इसकी भूमिका से दाराशिकोह की अन्य रचनाओं के विषय में थोड़ी-बहुत जानकारी प्राप्त हुई। इतिहास में दाराशिकोह पर पहला कार्य बंगाल के यदुनाथ सरकार के शिष्य कालिकारंजन कानूनगो ने किया। इस किताब को मैं बी.एच.यू. से लाया, जिससे बुनियादी जानकारी मिली। विक्रमजीत हसरत की दारा पर लिखी किताब भी महत्त्वपूर्ण है।

दाराशिकोह पहला व्यक्ति नहीं था जो साझी संस्कृति पर काम कर रहा था, यह एक परम्परा थी जिसमें अमीर खुसरो जैसे कई लेखक, कवि, सूफ़ी आदि के साथ अकबर, जहाँगीर आदि भी आते हैं। इस सन्दर्भ में दाराशिकोह के बौद्धिक योगदान का मूल्यांकन आप कैसे करते हैं?

देखिए, अकबर से लेकर बहादुरशाह ज़फ़र तक जितने मुग़ल बादशाह हुए हैं, सब ब्रजभाषा में कविता लिखते थे। मैं उन कविताओं की किताब तैयार कर रहा हूँ। अकबर के ज़माने में जितने मुग़ल शहज़ादे-शहज़ादियाँ थीं, उनको चार भाषाओं में शिक्षा दी जाती थी—पहली मुग़लों की मातृभाषा तुर्की, दूसरी धर्म की भाषा अरबी, तीसरी ज्ञान और राजकाज की भाषा फ़ारसी और चौथी स्थानीय भाषा ब्रज। दाराशिकोह भी फ़ारसी और ब्रज दोनों में कविता लिखता था। सबसे बड़ा काम उसने यह किया कि 52 उपनिषदों का फ़ारसी में अनुवाद किया, जिससे लैटिन और फ्रांसीसी में अनुवाद हुआ। इसी से यूरोप को उपनिषदों का ज्ञान हुआ। ऑक्टोवियो पॉज ने 'इन दी लाइट ऑफ़ इंडिया' में यह हवाला दिया कि दाराशिकोह के अनुवाद से ही यूरोप में उपनिषदों के दर्शन का ज्ञान हुआ। इसलिए मैं दाराशिकोह को भारतीय दर्शन और संस्कृत को पश्चिम में पहुँचाने वाला राजदूत मानता हूँ। वह स्वयं कादरी समुदाय का सूफ़ी भी था। बहुत बड़ा बौद्धिक काम है उसका।

दाराशिकोह ने फ़ारसी में प्रथम महत्त्वपूर्ण पुस्तक लिखी जिसका शीर्षक 'समुद्रों का संगम' है। उसका मूल विचार यह है कि इस्लाम और हिन्दू धर्म दोनों समुद्र हैं, इन दोनों के बीच संगम होना चाहिए। दो साल बाद उसने इस पुस्तक का संस्कृत में 'समुद्र संगम' शीर्षक से अनुवाद किया। दारा के गुरु पण्डितराज जगन्नाथ थे, जो संस्कृत के महान विद्वान थे और काव्यशास्त्र के आख़िरी आचार्य माने जाते हैं। उनके गुरु कविन्द्राचार्य भी शाहजहाँ के दरबार में रहे थे। मूल बात यह है कि आपने जो नाम लिए, उनमें से कोई अपने काम से शहीद नहीं हुआ, शहीद सिर्फ़ दारा हुआ। औरंगज़ेब जब गद्दी पर बैठ चुका था, तब दारा धोखे से पकड़ा गया। औरगंज़ेब दुविधा में था कि दारा को मारे या न मारे, तो उसके सलाहकारों और रोशनआरा ने कहा कि इसे जीवित छोड़ोगे तो गद्दी पर नहीं रह पाओगे। तो दारा को मारने के बहाने के रूप में मुल्लाओं ने इस किताब को पेश किया। इसी आधार पर दारा की मौत का फ़तवा जारी किया गया। यह सब काम करते समय दाराशिकोह इसके ख़तरे जानता था।

हमने मार्क्सवाद पर बातचीत की, दाराशिकोह के बारे में बात की, लेकिन अब हम आपके अपने विषय पर आना चाहते हैं। मेरा मतलब साहित्य से है। हम जानना चाहेंगे कि आप साहित्य को कैसे परिभाषित करेंगे?

साहित्य शब्द और संसार के बीच विभिन्न तरह के सम्बन्धों की अभिव्यक्ति है। साहित्य की जो एक हज़ार परिभाषाएँ अच्छी-बुरी दी गयी हैं, उनके बारे में बात नहीं कर रहा हूँ। मैं जितना समझ रहा हूँ, उसके बारे में बात कर रहा हूँ कि साहित्य शब्द और संसार के बीच मुख्य रूप से तीन प्रकार के सम्बन्धों की अभिव्यक्ति है—भावात्मक, बौद्धिक और कल्पनाजन्य सम्बन्ध। मूलतः यही साहित्य

है। अर्थ यह है कि शब्द के बिना साहित्य सम्भव नहीं है। शब्द को विस्तृत कीजिए तो भाषा है। भाषा के बिना साहित्य सम्भव नहीं है। लेकिन संसार से सम्बन्ध के बिना भाषा और शब्द का भी कोई अर्थ नहीं है। मेरे हिसाब से शब्द का अर्थ से, अर्थ का संवेदना से, संवेदना का अनुभव से, अनुभव का यथार्थ से और यथार्थ का ऐतिहासिक परिस्थितियों से जो सम्बन्ध होता है, उसी से भाषा का स्वरूप निर्मित होता है और साहित्य में इन सब चीज़ों की अभिव्यक्ति होती है।

दूसरी बात मैं यह कहना चाहता हूँ कि साहित्य मूलतः मनुष्य की स्वतन्त्रता की अभिव्यक्ति है और उसमें स्वतन्त्रता के साथ या पक्ष में खड़ा होने की प्रवृत्ति भी है। कोई व्यक्ति जब साहित्य लिखता है तो उसकी सार्थकता इसी बात में है कि जो वह चाहता है, वो लिखता है। मैं इसे संस्कृत के मुहावरे से जोड़ता हूँ कि जो कविता का संसार है, उसका रचयिता कवि होता है। उसी को प्रजापति कहा गया है। इस कवि शब्द का सारे संसार की अधिकांश भाषाओं में अर्थ है—स्रष्टा अर्थात् निर्माता। सम्भवतः इसीलिए ईश्वर के अनेक नामों में से एक नाम कवि भी है। साहित्य संक्षेप में यही है। इन सब चीज़ों के बदलने का यह परिणाम होता है कि स्वयं साहित्य बदलता रहता है। सब परिवर्तनशील है अर्थात् संवेदना परिवर्तनशील है अनुभव परिवर्तनशील होने से, अनुभव परिवर्तनशील है यथार्थ से और यथार्थ परिवर्तनशील है ऐतिहासिक सन्दर्भों के परिवर्तनशील होने से। इसलिए प्राचीन काल से लेकर आज के समय तक साहित्य का स्वरूप बदलता रहता है। आख़िरी बात जो मैंने कही, उसको ध्यान में रखिए कि साहित्य मनुष्य की स्वतन्त्रता की अभिव्यक्ति है क्योंकि स्वतन्त्रता के बिना सृजन सम्भव नहीं है। साथ ही, स्वतन्त्रता के पक्ष में, स्वतन्त्रता के साथ साहित्य खड़ा भी होता है। ये सारी साहित्य की बुनियादी विशेषताएँ हैं।

यदि साहित्य शब्द और संसार के बीच विभिन्न तरह के सम्बन्धों की अभिव्यक्ति है और साहित्य शब्द और संसार के बीच भावात्मक, बौद्धिक और कल्पनाजन्य सम्बन्धों की अभिव्यक्ति है, तो साहित्य के स्वरूप के बदलाव में समाज की क्या भूमिका होती है?

मैंने साहित्य का जो स्वभाव बताया है, वह छोटे पैमाने पर भी हो सकता है अर्थात् एक प्रगीत में भी हो सकता है, वहीं बड़े पैमाने पर एक महाकाव्य में भी हो सकता है। जो बड़े पैमाने पर होगा वही काव्य होगा, बड़ी शायरी होगी। मान लीजिए आपके साहित्य की जितनी हमें जानकारी है तो शेर कहना एक सीमा में अपनी बात कहना है लेकिन शाहनामा लिखना बहुत बड़े पैमाने का मामला है। शाहनामा महान रचना होगी और एक कोई स्वतन्त्र रूप से ग़ज़ल कहता है, रूबाई कहता है, उसके हिस्से के रूप में चमकदार शेर कहता है तो महत्त्वपूर्ण होने के बावजूद वो शाहनामा का सामना नहीं कर सकते हैं। पर एक और बात का ध्यान रखिए कि साहित्य की दुनिया और रूप बहुत सारे कारणों से बदलते रहे हैं। प्राचीन

काल में सारी दुनिया में महाकाव्य लिखे गये। रवीन्द्रनाथ टैगोर मानते थे कि भारत में सच्चे अर्थों में कम-से-कम दो महाकाव्य थे—एक, रामायण और दूसरा, महाभारत। कालिदास महाकवि हैं, उनका महाकाव्य कहा जा सकता है, और सूर, तुलसी को तो छोड़ ही दीजिए। वास्तव में, महाकाव्य या किसी भी साहित्य रूप का एक वैचारिक आधार भी होता है। धीरे-धीरे समय और इतिहास बदलने के साथ वह वैचारिक आधार समाप्त हो जाता है, तो उसको बाद के दिनों में लिखना सम्भव ही नहीं हैं। साफ़ तौर से कहूँ तो सारे संसार के प्राचीन साहित्य और मध्यकाल के साहित्य में दैवी हस्तक्षेप आवश्यक होता था। उसके बिना न रामायण लिखा जा सकता था, न महाभारत। मार्क्स ने लिखा है कि जैसे यूनानी महाकाव्य होमर के 'एलियड' और 'यूडिस' का आधार यूनानी मिथक वाला है और भारत में रामायण और महाभारत का आधार भारतीय मिथक है। अब मध्यकाल के बाद इन मिथकों की सार्थकता, अस्तित्व सब समाप्त हो गया है। जब आधुनिक काल में तीन चीज़ों का एक साथ विकास हुआ—तकनीक, विचारधारा और सामाजिक संरचना का बदलाव, तो इससे महाकाव्य की सम्भावना ही ख़त्म हो गयी है। वैचारिकी बदलने से व्यक्ति महत्त्वपूर्ण हो गया। समस्त दुनिया में उपन्यास के लिए माना जाता है कि जिस देश और समाज में स्त्री स्वतन्त्र नहीं होगी, वहाँ उपन्यास का विकास ही नहीं हो सकता। वैसा ही हुआ भी। फ्रांस की तुलना में उपन्यास का विकास इंग्लैंड में पहले हुआ, फ्रांस में बाद में। भारत में भी यही स्थिति दिखाई देती है। दूसरा, सामन्तवाद के ख़त्म होने के बाद और पूँजीवाद के आने के बाद व्यक्तिवाद भी साथ-साथ आया। ज़ाहिर है व्यक्ति महत्त्वपूर्ण हुआ। उपन्यास के पात्र देशकालबद्ध होते हैं। वे मिथकों और पुरानी कहानियों की तरह हवाई नहीं होते जैसे कि वे कभी भी हो सकते हैं और कहीं भी हो सकते हैं। गोदान के होरी का देशकाल आप उसके जीवन और संघर्ष को देखकर बता सकते हैं। सम्भव ही नहीं है कि अकबर के ज़माने में होरी हो। होरी केवल ब्रिटिश राज में और सामन्ती ज़मींदारी आधार की दुनिया में ही हो सकता है। भारतीय समाज की संरचना की अलग विशेषताएँ हैं जिसमें जाति एक महासमस्या है, गोदान में भी है। प्रेमचन्द सबको तोड़ रहे थे। गोदान में एक दलित स्त्री से एक पण्डित का प्रेम कराना केवल प्रेमचन्द के यहाँ सम्भव था। महाकाव्य, गीत और कथा कहानी—ये समस्त दुनिया के तीन प्राचीनतम साहित्य रूप हैं। बाद के दिनों में जब गद्य, विशेषकर उपन्यास आया तो वहाँ तकनीक की भूमिका महत्त्वपूर्ण हो गयी अर्थात् उपन्यास मौखिक नहीं हो सकता। साहित्य की संस्कृति की भी तीन अवस्थाएँ हैं। शुरू में दुनियाभर का साहित्य मौखिक था, क्योंकि जब लिपि का ही विकास नहीं हुआ था तो लिखा कैसे जाता? लिपि का विकास बहुत बाद में समस्त दुनिया में बारी-बारी से हुआ। एक गीत जिसे कवि रचता था और सौ-दो सौ-हज़ार लोगों को सुनाता था, उसी में कुछ लोगों को याद भी रह जाता था। उसी आधार पर

कवि और कविता को स्मृति में लोग रखते थे। इसीलिए प्राचीन भारतीय साहित्य में दो शब्द हैं—श्रुति और स्मृति। ये दोनों वास्तव में लिपि के अभाव से पैदा हुए शब्द हैं। इसलिए वेदों को श्रुति कहा जाता है। याद करके ही लोग उनका पाठ करते थे। बाद के दिनों में जब लिखित हुआ, साहित्य-संस्कृति की दूसरी अवस्था आयी तो दुनिया के सब देशों में नहीं। परन्तु भारत में एक विचित्रता है। भारत को, पण्डित नेहरू से लेकर समस्त लोग कहते हैं कि भारत विविधताओं का देश है। मैं कहता हूँ भारत विचित्रताओं का देश है। भारत में लेखन की संस्कृति आयी, तो कविता-नाटक लिखे जाने लगे। किन्तु यह भी उसके साथ आया कि कौन इसको पढ़ सकता है और कौन नहीं पढ़ सकता है। अर्थात् विधि-निषेध भी लागू हो गया—दलित नहीं पढ़ सकते, स्त्रियाँ नहीं पढ़ सकतीं। तकनीक के विकास ने यह सब बदल दिया। उदाहरण के तौर पर किताब छपी चाहे वह ऋग्वेद ही क्यों न हो। किताब ख़रीदने के लिए आप दुकान पर गये। दुकानदार यह नहीं पूछेगा कि आप पण्डित हैं कि दलित हैं। शायद किसी को पूछने की ज़रूरत न हो कि आप पुरुष हो कि स्त्री, वह तो स्वतः दिख ही जायेगा। वह केवल एक बात बतायेगा कि इसकी क़ीमत पाँच सौ, एक हज़ार या सौ रुपया है? आपने दिये और आप किताब ले आये। मन करे तो बस में पढ़ो, ट्रेन में पढ़ो, नहा-धो के पढ़ने की कोई शर्त नहीं है। इस तरह से तकनीक ने साहित्य की संस्कृति में लोकतन्त्र लाने का काम किया।

आप किस रचना और रचनाकार को महान मानते हैं?

संस्कृत में दो महान काव्य वाल्मीकि और व्यास के हैं। इसके बाद दो और महान रचनाकार और कवि हैं—कालिदास और भवभूति। मध्यकाल में तीन-चार बड़े कवि हैं—कबीरदास, सूरदास, जायसी और तुलसीदास जिन्होंने साहित्य की दिशा बदल दी। थोड़ा पीछे जायें तो विद्यापति। ये मध्यकाल के बड़े कवि हैं। आधुनिक काल के हिन्दी के प्रसंग में अनेक दृष्टियों से दिशा देने और बनाने की दृष्टि से कवि उतने नहीं हैं। बड़े नाटककार हैं—भारतेन्दु हरिश्चन्द्र। फिर छायावाद के दो कवि—प्रसाद और निराला। गद्य में जायें तो प्रेमचन्द। थोड़ा आगे आयें तो प्रगतिशील आन्दोलन के दौर के दो बड़े कवि—नागार्जुन और मुक्तिबोध। उसके बाद के कवियों में असंख्य और अनेक हैं। स्त्रियों में मध्यकाल में केवल एक हैं मीराबाई और आधुनिक काल में अनेक महत्त्वपूर्ण हैं। मेरे लिए महादेवी वर्मा गद्य लेखिका के रूप में ज़्यादा महत्त्वपूर्ण हैं यद्यपि वह छायावाद की कवियों में मानी जाती हैं। उन्होंने स्त्रियों की दशा-दुर्दशा के बारे में जो निबन्ध 'शृंखला की कड़ियाँ' में लिखे हैं, वैसी किताब भारत में लिखी ही नहीं गयी। मैं तो महादेवी वर्मा को फेमिनिस्ट फिलॉसोफ़र मानता हूँ। जिस पर एकदम किसी ने ध्यान नहीं दिया, हिन्दी में भी बहुत पहले नहीं दिया गया। मैंने एक लेख लिखा था, उससे पहले थोड़ी बातें कभी अमृतराय ने लिखी थीं। हिन्दी के

बहुत-से स्त्रीवादी उस किताब को नहीं जानते। मैंने बहुतों को सिमोन द बोउवार पढ़ने से पहले महादेवी वर्मा को पढ़ने की सलाह दी ताकि हिन्दुस्तान की स्त्रियों की दशा का बोध हो सके। सिमोन द बोउवार की किताब 'द सेकेण्ड सेक्स' फ्रेंच में सन् 1949 में लिखी गयी। यह अंग्रेज़ी में सन् 1953 में आयी। महादेवी जी की 'शृंखला की कड़ियाँ' के निबन्ध सन् 1935 में लिखे गये और सन् 1942 में तो किताब छप गयी थी। परन्तु अपने यहाँ की प्रवृत्ति है कि बिना जाने-सुने ही लोग पश्चिम के लेखकों को ज़्यादा महत्त्वपूर्ण मानते हैं, अपने यहाँ के लोगों को नहीं।

अब एक सवाल साहित्य और समाज के रिश्तों को लेकर है। क्या आप भी इस बात से सहमत हैं कि आज के समय में साहित्य और समाज का सम्बन्ध काफ़ी बदलता जा रहा है और ऐसा लग रहा है कि साहित्य का प्रभाव समाज पर घटता जा रहा है? आज हम न पहले की तरह किताबें देखते हैं, न पढ़ने की वैसी संस्कृति है? क्या इस बदलाव का कारण तकनीकी का विकास है?

देखिए, पहली बात, पहले ज्ञान और मनोरंजन दोनों का एकमात्र साधन साहित्य था। आजकल इतने बड़े पैमाने पर टेलीविज़न और कम्प्यूटर के माध्यम से नेट और सोशल नेटवर्किंग आ गया है लोगों को इनसे ही फुर्सत नहीं है साहित्य की ओर जाने की। दूसरी बात, साहित्य, टेलीविज़न, सोशल मीडिया, ब्लॉग आदि सबका एक बुनियादी फ़र्क़ है। साहित्य की ओर जाने के लिए थोड़ी तैयारी की ज़रूरत होती है अर्थात् यदि साहित्य से आप कुछ पाना चाहते हो तो साहित्य भाषा का ज्ञान, बुद्धि, कल्पना इन सबकी माँग करता है। टेलीविज़न में इनमें से किसी चीज़ की ज़रूरत नहीं है। निहायत ही मूर्खतापूर्ण सीरियल लोग देखते हैं। कई लोग देखकर खीझते भी हैं, पर कथा में आमन्त्रित करने की एक अद्भुत क्षमता होती है। इसलिए देखते भी हैं और उस पर खीझते भी हैं—क्या बकवास बना रखा है? तीसरी बात, फेसबुक, ब्लॉग में लिखने की कोई ज़िम्मेदारी नहीं है, साहित्य इसकी छूट नहीं देता है। आपको अमुक की कविता पसन्द नहीं है, तो साहित्य चुनाव की सुविधा देता है। उनकी पसन्द नहीं है, अन्य की पढ़ो, उनकी नहीं तो उनकी पढ़ो। परन्तु यह नहीं है कि उसमें स्वतन्त्रता है और आप अर्थ लगाओ गुलामी। यह नहीं चल सकता, यह भाषा की प्रकृति नहीं है। इसमें साहित्य बनता-बिगड़ता है। चूँकि मनोरंजन और ज्ञान दोनों के सस्ते, सतही साधन सुलभ हैं, इसलिए श्रम, कल्पना और बुद्धि के साधन साहित्य और कला, उसकी ओर जाने की लोगों की प्रवृत्ति भी नहीं है, दिलचस्पी भी नहीं है और फुर्सत भी नहीं है। इसलिए साहित्य का प्रभाव कम हुआ है। साथ ही, हाल के वर्षों में साहित्य की भाषा और बनावट ऐसी हो रही है कि बहुतों की समझ में ही नहीं आती। जैसे निराला ने बहुत जटिल कविताएँ भी लिखी हैं और बहुत सरल भी लिखी हैं। आप 'राम की शक्तिपूजा'

नहीं पढ़ सकते तो 'तोड़ती पत्थर' और 'भिक्षुक' तो पढ़ सकते हैं। यहाँ तो कवियों के पास वो गुंज़ाइश भी नहीं है। एक तरह की भाषा, और जिसका लगभग रूप यह बन गया है कि अकबर इलाहाबादी का शेर मैंने उद्धृत किया है कि—'उनका कहा वो आप समझे या खुदा समझे'। तो लोग काहे पढ़ें और क्यों पढ़ें? यह कुल मिलाकर अच्छे-बुरे लोकतन्त्र का समय है। लोगों का लोकतन्त्र का अभी ऐसा है कि, नहीं समझ में आता है तो क्यों पढ़ें? क्रीम, बाम लगाकर कोई साहित्य नहीं पढ़ता। इस साहित्य की हैसियत घटने के एक नहीं, अनेक कारण हैं। इसके बावजूद ऐसा नहीं है कि सब वीरान हो गया है। नागार्जुन की कविताएँ आन्दोलन में सुनाई जाती हैं। कभी-कभी यह होता है कि अकाल में दूब पर लोगों का ध्यान नहीं जाता है। अकाल के बावजूद दूब पैदा होती है और बढ़ती रहती है परन्तु लोग तो आम और पीपल का पेड़ देखेंगे कि सूखा में सूख गया इसलिए अब पेड़ ही नहीं, थोड़ा नीचे भी देखो। अर्थात् यह है कि अब भी हिन्दी में ऐसे कवि हैं जिनकी कविता में लोकतन्त्र है और भाषा और रचाव में भी लोकतन्त्र है। जैसे हम लोगों के परिचित कवि हैं मदन कश्यप। मदन कश्यप की कविता में लोकतन्त्र है। मैं उसे लोकतन्त्र कहने के बदले जनतन्त्र कहना पसन्द करूँगा, क्योंकि इस समय लोकतन्त्र शब्द से मुझे बहुत चिढ़ और चिन्ता होती है क्योंकि लोक का विरोधी केवल परलोक होता है। लोक में मज़दूर, किसान हैं, तो बिड़ला जी आदि भी लोक में ही हैं। इसलिए मैं लोकतन्त्र नहीं, 'जनतन्त्र' कहता हूँ। जन का विरोधी बहुत लोग हैं इसके लिए परलोक जाने की ज़रूरत नहीं है। कविता में जनतन्त्र तीन रूपों में होता है। एक, भीतर अन्तर्वस्तु के रूप में जन हों, उसकी वास्तविकताएँ हों, उसकी दुविधाएँ हों और कभी-कभी उसकी सुविधाएँ भी हों। दूसरा, यह कि वह रचाव भाषा के स्तर पर साधारण पढ़े-लिखे लोगों की समझ में आने लायक हो क्योंकि आजकल कविता तो मौखिक रही नहीं। पढ़ी ही जा सकती है। उसके लिए एम.ए., पीएच.डी. करने की ज़रूरत नहीं है। इसलिए मैं यह कह रहा हूँ कि कविता में जनतन्त्र इन तीनों कारणों से होता है, माने उसमें जन हो, भाषा में सहजता-सुबोधता हो और रचाव या उसकी संरचना में जटिलता न हो। कुछ लोग कहते हैं कि जीवन ही जटिल है तो कबीर, सूर या प्रेमचन्द के ज़माने में क्या जीवन जटिल नहीं था। आज से तो ज़्यादा ही जटिल था। पर वे हर बात को सरल-सुबोध तरीक़े से कहते थे। आज सहज-सुबोध की वह प्रवृत्ति ही ग़ायब हो गयी है। इसलिए साहित्य की समाज में पहुँच और हैसियत दोनों घटने के बहुत सारे कारण हैं।

क्या यह भी एक कारण है कि साहित्यकार समाज से हटकर विश्वविद्यालयों में रहने लगे हैं और सामाजिक सरोकारों के बदले उनके ऊपर संस्थागत सरोकार हावी हो गये हैं?

देखिए, यह सीमित रूप में है। बहुत सारे साहित्यकार हैं, जो विश्वविद्यालयों में नहीं रहते। अब विश्वविद्यालयों में छात्र-छात्राएँ थोड़े-बहुत हों भी लेकिन अध्यापक

बहुत कम साहित्यकार रह गये हैं। एक-आध थे, जैसे जे.एन.यू. में केदारनाथ सिंह थे। मात्र आलोचना लिखना साहित्यकार होना नहीं है। साहित्यकार होने के लिए थोड़ा सर्जक होना चाहिए। कोई कविता, कहानी, उपन्यास लिखे, तो उसे सही अर्थों में हम साहित्यकार कहेंगे। आलोचना लिखना अध्यापकों की मजबूरी है क्योंकि उसमें प्रमोशन का एक तत्त्व जुड़ा है। किन्तु लड़के-लड़कियों में आपको ऐसे मिल जायेंगे जो कुछ कविताएँ लिखते हैं, कुछ कहानियाँ भी लिखते हैं। अब आगे एक और स्थिति हो गयी है कि युवा पीढ़ी के जीवन का लक्ष्य बदल गया है। पहले के ज़माने में सार्थक जीवन को लोग ज़्यादा महत्त्वपूर्ण मानते थे, आज के ज़माने में सफल जीवन को ज़्यादा महत्त्व देते हैं। सार्थकता हमेशा सामाजिक होती है, सफलता हमेशा व्यक्तिगत होती है। ऐसे में कविता, कहानी, उपन्यास लिखने के लिए आपको अपने से बाहर जाना होगा, दस-दो सौ-दो लाख व्यक्तियों के भाव, विचार, अनुभव, तबाही, बर्बादी किसी से आपका लगाव-जुड़ाव, संवेदना ही नहीं होगी तो क्या कविता, कहानी, उपन्यास लिखोगे? तब केवल प्रत्येक व्यक्ति जवानी में प्रेम की कविता लिखता है और बुढ़ापे में वैराग की। वो कविता नहीं होती है, वो उम्र की मजबूरी होती है।

पहले के ज़माने में आप जिसके विशेषज्ञ हैं, उस भाषा में भी याद कीजिए यानी फ़ारसी, उर्दू, हिन्दी में पहले ज़माने में साहित्य के होल-टाइमर हुआ करते थे। सूर, तुलसी, कबीर केवल कविता करते थे। आधुनिक काल में भी निराला, प्रसाद, पन्त, नागार्जुन, शमशेर, त्रिलोचन, नागर जी केवल साहित्य के लिए पूर्णतः समर्पित थे। यही उनका जीवन था। एक तरह से वे होल-टाइमर थे। आजकल लोग साहित्य को पार्ट टाइम जॉब समझते हैं। उनका साहित्य में ऐसा लगाव नहीं है, जैसा लगाव प्रेमचन्द का था। प्रेमचन्द अपने साहित्य को जीवन-मरण की चीज़ समझते थे। इसलिए उन्होंने महान साहित्य लिखा। पार्ट टाइम में न उतनी गहराई होगी, न गम्भीरता होगी। उतने बड़े पैमाने पर उस तरह का साहित्य नहीं आ रहा। परन्तु दुनिया में संघर्षशील समाज और देश हैं जैसे लैटिन अमेरिका, 20वीं सदी का अधिकांश महान साहित्य वहीं लिखा गया। अफ्रीका अब संघर्षशील समाज और देश है। अमेरिका और यूरोप तो लुटेरे हैं।

साहित्य में बुनियादी तत्त्व शब्द है और शब्द समाज से आता है। हमारे यहाँ बड़े कवि हुए हैं जैसे फ़ारसी-उर्दू में इक़बाल का नाम ले सकते हैं। हिन्दी में प्रसाद-निराला हैं, बांग्ला में टैगोर हैं। ये हमारी ज्ञान परम्परा से पूरी तरह वाक़िफ़ हैं। जैसे इक़बाल फ़ारसी-उर्दू के हैं लेकिन संस्कृत भी उन्होंने पढ़ी। हमारे पुराने ट्रेडिशन को भी बहुत नज़दीकी से जानते थे। प्रसाद स्वयं फ़ारसी भी जानते थे और हमारी ट्रेडिशन का हिस्सा था। टैगोर इससे भली-भाँति वाक़िफ़ हैं। अब आज़ादी के बाद की पीढ़ी के साहित्यकार या पढ़े-लिखे लोग इस ट्रेडिशन से कटे हुए नज़र आते हैं। ऐसा नहीं

है कि उनमें सृजनात्मक क्षमता नहीं हैं, लेकिन परम्परा से कटने का जो नुक़सान है, हो सकता है, उस वजह से महान साहित्य की सम्भावनाएँ कम हो गयी हों?

आपकी बात में दम है। देखिए, बड़ी रचना परम्परा के बोध और समकालीन संवेदना के टकराव से पैदा होती है। परम्परा भाषा की भी होती है, ज्ञान की भी होती है, संवेदना की भी होती है और समकालीनता की भी। इन सब में जब टकराव होता है और रचनाकार चुनाव करता है, तभी वह नयी और महत्त्वपूर्ण रचना रच सकता है। अब तो स्थिति यह है कि जो पुराने से जुड़े हुए हैं, भारत में संस्कृत जानने वाले लोग समकालीनता को नहीं जानते। समकालीन न समय को जानते हैं, न समाज ठीक से जानते हैं, न संवेदना जानते हैं, न सोच को जानते हैं। उनके लिए बाबा नाम केवलम—वही जपेंगे। इसके विपरीत दूसरी पीढ़ी का पुराने से कुछ लेना-देना नहीं है। वह नहीं जानती कि कालिदास ने क्या लिखा है? और कालिदास की शकुन्तला में ऐसा क्या है जिसको पढ़कर गेटे मुग्ध हो गये? इसलिए परम्परा और समकालीनता के बीच एक विभाजन पैदा हो गया है। इससे ज़ाहिर है कि रचनाशीलता भी प्रभावित हो रही है।

यह विभाजन क्यों हुआ? क्या इसकी वजह उपनिवेशवाद है?

एक बड़ा कारण उपनिवेशवादी प्रभाव ही है। उपनिवेशवादी हस्तक्षेप की वजह से परम्परा और समकालीनता, यह विभाजन पैदा हो गया। एक बौद्ध लेखक अश्वघोष ने जाति-व्यवस्था के ख़िलाफ़ 'वज्रसूची' नाम का बहुत महान ग्रन्थ लिखा। मराठी, बांग्ला में यह पहले अनूदित हो गया, हिन्दी में बहुत बाद में इसका अनुवाद हुआ, जबकि वे कनिष्क के ज़माने के थे। इसे हमारे बुद्धिजीवी भूल गये, याद रह गया कि जाति-व्यवस्था के बारे में पश्चिम के किस लेखक ने क्या लिखा है। यह उपनिवेशवाद का ही प्रभाव है।

भारतीय बुद्धिजीवियों की त्रासदी क्या है? कई भारतीय विद्वान पश्चिम की आलोचना करते हैं और एक दूरी तक जाते हैं फिर वापस लौट आते हैं। उससे आगे आलोचना करके कोई एक ऐसा दर्शन या उपागम हमारे लिए नहीं देते हैं, जिससे हम अपने आपको तो समझें ही, साथ ही साथ, पश्चिम को समझ सकें। उनमें से किसी एक विद्वान से मैंने पूछा कि ऐसा क्यों है तो उन्होंने कहा कि 'हमें डर लगता है।'

किस बात से? कि बुलाएँगे नहीं वहाँ? यही न होगा।

यही बात मैंने एक विद्वान से पूछी कि आपने अपनी महत्त्वपूर्ण पहली किताब में यह मुद्दा उठाया कि मनुष्य बहुआयामी है, जबकि पश्चिम में ज़्यादातर किसी मनुष्य के स्वभाव के किसी एक आयाम को लेकर पूरा दर्शन रच दिया गया है। तो इससे आगे की आपकी दूसरी किताब कहाँ है! उनका जवाब था कि मुझमें साहस की कमी थी, इसलिए नहीं लिख पाया। अब शायद मैं ऐसा कर पाऊँगा। मैं इस

विषय पर आपका विचार जानना चाहता हूँ कि कहीं ऐसा तो नहीं है कि साहस की कमी का कारण बौद्धिक जगत में पश्चिम विद्वानों के साथ भारतीय विद्वानों का सम्बन्ध स्वामी और सेवक जैसे होता है। सेवक के लिए स्वामी को समझना ज़रूरी है, लेकिन स्वामी हमें समझे—इसकी कोई ज़रूरत नहीं और हम बार-बार स्वामी से मान्यता पाने के लिए बेचैन हैं। भारत को उपदेश देने वाले बहुत सारे बुद्धिजीवी हैं जैसे गायत्री चक्रवर्ती, होमी भाभा, दीपेश चक्रवर्ती आदि, कुछ और बंगाली भी हैं, जो उत्तर-औपनिवेशिक विमर्श करते हैं, उनको मैं एन.आर.आई.आई. कहता हूँ अर्थात् नॉन रेजिडेंट इंडियन इंटैलैक्चुअल्स। वे रहते अमेरिका में हैं, वहीं के अनुसार सोचते हैं, लिखते हैं, बोलते हैं, और भारत वालों को उपदेश देते हैं। इस तथाकथित उत्तर-औपनिवेशिक विमर्श के नाम से ही मुझे चिढ़ है क्योंकि उत्तर-औपनिवेशिकता से जो अर्थ निकलना चाहिए, वह निकलता नहीं है। इसका अर्थ हुआ कि अब दुनिया में कहीं उपनिवेशवाद जैसा कुछ नहीं है। भारत इसको जानता है, पाकिस्तान इसको जानता है कि उपनिवेशवाद कितना उनकी हर चीज़ पर हावी है और बढ़ रहा है, फ़र्क़ केवल यह है कि पहले यूरोप का होता था, अब अमेरिका का होता है। एक किताब आयी है पिछले दिनों विवेक छिब्बर की 'पोस्ट कॉलोनियल थ्योरी एण्ड स्पेक्टर ऑफ कैपिटल' नाम से, उसमें उन बुद्धिजीवियों की तेजतर्रार कुटम्मस की है। मुझे उनकी किताब बहुत पसन्द आयी। वे भारतीय ज्ञान का जो थोड़ा छौंक लगाते हैं, वह केवल साख पैदा करने के लिए है।

आप 75 वर्ष के होने जा रहे हैं। एक साहित्यिक, आलोचक, मार्क्सवादी विचारक के रूप में अपनी जीवनयात्रा को कैसे देखते हैं?

मेरी जीवनयात्रा एक त्रासदी के बाद दूसरी त्रासदी से उबरने में अपनी सारी क्षमता लगाने की रही है। मैं वह सारी कथा कहकर आप सबको दुखी नहीं करना चाहता। मैंने लिखने-पढ़ने की बहुत पहले योजना बनाई थी कि एक नागार्जुन पर किताब लिखूँ। जिस वर्ष मैंने उसके लगभग सौ रफ़ पेज लिखे, अचानक मेरे पिताजी नहर में डूबकर मर गये। इस घटना की मुझे उस दिन सूचना मिली जिस दिन इन्दिरा गाँधी की हत्या हुई थी। उस दिन हम लोग गोष्ठी में गये हुए थे, शहर में हिंसक घटनाएँ होने लगी थीं। शाम में तार से पता चला कि मेरे पिताजी गुज़र गये लेकिन उसी दिन सिक्ख विरोधी दंगे भी शुरू हो गये। दिल्ली के हालात भी भयावह थे। घर नहीं जा पा रहा था। मैं तीन दिन आग पर बैठा रहा। हवाई जहाज़ से भी नहीं जा पा रहा था, वहाँ भी आंशिक कर्फ़्यू था। तीसरे-चौथे दिन एक विद्यार्थी विजयशंकर चौधरी ने हिम्मत कर मुझे ट्रेन में बिठाया। घर जाने पर सब पता चला। यह सब इतना तनावपूर्ण था कि जब मैं लौट कर आया तो मुझे डायबिटीज हो गयी। उसके बाद बाबा नागार्जुन की वह किताब जब मैं खोलता था, तो सारा दृश्य मेरे ऊपर

हावी होने लगता। मैंने आज तक वह किताब नहीं लिखी। एक मेरे जीवन का दुख वह है। अब भविष्य में थोड़ी फुर्सत होने के बाद दाराशिकोह पर किताब लिखने की योजना है। उसके बाद नागार्जुन पर, अगर सब कुछ ठीक रहा। इसलिए जो अधूरे काम लेखन के प्रसंग में जीवन में रह गये, वही मेरा दुख है। दूसरा दुख यह है कि हम लोग जिस समाज के बारे में सोचते थे, जो उम्मीद करते थे, जिसके लिए लिखते-पढ़ते रहे, उसकी अब सब सम्भावनाएँ ही ख़त्म होती दिखाई दे रही हैं। इस प्रसंग में मुझे मुक्तिबोध की एक कविता याद आती है—'अब तक क्या किया/ जीवन क्या जिया?' वही दशा दिखाई दे रही है। इसका दुख है कि व्यक्तिगत त्रासदी और सामाजिक-राजनीतिक त्रासदी का कुल मिलाकर दिमाग़ पर असर है, पर फिर भी उसको किनारे करके कुछ करता रहता हूँ। कुछ लोगों को पसन्द भी आता है। सन्तोष का यही कारण है।

(पल-प्रतिपल : जुलाई-दिसम्बर 2016)

यह व्यापक सामाजिक चिन्ताविहीन समय है

(सुप्रसिद्ध आलोचक डॉ. मैनेजर पाण्डेय से डॉ. ओम निश्चल की बातचीत)

अपनी एक पुस्तक की भूमिका में आपने लिखा है कि जब भी किसी पत्रिका से बातचीत का प्रसंग आता है, आपको नागार्जुन की कविता 'बातें' याद आती है। ऐसा क्यों?

ऐसा इसलिए कि उसमें बातों के बहुत सारे रूपों की चर्चा है। आप चाहें तो 'बातें' कविता पढ़ कर बातों के रूपों और स्वभावों को जान सकते हैं। इसलिए मैं यहाँ वह कविता उद्धृत नहीं कर रहा हूँ। बातचीत में या साक्षात्कार में बातों का स्वरूप अनेक बातों पर निर्भर होता है। एक तो, पहली बात यही कि सवाल कैसा है, दूसरी बात यह कि सवाल पूछने वाले की मंशा या मानसिकता कैसी है? तीसरा यह कि सवाल में निहित सन्दर्भ और विचार का स्वरूप क्या है? इसको और आगे बढ़ाया जा सकता है। लेकिन इन्हीं सब बातों से बातों का स्वरूप तय होता है।

शलाका पुरस्कार दिये जाने की घोषणा से कैसा लगा। विनोबा भावे कहा करते थे, पुरस्कार तो एक पका हुआ फल है, जिसकी झोली में भी जा गिरे। तथापि, इस पुरस्कार की कोई उम्मीद थी क्या?

देखिए वैसे तो मैं बहुत ऐसे लोगों को जानता हूँ जो पुरस्कार पाने की इच्छा तो रखते हैं पर मिल जाने पर ऐसा प्रदर्शित करते हैं कि न उनको इसकी ज़रूरत थी, न है। मैं यह तो नहीं कहूँगा कि इसकी ज़रूरत थी। पर यह ज़रूर कहूँगा कि मुझे उम्मीद नहीं थी कि यह या वह पुरस्कार मुझे मिलेगा। लेकिन जब पुरस्कार मिला तो मुझे सुखद आश्चर्य हुआ और बहुत लोगों ने यह कहा कि बहुत अच्छा हुआ, पर बहुत लोगों ने यह भी कहा कि यह देर से मिला। मैंने कहा, देर से मिला या जल्दी मिला यह देने वाले जानें। पर मिला तो ठीक है। मुझे लगता है हिन्दी में कविता, कहानी, उपन्यास, नाटक आदि के तो बहुत पुरस्कार हैं पर आलोचना के लिए कम पुरस्कार हैं। यह पुरस्कार आलोचना को सम्मान के रूप में मिला है। मैं मानता हूँ कि मेरी आलोचना की स्वीकृति का यह प्रमाण है।

साहित्य के समाजशास्त्र पर आपका काम बुनियादी क़िस्म का है। यह थियरी आपको कहाँ से सूझी?

ऐसा है कि मुझे दुनिया-भर की पत्रिकाएँ पढ़ने का शौक़ पहले भी था, आज भी है। शुरू के दिनों में जब जोधपुर विश्वविद्यालय में अध्यापक था तो लगा कि यह एक साहित्य और कला को समझने का ऐसा अनुशासन है जिसकी हिन्दी में कोई चर्चा नहीं है। हिन्दुस्तान के कुछ लोगों ने, जो स्वयं बहुत अंग्रेज़ी पढ़े लोग थे और समाज विज्ञानों से जुड़े थे, उन्होंने इस दिशा में कुछ काम किया था। एक थे डी.पी. मुखर्जी; उन्होंने सोशियोलॉजी ऑफ़ लिटरेचर पर काम किया था। दूसरे श्यामाचरण दुबे थे जो समाजशास्त्री थे। तीसरे थे पी. सी. जोशी। चौथे थे गुजराती के लेखक और समाजशास्त्री ए. आर. देसाई। इनके लेखन से लगा कि हिन्दी में साहित्य के समाजशास्त्र की व्यवस्थित चर्चा की ज़रूरत है। इसीलिए मैंने उस अनुशासन को समझने और उस पर लिखने का निर्णय किया और जो काम किया वह आप सबके सामने है।

मुझे इस प्रसंग के अन्त में केवल यही कहना है कि हिन्दुस्तान के विभिन्न विश्वविद्यालयों में मेरी 'साहित्य के समाजशास्त्र' (साहित्य के समाजशास्त्र की भूमिका) की किताब बहुत लोकप्रिय है। कुछ समय पहले नेपाल गया था तो वहाँ के दो प्रोफ़ेसरों ने आकर बताया कि मेरी किताब के आधार पर अपने यहाँ वे साहित्य के समाजशास्त्र का कोर्स बनाये हुए हैं, और चलाते हैं। तो यह जानकर मुझे सन्तोष हुआ कि हिन्दुस्तान से लेकर नेपाल तक जहाँ हिन्दी पढ़ाई जाती है, यह किताब लोकप्रिय है। चार दिन पहले गुजरात से एक लड़की का फ़ोन आया कि सर, आपने कहा है कविता के समाजशास्त्रों के सामने अनेक समस्याएँ हैं लेकिन मैं उसी में काम करना चाहती हूँ। आपके अनुसार कविता का समाजशास्त्र सम्भव है कि नहीं? मैंने कहा, सम्भव है पर यह ध्यान रखना होगा कि कविता का समाजशास्त्र वैसा नहीं होगा जैसा उपन्यास का समाजशास्त्र होता है। इसका अर्थ यह कि मेरी उस किताब से साहित्य के समाजशास्त्र के बारे में लिखने-सोचने का काम अब भी चल रहा है यह मेरे लिए तो सन्तोष की बात है। वह किताब अब 'साहित्य और समाजशास्त्रीय दृष्टि' नाम से आधार प्रकाशन, पंचकुला से हाल ही में पुनःप्रकाशित हुई है।

पाण्डेय जी, आप तो मार्क्सवादी लेखक हैं। अपनी आलोचना में वाम वैचारिकी को दृढ़ता से स्थापित किया है। देश में वामपन्थ के सिकुड़ते जाने की क्या वजह है?

देश में और लगभग सारी दुनिया में वामपन्थ के सिकुड़ने का एक बड़ा कारण है—पूँजीवाद का बेरोक-टोक विस्तार। दूसरा कारण उसके साथ ही है—अद्यतन पूँजीवाद की विचारधारा के रूप में उत्तर-आधुनिकतावाद का प्रसार। तीसरा कारण अपने देश में यह है कि वामपन्थ जनता के आन्दोलनों से गति और शक्ति प्राप्त करता है। लेकिन भारत में पिछले दस वर्षों में कोई बड़ा जन आन्दोलन नहीं हुआ है। यही नहीं, सब लोग जानते हैं कि भारत में जब से नव उदारवाद या नया पूँजीवाद आया है

मतलब 90 के दशक के आरम्भ से; तब से अब तक तीन लाख से अधिक किसानों ने आत्महत्या की है। आज भी किसानों की आत्महत्या चल रही है जबकि इस सबके विरुद्ध एक लाख किसानों का कोई प्रदर्शन दिल्ली में तो कम-से-कम नहीं हुआ है। इसका मतलब यह कि जन आन्दोलन के रूप में किसान-आन्दोलन लगभग नहीं है।

दूसरा पक्ष है मज़दूरों का। दिल्ली से सटे हुए मानेसर की फैक्ट्री में मज़दूरों का आन्दोलन हुआ, उनका दमन हुआ; उनके पक्ष में भले ही कुछ कहानियाँ लिखी गयी हों पर ज़्यादा कुछ नहीं हुआ। जब जन आन्दोलन नहीं होंगे तो वामपन्थ को शक्ति और गति नहीं मिलेगी।

आप मूलतः सैद्धान्तिक आलोचना के व्यक्ति हैं। सिद्धान्त निरूपण की आपकी कसौटियाँ कितनी भारतीय हैं कितनी पाश्चात्य?

पहली बात तो यह कहना चाहूँगा कि यह मेरे बारे में झूठ प्रचारित किया गया है कि मैं सैद्धान्तिक आलोचनाएँ लिखता हूँ। मेरी पहली किताब सूरदास पर है जिसके नये संस्करण का नाम है 'भक्ति आन्दोलन और सूरदास का काव्य'। वह व्यावहारिक आलोचना नहीं है तो क्या है? इसके साथ ही मैंने हिन्दी के अनेक कवियों की कविताओं की आलोचना लिखी है जिसमें नागार्जुन, त्रिलोचन से लेकर कुमार विकल तक शामिल हैं। मैंने कुछ ऐसे कवियों पर भी आलोचना लिखी है जिन पर आज तक किसी ने ध्यान नहीं दिया है। जैसे पी. सी. जोशी के जीवन के आख़िरी दिनों में कविता की किताब छपी 'इत्यादि जन' नाम से। मेरी यह आलोचना 'हंस' में छपी थी। वह 'हिन्दी कविता का अतीत और वर्तमान' पुस्तक में है। समकालीन कवियों पर भी लिखा है पर स्वतन्त्र लेख के बदले विभिन्न समस्याओं के विवेचन के सन्दर्भ में लिखा है, जैसे किसानों की आत्महत्या के प्रसंग पर मेरा एक लेख है जिसमें मैंने राजेश जोशी और विष्णु खरे की कविताओं का विवेचन किया है। इसके साथ ही मैंने हिन्दी उपन्यास की अनेक रचनाओं का विवेचन और मूल्यांकन किया है जो सब मेरी पुस्तक, 'उपन्यास और लोकतन्त्र' में मौजूद है। हाँ, मैंने कहानियों पर कम लिखा है—लेकिन मृदुला गर्ग की कहानियों पर लेख लिखा है। ये सब व्यावहारिक आलोचना के प्रमाण हैं कि नहीं हैं?

मैं असल में बराबर इस बात से चिन्तित रहता हूँ कि हिन्दी में रामचन्द्र शुक्ल और मुक्तिबोध के बाद आलोचना के सैद्धान्तिक सवालों पर सोच-विचार की प्रक्रिया लगभग बन्द है। जबकि व्यावहारिक आलोचना के मार्गदर्शक के रूप में सैद्धान्तिक आलोचना होती है और सैद्धान्तिक आलोचना के प्रमाण के रूप में व्यावहारिक आलोचना होती है इसलिए इन दोनों के बीच चीन की दीवार खड़ी करना आलोचना के लिए बहुत अच्छा नहीं है।

इधर अस्मिताओं को लेकर अध्ययनशीलता बढ़ी है। विमर्श भी। इसने क्या शुद्ध आलोचना की हैसियत गौण नहीं बना दी है?

देखिए, अस्मिताओं का प्रश्न साहित्य, समाज और संस्कृति के लिए आवश्यक प्रश्न है और उसके प्रमाण के रूप में हिन्दी में बड़े पैमाने पर जो दलित साहित्य का विकास हुआ है, साथ ही स्त्री लेखन का भी उभार व विकास हुआ है और अब आदिवासी साहित्य पर बात हो रही है—ये सभी अस्मिताओं की समस्याओं को सामने लाने वाले हैं। इसलिए मैं तो यह कहूँगा कि अस्मिताओं पर बहस के कारण हिन्दी आलोचना का विस्तार हुआ है; आलोचना उससे कमज़ोर हुई हो, ऐसा मुझे नहीं लगता।

आप कहते हैं, साहित्य मनुष्य की स्वतन्त्रता की अभिव्यक्ति है तो किसी विचारधारा-विशेष से लेखक क्योंकर प्रतिबद्ध हो?

मैं समझता हूँ, जो विचारधारा मनुष्य की स्वतन्त्रता की रक्षक और पक्षधर हो उससे आलोचक और रचनाकार का जुड़ाव ज़रूरी है। जब कोई आलोचक या लेखक जानेगा ही नहीं कि मनुष्य की स्वतन्त्रता को ख़तरा कौन-कौन-सी बातों से है तो वह उनका विरोध कैसे करेगा? इसीलिए मैं विचारधारा को केवल साहित्य की आँख समझता हूँ जो चीज़ों को ठीक से देखने-दिखाने में मदद करती है। मैं साहित्य को विचारधारा का गुलाम या विचारधारा की अभिव्यक्ति का केवल साधन नहीं समझता।

एक और बात जोड़ना चाहता हूँ कि हिन्दी में विचारधारा का बहुत भ्रामक अर्थ प्रचलित है। प्रायः आलोचक-लेखक यह समझते हैं कि कबीर की तो एक विचारधारा है पर तुलसी की भी एक विचारधारा है, उसे नहीं मानते। उसी तरह यदि नागार्जुन की एक विचारधारा है तो अज्ञेय की भी एक विचारधारा है। यदि केवल आप विचारधारा के नाम पर नागार्जुन की आलोचना कीजिए और अज्ञेय की नहीं या कबीर की आलोचना कीजिए और तुलसी की नहीं तो इसका अर्थ यह होगा कि आप एक ख़ास तरह की विचारधारा को पसन्द नहीं करते और दूसरी तरह की विचारधारा को विचारधारा ही नहीं मानते। इससे विचारधारा सम्बन्धी बहस में तरह-तरह के असमंजस और भ्रम फैलते हैं।

आज की आलोचना क्या अपना दायित्व निभा रही है या यह भी एक तरह के तुष्टीकरण और समायोजनवाद के वशीभूत है?

आलोचना में हमेशा कई तरह की प्रवृत्तियाँ क्रियाशील होती हैं जो सच्चे और ईमानदार आलोचक हैं वे साहित्य और समाज के हित को ध्यान में रखकर ऐसी रचनाओं व रचनाकारों की सम्यक् आलोचना करते हैं जिनको पढ़कर सामान्य पाठकों को जीवन जगत का बेहतर ज्ञान और अनुभव मिल सके लेकिन हर समय में कुछ ऐसे भी आलोचक होते हैं जो आलोचना में केवल इष्ट मित्रों की चिन्ता करते हैं, यह आज भी हो रहा है। कल भी हो रहा था और आने वाले कल में भी होगा इसलिए अच्छी व बुरी आलोचना में फ़र्क़ करना ज़रूरी है। इसलिए पूरी आलोचना को तुष्टीकरण का शिकार बताना ठीक नहीं है।

भारतीय सौन्दर्यशास्त्र से आपने अपनी कसौटियों के निर्माण में किस हद तक मदद ली है?

ऐसा है कि आधुनिक हिन्दी आलोचना भारत में उपनिवेशवाद के दौर में विकसित हुई, इसलिए उस पर पश्चिमी आलोचना के सिद्धान्तों-मान्यताओं व विवेचना की पद्धतियों का प्रभाव ज़्यादा है। दूसरी बात यह है कि जो भारतीय साहित्यशास्त्र की परम्परा है उससे कुछ आलोचकों ने मदद ली है। पर उन्होंने मदद ली है जो स्वयं संस्कृतज्ञ हैं या संस्कृतज्ञ रहे हैं; जैसे रामचन्द्र शुक्ल, हजारी प्रसाद द्विवेदी, या आज के समय में राधावल्लभ त्रिपाठी ने यह काम किया है।

असल में, एक बड़ी समस्या भारतीय काव्यशास्त्र की मान्यताओं व सिद्धान्तों को समकालीन बनाने की है। असल में जो आज के लेखक हैं। दो बात, ऐसे कई साहित्य रूप आधुनिक काल में आये जो पहले नहीं थे, जैसे उपन्यास या कहानी। उनकी आलोचना भारतीय साहित्य की कसौटियों के अनुसार किये जाने में बहुत कठिनाइयाँ हैं। इसलिए आलोचक पश्चिम की आलोचनात्मक कसौटियों से मदद लेना आवश्यक समझते हैं। कविताएँ आज भी लिखी जा रही हैं लेकिन आज की कविता पुरानी कविता से बहुत भिन्न है। एक तो यह छन्दबद्ध नहीं है, दूसरे, इसमें रस के बदले विचार की चिन्ता ज़्यादा है। तीसरी बात, इसमें भाव के बदले बौद्धिकता अधिक है। अब यह जो छन्दहीनता है, बौद्धिकता है या विचारशीलता है उसकी विवेचना के लिए भी काव्यशास्त्र से मदद लेने में कठिनाई होती है। इसलिए आज के बहुत सारे आलोचक उन कवियों, लेखकों को महत्त्व देते हैं जो संस्कृत में महत्त्व पाये हुए हैं जैसे कालिदास, भवभूति, भास, जयदेव आदि। पर इन्हें भी समकालीन बना कर चर्चा करते हैं, पुरानी पद्धति से उनकी चर्चा या चिन्ता नहीं करते।

डॉ. साब, बीती और इस सदी की वे कौन-सी अहम घटनाएँ हैं जिन्होंने लोकतन्त्र की समरसता को भंग करने का काम किया है?

ओम जी, भारत एक बहुभाषी, बहुसांस्कृतिक और सामाजिक विविधताओं वाला देश है। जब भी भारतीय समाज व उसकी राजनीति में अनेकता या विविधता को भूल कर एक विचारधारा या एक दृष्टि को ही एकमात्र विचारधारा या दृष्टि कहा जायेगा तो कठिनाइयाँ उत्पन्न होंगी ही। पहले भी रही हैं, आज भी हैं और आगे भी होंगी। जहाँ तक घटनाओं का सवाल है, पिछले कुछ वर्षों की दो बड़ी घटनाएँ हैं जिसने भारत में लोकतन्त्र की समरसता को भंग करने का काम किया। पहली घटना है बाबरी मस्जिद का विध्वंस और इसी से जुड़ी दूसरी घटना है गोधरा कांड और गुजरात नरसंहार। इन दोनों घटनाओं से पहले 1975 का आपातकाल भी लोकतन्त्र के लिए खतरा बना था। इन सब बातों का असर लेखकों-कवियों पर पड़ा है और उनकी रचनाओं में इसकी अभिव्यक्ति भी दिखाई देती है।

लोग कहते हैं आलोचक की पाँचों उँगलियाँ घी में होती हैं। पर मुझे लगता है कि आज सबसे उपेक्षित समाज आलोचकों का ही है। वह सबकी आँख की किरकिरी है–सच लिखें तो और ठकुरसुहाती लिखे तो। क्या आपको लगता है आलोचक होने का आपने कोई खमियाज़ा उठाया है?

कभी भी किसी रचनाकार या आलोचक की पाँचों उँगलियाँ घी में तब तक नहीं होतीं जब तक वह साहस के साथ अपने सोच-विचार का सच कहता है। सच से बिदकने वाले लोग अधिक होते हैं और उसको सुनने-सहने वाले लोग बराबर कम होते हैं। इसलिए पहले भी आलोचकों ने निर्भय होकर सच कहने का साहस किया है और आज भी कुछ आलोचक ऐसा करते हैं। इसीलिए आज आलोचकों की स्थिति अधिक ख़राब है और भारतेन्दु युग, द्विवेदी या छायावादी युग में आलोचकों की स्थिति कोई बहुत अच्छी थी, यह मानने का कोई कारण नहीं है।

हर लेखक लेखन की शुरुआत कविता से करता है। नामवर जी और रामविलास शर्मा जी ने भी शुरुआती दौर में कविताएँ लिखीं। क्या आप अपनी किशोर वय में कविता लेखन की ओर कभी प्रेरित हुए?

कविता से शुरुआत तो अवश्य की पर अब तो कविताएँ मेरे पास भी नहीं हैं। पर हाईस्कूल तक हिन्दी और भोजपुरी में कविताएँ लिखता था। अपने क्षेत्र के कवि-सम्मेलनों में भी कभी-कभी जाता था। इसलिए हमारे क्षेत्र में ऐसे लोग आज भी मिल जायेंगे जो मुझे 'कवि जी' कहते हैं पर बाद में साहित्य पढ़ने के बाद लगने लगा कि ये कविताएँ ऐसी नहीं हैं जिनकी रक्षा की जाये व छपने को दिया जाये। इसलिए इससे विदाई ली व आलोचना में प्रवृत्त हुआ। रामविलास जी और नामवर जी या विश्वनाथ त्रिपाठी जी भी चलताऊ कविता नहीं लिखते। रामविलास जी का संग्रह भी छपा है। वे अज्ञेय के सम्पादन में आये तारसप्तक के एक कवि भी थे। नामवर जी ने भी बाद में कविता करना छोड़ दिया। उनकी अप्रकाशित कविताएँ एक चयन में आयी हैं। इसलिए इनसे मेरी तुलना करना इनके साथ ज़्यादती है।

पाण्डेय जी, आपके अध्ययनों से लगता है कि रेणु के अलावा कविता में मध्यकालीन कबीर, सूर, मीरा के बाद आधुनिक कवियों में महादेवी वर्मा, रघुवीर सहाय, नागार्जुन, त्रिलोचन और उनके समकालीन ही आपको ज़्यादा पसन्द हैं। आधुनिक, उत्तर-आधुनिक और आज के ताज़ातर कवियों के बारे में आपकी क्या राय है? क्या इधर अपने को आपने कुछ अपडेट किया है?

ओम जी, एक तो आजकल रचनाकारों में अधीरता बहुत है। कोई व्यक्ति दस कविताएँ लिख ले या पाँच कहानियाँ लिखे या एक उपन्यास लिख ले और उसके बाद उम्मीद करने लगे कि उसको मुक्तिबोध, नागार्जुन, प्रेमचन्द आदि क्यों नहीं कहा जाता तो यह अधीरता नहीं तो क्या है? आज अपनी रचना की चिन्ता

की प्रवृत्ति लोगों में बढ़ी है।ऐसे लोगों पर उत्साह नहीं होता लिखने का। एक बार 'इंडिया टुडे' की साहित्य वार्षिकी में एक लेख लिखा था। उसमें नवीनतम लेखकों पर लिखा था। अब जिन पर नहीं लिखा, वे ज़्यादा दुखी थे। जिनका ज़िक्र किया, जिन पर लिखा, वे प्रतिक्रिया व्यक्त करते रहे।

एक और घटना बताता हूँ। एक बार यही शिकायत राजेन्द्र यादव ने की कि आप तो अतीत पर लिखते हैं। तो मैंने उनसे कहा कि 'हंस' के एक अंक में मैंने अश्वघोष की 'वज्रसूची' पर लिखा था जिसे लोग बहुत याद करते हैं। उसकी चर्चा भी ख़ूब हुई। इसलिए कि वह किताब जाति व्यवस्था विरोधी किताब है। जाति व्यवस्था पर यद्यपि आप भी लिखते हैं पर मुझे आपके विचारों से ज़्यादा प्रासंगिक लगते हैं 'वज्रसूची' के लेखक के विचार। तो उन पर लिखूँ कि आप पर? मैंने उनसे कहा कि "मैं लिखते समय यह चिन्ता नहीं करता कि रचनाकार आज का है कि दो हज़ार साल पहले का। मैं रचना की आलोचना करता हूँ, रचनाकारों की नहीं।"

पिछले दिनों पुरस्कारों को लेकर असहिष्णुता-विरोधी मुहिम चलाई गयी पर वह अन्ततः निष्प्रभ साबित हुई। आपकी दृष्टि में इस मुहिम के क्या निहितार्थ और प्रतिपाद्य थे?

पुरस्कारों को लेकर जो वापसी अभियान चला, वह उचित था और एक विशेष प्रसंग में चला था। याद होगा कुछ अतिवादी लोगों ने साहित्य अकादेमी पुरस्कार प्राप्त लेखकों की भी हत्या की थी। बहुतों ने अकादेमी से माँग की कि वह इस पर शोकसभा आयोजित करे पर अकादेमी शोकसभा के लिए तैयार नहीं हुई। अब क्यों नहीं हुई, यह अकादेमी जाने। उसी को ध्यान में रखकर लेखकों ने साहित्य अकादेमी का पुरस्कार ही लौटाया, दूसरे कोई पुरस्कार नहीं लौटाये।

हिन्दी कविता के केन्द्रीय कवियों में मुक्तिबोध माने जाते हैं। आज भी। जो बातें उन्होंने अपने दौर में कीं, पूँजीवाद को लेकर–उसकी फलश्रुति क्या आज के समय में और ज़्यादा भयावह रूप में हमारे सामने नहीं है?

इस सन्दर्भ में मैं कार्ल मार्क्स का एक कथन उद्धृत करना चाहूँगा। 1853 में मार्क्स ने एक लेख लिखा था, 'भारत में ब्रिटिश राज के भावी परिणाम।' उसमें मार्क्स ने एक जगह लिखा है कि पूँजीवादी सभ्यता की दो बुनियादी विशेषताएँ हैं। एक तो, जन्मजात बर्बरता और दूसरी है, अथाह पाखण्ड। यह तब भी था जब पूँजीवाद पैदा हुआ और अब भी है जब सारी दुनिया पर पूँजीवाद का एकछत्र राज्य है। इसलिए जब मुक्तिबोध शोषण और दमन की चर्चा कर रहे थे तो पूँजीवाद के स्वभाव को ही ध्यान में रखे हुए थे। इसलिए उनकी बातें आज भी सच लगती हैं।

आलोचकों की भी अपनी दुनिया होती है, उनकी भी कोई आत्मकथा, अन्तःकथा इत्यादि होती होगी पर हमें आलोचकों की आत्मकथाएँ पढ़ने को नहीं मिलतीं। विश्वनाथ त्रिपाठी ने तो आत्मकथा भी लिखी, जीवनी भी और अब तो संस्मरणों की गठरी खोलते ही रहते

हैं। नामवर जी से तो 'तद्भव' पत्रिका के लिए आत्मकथा का एक अंश अखिलेश ने लिखवाया था। क्या आपको कभी नहीं लगा कि, रचनात्मक जीवन में ही लगभग 50 वर्ष आपके बीते हैं; एक सर्जनात्मक छलाँग आत्मकथा या संस्मरणों की ओर भी लगाई जाये—थोड़ा आस्वाद बदले; कुछ अन्दाज़े बयाँ बदले?

अब शुरू किया है संस्मरण लिखना। इसकी पहली क़िस्त 'सामयिक सरस्वती' में जा रही है। जहाँ तक आत्मकथा लिखने की बात है, तो मैं कहूँगा कि किन प्रसंगों में मैं दुखी हुआ और किन प्रसंगों से सुखी हुआ, इस पर मैं बहुत कम ध्यान देता हूँ बल्कि मेरे बारे में किसने क्या कह दिया, उसकी चिन्ता भी नहीं करता हूँ। यदि कहीं किसी ने ऐसा लिखा हो तो उसे पढ़ने पर, ज़रूरी हुआ तो उत्तर देता हूँ। अन्यथा अफ़वाहों पर ध्यान नहीं देता।

राजेन्द्र यादव का मानना था कि 'हंस' के ज़रिए दलित और स्त्री-विमर्श की मुहिम उन्होंने चलायी। आपके अनुसार वे अपने सिवा किसी को इन विमर्शों का पैरोकार नहीं मानते थे। ऐसा क्यों?

यह तो उनका भ्रम था कि हिन्दी में उन्होंने दलित-विमर्श या स्त्री-विमर्श को आगे बढ़ाया। उसे 'हंस' का मंच दिया। इन दोनों से जुड़े लेखकों को, विचारों को। पर हिन्दी में ही उनसे पहले से स्त्री समस्याओं की चर्चा होती रही है और बहुत अहम लिखा भी गया है। जैसे महादेवी वर्मा की किताब 'शृंखला की कड़ियाँ' जो 1942 में छपी थी। उस किताब के निबन्ध 1935-36 में लिखे गये थे। इसका मतलब यह है कि स्त्री-विमर्श राजेन्द्र यादव ने शुरू नहीं किया बल्कि स्त्री-विमर्श को दिग्भ्रमित करने का काम ज़्यादा किया। वे समझने लगे कि स्त्री की स्वतन्त्रता उसकी देह की ही स्वतन्त्रता है। जबकि उसकी स्वतन्त्रता उसकी चेतना की स्वतन्त्रता से जुड़ी हुई है। इसलिए दलित-विमर्श या दलित-साहित्य के सन्दर्भ में उनका योगदान ज़रूर महत्त्वपूर्ण है।

आपने कहीं यह भी लिखा है कि उन्हें परम्परा और स्मृति के नाम से उबकाई आती थी। ऐसा क्यों?

देखिए, बिना स्मृति व परम्परा-बोध के कोई भी कला विकसित नहीं होती—साहित्य भी नहीं। इसीलिए बहुत लोगों ने परम्पराओं व स्मृतियों को याद दिलाते हुए रचनाएँ लिखी हैं। काशीनाथ सिंह ने महाभारत की कथाभूमि पर 'उपसंहार' उपन्यास लिखा है। महाभारत नहीं होती तो वे यह कृष्ण-कथा कहाँ से लिखते। निराला ने 'राम की शक्तिपूजा' लिखी तो उसमें तुलसी दिखाई देते हैं। तुलसी 'रामचरितमानस' लिखते हैं तो उसमें वाल्मीकि दिखाई देते हैं। इसलिए परम्परा व स्मृति से विच्छिन्न होकर कोई सार्थक रचनाशीलता नहीं होती। कठिनाई तब होती है जब परम्परा को दुहराया जाये या उसका अनुकरण किया जाये। अच्छा रचनाकार परम्परा को तोड़ कर भी उसे जीवित रखता है। बल्कि परम्परा से विद्रोह निराधार

नहीं होता। परम्परा है, तभी उससे विद्रोह किया जा सकता है। पर उसके लिए भी परम्परा का बोध ज़रूरी है।

आज की राजनीति आन्दोलनविहीन है और समय साम्प्रदायिक। लेखकों के पास भी केवल अपील जारी करने के अलावा क्या बचा है। वामपन्थी, समाजवादी सब पस्त हैं। कथाकार अखिलेश का वाक्य याद आता है–'मनुष्य मुरझा रहे हैं, वस्तुएँ खिली हैं।' इस विकल्पहीनता के क्या कारक हैं?

असल में जो पहले की राजनीति रही है, चाहे किसी की भी हो; उसके अपने उद्देश्यों से हट कर काम करने के कारण आम जनता की निराशा बढ़ी है और इसीलिए विकल्पहीनता भी बढ़ी है। जनता को लगता है कि कोई नया आये, कुछ सार्थक करे पर जब नये से भी निराशा होने वाली है तो विकल्पहीनता बढ़ रही है तथा और बढ़ेगी।

आप बिहार में पैदा हुए। यानी एक पिछड़े प्रदेश की पैदाइश। अभी भी बिहार वही है, गोपालगंज वही है, कुछ भी ख़ास नहीं बदला। न समाज, न नेता, न क़स्बों-गाँवों का रहन-सहन। आप वहीं रह गये होते तो आज कहाँ होते?

ओम जी, अगर वहीं रह गये होते तो वहीं होते जैसे वहाँ बहुत से लोग हैं! बाहर निकलने से दीन-दुनिया का बोध ज़्यादा हुआ। विचारों का, विविधताओं का, नवीनताओं का, टकराहटों का बोध अधिक हुआ और उनमें से नयी राह बनाने की चिन्ता भी अधिक बढ़ी। इसलिए आज जो कुछ हूँ मैं वह इन टकराहटों-नवीनताओं से जुड़ा हुआ है। इसलिए बिहार में रहता तो शायद यह सब नहीं हो पाता।

आज अपने समय से कविता आक्रान्त है। शुद्ध कविता की खोज दुर्लभ है। क्या जनान्दोलनों से दूर होना ही कविता के पिछड़ेपन की वजह है?

कविता आज भी हर तरह की लिखी जा रही है। बहुत-सी किताबें मेरे पास आती हैं। देखकर लगता है—रूप, लक्ष्य, स्वभाव भी कविता को बदल रहा है! इसीलिए केवल एक विचारधारा-भावधारा की कविता खोजना ज़्यादती है समकालीन कविता के साथ। फ़ार्म के लेवल पर देखिए। गीत भी लोग लिख रहे हैं, ग़ज़लें भी। जबकि हिन्दी कविता की मुख्यधारा में शमशेर, त्रिलोचन भी थे ग़ज़ल लिखने वालों में। पर इस वजह से उनकी निन्दा भी होती थी। कुछ फ़ार्म जैसे ग़ज़ल है, उसमें संगीत के कारण लोकप्रियता अधिक आती है और उसकी आयु भी बढ़ाती है।

अच्छा पाण्डेय जी, विकास के चतुर्दिक नारों के बाद भी न गाँवों में निर्बाध बिजली है, न रोज़गार, न संसाधन। बीमारियों में हम मलेरिया-डेंगू तक का उन्मूलन नहीं कर पाये हैं। भयावह और असाध्य बीमारियों के लिए महानगरों को छोड़कर कहीं ढंग के अस्पताल तक नहीं हैं। जहाँ हैं, वहाँ लूट है। मरीज़ बाहर ही दम तोड़ने के लिए अभिशप्त हैं। आख़िर कैसा समाज हम बना रहे हैं?

ओम जी, वीरेन डंगवाल की एक कविता है—'हमने यह कैसा समाज रच डाला है/इसमें जो दमक रहा शर्तिया काला है।' तो मतलब यह कि, एक तरह से यह व्यापक सामाजिक चिन्ताविहीन समय है। सामाजिक संवेदनशीलता-विहीन समय है। जीवन दो तरह से जिया जाता है। एक तो सफलता के लिए, दूसरा है, सार्थकता के लिए। इनमें बुनियादी फ़र्क़ है। वह यह कि सफलता हमेशा व्यक्तिगत होती है, सार्थकता हमेशा सामाजिक होती है।

आज का युवा वर्ग सफल जीवन की कोशिश करता है, सार्थक जीवन की नहीं। इसी का परिणाम है कि सामाजिक संवेदनशीलता व सामाजिक चिन्ता कम हो रही हैं और व्यक्तिगत संवेदनशीलता व चिन्ता बढ़ रही है। ऐसे में वह सब होगा जो आप कह रहे थे शिक्षा, स्वास्थ्य व पड़ोसी का भाव नष्ट हो रहा है। यहाँ गाते रहिए 'वसुधैव कुटुम्बकम्', पर अपना ही कुटुम्ब किसी काम का नहीं लगता। बेटे-बेटियाँ अपने माँ-बाप की चिन्ता नहीं करते।

आज से लगभग साठ साल पहले मुक्तिबोध ने कहा था कि, 'वर्तमान समाज चल नहीं सकता। पूँजी से जुड़ा हृदय बदल नहीं सकता। ब्रह्मराक्षस में फिर भी मैल फिर भी मैल...' कहकर इस सभ्यता समीक्षक ने हमारे समाज का चेहरा उद्घाटित किया था। केदारनाथ सिंह भी कहते हैं—'इतनी गर्द भर गयी है दुनिया में/कि हमें ख़रीद लाना चाहिए एक झाड़ू/आत्मा के गलियारों के लिए/और चलाना चाहिए दीर्घ एक स्वच्छता अभियान।' वर्तमान समाज का आज भी कमोबेश यही परिदृश्य है। इसकी धमनियों में भ्रष्टाचार, कदाचार, अत्याचार, व्यभिचार का ख़ून बह रहा है। बताइए यह वर्तमान समाज चल सकता है कि नहीं?

ऐसा है कि अभी तो यही समाज चल रहा है लेकिन समाज का इतिहास बहुत लम्बा होता है। स्वयं भारत का समाज इसका सबूत है कि हज़ार सालों से भारत का समाज अन्यायों-अत्याचारों के साथ चलता रहा है और आज भी चल रहा है। अब यह कब ख़त्म होगा इसके बारे में मुक्तिबोध की एक राय थी पर उसका आधार ग़ायब हो गया। वे यह समझते थे कि समाजवादी चेतना आयी तो यह समाज बदलेगा। जो वाक्य आपने उद्धृत किया, उसी में यह कहा कि पूँजी से जुड़ा हृदय बदल नहीं सकता, पर आज पूँजी ही ऊपर है; वही नियन्त्रित कर रही है। इसलिए समाज का वर्तमान तो अन्धकारमय है पर इसके विरुद्ध कोई जनजागरण या जनचेतना आदि नहीं है। अतः यह कहना मुश्किल है कि कब तक चलेगा, कब समाप्त होगा। समाज असल में ऐसी कोई समस्या पैदा नहीं करता जिसका वह कोई समाधान न कर सके। देर-सवेर इसका समाधान तो होना ही है, यदि जीवित रहना है तो। इसलिए मनुष्यता में विश्वास करके ही समाज को बदलने की कल्पना व चिन्ता की जा सकती है।

वाम-वैचारिकता के क्षीण होते प्रभावों के इस दौर में आपका मन कथित वामपन्थियों की निष्ठा के प्रति विचलित होता है या नहीं जबकि आज न पार्टी ठीक से बची है, न बुनियादी सांगठनिक ढाँचा। न हिन्दी राज्यों में एक भी वामपन्थी विधायक। सांसद। सब कुछ 'उजाड़ में संग्रहालय' का पर्याय बन चुका है। हताशा के इस प्रफुल्लित दौर में इसके पुनरुज्जीवन के लिए क्या कुछ किया जाना चाहिए?

दरअसल, भारतीय वामपन्थ की कमज़ोरी यह रही कि उसने कार्ल मार्क्स के सोच-विचार व लेखन पर ध्यान देने के बदले उसकी सोवियत व्याख्याओं पर ज़्यादा भरोसा किया। किन्तु वे व्याख्याएँ बहुत दूर तक दुर्व्याख्याएँ थीं। मुझे दुर्व्याख्याओं के प्रसंग में संस्कृत का एक मुहावरा याद आता है। मल्लिनाथ ने कालिदास की टीका लिखी, जिसके आधार पर नागार्जुन ने लेनिन पर लिखी कविता में दुहराया कि, तुम्हारी सूक्तियाँ दुर्व्याख्या विषमूर्च्छिकताः हैं। कहा कि, जो सोवियत व्याख्या मार्क्स ने की थी उसे यहाँ लागू करने के कारण भारतीय वामपन्थ धीरे-धीरे भटक गया। अब उसका परिणाम यह हुआ कि भारत में इतनी तरह के वामपन्थी हैं जितनी जातियाँ भारत में होंगी और हर तरह के वामपन्थी—और हर तरह के वामपन्थी खुद को सही और दूसरे प्रकार के वामपन्थियों को गलत समझते हैं। इसलिए एकता की ही कोई सम्भावना दिखाई नहीं देती। ऐसे में भविष्य के बारे में क्या कहा जा सकता है?

डॉ. साब, आज से दो-तीन दशक पहले साहित्य के पढ़ने-पढ़ाने का जो दौर था, वह ख़त्म हो रहा है। लाइब्रेरी संस्कृति ख़त्म हो रही है। जब पढ़ा ही नहीं जायेगा तो वह साहित्य समाज में भला क्या भूमिका अदा करेगा? और जब साहित्य की ही चर्चा न होगी तो आलोचना की क्या चर्चा होगी?

देखिए, साहित्य जो है वह अपने पास आने वाले उन्हीं लोगों को कुछ देता है जो अपने साथ कुछ लेकर जाते हैं। मलतब सोच की प्रवृत्ति, कल्पना की प्रवृत्ति लेकर साहित्य के पास जायें तो कोई सोच, कोई विचार मिल पाता है। आजकल हमारे सामने दो माध्यम ऐसे हैं—एक तो टेलीविज़न, दूसरा सोशल मीडिया; जिनमें न सोच की, न कल्पना, न विचार की ज़रूरत होती है। इसलिए इन दोनों के कारण साहित्य में दिलचस्पी कम हुई है और उसकी चिन्ता भी कम हुई है। इसलिए सामाजिक संवेदनशीलता घट रही है और जिस सार्थकता की बात मैं कर रहा हूँ, वह घट रही है। देखिए, साहित्य करता क्या है? वह दूसरों के अनुभवों में साझेदारी सिखाता है। आप प्रेमचन्द का 'गोदान' पढ़ रहे हैं। आप 'होरी' नहीं हैं पर होरी के दुख-दर्द को समझते हैं, यही उनकी सफलता है। यदि आप बुनियादी तौर पर उस मानसिकता के नहीं हैं तो आप 'गोदान' पढ़ें या गुलशन नन्दा का 'झील के उस पार,' कोई फ़र्क़ नहीं पड़ता। इसलिए साहित्य में निश्चय ही दिलचस्पी कम हो

रही है जिससे वे साहित्य से कुछ पा नहीं रहे हैं। चिन्ता की बात है कि आज के रचनाकार भी पाठकों का कम ध्यान रखते हैं और अपने इष्टमित्रों का ज़्यादा। वही हाल आलोचना का भी है।

पहले जन आन्दोलन थे तो कविता का आन्दोलनकारी स्वरूप था। वह आन्दोलनों से परवान चढ़ी। मज़दूर आन्दोलनों तक के गीत गाये जाते थे। जब जनता कविता से ही नहीं जुड़ पा रही तो कहानी व उपन्यासों की कौन कहे। भले ही उपन्यासकार, कथाकार महान माने जाते हों, पर उनकी चर्चा भी बीस-पचास तक ही महदूद है तो आख़िर ऐसे साहित्य की आज के समाज में क्या भूमिका होगी?

आप कुछ तैयारी के साथ उसके पास जायें तो आप कुछ पायेंगे। पर वह तैयारी न हो, वह मानसिकता न हो, वह कल्पनाशीलता और समर्पण अगर आपके पास न हो तो आप इससे भला क्या पायेंगे।

शायद यही वजह है कि लेखक का अपने समाज पर धेले-भर भी असर नहीं रहा। इसीलिए सत्ताएँ उससे भय नहीं खातीं। क्योंकि आन्दोलनों में प्राणतत्त्व फूँकने वाली लेखनी अब कहाँ है?

सोवियत संघ में बड़े लेखकों को बड़ी सजाएँ दी गयीं। कारण यह था कि सोवियत संघ में जिनकी कविता की किताबें छपती थी बड़ी संख्या में उसे लोग लाइन लगा कर ख़रीदते थे। यही नहीं जो उसके सत्ताधारी थे, वे भी साहित्य की चिन्ता करते थे। तभी तो उस पर दण्ड भी लगाते थे। आज का कोई राजनीतिक नेता किसी तरह का गम्भीर साहित्य नहीं पढ़ना चाहता, इसलिए कोई कुछ भी लिख दे, कुछ फ़र्क़ नहीं पड़ता। राजनीति पर साहित्य का बिलकुल भी प्रभाव नहीं पड़ता। साहित्यिक रचनाएँ आम पाठकों से दूर हो गयी हैं जिससे आम पाठक भी उसे ज़्यादा नहीं पढ़ता। इसलिए साहित्य अब इस स्थिति में नहीं पहुँच पाया है तो उसका समाज पर क्या कुछ प्रभाव पड़ेगा, यह सोचने का विषय है।

आपसे पूछूँ कि इस समाज को, साहित्य को, अपने समय को आपकी सबसे बड़ी देन क्या है तो क्या कहेंगे?

देखिए, मैं तो साहित्य और समाज को अपनी देन के रूप में केवल इस बात की उम्मीद कर सकता हूँ कि मेरे लेखन से अगर पाठकों को अच्छे और बुरे साहित्य में फ़र्क़ करने का विवेक मिलता हो तो यह मेरी देन होगी। दूसरी बात यह है कि साहित्य को देखने की जिस दृष्टि की मैं बात करता हूँ यदि वे कुछ को स्वीकार्य हों तो यह भी अपनी देन मानूँगा, पर इस बात की गवाही तो पाठक ही दे सकते हैं। मैं इसके बारे में क्या कह सकता हूँ। जब पाठक मुझे फ़ोन कर कहते हैं कि पढ़कर अच्छा लगा व साहित्य को समझने का शऊर मिला तो सन्तोष होता है कि कुछ सार्थक कर रहा हूँ।

इन दिनों क्या दिनचर्या रहती है?

यही सुबह पाँच बजे उठता हूँ। ग्रीन टी पीकर यहीं निकट के लक्ष्मीबाई पार्क में टहलने जाता हूँ। साथ कोई नहीं, साथ रहने में टहलना कम, गप ज़्यादा होती है। टहलकर आता हूँ, चाय बनाता हूँ, फिर नहाने, शेव करने के बाद जलपान यही कोई 9-10 बजे के मध्य। कोई आ गया तो बातचीत, नहीं तो लिखने-पढ़ने का काम। शाम कभी-कभी गोष्ठी आदि में शिरकत हो जाती है। हाँ, हफ्ते में एक बार जे.एन.यू. की लाइब्रेरी ज़रूर जाता हूँ।

(इन्द्रप्रस्थ भारती : अगस्त 2017)

पुराने प्रगतिशील विचारक अपने विरोधियों की चर्चा ही नहीं करते थे

(आलोचक डॉ. मैनेजर पाण्डेय से युवा कहानीकार अनुज की बातचीत)

हिन्दी साहित्य में जहाँ तक कहानी का सवाल है, पिछले पच्चीस वर्षों के परिवेश को आप किस तरह से देखते या समझते हैं या यूँ कहें कि इसे किस तरह से देखा या समझा जाना चाहिए? साथ ही, इस बात पर भी थोड़ा प्रकाश डालें कि यह पूर्ववर्ती समय से कितना भिन्न है या फिर कि एकरूप है?

पहली बात तो यह है कि पिछले पच्चीस वर्षों के समय में दुनिया में बहुत बड़े-बड़े परिवर्तन हुए हैं। पहला सबसे बड़ा परिवर्तन तो यही हुआ कि एकाध अपवाद को छोड़कर, अधिकांश देशों में समाजवादी व्यवस्थाएँ ध्वस्त हो गयीं। इसका पूरी दुनिया पर और भारत पर तथा भारत के साहित्य पर भी बहुत गहरा असर पड़ा। विशेष रूप से इसका जो सबसे बड़ा असर दिखाई पड़ा वह था सोवियत संघ का विघटन और वहाँ समाजवाद की समाप्ति। उसके ही परिणामस्वरूप सारे पूर्वी यूरोप के देशों में, जो समाजवादी व्यवस्थाएँ थीं, उनका अन्त हो गया। इससे दुनियाभर में दो-तीन बड़े प्रभाव पड़े। पहला तो यही कि विचारधारा के स्तर पर लोगों का सोच-विचार बदला। इसी विध्वंस को ध्यान में रखकर इतिहास के अन्त की धारणा सामने आयी, लेकिन इससे वह विचारधारा, मसलन, समाजवाद के विध्वंस की विचारधारा की धारणा और मज़बूत हुई। भारत में जो लोग, जिस भी क़िस्म से समाजवाद में आस्था रखते थे, उन पर इसका बहुत असर हुआ, वो चाहे साहित्य में रचनाकार हों या आलोचक हों, मतलब जो जनवादी एवं क्रान्तिकारी लेखक और कवि थे, वे उसी सपने से ख़ुद को जोड़ते थे। इसलिए जब वह आधार ही समाप्त हो गया, तो उनके समक्ष विभ्रम की एक स्थिति पैदा हो गयी। जो लोग पहले से समाजवाद या मार्क्सवाद और इस विचारधारा के विरोधी थे, उनका उत्साह बढ़ा। भारत में इस प्रकार के लोग अधिक मुखर हुए और वे और भी उग्र रूप से इस विचारधारा और उन लोगों की आलोचना करने लगे, जो समाजवाद में आस्था रखते थे।

लेकिन, यहाँ एक और बात ध्यान में रखने की है। मैं उस लम्बी बहस में नहीं जाना चाहता। मलतब, बहुत पहले से एक तो यही बहस चलती रही है कि इन देशों में जो समाजवादी व्यवस्थाएँ थीं, वो मार्क्सवाद की मान्यताओं के अनुरूप थीं ही नहीं? बहुत लोगों का कहना है कि मार्क्सवादियों की आस्था में कोई फ़र्क़ नहीं आया, क्योंकि वे यह मानकर चलते थे कि जब यह सब कुछ मार्क्स की विचारधारा के अनुरूप था ही नहीं, तो फिर टूट गया तो टूट गया! लेकिन जो इस देश की अच्छी या बुरी जैसी भी कम्युनिस्ट पार्टियाँ हैं, उनकी आस्था तो उस विचारधारा में थी, इसलिए निराशा भी उनके भीतर ज़्यादा आयी। दूसरी ओर, देश की कम्युनिस्ट पार्टियों से जुड़े लेखकों और विभिन्न लेखक संघों और संगठनों की ओर से अधिक विरोध हुआ। एक और बात है, स्वयं भारत में इन्हीं बीस-पच्चीस वर्षों में खुली अर्थव्यवस्था के नाम पर पूँजीवाद का विस्तार हुआ, बल्कि मैं यह भी कह सकता हूँ कि उसका निरन्तर विस्तार होता ही जा रहा है। चाहे कोई भी सरकार हो, सभी इसी को भूमण्डलीकरण के नाम पर स्वीकार कर रहे हैं और मान भी रहे हैं। अब इसमें यह ज़रूर है कि इस पूँजीवाद के विस्तार और भीषण प्रभाव के कारण मज़दूर, किसान और निम्न मध्यवर्ग के लोग परेशान और तबाह हुए हैं। मज़दूरों की मज़दूरी कम हुई और बहुत जगहों पर उनकी नौकरियाँ भी लगभग छूट गयीं। मज़दूर घर लौट आये और किसानों की तबाही का सबसे भयावह दृश्य यह उभरकर सामने आया कि इसी बीच में तीन से साढ़े तीन लाख किसानों ने आत्महत्या की, जो भारत के और दुनिया के इतिहास में अभूतपूर्व है। कहीं भी, यहाँ तक कि अंग्रेज़ी राज के ज़माने में भी, इतने किसानों ने आत्महत्या नहीं की थी। अकाल आदि में उनकी मृत्यु हुई थी, लेकिन यह अलग बात है। पिछले पच्चीस वर्षों का यह सारा राजनीतिक और आर्थिक वातावरण था, जिसका सांस्कृतिक असर पड़ना लाज़िमी ही था। इस प्रकार के सांस्कृतिक असर के कारण तीन-चार बातें हुईं। पहली तो रचना के स्तर पर। शुरू के दिनों में तो नहीं, पर बाद के दिनों में, कुछ लोगों ने किसानों और मज़दूरों की तबाही पर कहानियाँ लिखीं। कुछ लोगों ने किसानों की आत्महत्या पर महत्त्वपूर्ण और अच्छी कविताएँ लिखीं। कुछ कहानियाँ भी लिखी गयीं जिनमें इस समय तो नाम मुझे नहीं याद आ रहे हैं, लेकिन कुछ लोग ऐसे ज़रूर हैं जो इन चीज़ों से जुड़े हुए रहे हैं, उनमें तीन-चार नाम मुझे याद आ रहे हैं जो किसान जीवन पर बाज़ारवाद के दुष्प्रभावों का विरोध करते हैं, जैसे—सत्यनारायण पटेल, सुभाष कुशवाहा और आप स्वयं आदि, तथापि वे कविता कहानी को आत्मसंघर्ष की अभिव्यक्ति मानते थे और समझते थे और अब भी समझते हैं। ऐसे रचनाकारों ने अपने ढंग की कहानियाँ लिखी हैं। हालाँकि मैं मानता हूँ कि यह आवश्यक और ज़रूरी नहीं है कि सभी लेखक किसानों की तबाही या आत्महत्या पर ही लिखें या मज़दूरों की तबाही पर लिखें। इन सभी के बीच इस देश में स्त्रियाँ हैं, आदिवासी

हैं, निम्न मध्यवर्ग के लोग हैं, वो अपना सुख-दुख भी कहानी में, कविता में व्यक्त करते रहे हैं और कर रहे हैं। ऐसे लोगों पर आपके आगे के सवालों में बातें करूँगा।

जो वरिष्ठ या पुराने लेखक 1955-60 या उसके बाद से आज भी लगातार लिख रहे हैं, उनमें से कई तो पिछले पच्चीस वर्षों के दौरान भी लिखते रहे हैं, साथ ही, पिछले पच्चीस वर्षों के दौरान अनेक नये युवा रचनाकार भी सामने आये हैं और अच्छा लिख रहे हैं, तो दोनों प्रकार के लेखकों, नये और पुराने, की लेखन-शैली को तुलनात्मक रूप में आप किस तरह से देखते हैं?

देखिए, ऐसा है कि जिन पुराने लोगों की बात आप कर रहे हैं, उसमें दोनों तरह के लोग थे, कुछ ऐसे भी थे, जो समाजवाद में आस्था रखते थे और उसी को ध्यान में रखकर लिखते थे, भले ही वे अपनी रचनाओं में समाजवाद का उल्लेख नहीं करते थे, लेकिन वे अपनी रचनाओं में, किसानों, मज़दूरों, मध्यवर्ग की तबाही आदि का चित्रण और वर्णन ख़ूब करते थे, चाहे कविता में हो या कहानी में या उपन्यास में। ऐसे लेखकों में अभी मेरी स्मृति में एक ही बड़ा नाम आ रहा है, वह है, जो अब गुज़र गये—अमरकान्त। वे बराबर अपनी समझ और आस्था के हिसाब से लिखते रहे। वे बदलती हवा के बहाव में बहे नहीं। वे हवा के साथ बदले नहीं। अच्छा, एक और कहानीकार हैं, मैं उनका नाम लेना भूल गया था, वह हैं—मनोज रूपड़ा। उन्होंने कुछ सामाजिक संवेदनशीलता वाली अच्छी कहानियाँ लिखी हैं। इसी क्रम में मोहम्मद आरिफ़ हैं, बल्कि आपने (अनुज) स्वयं भी सामाजिक संवेदनशीलता की बहुत अच्छी कहानियाँ लिखी हैं। इसी में यदि और भी नाम लूँ तो विपिन कुमार शर्मा और विमल चन्द्र पाण्डेय भी हैं। लेकिन जो हवा के साथ बदल जाने वाले रचनाकार थे, उनमें नये रचनाकार ज़्यादा थे। हवा के साथ बदलने वाले लोगों में वैसे रचनाकार ज़्यादा हैं, जिनमें पहले भी कोई गहरी सामाजिक-राजनीतिक चिन्ता नहीं थी और आज भी नहीं है, बल्कि यह कहना ज़्यादा उचित है कि उनमें व्यक्तिगत चिन्ताएँ ही ज़्यादा थीं और आज भी हैं। हालाँकि मैं व्यक्तिगत चिन्ताओं की रचनाओं की उपेक्षा नहीं करता हूँ। वे रचनाएँ भी संवेदना और शिल्प के धरातल पर यदि प्रभावशाली हैं तो उनको भी स्वीकार किया जाना चाहिए।

इस बीच, मेरी समझ के अनुसार, हिन्दी साहित्य में, जो सबसे बड़ी घटना घटी है, वह यह है कि लेखन में बड़े पैमाने पर स्त्रियाँ मुखर होकर सामने आयी हैं। दोनों-तीनों पीढ़ियों में स्त्रियाँ मुखर होकर सामने आयी हैं। मलतब, एक पीढ़ी ममता कालिया की या मैत्रेयी पुष्पा की या मृदुला गर्ग की है, उनमें पहले भी सामाजिक चेतना थी और बाद में भी रही। भले ही अपने-अपने ढंग से रही हो, लेकिन सामाजिक चेतना दिखती है। लेकिन जो नयी पीढ़ी की लेखिकाएँ सामने आयी हैं, उन नयी लेखिकाओं में सामाजिक चिन्ता कम, व्यक्तिगत चिन्ता ज़्यादा

दिखती है, ऐसी लेखिकाओं में मनीषा कुलश्रेष्ठ, वन्दना राग, अल्पना मिश्र और नीलाक्षी सिंह आदि का नाम है।

अब रह गयी पुरानी पीढ़ी और नयी पीढ़ी के बीच तुलना की बात तो इसके तीन बिन्दु हो सकते हैं। कहानी लेखन में इनके सामाजिक और राजनीतिक दृष्टिकोण की तुलना एवं इनकी संवेदना और शिल्प की तुलना दोनों अलग-अलग बातें हैं। मतलब, जिन लोगों का नाम मैंने लिया, उनकी तुलना यदि मान लीजिए कि किसी पुराने रचनाकार से करें, मान लीजिए शिवमूर्ति को ही ले लें। शिवमूर्ति ने स्त्रियों की यातना पर लिखा है। वे गाँव की स्त्रियों की यातना पर ख़ासतौर से लिखते थे, उन्होंने इसी विषय पर बाद में भी लिखा। इसलिए अब उन लोगों की यदि इनसे तुलना की जाये तो यह तुलना दोनों के साथ अन्याय करना होगा। अर्थात् जो पुराने लोग शिवमूर्ति की पीढ़ी के हैं, उनके साथ भी अन्याय है और जो ये नये लोग हैं, जिनका नाम मैंने लिया था, उनके साथ भी अन्याय होगा, ज़्यादती होगी क्योंकि वे भिन्न तरह की कहानियाँ लिखते हैं और ये भिन्न तरह की। कवि भी ऐसे बहुत हैं। अब अभी मैं आपको कविता के प्रसंग में बताऊँ, तो 'बया' का एक अंक निकला है। उसमें पहले दो-तीन सौ कवियों-कवयित्रियों की कविताएँ छपी हैं, और सब विश्वविद्यालय के बी.ए. और एम.ए. के लड़के-लड़कियाँ हैं। मुझसे भी उस पर टिप्पणी करने को कहा गया था। नये अंक में मेरी टिप्पणी भी छपी है। मैं यह देखकर प्रसन्न हुआ कि अधिकांश समाज में मौजूद किसी-न-किसी प्रकार की वेदना और चेतना की कविताएँ लिखते हैं। ये सब एकदम नयी पीढ़ी के हैं, जो अभी प्रसिद्ध भी नहीं हुए हैं। ये अभी शुरुआत कर रहे हैं। इसलिए, यह कहा जा सकता है कि धीरे-धीरे वास्तविकता युवा पीढ़ी, युवतर पीढ़ी को भी प्रभावित कर रही है।

कई लोगों ने मुझसे सवाल किया है कि अभी इन पच्चीस वर्षों की रचनाओं पर बात करने की ज़रूरत क्यों आन पड़ी? उनका यह कहना है कि अभी नये लोगों पर बातें करने का समय नहीं आया है इसलिए अभी उनके रचनाकर्म पर सोचने-समझने और बातचीत करने की क्या ज़रूरत है? इस प्रश्न को आप किस नज़र से देखना पसन्द करेंगे?

ये बात तो ग़लत है, क्योंकि नयी कहानी के लोग जब आये थे तो आने के साथ ही उन पर बातचीत शुरू हो गयी थी। चाहे नामवर जी ने लिखा हो, सुरेन्द्र चौधरी ने लिखा हो, मधुरेश ने लिखा हो या फिर देवीशंकर अवस्थी ने लिखा हो, उनके सामने नये लोग थे। रचना जब सामने आती है, तो लिखने वाला नब्बे वर्ष का है कि उन्नीस वर्ष का, इससे ज़्यादा फ़र्क़ नहीं पड़ता है। उन पर विचार तो होना ही चाहिए। अब एक और बात है। पुराना मुहावरा है कि—'होनहार बिरवान के होत चीकने पात।' किसी की पहली दूसरी कहानी या कविता से भी यह मालूम हो सकता है कि यह किस दिशा में जायेगा या जायेगी। इसलिए यह कहने का

कोई मतलब नहीं है कि जो बीस सालों के हैं या पच्चीस सालों के हैं, जिनकी तीन रचनाएँ छपी हैं उन पर बात करने की क्या ज़रूरत है? इस दृष्टि से लोग सोचते हैं, तो गुलेरी जी ने जमापूँजी तीन ही कहानियाँ लिखी हैं। फिर तो उन पर चर्चा ही नहीं होनी चाहिए थी, उन पर क्यों चर्चा की जाये? रामचन्द्र शुक्ल से लेकर आज तक गुलेरी जी की चर्चा हो रही है।

इस विषय पर उनके भी तर्क हैं। वे लोग यह कहते हैं कि इन पच्चीस वर्षों में जो युवा रचनाकार सामने आये हैं, उनमें कुछ ही हैं जिन्होंने हिन्दी कहानी में हिन्दी साहित्य की परम्परा का निर्वहन करते हुए लिखा है। ज़्यादातर ऐसे हैं जिन्होंने कथ्य, विषय या अन्तर्वस्तु और रूप-शिल्प और भाषा में यश की प्रमुखता को स्वीकार करते हुए कथ्य, विषय और अन्तर्वस्तु को गौण बनाकर कलावादी लेखन से खुद को जोड़े रखा है। इसलिए उन लेखकों पर विचार करना कलावादी लेखन पर विचार करने जैसा ही होगा। वास्तव में वे कलावादी लेखन पर विचार करने का निषेध कर रहे हैं। इस विषय पर आप क्या कहना चाहेंगे?

देखिए, ऐसा है, मैं फिर से वही पुराना उदाहरण दूँगा। शुरू के दिनों में, निर्मल वर्मा ने जो कहानियाँ लिखीं, वो सब भी मोटे तौर पर कलावादी कहानियाँ ही थीं। पर उन्हीं की 'परिन्दे' नाम की कहानी और दूसरी रचनाओं पर नामवर सिंह ने भीषण लेख लिखा और दूसरे लोगों ने ख़ाली उन्हीं पर ही नहीं, दूसरे लोगों पर भी लिखा। क्या है कि कलावाद भी साहित्य की एक प्रवृत्ति और धारा ही है। उस पर भी बात होनी चाहिए और यह कहा जाना चाहिए कि ये कलावादी रचनाएँ हैं। उन पर बात ही नहीं हों, यह प्रवृत्ति पुराने प्रगतिशीलों की थी। पुराने प्रगतिशील साहित्यिक विचारक अपने विरोधियों की चर्चा ही नहीं करते थे। लेकिन आज जब उन्हीं पर चर्चा करने वाला कोई नहीं बचा है, तो इस ज़माने में यदि कलावादियों की चर्चा नहीं की जाये तो फिर किसकी चर्चा की जाये! इसलिए यह कहने का कोई अर्थ नहीं है कि यदि कहानी कलावादी है तो उस पर चर्चा ही नहीं की जानी चाहिए। कलावाद साहित्य की ही एक प्रवृत्ति है, इसलिए उस पर चर्चा तो अवश्य ही होनी चाहिए। हाँ, यदि आपको यह लगता है कि ये कलावादी रचनाएँ हैं तो चर्चा में यह कहा जाये कि अमुक कहानी कलावादी कहानी है।

वर्ष 1991 के बाद, पिछले पच्चीस वर्षों के दौरान, के समय पर चर्चा करते हुए आपने बताया कि आज की स्थिति में पूँजीवाद और पूँजी-तन्त्र का आधिपत्य है, उपभोक्तावाद है और आपने यह माना है कि यह आम आदमी की बदहाली का दौर है। मेरा आपसे यह प्रश्न है कि आपने इन वर्षों के दौरान जिन युवा रचनाकारों को पढ़ा और देखा-सुना है, क्या उन युवा रचनाकारों में इस बढ़ती बदहाली के प्रति संवेदनशीलता परिलक्षित होती है?

कुछ हैं जिनमें होती है। मैंने आपके पिछले प्रश्न के उत्तर में उनके नाम भी आपके सामने लिए थे। आप कहेंगे तो दोहरा दूँगा। हाँ, तो बस यही है। देखिए, यहाँ मुझे एक अच्छी बात यह लगती है कि किसी भी कालखण्ड में एक साथ कई

दृष्टियों और धाराओं के रचनाकार रचना कर रहे होते हैं। किसी भी विकासशील साहित्य में एक साथ कई विचारधारा और दृष्टि के कवि, कहानीकार, नाटककार और उपन्यासकार एक साथ रचना कर रहे होते हैं। इसलिए मैंने कहा कि जो रचनाकार जनसंघर्षों की कथा नहीं भी लिखता हो, लेकिन वह यदि आत्मसंघर्ष की कहानी लिखता है, तो साहित्य में उसकी भी चर्चा अवश्य होनी चाहिए, उस पर बात होनी चाहिए।

इस दौर में जिन लोगों ने लिखा है, क्या उनकी रचनाओं में वह संवेदनशीलता दिखती है, जिसकी चर्चा हम लोग अपने प्रश्नों में कर रहे हैं? मसलन, क्या इन रचनाकारों की रचनाओं में आम आदमी की तकलीफ़ दिखती है, या कि नहीं दिखती है?

आम आदमी की तकलीफ़ नहीं भी दिखती हो, लेकिन वे रचनाकार अपनी रचनाओं में अपनी परेशानियों के बारे में तो संवेदनशील दिखते ही हैं, वो कहानीकार, आत्मसंघर्ष की ही कहानियाँ लिखते हैं, लेकिन उन संवेदनाओं से तो गुज़रते हैं। मान लीजिए, स्त्रियाँ या लड़कियाँ हैं, वे अगर अपनी गुलामी की, यातना की कहानी लिखती हैं, तो मुझे इसमें कोई परेशानी नहीं होती कि मैं उनकी चर्चा करूँ। उनकी चर्चा क्यों नहीं होनी चाहिए? उन पर भी चर्चा होनी चाहिए।

फिर व्यक्तिगत रचनाएँ, जैसे मान लीजिए कि कोई डायरी लिखता है और उसे डायरी के फॉर्म में ही छपवा देता है, फिर ऐसी रचनाएँ साहित्य को क्या देती हैं?

ऐसी रचनाएँ एक अलग दृष्टिकोण देती हैं कि ऐसे भी साहित्य लिखा जा सकता है और रह गयी बात फॉर्म की, तो पहले भी डायरी से लेकर पत्र तक के फॉर्म में कहानियाँ लिखी जाती रही हैं। और जब पहले लिखी जाती रही हैं, तो अब क्यों नहीं लिखी जायें? सवाल यह है कि वो रचनाएँ पाठकों को प्रभावित करती हैं कि नहीं करती हैं? प्रभावित करने के तीन पक्ष हैं—पहला यह कि उनकी भाषा, दूसरा उनका शिल्प, तीसरा उनकी संवेदना। मान लीजिए कि कोई रचनाकार है और वे आम आदमी की परेशानी के बारे में नहीं लिखते। लेकिन अच्छी भाषा और अच्छे शिल्प में कहानियाँ लिखते हैं, तो कहानी भी एक कला है। जिनके यहाँ कला कहानी में है, उनके यहाँ आम आदमी की तबाही परेशानी न हो तो भी उसे कला के लिए पढ़ना चाहिए। जैसे जैनेन्द्र के उपन्यास और कहानियाँ हैं। अब प्रेमचन्द के जैसे वो सामाजिक चेतना के रचनाकार नहीं हैं। लेकिन इसका मतलब यह नहीं है कि अब जैनेन्द्र की चर्चा ही नहीं होनी चाहिए। जिस भी रचना में संवेदनशीलता जगाने की क्षमता हो, चाहे वह रचना व्यक्तिगत सुख-दुख की अभिव्यक्ति की हो या सामाजिक सुख-दुख की अभिव्यक्ति की, पाठकों को संवेदनशील बनाने वाली जो भी रचनाएँ हैं, उनकी चर्चा अवश्य होनी चाहिए।

नये रचनाकारों में एक नयी प्रवृत्ति आयी है लम्बी-लम्बी कहानियाँ लिखने की। इन रचनाकारों में उदय प्रकाश का नाम लिया जाता है। आज की नयी पीढ़ी के युवा लेखकों की लम्बी कहानियों और पूर्ववर्ती लेखकों की लम्बी कहानियों में क्या आप कोई साम्य देखते हैं?

ऐसा है कि ये जो लम्बी कहानी लिखने वाले लोग हैं, पहले भी थे, जैसे कृष्णा सोबती। कृष्णा जी भी लम्बी कहानी लिखती थीं। उनकी 'ऐ लड़की' नाम की लम्बी कहानी, कहानी के रूप में भी छपी थी और बाद में उपन्यास के रूप में भी छपी। इसलिए ये एकदम ऐसा नहीं है कि नये लोग ही ऐसा कर रहे हैं, पहले भी लोग करते रहे हैं। फिर उनकी भी जाँच-पड़ताल उन्हीं आधारों पर होगी कि कहानी लम्बी है कि छोटी। वह महत्त्वपूर्ण नहीं होता कि कहानी लम्बी है कि छोटी है, सबसे महत्त्वपूर्ण यह होता है कि कहानी में क्या है? कहानी लम्बी है कि छोटी है, इसका कोई अर्थ नहीं होता।

अभी आपने कहा कि कृष्णा सोबती जी की कहानी उपन्यास रूप में छपी थी?

हाँ, तो छपी थी न!

फिर आप कहानी और उपन्यास के फॉर्म के अन्तर को किस प्रकार देखते हैं?

देखिए, फॉर्म का अन्तर तो है, लेकिन मूल विधा तो कहानी ही है। जो फैली हुई हो, तो वह उपन्यास भी बन सकता है, कहानी भी। यही काम कृष्णा सोबती ने किया है और यही काम उदय प्रकाश ने भी किया है।

एक आख़िरी सवाल। पिछले पच्चीस वर्षों में उभरे युवा लेखकों के लेखन हिन्दी साहित्य के पारम्परिक लेखन को आगे बढ़ाते हैं या उनका निषेध करते हैं? आपकी क्या राय है?

देखिए, मैं यह नहीं मानता कि वे निषेध करते हैं। नयी प्रवृत्ति ज़रूर नये रचनाकारों की नयी रचनाओं के सामने आती है। अब जैसे आप (अनुज) सामने बैठे हैं, तो कहना ठीक नहीं लगता, लेकिन आपने एक कहानी लिखी थी बिहार के जातीय संघर्षों पर 'अँगुरी में डँसले बिया नगनिया'। वह कम्पैरेटिवली बहुत लम्बी नहीं है, पर वह भी एक प्रकार से एक लम्बी कहानी ही है। आपने ही एक और कहानी लिखी है—'बोर्डिंग पास'। अब हाल के वर्षों में जो सामाजिक और मानवीय संवेदना का ह्रास हुआ है, आपकी 'बोर्डिंग पास' उसी की कहानी है। अपनी ही माँ को एक आदमी धोखा देता है, उसका घर और सब बेच-बाच के उसको निराश्रित और बे-सहारा बनाकर छोड़ देता है और धोखा देकर अमेरिका भाग जाता है। तो कहना यह है कि ये नयी समस्याएँ हैं यह हाल के वर्षों में भूमण्डलीकरण और बाज़ारवाद का असर है। तो ये सब बातें कहानी में क्यों नहीं आयें? इन्हें ज़रूर आना चाहिए। यह कहानी पाठकों के मन को छूती हैं और उनकी संवेदना को उद्वेलित करती हैं, तो ऐसी कहानियों पर तो ज़रूर ही चर्चा की जानी चाहिए। मैंने

एक गोष्ठी में आपकी उस कहानी का पाठ आपसे ही सुना था। उसी गोष्ठी में एक वक्ता ने कहा भी था कि कार्ल मार्क्स ने पूँजीवाद की दो बुनियादी विशेषताओं की चर्चा की है। जन्मजात बर्बरता और अथाह पाखण्ड। आपकी यह कहानी—'बोर्डिंग पास', इसमें ये दोनों बातें हैं। इसलिए यदि कोई कहानी किसी किसान की या किसी मज़दूर की चिन्ता नहीं भी करती है तो केवल इसी बात से वह कहानी निरर्थक थोड़े ही हो जाती है! यही सब है। धन्यवाद!

(कथानक : प्रवेशांक 2018)

मार्केज़ का उपन्यास 'एकान्त के सौ वर्ष'

(सुप्रसिद्ध आलोचक मैनेजर पाण्डेय से महेश दर्पण की विशेष बातचीत)

डॉ. मैनेजर पाण्डेय, आज यह सुखद संयोग है कि मार्केज़ के उपन्यास 'एकान्त के सौ वर्ष' के बहाने हम लोग इस पुस्तक पर चर्चा कर रहे हैं और साथ में यह देखेंगे कि हिन्दी में विदेशी भाषाओं से होने वाले अनुवादों की जो स्थिति है क्या वो सन्तोषजनक है। इस उपन्यास को नोबेल पुरस्कार मिला और यह काफ़ी ख्याति पा चुका है लेकिन सन् 2003 में सौम्य सुरभि गुप्ता द्वारा उपन्यास का अनुवाद हिन्दी में प्रकाशित हो सका। इस स्थिति को आप किस रूप में लेते हैं?

एक तो यह कहूँ महेश जी कि 1966 में छपा था यह उपन्यास। नोबेल पुरस्कार तो इसे 1982 में मिला। पहले स्पेनिश में छपा और 1977 में अंग्रेज़ी में आया। हिन्दी में, असल में, अंग्रेज़ी के अलावा दुनिया की जो और भाषाएँ हैं उनके साहित्य को आने में देर लगती है। उसके कई कारण हैं। एक कारण तो यह कि चाहे स्पेनिश हो, रूसी हो, फ्रांसीसी हो या जर्मन हो वो अंग्रेज़ी में तत्काल अनुवाद कर लेते है। हमारे यहाँ के जो पढ़े-लिखे लोग हैं जो हिन्दी के भी लेखक और पाठक हैं वे अंग्रेज़ी अनुवादों से उसे पढ़ लेते हैं। इसलिए ज़रूरत ही नहीं महसूस होती कि वो साहित्य हिन्दी में सीधे मूल भाषा से आये। यद्यपि उसका नुक़सान बहुत होता है। एक नुक़सान तो यह होता है कि अंग्रेज़ी में जिस तरह आये उसी तरह हम जानें और दूसरा नुक़सान यह होता है कि हमारे यहाँ के बहुत सारे लेखक चाह कर और बिना चाह कर भी उससे प्रभावित होते रहते हैं और अंग्रेज़ी न जानने वाले पाठक यह जान ही नहीं पाते कि जो हमारे यहाँ के प्रतिभाशाली लेखक हैं उनकी प्रतिभा का स्रोत क्या है। इसलिए यह दुखद बात है कि दुनिया का जो महान साहित्य है वो हिन्दी में देर से आ पाता है। विशेष रूप से अंग्रेज़ी के अतिरिक्त जो दूसरी भाषाओं का साहित्य है। एक कठिनाई यह भी है कि हमारे यहाँ स्पेनिश से, जर्मन से, फ्रांसीसी से अनुवाद करने वाले कम लोग हैं। रूसी साहित्य का बहुत अनुवाद हुआ है। क्योंकि एक समय में सोवियत संघ की सरकार अनुवादों को बहुत बढ़ावा देती है लेकिन जो दूसरी भाषाओं का अनुवाद है वह अनुवादकों के प्रयत्न से होता

है या फिर प्रकाशकों के प्रयत्न से होता है। लेकिन ये दोनों काम हो नहीं पाते। किन्तु यह अच्छी बात है कि इस दिशा में अब तेज़ी से काम हो रहा है। हाल के वर्षों में हिन्दी साहित्य का अंग्रेज़ी में काफ़ी अनुवाद हुआ है। दूसरे रूसी, स्पेनिश, जर्मन और फ्रांसीसी साहित्य का अनुवाद हिन्दी में आ रहा है। अब जैसे मैं आपसे कहूँ कि फ्रांसीसी साहित्य का बहुत सारा महत्त्वपूर्ण भाग सीधे हिन्दी में नहीं आ रहा है और अंग्रेज़ी अनुवाद से ही काम चला लेते हैं। हाल ही के वर्षों में मैंने देखा है कि जो अनुवादों के गम्भीर अध्ययन हुए हैं उससे यह भी मालूम हुआ कि अनुवाद में भी कभी-कभी गम्भीर सेंसरशिप काम करता है। उससे बचने का भी एक तरीक़ा यही है कि सीधे-सीधे मूल भाषा से अनुवाद हो जैसे यह अनुवाद हुआ है। तो हम सीधे अनुवाद से उस रचना का आनन्द लें, ज्ञान प्राप्त करें तो अच्छा होगा और उससे हिन्दी के रचनाकारों के साथ-साथ पाठकों को भी मदद मिलेगी।

डॉक्टर साहब यह बात बिलकुल सही है और इस रूप में इस उपन्यास का स्वागत होना चाहिए। लेकिन क्या आप ऐसा सोचते हैं कि 'Hundred years of solitude' को नोबेल पुरस्कार ना मिला होता तो भी इसकी ख्याति इतनी ही होती?

नहीं, तब नहीं होती। आपने सही कहा। जहाँ तक मैं जानता हूँ दक्षिण अमेरिका में ऐसे ही बहुत से और उपन्यास लिखे गये हैं। जैसे क्यूबा के एक बहुत बड़े उपन्यासकार हैं 'कार्पेन्तिएर'। स्वयं मार्केज़ ने उनके महत्त्व को स्वीकार किया है, अपने अनेक साक्षात्कारों में। उनका एक महत्त्वपूर्ण उपन्यास है जिसका मैं हिन्दी में शीर्षक अनुवाद करूँ तो कह सकता हूँ 'इस दुनिया की बादशाहत'। उस उपन्यास को बल्कि दक्षिण अमेरिका में भी, जिसे जादुई यथार्थवाद कहा जाता है उसका आरम्भ करने वाला उपन्यास माना जाता है। लेकिन आज तक वह उपन्यास हिन्दी में नहीं आ सका। और भी जैसे दक्षिण अमेरिका में एक से एक बड़े उपन्यास हैं लेकिन अधिकांश हिन्दी में नहीं आ पाये हैं। आप जानते ही हैं कि जिन लेखकों को नोबेल पुरस्कार मिलता है उनकी तरफ़ लोगों का ध्यान अधिक जाता है। 'मार्केज़' स्वयं एक बड़े रचनाकार हैं लेकिन ज़ाहिर है कि नोबेल पुरस्कार मिलने पर ही लोगों का ध्यान उनकी ओर गया। इस उपन्यास की ओर भी ध्यान गया, बेशक देर से सही। लेकिन जब यह उपन्यास हिन्दी में आया है तो हम इसका स्वागत करते हैं।

डॉक्टर साहब आपने भी देखा होगा और हम लोगों ने भी, जो कहानियाँ पढ़ते रहे हैं या जो अंग्रेज़ी से आयीं, उनमें इस उपन्यास के चरित्रों की कुछ-कुछ छाया या वेग मौजूद है तो ऐसी कहानियों को आप क्या समझते हैं कि ऐसे उपन्यास लिखने का कोई होमवर्क था?

एक तरह से आप कह सकते हैं कि उन कहानियों को आप पढ़ें तो मार्केज़ की कथा कहने की शैली मालूम होती है। उनकी दीन-दुनिया को देखने की अपनी एक दृष्टि है और कथा कहने की अपनी एक शैली। वो चाहे कहानी लिखें या उपन्यास

लिखें, यद्यपि अपने एक साक्षात्कार में मार्केज़ ने यही कहा कि मैं जब एक रचना पूरी कर लेता हूँ और दूसरी शुरू करना चाहता हूँ तो कोशिश करता हूँ कि दूसरी में पहली को रचना के स्तर पर किसी भी तरह से दोहराऊँ नहीं। मतलब, भिन्न हो। लेकिन देखिए भिन्न रचना पद्धति हो सकती है, पर जो रचना दृष्टि है वह तो काम करती ही है। इसलिए मार्केज़ के पूरे रचना संसार को या कथा संसार को कभी आप देखें तो बराबर लगेगा कि वहाँ उनके देश कोलम्बिया या मैं आपसे यह भी कहूँ कि मार्केज़ केवल वहाँ के लेखक नहीं हैं बल्कि मैं कह सकता हूँ कि वे पूरे दक्षिण अमेरिका के प्रतिनिधि लेखक हैं। दक्षिण अमेरिका के लेखकों में चाहे वे ब्राजील के हों, पेरू के हों, उरुग्वे के हों या जिन देशों के उपन्यासकार हैं उनमें कुछ समानताएँ मिलती हैं जिससे आपको दक्षिण अमेरिका की साहित्यिक चेतना का पता चलता है। मैं यह भी समझता हूँ कि प्रत्येक महादेश की अपनी एक साहित्यिक चेतना होती है जो उसकी सांस्कृतिक चेतना से निर्मित होती है। एशिया की एक साहित्यिक-सांस्कृतिक चेतना है, यूरोप की एक साहित्यिक-सांस्कृतिक चेतना है। इसी तरह अफ्रीका और दक्षिण अमेरिका की भी। इसलिए दक्षिण अमेरिका के किसी लेखक को आप पढ़ें बल्कि मैं तो यह भी कहूँगा कि कथा की दुनिया से निकलकर अगर हम कविता की दुनिया में जायें और आप 'नेरूदा' की कविताओं को पढ़ें तो भी आपको कुछ ऐसी बातें मिलेंगी जो मार्केज़ या 'कार्पेन्तिएर' के उपन्यासों में मिलती हैं। तो एक स्तर पर तो मार्केज़ के उपन्यासों और कहानियों में समानता मिलेगी लेकिन दूसरे स्तर पर उनकी चीज़ों को देखने की जो दृष्टि है और अलग-अलग स्थितियों में, अलग-अलग ढंग से कथा कहने की जो पद्धति है वो दिखाई देती है।

सही कहा आपने, कई विद्वानों का मानना है कि हेमिंग्वे की तरह मार्केज़ में भी यह क़ाबिलियत है कि वो छोटे से छोटे को सूक्ष्म रूप में हमारे सामने इस तरह से पेश करते हैं जैसे कथा का एक हिस्सा हमारे जीवन में घुलमिल कर संवेदना का एक हिस्सा बन गया हो।

सही कह रहे हैं आप, और देखिए मुझे याद पड़ रहा है मार्केज़ ने अपने एक साक्षात्कार में कहा था कि कवि, ज़ाहिर है कि जब वह कवि कह रहे थे तो उपन्यासकार को भी ध्यान में रखे हुए थे, तो उनका कहना यह था कि कवि की प्रतिभा साधारण में मौजूद असाधारण को पहचानने में होती है। इसलिए आप देखेंगे उनके इस उपन्यास में या अन्य रचनाओं में ऊपर से आपको दिखाई देता है कि वह एक बहुत छोटी-सी बात का वर्णन कर रहे हैं लेकिन वर्णन इस तरह से करते हैं कि उसमें से एक बड़ी बात पैदा होती है। आप इसका कोई भी हिस्सा निकाल कर पढ़ सकते हैं। एक दृश्य है, एक पाठक या जो लोग इसे पढ़ेंगे वो देखेंगे कि इसमें एक घटना घटती है। होता ऐसा है कि एक आदमी को गोली मार दी जाती है। उस आदमी के शरीर से जो ख़ून निकलता है, उस ख़ून के बहने का उन्होंने लगभग डेढ़

अनुच्छेद में वर्णन किया है कि किस तरह ख़ून माथे से निकला, सीढ़ियों पर गया, दरवाज़े पर गया और ख़ून फिर गलियों और पूरे गाँव में फैल गया। देखिए इस तरह से यह उनकी रचना शैली की विशेषता है कि किस तरह से चीज़ों के विस्तार को रखकर उसके प्रभाव को कैसे बढ़ाते हैं। तो उनके यहाँ ऐसी प्रवृत्ति छोटी और बड़ी दोनों रचनाओं में दिखाई देगी। मुझे एक उपन्यास की याद पड़ रही है इसके अलावा, अंग्रेज़ी में। उसका नाम है 'क्रॉनिकल ऑफ़ द डेथ फॉरटोल्ड'। मतलब एक ऐसी मौत की कथा जिसकी सूचना पहले से दी गयी हो। बहुत पहले मैंने रघुवीर सहाय की कविता 'रामदास' से उसकी तुलना की थी। आपको याद होगा कि रामदास में भी यही है कि उसे पहले बता दिया जाता है कि उसकी हत्या होगी। ज़ाहिर है कि कविता में वर्णन की सीमा है लेकिन मूल बात रघुवीर सहाय 'रामदास' कविता के माध्यम से वही कहते हैं जो मार्केज़ अपने उपन्यास में कहते हैं तो इसलिए वर्णन की जो पद्धति है चाहे छोटी रचना हो या बड़ी उसमें दिखाई देती है।

डॉक्टर साहब आप जो वर्णन की क्षमता और शैली की बात कर रहे हैं मुझे लगता है कि बचपन में जो उन्होंने कहानियाँ अपने परिवार में सुनीं, अपने बुजुर्गों से सुनीं उससे उनमें कहने की शैली पूर्णतः प्रवेश कर गयी। और उसके बाद जो विस्तार होता है और जिस जादुई यथार्थवाद की आप बात कर रहे हैं वह इलाके विशेष की पहचान दुनियाभर में बन गयी है। डॉ. साहब आपने मैजिकल रियलिज़्म पर काफ़ी लिखा है लेकिन क्या आप हमारे दर्शकों को बता सकेंगे कि यह ऐसा क्या है जो रचना में चमत्कार पैदा कर देता है?

देखिए बार-बार मार्केज़ अपने साक्षात्कारों में कहते हैं कि मैं पक्का यथार्थवादी हूँ। मैंने एक वाक्य भी ऐसा नहीं लिखा है जो निराधार हो। लेकिन उनकी यथार्थ की समझ अलग है। वो यह नहीं मानते कि केवल जो मैं देख रहा हूँ वही यथार्थ है। वे यह भी मानते हैं कि मेरे बाबा ने जो देखा और मुझसे बताया, मेरे बाबा के बाबा ने देखा और बाबा को बताया मतलब पीढ़ी दर पीढ़ी जो कथाएँ चलती हैं, जो स्मृतियाँ होती हैं, उन सब चीज़ों को भी वे एक पूरे समाज के जीवन के प्रसंग में यथार्थ मानते हैं। दूसरी बात यह है कि असल में भारतीयों के लिए जादुई यथार्थवाद कोई अद्भुत चीज़ नहीं होनी चाहिए क्योंकि हमारे यहाँ गाँव में ऐसी असंख्य लोक कथाएँ प्रचलित हैं। जिसमें एक से एक अद्भुत बातें होती हैं और मैं तो आपसे यह भी कहूँगा भारतीय पाठकों के लिए इस उपन्यास को पढ़ने में इसलिए सुविधा होगी क्योंकि यह उपन्यास लगभग महाभारत की तरह है। एक तो इसमें से उसी तरह कथा में से कथा निकलती है जैसे महाभारत में से निकलती है। इसमें एक से एक अद्भुत काम जैसे महाभारत में चमत्कार की तरह होते दिखाई देते हैं उसी तरह इसमें होते दिखाई देते हैं। लेकिन जैसे महाभारत की अद्भुत कथाओं के पीछे भी तर्क है, एक समझ है, समाज के भविष्य की चिन्ता है उसी तरह इसमें अद्भुत बातें गहराई से कही गयी हैं। सोचें तो उनका जीवन में कुछ अर्थ है। दूसरी बात जो

असल में मुझे लगती है कि हमारे देश की तरह ही दक्षिण अमेरिका के अधिकांश देश कृषि प्रधान देश हैं। किसान के जीवन में कथा का जो रूप होता है वह भिन्न प्रकार का होता है। असल में किसान जीवन में कथा बहुत धीरे-धीरे चलती है, उसे कोई जल्दी नहीं होती। बल्कि आप यह भी देखेंगे कि लोग गाँव में अलाव के पास बैठकर कथा कहते हैं और जब सब लोग सो गये तो कथा बन्द हो जायेगी और अगले दिन फिर वहीं से शुरू हो जायेगी जहाँ से कल बन्द हुई थी। इसमें जो निरन्तरता होती है वह निरन्तरता की बात आपको उनके इस उपन्यास में भी दिखाई देती है। इसके साथ एक बात और कहूँ, असल में, मार्केज़ दक्षिण अमेरिका के जन-जीवन, इतिहास और संस्कृति की स्मृतियों और भविष्य को एक साथ जोड़कर देखते हैं। असल में स्मृति इनकी कथाओं में, उपन्यासों में और इस उपन्यास में एक महत्त्वपर्णू तत्त्व है। आपको याद होगा कि इस उपन्यास में जिस मकैन्डो गाँव की चर्चा है उसमें एक प्रसंग आता है कि एक बार वहाँ अनिद्रा का रोग फैला। लोग चीज़ें के नाम और काम भूलने लगे। और अन्त में स्थिति यहाँ तक पहुँच गयी कि लोगों को चीज़ों और काम को याद रखने के लिए उन्हें काग़ज़ पर लिखकर अपने साथ रखना पड़ा। यहाँ तक कि गाय दूध देती है और उसे कॉफ़ी में डालने के लिए उबालना पड़ता है यह भी उन्हें लिखना पड़ा। असल में इसका दूसरा बड़ा सन्दर्भ है कि सारी दुनिया में उपनिवेशवाद ने जिन देशों पर क़ब्ज़ा किया था उन देशों की स्मृतियों को भी नष्ट किया था और एक तरह से मार्केज़ इस उपन्यास के द्वारा दक्षिण अमेरिका की उपनिवेशवाद द्वारा नष्ट की गयी स्मृतियों की पुनर्रचना करना चाहते हैं। नष्ट करने और उसकी पुनर्रचना दोनों की परिस्थितियों को वे सामने लाते हैं। इसलिए मार्केज़ का यह उपन्यास गहरे अर्थ में राजनीतिक उपन्यास भी है।

'मार्केज' ने इस उपन्यास में जो कमाल किया है वो यह कि बोलने की भाषा, लिखने की भाषा इन दोनों के बीच में तीसरी भाषा इस तरह की बनाई है कि वो सारे षड्यन्त्र नेस्तनाबूद हो जाते हैं जो स्मृतियों को नष्ट करने के लिए बनाये गये हैं। यह बिल्कुल सही है कि यह एक राजनीतिक उपन्यास है। यह हिन्दी में आया है और हिन्दी के पाठकों के लिए देर से ही सही एक अच्छी चीज पढ़ने को मिली। आज आपने जिस तरह से इस उपन्यास की व्याख्या की, मुझे लगता है कि मार्केज पर बात करने के लिए कई-कई घण्टे चाहिए लेकिन आज आपने दर्शकों के सामने इस उपन्यास की कई परतें खोलीं उसके लिए आपका बहुत-बहुत धन्यवाद।

धन्यवाद।

(पत्रिका : दूरदर्शन से साभार, प्रस्तुतकर्ता एवं सम्पादक : गौरीशंकर रैणा)

परिशिष्ट

आलोचक चाहे सार्थक न हो, आलोचना अवश्य सार्थक होती है

(मैनेजर पाण्डेय की डॉ. रामविलास शर्मा से बातचीत)

भाग-1

डॉ. रामविलास शर्मा से मिलना एक बड़े लेखक और एक बड़े विचारक से ही मिलना नहीं होता, बल्कि एक बड़े इन्सान से मिलना भी होता है। आजकल लेखक और विचारक तो बहुत मिलते हैं पर इन्सान कम मिलने लगे हैं। इनके प्रेरणादायक व्यक्तित्व से हमेशा कुछ सोचने का मौक़ा मिलता है। आज हमारे पास एक ऐसा मौक़ा है कि हम इनसे बातचीत करके कुछ सीखें और भविष्य के लिए कुछ समझें।

डॉक्टर साहब, जहाँ तक मुझे मालूम है, आपने साहित्यिक जीवन की शुरुआत कविता से की थी और आप उन दिनों कई तरह की कविताएँ लिख रहे थे। अपने स्वयं प्रसिद्ध नाम, रामविलास शर्मा नाम से तो आप लिख ही रहे थे पर अगिया बैताल, निरंजन और शायद और भी नामों से आप एकदम भिन्न तरह की व्यंग्य वाली धारदार कविताएँ लिख रहे थे। तो यह जो कविता का इतना चौड़ा मैदान था, उसको छोड़कर आप आलोचना की ओर क्यों आये?

जो कविताएँ मैं रामविलास शर्मा के नाम से लिख रहा था, वे सन् 1934 से 1940 के बीच में लिखी गयी थीं, जब मैं लखनऊ में था। जो व्यंग्य की कविताएँ हैं, जिन्हें मैंने अगिया बैताल के नाम से लिखा है या राजनीतिक कविताएँ जो निरंजन के नाम से लिखी हैं, वे सब '43 और '47 के बीच में लिखी गयी हैं। दोनों में काफ़ी अन्तराल है और इस अन्तराल में मैं आलोचना बराबर लिख रहा था। सन् 1934 में मेरा पहला आलोचनात्मक लेख निकला था, निराला के ऊपर। उसके बाद 'माधुरी' और 'सुधा' में मेरे अनेक आलोचनात्मक लेख निकले। आपको बता दूँ कि मैं राजनीतिक विषयों पर उस समय भी लेख लिख रहा था और वे भी 'सुधा' में छपे थे। कुछ 'संघर्ष' में छपे थे जैसे कांग्रेस का पत्र। तो कविता और आलोचना समानान्तर चली।

सन् '43 में हमारे प्रोफ़ेसर को सूझा कि लखनऊ यूनिवर्सिटी में इनका रहना ठीक नहीं है। उन्हीं दिनों कम्युनिस्ट पार्टी की बैठक हुई थी और प्रगतिशील लेखक

सम्मेलन हुआ था। हमारे प्रोफ़ेसर साहब रोटरी क्लब में सेक्रेटरी थे। रोटरी क्लब का प्रेसिडेंट उन दिनों गवर्नर हुआ करता था। यह युद्ध का समय था। मैं कहाँ जाता हूँ, क्या करता हूँ, इस सब का विवरण हमारे प्रोफ़ेसर साहब को मिल जाता था। मैं बम्बई गया हुआ था। वहाँ से जैसे ही लौटकर आया तो देखा कि घर में सिद्धान्त साहब का पत्र रखा हुआ है। पत्र में उन्होंने लिखा था, बम्बई से जैसे ही लौट कर आओ, मुझसे मिलना। मैं मिलने गया तो उन्होंने कहा कि तुम्हारे लिए हमने एक नौकरी ठीक की है। वह नौकरी आगरे में है। तुम यहाँ पड़े रहोगे जूनियर लेक्चरर की तरह, तो तुम वहाँ चले जाओ। मैंने मना किया, लेकिन उन्होंने कहा, तुम अभी लड़के हो, समझते नहीं हो, तुम वहाँ चले जाओ। तो लखनऊ छूट गया।

मेरी कविता अवध के साथ जुड़ी हुई है। अगर आप मेरी पुरानी कविताओं को देखेंगे तो उनमें राजनीतिक कविताएँ बहुत ही कम हैं। झाँसी में जब मैं पढ़ता था, कुछ राजनीतिक कविताएँ उस समय लिखी थीं। लखनऊ आने के बाद वह क्रम लगभग बन्द हो गया था। गाँव के ऊपर मैंने बहुत-सी कविताएँ लिखी थीं। अवध का साथ छूटने पर मुझे लगा कि कविता छूट गयी, अब मैं आलोचना के लायक ही रह गया। इसलिए सन् ’43 के बाद से मैंने कविता लिखना लगभग बन्द कर दिया और आलोचना ही अधिक लिखता रहा। सन् ’50-’51 के आसपास राजेन्द्र यादव, अमृतलाल नागर और हम तीनों ने दक्षिण की यात्रा की। वहाँ का वातावरण आगरे से कुछ बदला हुआ दिखाई दिया, कुछ कविता की सामग्री मिली और मैंने कुछ और कविताएँ लिखीं। लेकिन आगरा में रहते हुए मैं फिर वही आलोचना के चक्कर में रहा और कविता छूट गयी। कविता न लिखने का बहुत बड़ा कारण है यह। राजनीतिक कविताएँ जो लिखीं, वह कम्युनिस्ट पार्टी के अन्दर एक तरह की पत्रकारिता है और पूरन चन्द जोशी कहते थे, इस विषय पर कविता लिखना है; और मैं कहता था, ठीक है। लगभग हर अंक में मेरी कविताएँ निकला करती थीं। उसके बाद पूरन चन्द जोशी का नेतृत्व बदल गया, प्रगतिशील लेखक संघ से मैं अलग हो गया, तो राजनीतिक कविताएँ लिखने का दौर भी ख़त्म हो गया।

यह कविता की बात हो गयी।

डॉक्टर साहब, मैं आपसे यह जानना चाहता हूँ कि क्या ऐसा नहीं लगता कि कविता से सम्बन्ध छूट जाने के कारण संवेदनशीलता पर विचारधारा कुछ हावी हो गयी?

विचारधारा तो हावी मुझ पर पहले भी थी और संवेदनशीलता के साथ विचारधारा का सम्बन्ध बराबर क़ायम रहना चाहिए। लेकिन सन् ’43 के बाद मैंने अनुभव किया कि यहाँ केवल संवेदनशीलता से काम चलने वाला नहीं है। इस देश की अनेक समस्याएँ हैं, ख़ासतौर से इतिहास और संस्कृति की समस्याएँ। इनके बारे में सोच-विचार करना हमारा कर्तव्य है और मैं प्रगतिशील लेखक संघ में सचिव था तो

लोग मुझसे बहुत तरह के सवाल किया करते थे। इनका उत्तर देने के लिए भी मुझे बहुत-सा पढ़ने की ज़रूरत थी। कविता से मेरा सम्पर्क कभी नहीं टूटा। मैंने कविता लिखना छोड़ दिया, इसका मतलब यह नहीं है कि मैंने कविता पढ़ना छोड़ दिया। मैं कॉलेज में तो कविता ही पढ़ाता था। इस तरह कविता से मेरा सम्पर्क बराबर बना रहा और राजपूत कॉलेज के बाद जब मैं कन्हैयालाल माणिकलाल मुंशी विद्यापीठ गया तो वहाँ भी लोगों ने मुझसे कहा कि आप कविता पढ़ाइए और मैं वहाँ हिन्दी कविता पढ़ाने लगा। इस प्रकार कविता से मेरा सम्पर्क बराबर बना रहा।

यह आलोचना जो है, आपने पहले भी दूसरे साक्षात्कारों में कहा है कि आपने निराला पर होने वाले आक्रमणों से, एक तरह से कहिए, क्षुब्ध होकर आलोचना की शुरुआत की। निराला जी के पक्ष में खड़ा होने के लिए। लेकिन आगे चलकर ज़ाहिर है कि आलोचना को एक बहुत बड़े सामाजिक दायित्व के रूप में भी आपने लिया। तो आपको क्या यह लगता है कि व्यापक सामाजिक विकास प्रक्रिया में आलोचना की कोई सार्थकता है।

बहुत बड़ी सार्थकता है। सबसे पहले तो किसी भी जीवन्त जाति को अपनी संस्कृति का ज्ञान होना चाहिए और संस्कृति का बहुत बड़ा अंग साहित्य है और साहित्य का ही एक अंग आलोचना है। आप अगर पुराने समय के बड़े-बड़े लेखकों को देखें जैसे रवीन्द्रनाथ ठाकुर। उन्होंने कविताएँ तो बहुत लिखी हैं, लेकिन उन्होंने आलोचना कम नहीं लिखी है। ख़ासतौर से बांग्ला साहित्य का जो मूल्यांकन उन्होंने किया है, एक तरह से बांग्ला साहित्य का इतिहास उन्होंने अपने आलोचनात्मक लेखों में प्रस्तुत कर दिया है। ईश्वरचन्द्र विद्यासागर पर उनका निबन्ध बहुत ही अच्छा है और विद्यासागर से उन्होंने कितनी प्रेरणा प्राप्त की है यह उस निबन्ध को पढ़ने से ही मालूम होता है। यह आलोचना की सार्थकता है कि आलोचक साहित्य को खुद समझता है और दूसरों को समझाता है। साहित्य की समझ जब तक न हो, तब तक जातीय संस्कृति का ज्ञान नहीं हो सकता और जातीय संस्कृति का ज्ञान मनुष्य को राजनीति करने के लिए बहुत बड़ी प्रेरणा देता है। यह मैंने अनेक लोगों में देखा है। मैं आजकल गाँधी पर काम कर रहा हूँ और मैंने देखा है कि गाँधी जी को गुजराती साहित्य का बहुत अच्छा ज्ञान है। गुजराती साहित्य के अलावा वह हिन्दी साहित्य के बहुत अच्छे पण्डित है। तुलसीदास पर उन्होंने बहुत जगहों पर जो बातें लिखी हैं वे बड़ी मर्मस्पर्शी हैं और साधारण आलोचक की निगाह वहाँ तक नहीं आती। आलोचक चाहे सार्थक न हो, आलोचना तो अवश्य सार्थक होती है।

एक वातावरण हिन्दी में है। लोगों का ख़याल है कि आलोचना अपनी सामाजिक सार्थकता खो रही है। ऐसा क्यों हो रहा होगा?

मैं अनुमान से कह सकता हूँ कि बहुत से कवि आलोचक भी हो गये हैं। नयी कविता से जुड़े हुए जितने कवि हैं, अज्ञेय, धर्मवीर भारती, सर्वेश्वर दयाल सक्सेना,

मुक्तिबोध वग़ैरह इनमें से कोई ऐसा नहीं है, जिसने आलोचना न लिखी हो। एक हद तक ये नयी कविता के साथ नयी आलोचना पर भी छाये रहे। तो नयी कविता का जो दृष्टिकोण था, वही नयी आलोचना का दृष्टिकोण भी था और नयी कविता इतनी व्यक्तिवादी हो गयी थी, इतनी घुटन, कुण्ठा, एक कवि जो लिख रहा है, दूसरा उसी को दोहरा रहा है। ऐसा मालूम होता था कविता निर्जीव हो जायेगी, तो उसका समर्थन करने वाली आलोचना भी निर्जीव हो जायेगी। अगर आदमी का सिद्धान्त हो कि मैं जो कुछ सोचता हूँ, मैं जो कुछ कहता हूँ वही महत्त्वपूर्ण है और समाज में जो कुछ हो रहा है, उस पर मुझे ध्यान देने की ज़रूरत नहीं है, तो वह समाज से कट ही जायेगा। आख़िर लिखता वह केवल अपने लिए नहीं है; वह दूसरों के लिए लिखता है, भले ही वह उसके अपने गुट के लोग ही क्यों न हों। वह लिखता तो दूसरों के लिए ही है, इसलिए समाज से कटकर तो वह अच्छी आलोचना नहीं लिख सकता। आलोचना में जो गिरावट आयी होगी, उसका बहुत बड़ा कारण यह है कि स्वाधीनता प्राप्ति के बाद बहुत से लोग दिशाहीन हो गये थे। सन् '47 के पहले मैं देखता था कि सब लेखक चाहते थे कि भारत स्वाधीन हो, हिन्दी प्रगति करे। अब हिन्दी का बहुत बड़ा बाज़ार बन गया है, बड़े-बड़े प्रकाशक हो गये हैं, बड़े-बड़े प्रतिष्ठान हो गये हैं। सरकार से पैसा मिलने लगा तो लेखक ने सोचा कि अब मैं जो सोचता हूँ वही महत्त्वपूर्ण है, समाज अपनी फ़िक्र अपने आप करेगा या राजनीतिज्ञ उसकी फ़िक्र करेंगे। इस तरह आलोचना सामाजिक सरोकारों से थोड़ा दूर हट गयी होगी, ऐसा मेरा अनुमान है।

स्वाधीनता के समय सबकी इच्छा थी कि हिन्दी उन्नति करे। इधर आपने बहुत दिनों से भारत की भाषा समस्या और हिन्दी भाषा के बारे में बहुत विस्तार से लिखा है। आपके अनेक ग्रन्थ हैं, भाषा से जुड़े हुए, 'भाषा और समाज', 'प्राचीन भारतीय भाषा परिवार और हिन्दी' और दूसरी बहुत सारी किताबें। इधर लोगों को लगने लगा है कि हिन्दी फिर से संकटग्रस्त हो रही है और अंग्रेज़ी का वर्चस्व बढ़ रहा है। ऐसे में क्या आपको नहीं लगता कि हिन्दी के संकट का कारण केवल बाहरी नहीं, बल्कि भीतरी भी है।

आप बिलकुल ठीक कह रहे हैं। भीतरी संकट यह है कि संस्कृति का एक आर्थिक आधार होता है। संस्कृति उस आधार का हू-ब-हू प्रतिबिम्ब नहीं होती लेकिन उसके बिना वह हवा में खड़ी भी नहीं रहती। इस समय जो भाषा समस्या है उसके नीचे आर्थिक आधार क्या हैं? अंग्रेज़ी का आर्थिक आधार क्या है? जो भारत में विदेशी पूँजी आ रही है, जो भारत में बहुराष्ट्रीय कम्पनियों का माल बिकता है, उन लोगों की भाषा क्या है? सबकी भाषा अंग्रेज़ी है आप यह देखें कि हमारे यहाँ के जो प्रतिभाशाली लोग हैं—मेरे परिवार के लोग—वह इंजीनियरिंग पास करते हैं, बड़े अच्छे प्रतिभाशाली लोग हैं, बिज़नेस मैनेजमेंट में जाते हैं, इंजीनियरिंग का काम छोड़कर बैंक के मैनेजर या कोई दूसरे बड़े अफ़सर हो जाते हैं। बहुत बड़ी तनख़्वाहें होती

हैं। उनकी भाषा क्या है, उन सबकी भाषा अंग्रेज़ी है। यानी भारत में विदेशी पूँजी का बोलबाला है। जो भारत की बड़ी देशी पूँजी है, उसका गठबन्धन है, इस विदेशी पूँजी से और इन दोनों की कामकाज की जो भाषा है, वह हिन्दी नहीं है, अंग्रेज़ी है। इसलिए हिन्दी का दबना और अंग्रेज़ी का ऊपर उठना बिलकुल स्वाभाविक है। हम लोग इसके लिए इस हद तक ज़िम्मेदार हैं कि विदेशी पूँजी से अंग्रेज़ी का सम्बन्ध नहीं देखते। विदेशी पूँजी का डटकर मुक़ाबला नहीं करते। गाँधी जी ने जो बहुत बड़ा काम किया, वह यह है कि उन्होंने राष्ट्रीय स्वाधीनता, हिन्दुस्तान की ग़रीबी, हिन्दुस्तान की जनता की एकता और हिन्दी, इन सबको मिला दिया। राष्ट्रीय एकता का मतलब पार्टियों की एकता नहीं है, कुछ नेताओं की एकता नहीं है, बल्कि जनता की एकता है। और जनता जिस भाषा को सबसे ज़्यादा समझ सकती है वह हिन्दी है और जनता की एकता के बिना आप राष्ट्र की एकता की रक्षा नहीं कर सकते। राष्ट्रीय एकता का मतलब है, अंग्रेज़ी से लड़ना, साम्राज्यवाद से लड़ना, विदेशी पूँजी का विरोध करना, ये सारी चीज़ें आपस में जुड़ी हुई हैं। अब हम विदेशी पूँजी का स्वागत करते हैं, बहुराष्ट्रीय कम्पनियों का माल यहाँ पर बिकने देते हैं तो जो बोली वह बोलते हैं, वही बोली हम बोलते हैं। इसमें दोष हमारा इतना है। वैसे तो सारा देश दोषी है, लेकिन हिन्दी प्रदेश का दोष सबसे ज़्यादा है क्योंकि हिन्दी बोलने वालों की संख्या भारत में सबसे ज़्यादा है। इन लोगों को समझना चाहिए कि हमारा कर्तव्य क्या है, हमारी भाषा के साथ क्या हो रहा है।

यह आपने कहा तो इससे यह भी लग रहा है कि हिन्दी वाले और हिन्दुस्तान में दूसरे क्षेत्र के लोग भी एक तरह से अपने ही इतिहास को भूलने की कोशिश कर रहे हैं। स्वाधीनता आन्दोलन के इतिहास को भी भूलने की कोशिश कर रहे हैं। आप उन थोड़े से लोगों में से हैं जिन्होंने हिन्दी में हिन्दुस्तान के इतिहास के विभिन्न पक्षों को लिखकर लोगों के सामने रखा है। आपने पहली बार 1857 के महत्त्व को लोगों के सामने रखा है। 'भारत में अंग्रेज़ी राज और मार्क्सवाद' जैसी अनेक महत्त्वपूर्ण किताबें आपने लिखी हैं। इस बीच में जो समस्या सामने आती है, वह यह कि विस्मृति या भुलाने का जो एक अभियान चला है, उसका आप क्या कारण समझते हैं?

यह केवल हमारे यहाँ नहीं है। हर देश के अन्दर है। सोवियत संघ के अन्दर रूसी क्रान्ति के पहले जो नवजागरण हुआ बेलिंस्की, चेर्निशेवस्की वग़ैरह के ज़माने में, उसे आज कितने लोग याद करते हैं। लेनिन ने जो इतना बड़ा काम किया, उसे कितने लोग याद करते हैं। इसलिए कि उनको आज इसकी ज़रूरत नहीं है, और मैं इंग्लैंड की बात लेता हूँ। इंग्लैंड में बहुत शक्तिशाली चार्टिस्ट आन्दोलन चला, उसे कितने लोग याद करते हैं। मिल्टन और क्रॉमवेल के ज़माने में उन्होंने ज़मींदारों की सत्ता का नाश कर दिया और एक गणतन्त्र कायम किया, उसे कितने लोग याद करते हैं। तो जो सामाजिक आवश्यकता होती है, उसी के अनुसार हम इतिहास याद

करते हैं और इतिहास भुला देते हैं। मैं आपको बताऊँ कि मैं सन् '30 से '43 तक लखनऊ में था और '30-'32 के आन्दोलन में कांग्रेस नेतृत्व कर रही थी। खद्दर पहनना वग़ैरह, ये तमाम चीज़ें थीं, जो गीत अमीनाबाद पार्क में स्वयंसेवक गाते थे और जो सबसे लोकप्रिय था, वह सुभद्रा कुमारी चौहान की रचना थी, लक्ष्मीबाई के बारे में, 'खूब लड़ी मर्दानी, वह तो झाँसी वाली रानी थी'। इसका आवाज़ से तो कोई सम्बन्ध नहीं था लेकिन इतिहास की बात है। तो '30-'32 के आन्दोलन में लोग अपना इतिहास भी याद कर रहे थे। अगर आप इस बात पर ध्यान दें कि 1857 पर लेख सबसे ज़्यादा कब निकले, तो सन् '30 और '47 के बीच में ही निकले हैं। मेरी किताब तो सन् '57 में आयी थी और उसका बहुत बड़ा कारण यह था कि उस साल उसकी शतवार्षिकी मनाई जा रही थी और मजूमदार, सुरेन्द्रनाथ सेन वग़ैरह इसको न क्रान्ति मानते थे, न स्वाधीनता संग्राम मानते थे, और एक बहुत बड़ी स्थापना इन लोगों की यह थी, उन्हीं लोगों की नहीं थी, बल्कि मार्क्सवादियों के अन्दर भी थी कि भारत में अंग्रेज़ी राज न आता तो यहाँ नया युग न आता। यानी अंग्रेज़ी राज की प्रगतिशील भूमिका। मेरी 1857 की किताब आधी इंग्लैंड के ऊपर है और आधी भारत के ऊपर है। इंग्लैंड में पूँजीवाद का स्वतन्त्र विकास हुआ कि नहीं, वहाँ ज़मींदार वर्ग यानी भूस्वामी वर्ग अब भी सत्ता में था या नहीं था। औद्योगिक क्रान्ति हो गयी थी, सत्ता पूँजीपतियों के हाथ में नहीं थी, बालिग मताधिकार के लिए कितना संघर्ष लोगों को करना पड़ा है, यह मैंने उसमें बताया है और मैंने उसमें लिखा है कि ये ज़मींदार लोग जो अपने लिए जनतन्त्र नहीं कायम कर सके, तो ये भारत में आकर क्या क्रान्ति करते। मैंने उनके ऊपर लिखा और भारत में जो आन्दोलन हुआ था, उस पर जो सामग्री थी उसका मैंने उपयोग किया और मैंने लिखा कि 1857 के आन्दोलन का सबसे अधिक समर्थन चार्टिस्ट नेताओं ने किया। मैं कलकत्ते में था, तो मुझे वहाँ रिचर्ड कौंगली के लेख मिले जो उन्होंने नवम्बर 1857 में लिखे थे। उसने ब्रिटेन के मज़दूरों से कहा था कि जो तुम्हारे दुश्मन यहाँ हैं, वही भारतीय जनता के दुश्मन हैं, इसलिए जहाज़ों में माल मत भरो। अपने बेटों को लड़ने के लिए हिन्दुस्तान मत भेजो। यह 1857 में अंग्रेज़ कह रहे थे। 1857 को हमारे इतिहासकार कैसे देख रहे थे, यह लोगों को मैंने बताया।

लोगों की एक विचित्र समझ यह है कि बड़ा से बड़ा आन्दोलन भी अगर असफल हो जाये तो लोग उसका महत्त्व ठीक से पहचान नहीं पाते।

आप बिलकुल ठीक कह रहे हैं।

यह 1857 के प्रसंग में भी दिखाई देता है। तो क्या आपको लगता है यह इतिहास की कोई सही समझ है?

ये इतिहास की बहुत ग़लत समझ है और मैं लेनिन का हवाला दूँगा। 1905

की क्रान्ति असफल हुई थी। लेनिन ने कहा, क्रान्ति क्यों असफल हुई, यह हमको समझना चाहिए और उन्होंने कहा, इन-इन कारणों से असफल हुई। ये बातें हों तो क्रान्ति सफल हो सकती है। और 1905 में उन्होंने कहा, कि हम बहुत जल्दी फिर क्रान्ति करेंगे, सत्ता में आकर दिखा देंगे। 1917 और 1905 में 12 साल का ही फ़र्क़ है और उन्होंने जो कहा था, वह करके दिखा दिया। इतिहास का अध्ययन इस तरह से महत्त्वपूर्ण होता है। भारत में इस समय स्वाधीनता की स्वर्ण जयन्ती मनाई जा रही है। 1947 में जो हत्याकाण्ड हुआ था, उसके बारे में स्वर्ण जयन्ती वाले कम बोलते हैं। कहीं-कहीं ज़िक्र कर लेते हैं। लेकिन क्या यह हत्याकाण्ड अनिवार्य था, क्यों हुआ और उससे पहले जिस साल नाविक विद्रोह हुआ, जिस साल यहाँ फ़ौज के अन्दर, पुलिस के अन्दर भारी असन्तोष था। अंग्रेज़ तो यहाँ से सन् '48 में जाना चाहते थे, लेकिन एक साल पहले यहाँ से क्यों चल दिये। सन् '46 का जो क्रान्तिकारी आन्दोलन था जैसे नाविक विद्रोह, यह असफल हुआ लेकिन इनका बहुत बड़ा असर अंग्रेज़ों पर पड़ा और उन्होंने देखा, अगर हम ज़्यादा दिन यहाँ रहेंगे तो यहाँ पर क्रान्ति होगी और जिस ब्रिटिश पूँजी की हम रक्षा करना चाहते हैं, वह कार्य असम्भव हो जायेगा। इसलिए वे बोरिया बिस्तर बाँध कर चल दिये। मेरा कहना यह है कि आज भारत जो है वह पुराने इतिहास की देन है, इसलिए इतिहास पढ़ना बहुत ज़रूरी है। आर्य भारत में बाहर से आये या नहीं आये, यह तो अलग बात है। मुसलमानों के ज़माने में क्या हुआ, यह भी अलग बात है, लेकिन अभी कल का जो इतिहास है, सन् '30 से लेकर सन् '47 तक का जो इतिहास है, उसमें तुम साम्राज्यवाद के बारे में किस नीति पर चलते रहे हो, हिन्दू-मुसलमानों के बीच में तुम एकता किस आधार पर कायम करते रहे हो? क्या तुमने किसानों को संगठित किया, क्या तुमने मज़दूरों को संगठित किया, खेत मज़दूरों को संगठित किया? अगर इनको संगठित नहीं करते तो हिन्दू-मुस्लिम एकता क्या ज़मींदारों और नवाबों की एकता होगी? यह सवाल सब लोगों के सामने आना चाहिए।

बातचीत से लेकर लेखन तक में, पूँजीवाद और साम्राज्यवाद जैसे शब्द अब ग़ायब होते जा रहे हैं।

आप बिलकुल ठीक कह रहे हैं (हँसते हुए), इसलिए कि भूमण्डलीकरण एक शब्द इनको ऐसा मिल गया है जिससे सारे लोगों को बताते हैं कि सारी दुनिया एक है, सारी दुनिया का अर्थतन्त्र एक है। इस अर्थतन्त्र में, जिसमें सारी दुनिया एक है, इसमें कुछ लोग महाजन हैं कुछ क़र्ज़दार हैं, इस भेद के बारे में तुम कुछ क्यों नहीं कहते। तुम महाजनों में हो या क़र्ज़दारों में? तुम क़र्ज़ ले रहे हो और कहते हो कि सारी दुनिया का अर्थतन्त्र एक है, अगर क़र्ज़ लेने की बात कहो, अगर यह बात कहो कि बहुराष्ट्रीय कम्पनियाँ यहाँ माल बेचकर मुनाफ़ा कमाती हैं तो पूँजीवाद

और साम्राज्यवाद शब्दों का इस्तेमाल ज़रूरी हो जायेगा क्योंकि पूँजीवाद की व्यवस्था की रक्षा करना है, साम्राज्यवाद से उसके सम्बन्ध को कायम रखना है, इसलिए इन शब्दों का नाम मत लो। इसका मूल कारण यही है, लेकिन इन शब्दों का व्यवहार करो चाहे न करो, स्थिति जो है वह सामने है।

भाग-2

डॉक्टर साहब, आपने मार्क्सवाद के बारे में बहुत लिखा है, मार्क्सवाद के सिद्धान्त के बारे में भी लिखा है, व्यवहार के बारे में भी लिखा है, और आपने काफ़ी दिनों तक कम्युनिस्ट पार्टी से और प्रगतिशील लेखक संघ से जुड़कर भी काम किया है। मतलब यह कि मार्क्सवाद के सिद्धान्त और व्यवहार दोनों से आप जुड़े रहे हैं। मैं आपसे यह जानना चाहूँगा कि हिन्दुस्तान में अगर हम लाला हरदयाल के लेख को याद करें, मुझे उससे पुराना कोई उदाहरण याद नहीं है, 1912 में लाला हरदयाल ने मार्क्स पर लेख लिखा था। बहुत दिन हो गये, लगभग 80 बरस हो गये या कहिए उससे भी ज़्यादा, इन वर्षों में, यानी लगभग एक सदी में, हिन्दुस्तान में मार्क्सवाद का ठीक से विकास क्यों नहीं हुआ।

इसकी कई मंज़िलें हैं। शुरू में तो लोग मार्क्सवाद की पुस्तकें पढ़ते थे और बहुत बहस करते थे। उस समय जो कमी थी उनके अन्दर, जैसा कि मैं आज देखता हूँ वह भारत और यूरोप की परिस्थितियों में अन्तर नहीं देखते थे। लेनिन की रचनाएँ कम पढ़ी जाती थीं, सुलभ भी नहीं थीं यहाँ पर। मार्क्स, एंगेल्स, बुखारिन, ट्राट्स्की इन सबकी तमाम रचनाएँ मिलती थीं लखनऊ में। मार्क्स एंगेल्स की रचनाएँ कम मिलती थीं, जो मिलती थीं वह भी पर्याप्त नहीं थीं, लेकिन लेनिन की रचनाएँ तो बिलकुल नहीं मिलती थीं। साम्राज्यवाद पर और नये ज़माने पर सबसे ज़्यादा लेनिन ने लिखा है। लेकिन उस समय लोग पढ़ते थे। मज़दूर वर्ग क्या है, मज़दूरों की भूमिका क्या है, भारत उपनिवेश है, किस तरह का उपनिवेश है, इन चीज़ों को पढ़ते थे और बहस करते थे। यह पहला दौर है सन् '47 तक।

सन् '47 के बाद मार्क्सवादी साहित्य काफ़ी छपने लगा था। लोग उसे पढ़ने भी लगे थे और मेरा अनुमान है कि चीन से जो टक्कर हुई है सन् '62 के आसपास, उस समय तक यह दूसरा दौर है, जब लोग यह छपा हुआ साहित्य पढ़ते हैं। लेकिन इस दौर में एक ख़ास बात है कि मार्क्स-एंगेल्स, लेनिन और माओ का लिखा हुआ कम पढ़ते हैं, जो उनके पार्टी के अख़बार लिखते हैं उसे ज़्यादा पढ़ते हैं और यह समझते हैं कि मार्क्सवाद के बारे में सोचने का काम हमारी पार्टी के नेता कर रहे हैं, इसलिए हमें सोचने की ज़रूरत नहीं है पर आपस में लड़ते खूब हैं। एक ही पार्टी में लड़ाई होती है, दूसरी पार्टी से तो होती ही है। जो भाष्य का युग है, वह इस समय आया है। उसके बाद नया युग शुरू हुआ, सोवियत संघ के अन्दर विदेशी पूँजी आने लगी थी, यानी स्टालिन के मरने के बाद। ख्रुश्चेव के ज़माने में विदेशी पूँजी आने लगी

थी। सोवियत संघ में नहीं, पहले पोलैण्ड में आयी, फिर रूमानिया, हंगरी वग़ैरह में आयी। और फिर ब्रेजनेव के ज़माने में सोवियत संघ के अन्दर भी आने लगी थी। गोर्बाचोव ने तो कमाल ही कर दिया। पहले तो बड़े ज़बर्दस्त मार्क्सवादी की तरह से बोले और बाद में राज्य सत्ता अपने हाथ में की, पार्टी का नेतृत्व अपने हाथ में किया और पुराने कम्युनिस्टों को, जैसे ग्रोम्यको वग़ैरह को निकाल बाहर किया। और विदेशी पूँजी आने लगी। जर्मन पूँजीपति, अमेरिकी पूँजीपति, ये सब बड़े सलाहकार बन गये। सोवियत संघ का विघटन हुआ, बहुत से मार्क्सवादी सोचने लगे कि अब मार्क्सवाद पढ़ना बेकार है। मार्क्सवाद पढ़ना ही बेकार नहीं है, बल्कि राजनीति के बारे में सोचना भी बेकार है जब इतना बड़ा सोवियत संघ विघटित हो गया तो हम किस खेत की मूली हैं। वह चाहे मुँह से न कहते हों, उनके मन के अन्दर यह भाव है कि पूँजीवाद अजेय है, विशेष रूप से अमेरिकी पूँजीवाद अजेय है। इसलिए भलाई इसी में है कि तुम उसी के साथ आगे बढ़ो। यह हाल हुआ मार्क्सवाद का।

ऐसे में आप मार्क्सवाद का क्या भविष्य देखते हैं, कोई है भविष्य?

मैं तो सोचता हूँ, मार्क्सवाद के सिवाय किसी और विचारधारा का भविष्य है नहीं। इसलिए कि इजारेदार पूँजीवाद कायम है। यह विश्वव्यापी व्यवस्था है और मार्क्स का एक सिद्धान्त था कि पूँजीवाद का जितना ही विकास होता है, उतना ही पूँजी का केन्द्रीकरण होता है। लेनिन ने इसके ऊपर बहुत ज़ोर दिया, अब आप देखिए कि दूसरे विश्व महायुद्ध के बाद विश्व बैंक बन गया। अन्तरराष्ट्रीय मुदा कोष बन गया। यह सन् '43-'45 के पहले नहीं थे। युद्ध ख़त्म होने के बाद बने। यह पूँजी का केन्द्रीकरण हुआ। पूँजी के केन्द्रीकरण के साथ-साथ अस्त्र-शस्त्रों का केन्द्रीकरण भी बड़े पैमाने पर हुआ और इसका अड्डा है अमेरिका। जर्मनी आर्थिक रूप से बहुत ताक़तवर है, जापान आर्थिक रूप से बहुत ताक़तवर है। लेकिन सामरिक शस्त्रों में अमेरिका से बहुत पीछे है। कहीं आसपास भी नहीं। तो अस्त्र-शस्त्रों का केन्द्रीकरण और प्रचार साधनों का केन्द्रीकरण। ख़ासतौर से, समाजवाद के बारे में, मार्क्सवाद के बारे में जो चीज़ें अमेरिका में निकलती हैं, वह बहुत जगह दोहराई जाती हैं। बहुत से लोग ऐसे भी हैं जो मार्क्सवादी बाना बनाकर आते हैं। उग्र बातें करते हैं, लेकिन वास्तव में वह जनता को संगठित करने वाली नहीं होतीं। इस सबका असर लोगों पर पड़ रहा है। मेरा कहना यह है कि साम्राज्यवाद को समझने के लिए आज की दुनिया को समझने के लिए, लेनिन को पढ़ना ज़रूरी है, मार्क्सवाद को पढ़ना ज़रूरी है, और अगर हिन्दुस्तान की जनता को ज़िन्दा रहना है, एक राष्ट्र के रूप में न सही, केवल भारतीय जनता के रूप में तो उसे देखना होगा कि बहुराष्ट्रीय कम्पनियों को हम कितना पैसा दे रहे हैं। हम क़र्ज़ के सूद के रूप में कितना पैसा दे रहे हैं। हम जो कल-कारखाने लगा रहे हैं, इसका मुनाफ़ा किन लोगों के पास जाता है। यह

जनता को सोचना चाहिए, इसके बिना जनता का कोई भविष्य नहीं है। मैं समझता हूँ कि भारत में ऐसे कई देशभक्त हैं, जो यह चाहते हैं कि देश गुलाम न हो, जनता भूखों न मरे। ख़ासतौर से हिन्दी प्रदेश जो सांस्कृतिक रूप से बहुत पिछड़ा हुआ है, निरक्षरता यहाँ बहुत ज़्यादा है। इसलिए मैं कहता हूँ, मैं हिन्दी में लिखता हूँ, ताकि तुम समझ लो और अपना कर्तव्य समझो। जो ठीक लगे उसे ग्रहण करो। मैं यह नहीं कहता कि जो मैं कहता हूँ सब सही है। जो ग़लत है, उसे छोड़ दो। लेकिन इन समस्याओं पर सोचो तो सही। जब तक जनता को संगठित नहीं करोगे, कुछ नहीं होगा। वही पुराना नुस्खा है, जो ग़रीब आदमी है, ग़रीब मज़दूर, ग़रीब किसान, उसका संगठन करो, शहर के अन्दर जो औद्योगिक सर्वहारा है उसका संगठन करो। यह मूल शक्ति है, इसके बिना न तुम राष्ट्रीय एकता कायम कर सकते हो और न भारत का भविष्य निर्मित कर सकते हो और न जो आज की स्थिति है, उससे उबर सकते हो। इसलिए मार्क्सवाद का अध्ययन अनिवार्य है, उसके अनुसार काम करना अनिवार्य है और मुझे आशा है कि कुछ दिनों बाद लोग इस बात को समझेंगे।

डॉक्टर साहब, अब तक हम लोगों ने दीन-दुनिया की बहुत-सी बातें कीं। अब अगर आप अनुमति दें तो आपके जीवन और लेखन सम्बन्धी कुछ व्यक्तिगत बातें मैं करना चाहता हूँ। पहली बात तो मैं यह जानना चाहूँगा कि आपने अब तक 50 से अधिक महत्त्वपूर्ण किताबें लिखी हैं। इन रचनाओं में सबसे अधिक सन्तोषप्रद रचना आप किसको मानते हैं।

'भारत के प्राचीन भाषा परिवार और हिन्दी'। यह पुस्तक जो तीन खण्डों में है, इसे लिखकर मुझे सबसे ज़्यादा सन्तोष हुआ। और मैं अभी यही समझता हूँ कि मेरी किताबों में यह सबसे अच्छी है।

जहाँ तक मुझे याद है आपकी दो किताबें अंग्रेज़ी साहित्य पर छपी हैं। उसके बावजूद आपने हिन्दी में लिखने का निर्णय किया और लगभग 65 वर्षों से आप हिन्दी में लिख रहे हैं, तो हिन्दी में लिखने का निर्णय आपने क्या सोचकर लिया?

जब मैं हाईस्कूल में पढ़ता था, उस समय मैं कविताएँ लिखने लगा था। जब मैं इंटरमीडिएट में था, तब मेरे एक दोस्त बाल नारायण पेंठारकर थे। उनसे बहुत साल बाद भी मुलाक़ात हुई थी। मेरे जीवन पर उनका बहुत असर है। वह मराठी भाषी थे और मराठी की न जाने कितनी कविताएँ उनको कण्ठस्थ थीं। कॉलेज में छुट्टी का जो समय होता था, हम और पेंठारकर किसी पहाड़ी पर चले जाते थे और वह तमाम मराठी की कविताएँ सुनाया करते थे। मैंने कविता के पीछे, ऐसा दीवाना आदमी नहीं देखा। उन्हीं के माध्यम से, सबसे पहले शेली, कीट्स, बायरन वग़ैरह की कविताओं से मेरा परिचय हुआ। तब मैं इंटर में पढ़ता था। मैंने उनसे कहा, तुम मुझे मराठी सिखाओ। उन्होंने कहा, मराठी में उतनी अच्छी कविता नहीं है, जितनी बांग्ला में है, और तुम बांग्ला सीखो। मैथेमेटिक्स की क्लास में, हम दोनों

मैथेमेटिक्स के छात्र थे, पीछे बैठे हुए मेरी कॉपी लेकर वह बांग्ला की कविताएँ लिखा करते थे। उनको न जाने कितनी कविताएँ कण्ठस्थ थीं। रवीन्द्रनाथ की कविताओं से, सबसे पहले मेरा परिचय उन्हीं ने करवाया। हाईस्कूल में हमारे गुरु थे बृजभूषण लाल त्रिपाठी। वह राजनीतिक कार्यकर्ता भी थे और कवि भी। उनका बनाया हुआ गीत वहाँ पर गाया जाता था। सन् '20 के बाद से राष्ट्रीय स्वाधीनता आन्दोलन और हिन्दी अलग-अलग नहीं रहे। झाँसी क्रान्तिकारियों का बहुत बड़ा केन्द्र था, और राष्ट्रीय आन्दोलन का भी। मेरठ केस में झाँसी के कई लोग थे। उस वातावरण में मैं रहा। हिन्दी में लिखना मेरे लिए शुरू से तय था। यूनिवर्सिटी में आकर बद्रीनारायण भट्ट बहुत अच्छे लेखक थे। वह हमारे गुरु थे और ट्यूटोरियल में हमारे लेख–किसी विषय पर कह देते थे लिखने के लिए–क्लास में जाकर कहते थे, देखो यह लेख कितना अच्छा है। एक परीक्षा में उन्होंने केशवदास पर प्रश्न दिया था। उसके उत्तर में मैंने केशवदास की कड़ी आलोचना की थी, वह भट्ट जी को बहुत पसन्द आयी और उन्होंने क्लास में पढ़कर सुनायी और कहा, देखो केशवदास की कैसी अच्छी आलोचना की है। बी.ए. में पढ़ते हुए मैंने तय कर लिया था कि हिन्दी में लिखना और अंग्रेज़ी में पढ़ना है। लखनऊ यूनिवर्सिटी में हिन्दी थी भी नहीं एम.ए. में। हम चाहते तो भी नहीं ले सकते थे। लेकिन अंग्रेज़ी पढ़ना चाहते थे। अंग्रेज़ी, हम घर पर नहीं पढ़ पायेंगे, हिन्दी तो घर पर पढ़ लेंगे, इसलिए हमने एम.ए. अंग्रेज़ी में किया। और जिस साल एम.ए. अंग्रेज़ी में किया, उसी साल मेरा पहला लेख हिन्दी में निकला। यह काम बराबर चला। थीसिस मैंने लिखा सन् '34 से '40 के बीच में। '40 में मुझे पीएच.डी. की डिग्री मिल गयी थी।

क्या विषय था, थीसिस का?

कीट्स एंड द प्रि-रेफेलाइट्स। प्रि-रेफेलाइट्स का एक ग्रुप था जो कवि भी थे और चित्रकार भी। वे कीट्स से बहुत प्रभावित थे। हमारे प्रोफ़ेसर ने कहा, तुम इस विषय पर काम कर सकते हो। सन् '38 तक मैंने काम किया, सन् '39 के आरम्भ में मैंने थीसिस जमा कर दिया, रजिस्ट्रार के ऑफ़िस में वह साल भर पड़ा रहा, उसके बाद लड़ाई छिड़ गयी। सौभाग्य से वह रिपोर्ट आ गयी और सन् '40 में हमें डिग्री मिल गयी। यह अंग्रेज़ी की बात हुई और उस समय मैंने कुछ अंग्रेज़ी साहित्य पर और कुछ फ्रेंच साहित्य पर 'Calcutta Review' में लेख भी लिखे थे। लेकिन मैं हिन्दी में काम बराबर कर रहा था। सन् '34 के बाद से 'चाँद', 'सुधा', 'माधुरी', इन सब में मेरे लेख बराबर निकल रहे थे। उसके बाद सन् '60 के आसपास मेरी पत्नी ने एक प्लॉट ख़रीद लिया। उन्होंने कहा कि तुम हर साल दो मकान बदलते हो, इसलिए ज़्यादा अच्छा है कि एक मकान बना लिया जाये। तो प्लॉट उन्होंने ख़रीद लिया, अब पैसे का सवाल था। मैंने सोचा, कोई ऐसा काम करना चाहिए जिससे एकमुश्त

पैसा मिल जाये। पर हिन्दी में कोई प्रकाशक एक हज़ार रुपये भी एडवांस देने के लिए तैयार नहीं है। एक प्रकाशक ने कहा कि आप रोमांटिक कविताओं पर एक किताब अंग्रेज़ी में लिख दीजिए, तो हम आपको एक हज़ार रुपये दे देंगे। इसलिए मैंने अंग्रेज़ी में यह किताब लिखी। इसके बाद एक दूसरे प्रकाशक ने कहा, आप अंग्रेज़ी में तो लिखते ही हैं, हम आपको और रुपया देंगे घर बनवाने के लिए, आप शेक्सपियर पर किताब लिख दें, हमारे लिए। मैंने शेक्सपियर पर किताब लिख कर उसको दी। शेक्सपियर वाली किताब का इतिहास यह है कि उसका नया संस्करण हो रहा है, उसकी एक लम्बी भूमिका मैंने हिन्दी में लिखी है। हिन्दी वाली भूमिका में यूनान में जो दुखान्त नाटक लिखे गये थे, जो शेक्सपियर की ट्रेजेडीज़ थीं और भवभूति ने जो नाटक लिखे, वाल्मीकि और व्यास ने जो महाकाव्य लिखे उन्हें ट्रैजिक कहा जा सकता है या नहीं। इसी तरह का काव्य होमर वग़ैरह का है, उन्हें किस हद तक ट्रैजिक महाकाव्य कहा जा सकता है, यह सब बातें मैंने इसमें विवेचित की हैं।

यह जो आपका लम्बा साहित्यिक जीवन रहा है, उस प्रसंग में मैं आपसे यह जानना चाहता हूँ कि इस लम्बे साहित्यिक जीवन की सबसे सुखद घटना आप कौन-सी याद करते हैं।

सन् '49 में मुझे प्रगतिशील लेखक संघ का महामन्त्री चुना गया था। सारा हॉल तालियों से गूँज रहा था, सब मेरी प्रशंसा कर रहे थे तो मैंने समझा कि मैंने बड़ा तीर मारा है। यह मेरे जीवन का बड़ा सुखद क्षण है। बाद में जब पार्टी की नीति बदली तो जो मेरी जय बोल रहे थे, वह सब मेरे विरुद्ध हो गये। बहस नहीं करते थे, तर्क नहीं करते थे, मेरे ख़िलाफ़ एक अभियान चला रहे थे। मैंने सोचा कि हमने यह ग़लती की जो इन लोगों की प्रशंसा में आकर हम इसके मन्त्री बन गये। कुछ लोगों ने कहा, इस्तीफ़ा दे दो। हमने कहा, इस्तीफ़ा नहीं देंगे। जिसको आलोचना करनी हो सामने आये। सन् '53 से पहले प्रगतिशील सम्मेलन नहीं हुआ था। सन् '53 में सम्मेलन हुआ। लोगों ने मेरी आलोचना की और मैंने उसका उत्तर दिया। फिर मैंने कहा कि अब मैं तुमसे विदा लेता हूँ। उस समय तो अच्छा नहीं लगा कि मैंने इसके लिए इतना काम किया और अब मैं इससे अलग हो रहा हूँ। बाद में मैंने देखा कि सबसे सुखद क्षण यही है। इसलिए कि दुनिया भर का बवाल, उत्तरदायित्व मैंने अपने सिर पर उठा रखा था। मुझे पढ़ने-लिखने के लिए अब बहुत समय मिलने लगा। मेरी ज़्यादातर बड़ी किताबें सन् '53 के बाद ही लिखी गयी हैं, इसका कारण यह है कि अब मेरा सारा समय मेरे लिए ही था, अध्ययन के लिए और लिखने के लिए। नेतागिरी का जो काम था, वह ख़त्म हो गया।

आजकल क्या लिख रहे हैं आप?

आजकल तो हम राजनीति और इतिहास पर एक पुस्तक लिख रहे हैं, 'गाँधी, अम्बेडकर, लोहिया और इतिहास की समस्याएँ'। लिख नहीं रहे हैं, टेप रिकॉर्डर में

बोल रहे हैं। इसलिए कि हाथ तो काँपता है, इसलिए लिख नहीं सकते हैं, बोल रहे हैं। अनुमान है कि अगले छह महीने में यह पुस्तक पूरी हो जायेगी हमारी तरफ़ से और दो साल में प्रकाशक भी छाप देगा।

डॉक्टर साहब आपकी दिलचस्पी का दायरा बहुत व्यापक है, मैं याद कर रहा हूँ आपने बहुत पहले प्रसिद्ध क्रिकेट खिलाड़ी डॉन ब्रैडमैन पर लेख लिखा था। कुछ दिन पहले आपने संगीत पर बहुत महत्त्वपूर्ण लेखन किया है। तो यह तो बहुत व्यापक क्षेत्र हुआ। इसलिए मेरी जिज्ञासा है, कुछ छोटे-छोटे प्रश्नों के रूप में कुछ चीज़ें जानना चाहता हूँ। एक ओर क्रिकेट, दूसरी ओर संगीत, बीच में साहित्य, और भी बहुत सारी चीज़ें हैं। मैं यह जानना चाहता हूँ कि आपका प्रिय क्रिकेट खिलाड़ी कौन-सा है, आप किसका नाम लेंगे।

कपिल देव का। और कपिल देव बॉलर के रूप में नहीं, बैट्समैन के रूप में। वह बल्लेबाज़ी बहुत ज़ोरदार करते थे, आउट हो जायें तो कोई बात नहीं, लेकिन उनके जैसा बल्लेबाज़ कोई दूसरा भारत में नहीं हुआ। सुनील गावस्कर, सौरव गांगुली वग़ैरह सब उनसे सीख सकते हैं। मैं उनका बहुत सम्मान करता हूँ और बहुत कठिन परिस्थितियों में उन्होंने कई छक्के लगाये हैं। इंग्लैंड में 4 छक्के एक ओवर में लगाना कोई मामूली बात नहीं है। वह मैच मैंने देखा था।

संगीत में आपकी बहुत गहरी रुचि है, आप किस गायक को सबसे अधिक पसन्द करते हैं?

मल्लिकार्जुन मंसूर। मल्लिकार्जुन मंसूर कर्नाटक के हैं, लेकिन वह गाते हैं हिन्दुस्तानी संगीत। वह तानें वग़ैरह पुराने ढंग से लेते हैं। उनकी तानों की खूबसूरती यह है कि वह अलंकार नहीं रह जाता है, ऐसा लगता है कि वह शुद्ध स्वरों में राग का रूप आपके सामने प्रस्तुत कर रहे हैं। अगर वह स्थायी, अन्तरा वग़ैरह छोड़ दें, सम पर न आयें, केवल तानें ही लें या केवल अलाप ही लें तो उनके गले में इतना लोच है कि लगता है स्वर्ग का निर्झर बह रहा है। ऐसा प्रभाव मेरे ऊपर किसी दूसरे गायक का नहीं होता है जितना प्रभाव उनका होता है।

यह बताइए कि आप तो कविता के इतने प्रेमी रहे हैं, आपका सबसे प्रिय कवि कौन-सा है?

निराला। मैंने इनको इंटर में पढ़ना शुरू किया था, सन् '29-'30 में और यह '97 है और अब भी मैं इनको पढ़ता हूँ। शेली ने एक बात कही है अपने एक लेख में—There is an infinity of meaning in every poem—हर कविता, अगर वह वास्तव में कविता है, तो उसका अर्थ अथाह है। यही बात हम निराला के बारे में कह सकते हैं, इसलिए कि मुझे उसमें बराबर कुछ नया मिलता है। मैं अब भी उनको पढ़ता हूँ।

अच्छा, आप सबसे अधिक किस नाटककार को पसन्द करते हैं।

नाटककार, जहाँ तक भारत का सम्बन्ध है, पुराने नाटककारों में मुझे भवभूति बहुत पसन्द हैं।

और दुनिया के प्रसंग में?

दुनिया के प्रसंग में भी। मैं शेक्सपियर से उनको बड़ा नाटककार मानता हूँ। शेक्सपियर में यथार्थवाद का बहुत विकास है, जीवन का चित्रण बहुत सुन्दर है, लेकिन कविता की जो गहराई है, उसमें न यूनानी नाटककार भवभूति के पास पहुँचते हैं और न शेक्सपियर। इसलिए मैं भवभूति को बहुत पसन्द करता हूँ। मनुष्य की चेतना जब विघटित होती है, यह उसके साथ सबसे बड़ी ट्रेजेडी है, यह बात पहचानने वाले भवभूति पहले आदमी हैं। मुझे उनकी कविता बहुत प्रिय है। उन्होंने केवल करुण रस की कविता नहीं लिखी। शृंगार की कविताओं में, प्रकृति के वर्णन में उनकी सूक्ष्म संवेदनाएँ देखते ही बनती हैं। वह नाटककार के रूप में मुझे बहुत प्रिय हैं। हिन्दी के नाटककारों में मुझे भारतेन्दु बहुत प्रिय हैं। भारतेन्दु की कला उतनी परिष्कृत नहीं है, बहुत ऊबड़-खाबड़ है लेकिन शायद इसका कारण यह है कि मैंने छठे दर्जे में 'सत्य हरिश्चन्द्र' नाटक पढ़ा था। मुझे उनकी भाषा बहुत अच्छी लगती है। उन्होंने बनारस के मन्दिरों का चित्रण बहुत सुन्दर किया है, उनके पात्र भोजपुरी में बोलते हैं बड़ा मज़ा आता है। 36 साल की उम्र पूरी नहीं हुई थी, जब वह संसार से चले गये थे। लेकिन प्रतिभा किस दिशा में विकसित हो रही थी, यह दिखाई दे रहा था। तो मुझे भारतेन्दु के नाटक बहुत पसन्द हैं।

हिन्दी के किस गद्यकार को आप विशिष्ट शैली के लिए पसन्द करते हैं।

बालमुकुन्द गुप्त। और मैं ही नहीं, महावीर प्रसाद द्विवेदी भी उन्हें पसन्द करते थे।

डॉक्टर साहब, आपकी बातचीत से हम लोगों ने बहुत कुछ सीखा। आप एक लम्बे समय तक आगरा में रहे हैं, इतना कुछ आपने लिखा है, वहाँ रह कर, उसके बाद लगभग 10-12 वर्षों से आप दिल्ली में हैं, यहाँ भी रहकर आपने बहुत कुछ लिखा है। एक आख़िरी प्रश्न आपसे पूछना चाहता हूँ कि आप आगरा और दिल्ली के समाज और संस्कृति में कोई अन्तर महसूस करते हैं?

एक बात मैं सही कर दूँ। मेरा लेखन झाँसी से शुरू हुआ और वहाँ जैसा वातावरण मुझे दूसरी जगह नहीं मिला, कहीं भी नहीं मिला। उसके बाद सन् '30 से '43 तक मैं लखनऊ में रहा और लेखक रूप में मेरी रचनाएँ उसी काल में छपीं। '43 से '81 तक मैं आगरा में था, मुख्य काम आगरा में रहकर हुआ। मैं दोस्तों से मज़ाक़ में कहा करता था, सूरदास ब्रजभाषा के सबसे बड़े कवि हैं, इसलिए अन्धे होने के कारण उन्हें दिखाई नहीं देता था कि ब्रज कितना रूखा-सूखा है। इसलिए वह तो कविता कर सकते थे। मेरी तो आँखें हैं, मैं तो सिर्फ़ आलोचना ही लिख सकता हूँ। कविताएँ नहीं लिख सकता। आगरे में कुछ सुविधाएँ थीं, कुछ असुविधाएँ थीं। लेकिन मैं वहाँ काम करता रहा। हमारे प्रिंसिपल साहब ने हमें छूट

दे रखी थी। क्लास का काम ठीक होना चाहिए, कॉलेज का काम ठीक होना चाहिए, कुछ भी करो, कुछ भी लिखो। इसलिए मुझे बहुत समय मिल जाता था। उसके बाद मैं यहाँ दिल्ली आया तो मुझे लगा कि यह लखनऊ से घटिया शहर है, शायद हिन्दुस्तान के सबसे घटिया शहरों में से है। अब शरीर ऐसा है कि मैं घर के बाहर नहीं निकल पाता हूँ, यहीं घूम लेता हूँ। लेकिन यहाँ बहुत से लोग हैं जो मेरे बहुत अच्छे दोस्त हैं, और मुझे सबसे ज़्यादा जिस चीज़ की ज़रूरत होती है, वह है किताबें और वे किताबें कहीं न कहीं से ढूँढ़ कर मुझे ला देते हैं। कुछ किताबें मैंने यहाँ पर ऐसी लिखी हैं, जिन्हें मैं आगरा में नहीं लिख सकता था। जैसे पश्चिमी एशिया और ऋग्वेद। इसके लिए पुरातत्त्व विभाग की लाइब्रेरी से मुझे तमाम पुस्तकें मिलीं जो यहीं मिल सकती थीं, क्योंकि वहाँ की लाइब्रेरी से तो मैं परिचित था। वहाँ इस तरह की सामग्री नहीं थी, और भी इस तरह की सामग्री यहीं मिल सकती थीं। आगे चलकर मैंने जो सामग्री तैयार की है, पुस्तक जो अभी छपी नहीं है, भारतीय संस्कृति और हिन्दी प्रदेश, यह दो खण्डों में है। इसमें ऋग्वेद से लेकर निराला तक, सुब्रमण्यम भारती तक भारतीय संस्कृति की मुख्य धाराएँ और हिन्दी प्रदेश केन्द्र में है। यह मैंने तैयार की है। इसके लिए भी मुझे बहुत-सी ऐसी सामग्री मिली है, दिल्ली में जो मुझे आगरा में नहीं मिल सकती थी। इसलिए शहर चाहे जितना प्रदूषण वाला हो, और वातावरण चाहे जितना घटिया हो, मेरे लिए दिल्ली अच्छा है। बच्चों के साथ रहता हूँ, सन्तोष है, मुझे पढ़ने-लिखने के लिए काफ़ी समय मिलता है। अवकाश प्राप्त करने के बाद मैंने और अधिक काम किया है। आगरा से आने के बाद मैंने और अधिक काम किया है। इसलिए, कि अब कोई चिन्ता नहीं घर की, गृहस्थी की कोई चिन्ता नहीं। सारा समय अपना है और लिखने की कोई इल्लत नहीं। जब मन में आया बोला, जब मन में आया चुप रहो। तो इसमें काफ़ी काम हो जाता है।

लगभग दस वर्ष पहले (1997 में) वरिष्ठ आलोचक, समाजशास्त्री मैनेजर पाण्डेय ने लखनऊ दूरदर्शन के लिए डॉ. रामविलास शर्मा का एक इंटरव्यू उनके निवास स्थान (विकासपुरी) पर लिया था। लखनऊ दूरदर्शन से यह साक्षात्कार दो भागों में प्रसारित हुआ था। बहुत सारे लोग इस प्रसारण को नहीं देख पाये थे, जिसमें मैनेजर पाण्डेय ने कुछ बुनियादी सवाल उठाये थे। सुधी पाठकों की जानकारी के लिए पुनः प्रस्तुत है वही साक्षात्कार।

प्रस्तुति : विजय मोहन शर्मा